Bound Phoenix
by Claudwood

AF192270

Bist du dir sicher Fleur? Denn wenn du
das siehst, gehört alles an dir,
voll und ganz mir...

J.B. Blossum

Dieses Buch beinhaltet explizite Sprache, drastische Szenen, eine Welt voller Dunkelheit und einer Menge gewaltvoller Darstellungen. Verschiedenste Triggerpunkte in allen Bereichen, die man sich so nicht wünschen würde, ihnen zu begegnen. Darum überlege dir, ob du in die Welt der Dunkelheit abtauchen möchtest. Du wirst einen Ort besuchen, der deinen Verstand und deine Moral zweifeln lässt, eine Welt, in der das Licht scheint, obwohl es das auf den ersten Blick nicht sollte.

Alle Inhalte, die auf diesen weißen Seiten zu finden sind, sind frei erfunden!

Leseempfehlung ab 18+!

J.B.BLOSSUM

Bound Phoenix

by Claudwood

Fleur & Miguel

Claudwood, schön dich hier willkommen zu heißen, dunkles Herz. Der Ort, an dem die dunkle Seite leise am Rande agiert. Es jemanden gibt, der dich beobachtet, weil du der Feind bist. Dafür hasst er dich, ihn und sich!

Jemand dich im Auge behält, weil du die Währung in dessen Spiel bist. Er nach Macht und Vergeltung giert und genau du es bist, die eingelöst werden soll, um seine Besessenheit zu stillen.

Der Lurker, er überlässt es nicht dem Zufall und nimmt sich,- dich! Als Ausgleich für das, was getan wurde. Um seine Vendetta zu Ende zu führen.

Was würdest du fühlen, wenn du an einen Ort kommst, in dem es dunkel sein soll, aber für dich Licht scheint? - Auch wenn es dies eigentlich nicht sollte! Deine Moral auf die Probe gestellt wird und du plötzlich andere Sehnsüchte hast als die, welche dir jemals in den Sinn gekommen wären…

Impressum

Bibliografische Information der Deutschen Nationalbibliothek: Die Deutsche Nationalbibliothek verzeichnet diese Publikation in der Deutschen Nationalbibliografie; detaillierte bibliografische Daten sind im Internet über http://dnb.dnb.de abrufbar.

Die automatisierte Analyse des Werkes, um daraus Informationen insbesondere über Muster, Trends und Korrelationen gemäß §44b UrhG („Text und Data Mining") zu gewinnen, ist untersagt.

© 2025 J.B. Blossum, Überarbeitete Auflage

Lektorat: J.B. Blossum

Korrektorat: Lektorat Büchersinne

Weitere Mitwirkende: Design und Cover erstellt mit Canva durch J.B. Blossum

Verlag: BoD · Books on Demand GmbH, Überseering 33, 22297 Hamburg, bod@bod.de

Druck: Libri Plureos GmbH, Friedensallee 273, 22763 Hamburg

ISBN: 978-3-8192-7844-0

INHALT:

Kapitel 1

Fleur

Ich habe das unheimliche Gefühl, beobachtet zu werden. Meine Mutter meint aber: „Fleur, wir sind hier in einer Kleinstadt, also gewöhne dich daran. Jeder kennt jeden, deshalb sind wir in diese Stadt gezogen. Fleur, du tätest besser daran, dich daran zu gewöhnen. Wir sind nicht mehr in Manhattan und du kein kleines Kind!"

Ich glaube nicht, dass es ihr hier so gefällt, wie sie immer sagt. Ich glaube auch nicht, dass sie es nicht bereut.

Beklemmend spüre ich undefinierbare Blicke auf mir. Eine seltsame Aura um mich herum. Wenn ich male, wenn ich schlafe, wenn ich bin. Diese Paranoia, sie begleitet mich seit Wochen – ständig!

Wir wohnen erst seit ein paar Jahren hier. Der Wechsel aus der Großstadt in dieses kleine Örtchen, im Irgendwo zwischen Wald, Bergen und Einfamilienhäusern des Nirgendwos, er ist gewöhnungsbedürftig.

Überall stehen kleine Deko-Elemente herum. Jeder kennt jeden. Den Mann Dave aus dem Kaffee, Ellen aus dem Kuchenstübchen oder Saddy aus der Bücherei. Und dann noch er. Dieser, der mich beobachtet. Egal, ob ich meinen Kaffee trinke, bei Saddy sitze oder arbeite. Es ist, als wäre jemand hier.

Manchmal fühle ich mich wie ein Darsteller aus einer Serie, einer Kleinstadtserie, und ich bin dabei die naive, kleine Kindergärtnerin. Wobei ich „Erzieherin" bevorzugen würde und das auch noch in Ausbildung. Deren Kinder bei Laune halte und die Gemütsausbrüche der Kleinen ausbügle. Ich achte auf ihre Kinder. Bin für sie da, wenn sie kleine Wehwehchen haben, singe und tanze, helfe ihnen beim Großwerden. Ich liebe es.

Hin und wieder denke ich über mein früheres Ich nach. In meinen Träumen wollte ich eigentlich immer Designerin werden, aber meine Mutter sagte, dass das nicht zu mir passen würde. Einen Beruf ausüben, den die Menschen benötigen, wäre die richtige Wahl. Designen kann ich für mich selbst. Hier in Claudwood ist es die richtige Entscheidung gewesen. Designerinnen? Ja, das ist etwas für New York.

Sonntags in der Kirche werde ich von allen kleinen Bewohnern ständig liebevoll begrüßt. Es fühlt sich trotzdem gut an, gebraucht zu werden. Gemocht zu werden. Auch wenn ich manchmal das Gefühl habe, dass ich nicht ich bin. Gefangen in einem Drehbuch, geschrieben von einer überfürsorglichen Mutter. Eltern, die mich von allem abschirmen.

Mein Vater, er regelt ihre Versicherungen, meine Mutter, sie ist zu Hause. Wir sind perfekt für das typische Bild dieser Stadt. Claudwood. Lustig, dieser Name, man könnte ihn auch „im Nichts" nennen und es würde es nicht einmal annähernd so beschreiben. Ich war noch nie die volle Partymaus, aber ich hätte gerne mehr von dem, wie ich früher war. Ich fahre mit dem Bus zum Einkaufen. Weil mein Wagen einen Schaden hatte. Wildunfall, ja, dies geschieht hier ziemlich oft. Meistens gehe ich zu Fuß, denn ich hasse das Busfahren.

So wie gestern hatte ich dieses unheimliche Gefühl, beobachtet zu werden, wie so oft. Egal, wie ich aufpasse, ich finde keine konkreten Hinweise, es ist nicht greifbar. Also bin ich in den Bus gestiegen. Inmitten von Menschen wird mir am wenigsten geschehen. Oder? Möglicherweise sollte ich einfach diese Hirngespinste vergessen? Hier zwischen den bekannten Gesichtern fühle ich mich sicherer.

Und heute sitze ich wieder hier in diesem Bus. Lese den Glitzerseewald, ein Buch voll purer Fantasy. Es liegt in der einen Hand, meine Tasche in der anderen und meine Augen bei dem schnarchenden Mann neben mir. Mein rotes Haar hängt strohig meine Schultern hinab.

Im Geiste lache ich, denn meine Mutter hasst diese Frisur, so wie ich sie heute auch nicht leiden kann. Die kalte Luft lässt sie schrecklich aussehen. Meine Finger sind kalt und die holprige Fahrt nervt mich einfach so. Das Essen am Abend nervt mich. Ich soll für unsere Gäste kochen, gut aussehen und Friede, Freude, Eierkuchen spielen. Toll! Wenigstens kommen nur Dan, mein Verlobter, und sein Vater. Also auch bald Familie. Deshalb hat meine Mutter mich auch mit dem Kochen beauftragt. Sie möchte, dass sein Vater sieht, dass ich das typische Rollenbild beherrsche. Puh, dabei kommt mir die Galle hoch. Andererseits heirate ich Dan und nicht seinen Vater, da sollte ich darüber hinwegsehen.

Nett sein und mitspielen. Warum? Weil mein Vater mit jedem Immobilienverkauf Provision bekommt. Richard, Dan und mein Vater, sie planen, zusammenzuarbeiten.

Ahnung vom Geschäft habe ich nicht, das darf auch gerne so bleiben. Anders als er sind sie sehr gut in dem, was sie tun. Ich soll mich präsentieren, ein Kennenlernen nach so langer Zeit, sozusagen. Richard hat es nicht so mit Familie, das sagt Dan, meine Highschool Liebe jedenfalls. Für ihn werde ich diesen Abend überstehen.

Dass ich einmal so sein könnte, wie ich sein möchte, ist nicht möglich. Meine Eltern, sie beobachten mich mit Adleraugen. Bald ist damit Schluss und ich werde mein eigenes Haus haben. Großer Garten, Fensterläden und viele Blumen drumherum.

Sein Vater, der Gouverneur. Auch wenn sich dieser hier so gut wie nie blicken lässt. Wie abgedroschen! Ja, auch damit habe ich mich arrangiert. Unsere Hochzeit wird Ende des Jahres stattfinden. Idyllische Feier mit vielen pompösen Dingen, wie Eisskulpturen, Tauben und solchen Sachen, zwischen Schnee, Eis und vielen Freunden. Heiratsfähiges Alter heißt es. *Verdammt, ich bin einundzwanzig und nicht Mitte dreißig.*

Unser Leben wird wunderbar in dieses Bild der heilen Welt hineinpassen. Der Traum jeder Frau. Er, der Traum aller Eltern und der nächste Immobilienmogul. Naja, hier wohl eher ein paar Stufen darunter. Doch für die Verhältnisse hier ganz weit oben, und ich werde seine Frau. Eine Frau von Stand und Herkunft. Ich werde arbeiten gehen und eine Reinigungskraft haben. Eine Köchin und jemanden, der mir mit meiner Fitness helfen wird. Yoga, jawohl. Der erste Kurs beginnt in ein paar Wochen. Gleich nach Weihnachten. Kurz vor meinem Geburtstag.

Ja, mein Dan, er ist total nett. Die Mädels und Frauen hier schlecken sich alle die Finger nach ihm ab. Er ist blond, groß, muskulös und nett. Claudwoods Kandidat für die Wahl zum Gouverneur, der Erste in diesem Alter.

Entweder wird er oder sein Vater das Rennen machen. Also entweder eine Neuwahl oder der Titel bleibt bei Richard.

Alles zusammen ist da das Problem. Zumindest, solange er nicht zu viel trinkt. Da habe ich selbst schon eine Ohrfeige bekommen. Er versteht dann alles falsch. Ich hatte ihm die Haustür geöffnet, es war schon spät am Abend, ich hatte nur ein Shirt an. Sofort kam die Ohrfeige. Ich solle mich nicht so zeigen. Ja, ich hätte daran denken sollen, war aber schon im Begriff, ins Bett zu gehen. Meine Eltern waren aus. Bürgerversammlung mit anschließendem Essen. Ich war so unbedacht. Jeder hier hätte mich so sehen können! Ich weiß jetzt, es ist nicht seine Schuld gewesen. Liegt das Problem dann bei mir? *Womöglich.*

Ich starre seit Ewigkeiten auf meinen Verlobungsring an meinem Finger. Darunter sehe ich meinen braunen langen Strickrock. Der Ring, er glänzt wunderschön in der Sonne, ein seltener Begleiter bei diesem eiskalten Wetter. Um mich herum herrschen rege Gespräche. Die Mädchen ganz hinten, sie singen. Die alte Dame vor mir, sie spricht so laut mit ihrem Mann, weil er nichts versteht. Und ich habe ständig das Gefühl, hier nicht hinzugehören. Genauso wie ich beim Einsteigen das Gefühl hatte, dass ich wieder beobachtet werde. Ich muss das verdrängen, es ist sicherlich eine Einbildung, weil ich mich erst daran gewöhnen muss, bald im Rampenlicht zu stehen. Dann wird es besser werden. Vor lauter Stress kaue ich schon wieder an meinen Nägeln und schüttle die Finger ab, sobald ich es spüre. Ich atme die dicke Luft hier drin ein und warte, bis ich aussteigen kann.

Schon morgen werde ich Dan wieder sehen, wir haben uns letztes Wochenende gesehen. Wir sehen TV, kuscheln etwas, essen und haben etwas Spaß, dann fährt er wieder nach Hause. Noch. Bald wird er mit mir schlafen wollen. Ich spüre es. Die Kuscheleinheiten werden immer drängender. Das eine Mal, als es nicht klappte, zähle ich jetzt nicht.

Wenigstens kommt er zu mir nach Hause. Hier fühle ich mich doch etwas sicherer. Meine Eltern sind aber genau morgen nicht da. Das kann etwas werden, überlege ich und verfalle wieder in ein Gedankenkarussell.

Ja, ich bin erwachsen, doch irgendetwas in mir sagt mir, es wäre schöner, bis zur Hochzeit zu warten. Klassisch sein einfach.

Heute haben wir im Kindergarten personalisierte Weihnachtskugeln für in ein paar Wochen gebastelt. Während ich daran denke, spüre ich, wie es mir mein Lächeln auf den Mund zurückzaubert. Inmitten des alten Busses und der Gespräche der anderen Fahrgäste. Die Kleinen hatten so viel Spaß. Genauso wie ich. Nein, es ist nicht alles doof, aber etwas mehr würde ich gerne wollen. Was das genau ist, weiß ich irgendwie auch nicht.

Ich bin erzogen zur perfekten Kleinstadtfrau, das habe ich erst gemerkt, als wir hier ankamen. Ich hatte in der Großstadt wenig Kontakte. Wenig Freunde. Aber ich hatte meine kleine Crew. Wir waren auf Partys und genossen das Leben. Ich war immer etwas anders. Hier mögen mich die Leute sehr. Jeder, dem ich begegne, winkt mir zu. Sie geben ihre Kinder gerne zu mir in den Kindergarten. Sie freuen sich darauf, wenn ich mit Dan zusammenlebe, seine Frau werde. Manche würden es auch so bezeichnen, dass ihnen die Sonne aus dem Hintern kriecht.

Die Wahlen kommen immer näher, überall an den Straßen sind schon diese Plakate. Sie wissen, wie ich mich für ihre Werte einsetzen würde, denn ich habe dieselben. Dann würde einer der jüngsten Gouverneure hier werden. Der ganze Umkreis. Warum? Weil sein Immobiliengeschäft perfekt läuft. Weil er in der Gemeinschaft aktiv ist, weil er ihnen hilft, Einkäufe zu tragen. Rasen zu mähen und diese Dinge, von denen ich nicht denke, dass er sie gerne macht. Sein politisches Engagement, gepaart mit seiner Herkunft und seiner Raffinesse, das alles bringt ihm die Punkte. Passe ich in dieses Bild? Ich weiß es nicht! Ich werde es versuchen. Denn wir gehören zusammen.

Ich bin rothaarig, der erste Fauxpas. Ich habe große Brüste, schwierig, wenn man nicht auf Partys geht. Und hier nicht auffallen möchte. Ich bin klein und habe keine Modelstatur. Dan – ihm gefällt's. Er steht darauf, beteuert er. Er liebt mich, meint er. Ich mag ihn. Liebe, ich weiß nicht, ab wann ist es Liebe? Ich sehe ihn gern, bin gerne bei ihm.

Früher haben wir mehr miteinander unternommen, doch seit dem letzten Mal, als wir fast Sex hatten, hat sich das geändert. Er möchte, dass ich seine Einzige sein werde. Für immer. Gott, das klingt so endgültig. Ebenso klingt es auch so romantisch. Ist es wohl auch? Ich würde mich selbst nie scheiden lassen, ich halte meine Versprechen. Und das Versprechen „bis dass der Tod euch scheidet", das nehme ich genau.

Nächste Woche werden wir mein Kleid nochmals anprobieren. Ich musste fünf Kilo abnehmen, damit es mir passt. Das gab es nur noch in dieser einen Größe. Es ist wunderschön, wie das einer Prinzessin. Es wird eine grandiose Hochzeitsfeier in unserem Garten werden, davor wird es wunderschön in unserer Kirche. Das halbe Dorf wird kommen, es ist wie ein Event geplant. Heizpilze, weiße Pavillons und eine wundervolle Location. Mein Vater führt mich zum Altar, das ist Tradition.

Miss Mc. Morgan, das klingt doch wundervoll! Sofort bildet sich wieder ein Lächeln auf meinen Lippen.

Und dank der Schuhe, die mir meine Mutter ausgesucht hat, werde ich in der Hochzeitsnacht auch sicherlich nicht mehr weglaufen.

So, die übliche Runde ist gefahren, ich steige als Letztes aus, ihr braucht noch die Zutaten für das Essen heute Abend, Lammbraten. Ich hasse Lamm. Aber wenn ich es kochen soll, dann soll es so sein. Ich kann kochen, ich liebe es, zu kochen. Dabei kann ich in der Küche verweilen und meine Gedanken sortieren. Solange es nicht spezielle Gerichte sind, die besondere Fertigkeiten erfordern.

Ein Ton aus meiner Tasche. Ich weiß sofort, wer es ist. Dan, seine Nachricht ploppt auf.

– Hey Babe, morgen komme ich eine halbe Stunde später, wir treffen uns nach dem Training, bin noch bei Jess in der Bar. Ich bringe danach den Film mit. -

Ich antworte schnell, er hat es nicht gerne, wenn ich ihn warten lasse. Er hat so viele Verpflichtungen, dass er sofort Antworten benötigt. „*Freue mich*" das Footballtraining, ist sehr wichtig für ihn, er wollte immer bei den Profis spielen, leider hatte er vor ein paar Jahren einen blöden Bruch der Schulter, seitdem konzentriert er sich auf die Immobilien. Ja, so macht es eben auch Sinn. Er hatte wochenlang diesen Verband. Hat Alkohol getrunken und sich abgeschirmt. Aber ein bisschen Training und Spiele für die heimische Mannschaft, da ist er noch dabei. Er meint auch, es ist schön, die Stadt zu unterstützen.

Meine Mutter findet, ein Mann benötigt Freiraum. Dann soll er ihn haben. In dieser Zeit habe ich meinen. Wenn ich daran

15

denke, werde ich wohl nächstes Jahr zu dieser Zeit schon mein Kind unter meinem Herzen tragen, Standard hier. Warum? Weil man es eben so macht! Es fühlt sich alles seltsamerweise nicht so richtig an, wie es aber eben schon richtig wäre.

Nachdem ich mich von diesem Schock, also meinen Gedanken hier, erholt habe, beschließe ich, nach Hause zu fahren und später in meiner Lieblingsbücherei vorbeizusehen. Etwas mit meiner Freundin Sara plaudern, ehe ich dann das Abendessen für meinen Schwiegervater in Spe zubereiten werde. Ich höre in letzter Zeit sowieso zu wenig von Sara. Ich vermisse unsere langen Telefonabende. Unsere gemeinsamen Leseabende.

Bei Richard ist es so: Seine Frau ist gestorben, also kommt er zu uns. Dan, er kommt auch immer zu uns, bei ihm bin ich selten. Er hat eine unfreundlich eingerichtete große Wohnung hier, teuer, aber ungemütlich.

Wir sollen eine Familie sein und uns besser kennenlernen. Meine Familie selbst, ich kenne sie kaum mehr, denn jetzt gehen sie zur Kirche, spielen perfektes Paar. Obwohl es hinter verschlossenen Türen anders aussieht. Ständig herrscht diese gespenstische Stille, diese Anspannung hier. Manchmal glaube ich, sie haben sich schon alles gesagt.

So kommt es, dass ich jetzt wieder hier in diesem Bus saß, den aufmunternden Gesprächen der anderen lauschte und von wundervollen Kleidern träumte, welche ich imaginär nähte, oder Bleistiftzeichnungen zu den Büchern erstellte, die ich las. Es ist eine willkommene Abwechslung. Manchmal verbringe ich stundenlang damit, Zeichnungen zu erstellen. Zu lesen, im Bus, im Park oder in meinem Lieblingskaffee.

Meine Gedanken fahren wieder Karussell, ich kann es nicht ändern, ich bin einfach so. Denn so schnell mir der Gedanke kommt, genauso schnell kommt mir aber auch der Gedanke, dass ich noch ein Waxing für morgen Abend benötige. Auch wenn ich den ersten Sex hinter mich bringen möchte, so viel Angst ich auch habe, so möchte ich nicht so behaart dabei sein. Möchte es jetzt endlich durchziehen. Also werde ich morgen früh gleich losmüssen. Schon wieder, wieder mit dem Bus. Himmel, wie mich das nervt.

Ich dränge mich durch die engen Gänge des Geschäftes. Es dauert ewig, bis ich alle Zutaten zusammen habe, die noch fehlen. Es gibt hier auch nicht immer alles. Vieles dauert Wochen, bis es wieder lieferbar ist. Abgesehen davon spüre ich wieder dieses Unwohlsein. Egal, wo ich entlanggehe, es fühlt sich an, als würde ein kalter Luftzug in meinen Nacken hauchen. Dieses Gefühl, es ist mir nicht fremd, eher ist es ein ständiger Begleiter seit Wochen. Ich fühle mich beobachtet, deshalb gehe ich nicht in leere Straßen, leere Gänge. Ich versuche immer, unter Menschen zu sein. Dan, ihm habe ich das noch nicht gesagt, ist auch besser so. Er würde mich sicherlich auslachen. Oder mein Vater. Meine Mutter hat verboten, etwas zu sagen. Ich soll ihn nicht aufregen.

Endlich habe ich alles eingekauft, um starten zu können. Meine zwei Tüten voll sind gar nicht so leicht, darum stapfe ich zielgerichtet in Richtung Bus. Mein Handyakku ist leer, wahrscheinlich ist es zu kalt. Es hat momentan sowieso Akkuprobleme.

Ich bin fast aus der Tür, als mich jemand anrempelt. Ich, die Queen der Schusseligkeit, lasse alles fallen. Dummkopf, er ging einfach weiter, ohne Worte. Zu allem Übel haben es noch alle gesehen. Er hingegen? Ich bezweifle, dass er das überhaupt gemerkt hat. Er fühlte sich an wie ein Klotz aus Stein. Ich fasse es nicht. Der Junge aus dem Lager, Willy, er hilft mir, schnell alles zusammenzupacken und gibt mir eine neue Tasche. Er selbst sieht ihm immer wieder nach. „Der ist gefährlich, Fleur. Und er spricht nicht", flüstert er mir, während er alles schnell verstaut, entgegen. Dieser Mann, ich habe ihn hier noch nicht gesehen. Diese Dunkelheit, welche er um sich trägt, lehrt einen das Fürchten. Das geht übrigens nicht nur mir so. Er gibt dem Geschäftsführer etwas, genau kann man es nicht sehen. Ich schiele immer wieder etwas hinüber, als Willy meine Schulter schüttelt und mir kopfschüttelnd zu verstehen gibt, dass ich weitermachen soll. Man hat das Gefühl, hinsehen zu müssen, aber nicht zu dürfen. Seltsam, dann ist er auch, so schnell er kam, wieder verschwunden.

Als ich mich wieder aufraffe, meint Willy, dieses Mal ziemlich laut und besonders freundlich: „Achte nicht darauf, schön, dass du bei uns einkaufen warst." Auf der Heimfahrt lässt mich der Gedanke an den dunklen Mann nicht los. Es klang so, als würde Willy etwas verbergen. Was ist das für ein Mensch? Er passt so gar nicht in das Bild des Örtchens. Vielleicht ist er dieser Mann, von welchem die Stadt spricht. Ein Arschloch, ohne Manieren, gefährlich und immer alleine für sich. Es heißt auch, er spricht nicht, kauft nur ständig Munition zum Jagen, Whiskey und Zigarren.

Meine Gedanken schweifen zudem auch ständig ab, immer wieder zu diesem Mann, zu meinen Büchern, die ich so gerne lese, zu Filmen, in denen ich gern leben würde. Großstadtleben.

Eine von vielen sein. Nicht die, zu der alle nett sind, wegen des Vaters, der Mutter oder des Verlobten.

Meine Rolle, sie steht einfach schon fest.

Das ist das, was mich an dem Ganzen irritiert und stört. Das ist es nicht, meine Unzufriedenheit ist es. Genauso stört mich im Moment auch diese Busfahrt. Die durchgesessenen Bänke, die Blicke der anderen, die holprige Fahrt. In Gedanken versunken, sehe ich aus dem Fenster. Langsam schleichen sich die bunten Farben in die Welt. Der Herbst, er naht. Der Troubadour spielt fröhlich mit der Gitarre, also sollte es sechzehn Uhr sein. Die Kinder aus dem Kindergarten, sie sehe ich im Vorbeifahren auf dem Spielplatz spielen.

Wundervolle Welt, trotz allem. Finde ich.

Zuhause angekommen, eilt es schon. Schnell bereite ich alles vor, schnipsle das Gemüse, brate das Fleisch und decke den Tisch. Im Hintergrund läuft meine Musik.

Nachdem ich gekocht habe, verläuft das Essen wie zu erwarten. Nettigkeiten werden ausgetauscht. Eine Scheinwelt, die ihresgleichen sucht. Dan, der perfekte Schwiegersohn. Er telefoniert mit seinem Berater, trägt Anzug und führt sich auf wie einer der Größten. Und Richard ist stolz. Ja, ja, ja. Das habe ich den ganzen Abend über, gehört. Ihre Immobilienfirma läuft tadellos. Ich, die Grundschullehrerin, werde mit meinen Schülern verglichen. Was soll das? Ich meine, er hat wohl eher mich ausgesucht, als dass ich ihn mir ausgesucht hätte. Und jetzt ist es so, dass es eine besiegelte Sache ist, denn wir mögen uns. Große Liebe wird kommen, sagt auch meine Mutter. Wir werden ein tolles Ehepaar sein. Seinem Blick nach zu urteilen, zieht er mich bereits aus.

Wenn ich ihn morgen abhole, bekomme ich seinen Wagen. Wir haben genug, doch meiner ist seit Monaten in der Werkstatt, fehlende Teile, auch das ist hier in dem Ort kein Wunder. Es ist wohl der Ort am Ende oder der Ort am Rest der Welt.

Die Unterhaltungen gleichen einem normalen freundschaftlichen Besuch. Wir wechseln in das Wohnzimmer, wo mir meine Mutter wieder Bilder von Tischdekorationen zeigt. Ihre Farbwünsche äußert und Dan, mit einem Lächeln daneben, sitzt. Mein und sein Vater, sie rauchen Zigarre. Es ist so seltsam, Richard zu sehen. Er sieht mich ebenso musternd an, wie ich ihn. Seine dunkle Stimme, sie nimmt wohl jeden Raum ein. Der Wein, er fließt so, wie er sollte, denke ich. Ich würde am liebsten abschalten, Bastelarbeiten für die Kinder vorbereiten. Denn diese muss ich auch noch erledigen. Sogar das Muster des Bodens, welches übrigens, wie ich sehe, nicht auf allen Holzdielen gleich ist, ist im Moment interessanter. Meine Farben sind Gold, Weiß und Flieder. Und kein Rot. Keine Tulpen, kein roter Teppich zum Altar. Nein, das möchte ich nicht, und doch weiß ich. Sie werden es überhören. So wie sie mich bei der Brautkleidersuche begleiteten und mir einreden wollten, was mir steht. Sara und meine Mutter haben einfach ein anderes Auge dafür.

Ja, er geht schon früh. Er hat mir seinen Wagen und die Schlüssel gleich hiergelassen. Ich soll ihn morgen früh abholen. Nun ja, eher im Morgengrauen, und nach Hause fahren. Er trifft sich ja noch in der Bar. Wichtig für ihn, er spielt ja auch in unserer Mannschaft. Die Leute lieben aktive Leute, Menschen, die sich an der Gemeinschaft beteiligen. Deshalb ist sein Vater auch weiterhin davon begeistert, wenn er spielt.

Und es bringt Bekanntheit. Wichtig für sein Amt – *ja, ich weiß!*

Meine Mutter hat bereits wieder zu weit in das Glas gesehen, auch sehr oft bei uns der Fall. Mein Vater sowieso, und seine Mutter. Ich denke, sie passt sich einfach an.

Als sie sich dann doch verabschieden, bin ich schon so müde, dass ich einfach schlafen möchte. Die Küche ist aufgeräumt, meine Mutter bereits auf dem Weg ins Bett. Alles ist wie immer.

Mein Vater, er sitzt noch in seinem Büro, hängt über seinen Finanzplänen. Im Rest des Hauses herrscht Stille.

„Fleur", ruft er mich zu sich. Gott, was möchte er denn wieder? Ich stampfe noch schnell zu ihm herüber, hoffe, dass ich auch bald schlafen gehen kann, ich darf auch Dans Anruf nicht verpassen. Oder überhören.

„Fleur, du weißt, dass du dich mehr zusammenreißen musst. Auch wenn dir die Ideen deiner Mutter zu der Hochzeit nicht so zusagen, du heiratest Dan. Er ist ein anständiger Junge. Klar?", was möchte er denn jetzt wieder, frage ich mich. „Ja, ist mir klar. Aber Vater, du hast das mit der Eisskulptur im Garten auch gehört, oder?", meine Ironie kann ich beim besten Willen nicht verbergen. „Und wenn sie drei davon aufstellen, wirst du lachen und dich bedanken. Ist das verdammt nochmal klar. Du wirst nichts Besseres als Dan bekommen. Sieh dich an, du hast rotes Haar." Ich glaube, ich höre nicht richtig. „Was hat mein rotes Haar damit zu tun? Was soll das?", wage ich mich, ihn zu fragen. Wir haben schon lange nicht mehr richtig gesprochen, vielleicht ist jetzt die Gelegenheit dafür. „Gibt es sonst noch etwas, das dir an mir nicht passt? Ich meine, wenn du schon damit anfängst, wieso dann nicht alles sagen?" Er steht auf und huscht auf meine Seite des Schreibtisches, packt mich am Arm. „Sei leise und weck deine Mutter nicht auf. Was soll das heißen, nicht alles sagen? Verschweigst du etwas? Du bist in letzter Zeit sowieso so komisch. Mit deinen Allüren wirst du ihn so oder so bald vergraulen. Ich rate dir: Überlege dir, was du tust. Denn du wirst ihn heiraten. Keine Schande über die Familie bringen. Ist dir das verdammt nochmal klar?", sein warmer Atem weht mir entgegen. Seine Stirn, sie schwitzt. Sehr stark sogar. „Au, hör auf, du tust mir weh!", jammere ich, denn seine Hand schmerzt gewaltig. Doch statt loszulassen, greift er fester zu und zieht mich an sich. „Du kleine Schlampe, wirst mir meinen Deal nicht versauen, klar!", faucht er mir gemein ins Gesicht. Ich versuche, meinen Arm wegzuziehen. „Lass mich verdammt nochmal los, das tut weh!" „So, loslassen soll ich dich, kein Problem!", er lässt los und hält mein Kinn, nicht gerade weniger schmerzhaft.

Was ist mit ihm los? Ich vermute, irgendetwas mit seinen Finanzen stimmt nicht. Dann ist er immer so schlecht gelaunt. Zusammen mit dem Alkohol ist er unerträglich. Ich hätte einfach früher zu Bett gehen sollen, dann hätten wir das Gespräch hier nicht. „Geh in dein Zimmer und warte auf seinen Anruf, mach einfach mal, was dir gesagt wird. Und morgen, da machst du schön brav die Beine breit und hältst ihn verdammt nochmal bei Laune." Das hat er doch nicht wirklich gesagt, ich fasse es einfach nicht. Ich bin so geschockt, dass mir nur ein „Fick dich" herausrutscht. *Scheiße*, das habe und hätte ich noch nie zu jemandem gesagt, ich kann gar nicht so schnell schauen, wie er mir eine Ohrfeige verpasst. Tränen laufen aus meinen

Augen, ich sehe ihn noch kurz an und gehe dann. Ich könnte ausrasten. Der Schmerz, er ist so stechend, ebenso wie der seiner Worte. Ich mag Dan, ich heirate ihn, aber ich muss mir noch lange nicht von allen vorschreiben lassen, was ich zu tun habe. Tränen brennen weiter in meinen Augen, auch dann noch, als ich jetzt auf meinem weichen, kuscheligen Kissen liege. Und einfach weine. Der Blick ständig auf die Uhr neben meinem Bett. Tick, tack, begleitet mich der nervende Ton.

Was ist mit meinem Vater los, dass er so mit mir gesprochen hat? Das war noch nie. Seinen Blick kenne ich so auch nicht. Das Schwitzen auf seiner Stirn habe ich schon lange nicht mehr gesehen.

Piep, piep, piep, mein Wecker meldet sich, ich bin sogar so, wie ich war, eingeschlafen. Mir ist richtig kalt und ich habe überhaupt keine Lust. Alleine wenn ich schon an die kalte Morgenluft denke, friert es mich. Ein kurzer Blick auf die Uhr, nachdem ich mich im Badezimmer etwas zurechtgemacht habe. Zähne geputzt. Gewaschen und umgezogen. Mein Haar, es hat einen Dutt, das muss wohl reichen. Ich freue mich auf einer Seite, ihn wiederzusehen, andererseits weiß ich, er wird nicht weniger getrunken haben als da, wo wir uns zuletzt gesehen haben. Er findet das normal. Alle finden das normal. Ich hingegen, mir ist das zu viel.

Die Fahrt dauert nicht lange, es ist totenstill auf den Straßen. Hier und da ein paar Lichter, die Ampeln sind ausgestellt. Nichts als Ruhe ist zu spüren.

Mein Wagen, er ist einfach mein. Ich vermisse ihn, meine Freiheit.

Je näher ich der Bar komme, umso mulmiger wird es mir. Es ist ganz schön was los. Ich fahre rechts ran, streiche mein Haar an den Seiten sauber und mache mich auf den Weg. Ich höre lautes Getümmel. Es klingt gar nicht so, wie es sollte. Es fühlt sich auch nicht so an, wie es sollte. Drin klingt es laut, alle schreien. Stühle fliegen, so wie ich sehe. Ich stehe bereits ganz am Rand, versuche, mich unsichtbar zu machen. Andererseits bin ich hin und her gerissen: Soll ich ganz hineingehen? Nein, das würde ich nicht schaffen, auch wenn ich vielleicht nach Dan sehen sollte. Wo ist er? Leise rufe ich Dan. Nichts kommt. Keiner achtet auf mich. Ah, jetzt endlich kommt jemand auf mich zu. Ich kenne ihn, es ist Tom. Noch bevor er etwas sagen kann, reißt ihn jemand von hinten an sich und schlägt ihm eine mitten ins Gesicht. Ich ducke mich vorsichtshalber, versuche, nach hinten auszuweichen und mich hinaus zu meinem Handy zu schleichen. Weit komme ich nicht, denn eine große Hand packt meinen Arm. Wenigstens ist es nicht der von vorhin, denn dieser schmerzt. „Kleines, was suchst du hier? " Oh, die Stimme klingt böse und rau. Kurz überlege ich, ob ich mich umdrehen und die Stimme ansehen soll. Nein, ich schaffe das nicht. Die Stimme greift meinen Arm fester und dreht mich zu sich „Ach, du schon wieder. Was suchst du?" Möchte der dunkle Mann wissen. Ich habe ihn doch gestern erst gesehen, im Geschäft. Er spricht also doch? Ich bringe den Mund vor lauter Angst kaum auf. „Nichts, denke ich, ich soll Dan abholen", sage ich unbeholfen und ängstlich. Versuche, ihn möglichst wenig anzusehen. Zu groß ist meine Angst.

Um uns herum fliegen immer noch Stühle, Geschrei und die zu laute Musik sind noch zu hören. Dieser Mann, er ist sauer, das sieht man sofort. „Ah, Dan also, dann such dir deinen Dan, und dann verschwinde. Das hier ist kein Platz für kleine

Barbiepuppen." Ich zittere, rufe nochmals Dan und sehe ihn dann, Gott sei Dank. Er torkelt herum, ein blaues Auge, sonst scheint er normal zu sein. Ich nicke dem bösen Mann zu und drehe mich um, gehe schnell um die Ecke und warte, bis er weg ist.

Versuche, meinen viel zu hohen Puls herunterzuschlucken und mein Herz wieder zu normalisieren. Dan, der mich ebenso gesehen hat, torkelt nach draußen. „Toll, da bist du ja, geht's dir gut?", frage ich ihn. „Baby, es ging mir noch nie besser", lallt er. „Wieso ist da drin eine Schlägerei? Um was geht es denn da?", möchte ich wissen, während ich mich weiter zum Wagen bewege. Ich möchte so schnell wie möglich weg von hier. Habe den Schlüssel bereits in Reichweite und ziehe Dan mit zum Wagen. „Ach, ein Spinner, ich habe ihn platt gemacht", meint er. Die Arroganz in seiner Stimme: fruchtbar. Aber ich bin froh, dass es ihm gut geht. Der böse dunkle Mann ist das, was mir Angst macht und mich gerade nicht loslässt. Wieso habe ich ihn heute schon zum zweiten Mal gesehen? Und wieso nennt er mich Barbie? Eine Frechheit. Ich sperre den Wagen auf und setze mich hinein. Dan ist fast schneller drin als ich. Er macht die Musik wieder so laut und grölt mit. Sein Handy leuchtet ständig auf, was er aber schön ignoriert.

Was waren das für Typen, was wollten sie und wieso tut er so gut gelaunt? Ihm ist nicht einmal meine rote Wange aufgefallen!

„Babe, heute Abend, ich komm dann doch nicht. Ich muss unbedingt etwas Geschäftliches regeln. Ich muss dazu nach Miami, du verstehst das doch. Ich bin auch nur ein paar Tage weg. Ja?" Ich bin verblüfft, muss mich aber auf die Fahrt konzentrieren. Meine Gefühle spielen verrückt. Die Angst von vorhin, zusammen mit dem mulmigen Gefühl, das Dan bei mir hinterlässt, lässt mich nicht gut fühlen. Vorsichtig lenke ich den Wagen. Hier zwischen den ganzen Wäldern, den Bäumen und dem allen kann es leicht sein, dass Tiere auf die Fahrbahn treten.

„Ok, wie das plötzlich? Ich hoffe, dem Geschäft geht's gut?", platzt es einfach aus mir heraus. Unsere Hochzeit ist in acht Wochen und er führt sich so auf. Unser Haus wird ebenfalls die nächsten Wochen fertig eingerichtet sein, sodass es unumgänglich sein wird, ihn öfter angetrunken zu sehen.

„Ja, du kennst das doch, es hat mit den Immobilien etwas zu tun, neue Investoren, ich muss mich mit ihnen treffen und den Vertrag unter Dach und Fach bringen. Sie wollen mich morgen bereits treffen. Naja, das und der Flug, ich muss bald los", lallt er mir weiter entgegen. „Ok, ich fahre dich nach Hause und rufe mir dann ein Taxi." „Nein, Babe, nimm meinen Wagen. Ich lasse mich von John fahren. Behalte ihn, bis deiner fertig ist, ich möchte nicht, dass du immer mit den anderen allen im Bus sitzt." Eigentlich nett, wenn man davon ausgeht, dass es stimmt. Ich höre, dass es eine Art von Befehl bei ihm ist, John, sein Chauffeur, er hat uns selbst schon oft gefahren, und Dan, er behandelt ihn nicht so besonders nett. „Gut, ich werde es derweil nutzen." Hat ja sowieso keinen Sinn, jetzt mit ihm darüber zu sprechen. Vor allem, wenn er so angespannt wie jetzt wirkt und ständig aus dem Fenster sieht.

„Gut, Babe, also gib mir noch einen Kuss, bevor ich gehe. Ich rufe dich dann am Abend nach der Landung an. Ja? Und melde dich bei deiner Mutter, sie möchte die Farben für die Teppiche besprechen." „Ok", sage ich schlicht, während er mir einen Kuss gibt. Einen langen Kuss. So dass man mehr möchte. Seine Hand, sie wandert wieder zu meinen Schenkeln. Ich gebe ihm spaßeshalber einen Klaps auf die Hand, er lacht. „Lange hast du nicht mehr, dann bist du mein." Dabei bekomme ich Angst, denn das letzte Mal, als wir es versuchten, wurde er wütend. Sein Penis ging nicht in meine Vagina, er hat ihn immer wieder malträtiert. Versucht, ihn steifer zu bekommen, er meinte, ich sei zu eng. Er war so grob und doch so komisch. Er entschuldigte sich mehrmals. Mehrmals, ja, aber ich habe schon gehört, dass es bei Männern nicht immer gleich funktioniert. Sicherlich habe ich etwas falsch gemacht, ich werde mich nächstes Mal besser bemühen, auch wenn es mir eine Scheißangst macht.

Ich glaube, er verdrängt dieses eine Mal, er spricht nicht darüber, tut so, als wäre es nie geschehen. Nie passiert, dass er mich grob ausgezogen hat. Mich ins Bett gedrückt hatte und so schnell wie möglich in mir sein wollte. Er hatte keine Kontrolle, ach, ich weiß auch nicht, er ist so nett und doch seit ein paar Wochen so anders. Ich kann es nicht beschreiben. Sein Vater, all die Leute, die man sich wünscht, oberflächlich gesehen. Ich meine, ich habe keine Ahnung, ob es hinter anderen Türen auch so läuft. Am liebsten würde ich ihm das sagen, was mein Vater am Abend zu mir sagte. Ich weiß nur nicht, ob es das Richtige ist. Mein Vater klang so böse. So gemein, das bin ich nun wirklich nicht gewohnt.

Wir verabschieden uns und ich fahre los. Es führt mich ein kleiner Umweg an unserem neuen Haus vorbei. Ich betrachte es vom Wagen aus. Es sieht so niedlich aus. Einladend. Wohnlich. Außen wie innen. Es ist eigentlich alles so gut wie fertig. Möbel wären gut. Sonst ist es fertig. Doch so wie meines, so fühlt es sich nicht an. Ich träume von meinem Kleid, unserem

Hochzeitskuss und unserem Leben hier. Ich hoffe, mein Kleid gefällt ihm, dieses mit dem Carmen Ausschnitt und der leichten Meerjungfrauen Linie. Es passt anscheinend am besten so zu meinem Haar. Die Kirche, alles ist in Glanz und Gloria. Die Hochzeit des Jahres, so zumindest die Titelseite unserer Zeitung. Tränen brennen in meinen Augen, ich mag ihn, ohne Frage, aber das macht mir alles Angst. Und meine Verwirrung über das alles, ebenso.

Scheinwerfer blenden mich von hinten, das Fahrzeug fährt langsam an mir vorbei. Gespenstisch, denn es fährt normalerweise hier niemand zu dieser Zeit.

Ich glaube, zu erkennen, dass es wieder dieser dunkle Mann ist. Mein Verstand spielt mir Streiche. Ich befürchte immer, jemand Dunkles sieht mich an. Ist doch totaler Schwachsinn. Mein Handy läutet. Dan, wieder. Was möchte er denn? Ich weiß es nicht.

„Hey Babe, bist du schon zuhause?", schlicht antworte ich: „Nein, ich fahre gleich."

„Ok, es ist spät. Also fahr jetzt nach Hause. Sag deinem Vater, er soll mich heute noch kontaktieren!", er klingt seltsam, einerseits müde und doch so aufgeregt.

„Mache ich. Also bis heute Abend am Telefon!", lächle ich, auch wenn er es nicht sieht, und gebe ihm imaginär ein Küsschen.

Ich muss unbedingt nach Hause und schlafen, denn ich habe morgen wieder Arbeit. Wenn ich mit dem Wagen fahre, spare ich mir dreißig Minuten. Da könnte ich zuvor noch in mein Lieblings Café gehen und meine Zeichnung weitermalen. Es ist das Beste am ganzen Tag. Dieser Pumpkin-Latte und meine Zeichnungen. Ich male sie immer dort, der Ort inspiriert mich. Vor allem wegen seiner tollen Aussicht. Man kann das Innere des Ortes überblicken. Bis auf das, dass hier nichts los ist, ist es ja ein wundervoller Ort. Wälder im Hintergrund, soweit das Auge reicht. Musiker, auf den Straßen. Lichterketten, für den Winter. Glühweinhütten, für den Weihnachtsmarkt. Sommerkonzerte, alles nur hier für die Bewohner der Stadt. Die Vorstadt.

Möglicherweise kann ich über den seltsamen Mann etwas herausfinden. Dave, er weiß immer, wer wo ist und mit wem.

Kapitel 2

Ich schlage auf das tote Holzstück ein. Aus meiner Nase und meinem Mund kommt die warme Luft. Weiße Nebelwolken trüben die Sicht. Es ist scheißkalt mittlerweile. Vor allem nachts, so wie jetzt. Aber ich brauche das. Die Muskeln, sie brennen, die Kälte infiziert mich, so dass sie meinen Verstand einzufrieren droht.

Ich schlage Holz für meine Hütte, für meinen Ort der Ruhe. Hier kommt niemand her, dem ich nicht ausnahmslos vertraue. Keine Freunde, nur Familie. Es ist mein Safehouse. *Mein Rückzugsort.* Bei meinem Beruf und den Feinden, die ich habe, würden andere gar nicht mehr versuchen, aufzustehen. Ich hingegen habe das Ziel, sie umzunieten. Alle. Ausnahmslos.

Diese Mafia ist auch mein Lebenswerk, und wenn mein Vater abdankt, dann ist mein älterer Bruder dran. Dann kann ich walten, wie ich will. Denn er ist einen kleinen Ticken mehr Psycho als mein alter Herr. Noch ist er gut dabei. Gesundheitlich kaum Einschränkungen. Ich bin jedoch achtunddreißig, er wird also ebenso wie ich auch nicht jünger werden. Mit seinen knappen siebzig Jahren hat er sich verdammt gut gehalten. Training, gesundes Essen und Sex, alles das, was auch zu meinem Rezept gehört. Mein Lebenselixier. Mein Laster. Zu viel Sex und davon viel zu harten, zu viel Alkohol, aber auch das kann ich einschränken, wenn ich wollte. Nur ich will nicht!

Schweiß tropft von meiner Stirn, bald ist das ganze Holz für die nächsten Wochen gespalten.

Vor meinem geistigen Auge der fucking damalige Bürgermeister, der alte Sack. Es ist fast dreißig Jahre her. Er hatte Frauen gefangen genommen und gefoltert. Dann meine Schwester Lynn umgebracht. Ich wollte ihn kaltmachen. Ich hatte mich aus Dummheit, als die Gelegenheit da war, auf die tote Frau konzentriert, vergebens. Ich war abgelenkt. Es war unsere Lynn. Meine Schwester. Und er konnte abhauen.

Mein Fehler. Mein letzter Fehler!

Jetzt hat er nichts, sogar sein Sohn Dan ließ sich jetzt zum neuen Gouverneur aufstellen. Die Stadt braucht einen. Und er braucht das Geld. Damals, als ich ihn in New York anschoss, ließ er es dann so aussehen, als hätte er sich à la Heldentat beim Football verletzt. Dieser Langweiler! In der Welt der Weicheier hat ihm genau das noch mehr Ansehen gegeben. Sie feiern ihn. Sie haben eben Mitgefühl und sind dankbar, dass er für sie da sein möchte. Mir wird bei dem Gedanken schlecht!

Mir gab es so etwas wie Genugtuung, dass er Angst bekam. Seitdem sind sie vorsichtiger. Den Alten, Richard, habe ich von dem Tag an nicht mehr gesehen. Er ist gut. Doch ich bin besser.

Der Tag, an dem ich ihn erwische, er wird kommen. Ich bin ihm bereits auf den Fersen. Spätestens bei der Gouverneurswahl wird er kommen. Ich bin gespannt, ob es einer von diesen beiden Idioten werden wird. Gott, wie ich diese Kleinstadthölle hasse.

Ich bleibe meinem Wald treu, bin hier so abgeschieden, dass man im Winter kaum zur Hütte gelangt. Meine Chalets liegen fernab der Zivilisation, es sind Chalets für die Menschen, die selbst fernab des normalen Lebens leben wollen. Sie zahlen horrende Mitgliedsbeiträge. Warum? Weil sie es können, weil ich ihnen das biete, nach dem sie sich sehnen. Ekstase und Eskalation.

Anonymität unter den Mitgliedern, gehobene Gesellschaft, denn wer es sich leisten kann, dabei zu sein, der sitzt nicht neben der normalen Frau XY, die abends häkelt. Leckt nicht die Titten einer Frau, die ein Problem mit ihrem Körper hat. Es sind diese Menschen, die fernab des Mainstreams leben, die Sex haben wollen. Ohne Verpflichtung, sich nicht an Regeln halten, außer an diese, die ich aufstelle. Ich biete hotelartige Zimmer, – BDSM-Ausrüstung und Kurse dafür. Vanillas – gibt's keine. Andreaskreuze, Paddels, Peitschen, Achter, Alkohol und Essen, gibt's genug. Partys am laufenden Band und dabei gibt es Themenabende für alle. Schaulustige? Kaum. Macher sind am Werk. Wer sich nicht auskennt, kommt nicht hinein. Alkohol, nur so viel wie sie vertragen, ficken darfst du jede, welcher gefickt werden will! Zusehen? Kannst du – wenn sie dich lassen. Mein Ort der Ekstase, der Wonne und des Befriedigens meiner eigenen Bedürfnisse, also warum nicht Geld daraus ziehen? Und die Bude anheizen.

Mein Vater ist noch der Don, ich bin sein Vollstrecker. Das heißt im Umkehrschluss, ich agiere nur, wenn's notwendig ist. Habe so Zeit für mein Leben. Ich wurde von jeher auf den Posten des Killers und Consigliere vorbereitet. Menschlich? Nein, davon kann man nicht sprechen, eher wurde ich zur Maschine erzogen. So, wie es bei uns üblich ist. Bin ich meinem Vater böse? Nein, wir haben monatliche Besuchsessen bei meinen Eltern zu Hause. Gut, die letzten ließ ich ausfallen. Mein Bruder, der älter ist, meine Schwester, die ihr eigenes Ding macht, und ich. Wir kommen, essen, besprechen uns und dann hauen wir wieder ab.

Es liegt außerdem nicht weit von meinem eigentlichen Haus in Queens. Es gleicht einer Festung, Ausstattung nur vom Feinsten. Eine typische Villa mit Pool, Cinema und viel Komfort. Hier bin ich, um meine Vollstreckerdienste auszuüben, meine Geschäfte zu regeln und meine Familie zu unterstützen.

Seit Wochen beobachte ich diese Frau, dieses Mädchen. Sie sitzt meist in dem Café. Ich weiß nicht, was es ist, sie fasziniert mich einfach. Vielleicht ist es dieses Haar, diese Augen, ich habe sie noch nicht so genau gesehen. Eher ist es so, dass ich sie zufällig beobachtete, zumindest war es anfangs so. Dann wurde sie zum Ziel, denn ich wartete auf den Alten. Immer! Wo sie ist, wird er kommen. Er war untergetaucht, könnte man zumindest so sagen. Nach der Wahl wird er sich hier sicher fühlen. Die Familie bekommt das Mädchen und mehr Geld. Ja, so eine Hochzeit führt zu mehr, als man denkt. Richard, der Wichser, führt dann zusammen mit diesem Dan etwas an, das nur noch grauenhaft sein wird. Er braucht sie. Er ist wie besessen von ihr. Vielleicht, weil sie seiner Ex so ähnlich sieht? Meiner Schwester! Möglich. Lynn war eine Schönheit. Damals in meinen Augen war sie schon alt, weil sie zehn Jahre älter war als ich. Dieses Mädchen, sie ist ihr sehr ähnlich. Doch im Verhalten genau das Gegenteil. Zumindest soweit ich das nach dieser langen Zeit beurteilen kann. Es jährt sich bald wieder der zwanzigste Todestag. Dieses Mädchen hier, das träumt. Diese hier steht in der Öffentlichkeit und malt auf Papier. Trägt Sneaker, trägt Jeans. Diese hier hilft den Alten über die Straße. Arbeitet bei Kindern. Sie war sogar da, als ich die idiotische Verbindung im Pub aufgelöst hatte. Der Wichser ist nochmals mit einem blauen Auge davongekommen. Dabei wollte ich nur sehen, wer alles bei seinem Treffen anwesend ist. Halte den Feind nahe. Mein Motto! Beobachte meine Welt. Ich warte darauf, ihn umzulegen, nachdem ich seinen alten habe. Meine Dienste auszuführen und meine Vendetta gegen ihn zu beenden.

Die Hochzeit ist in ein paar Wochen. Die Wahl, kurz danach. Perfektes Timing für ihn. *Wichser!*

Ich drücke die Zigarette aus, träume von ihrem roten Haar. Ihren faszinierenden Lippen. Ich denke daran, wie sie ihr Bad nimmt. Himmel, Kleines, du solltest die Rollläden besser schließen. Du solltest dich nach dem Sport besser in der anderen Umkleide umziehen, nicht in der mit der Kamera in der Wand. Fuck, meine Eier brennen wieder. Wegen ihr, das muss aufhören. Spätestens in der Kirche, wenn sie ihr weißes Kleid tragen wird, werde ich sie wohl im Wasser des Herrn ertränken. Schade um so etwas Schönes, Filigranes. Sie wird zu viel wissen. Und dann zu viel sehen.

Gedanklich sitze ich wieder in meinem Büro, vor meinem Schreibtisch. Arbeit, egal wo ich hinsehe. Mein Whiskey brav an meiner Seite. Meine Waffe in der Schublade. Also nichts

Besonderes, bis auf die Menge an Gästen in meinem Club. Aktuell ist Hochbetrieb. Im Herbst und Winter machen viele hier Urlaub.

Ich atme die kühle Luft ein, werde später noch im See ein Eisbad nehmen. Hinter den Chalets ist nochmal ein kleiner See, abgeschieden vom Rest. In ein paar Wochen ist bereits Dezember. Dann herrscht hier Hochkonjunktur. Und die Kleine hat wieder Geburtstag, so wie letztes Jahr, als sie ihn alleine in dem Bücherladen verbracht hatte. Fuck – weg mit diesen Gedanken!

Ich habe hier so viel Land, dass man sich gut tagelang aus dem Weg gehen könnte. Ich liebe es.

Ein Blick auf mein Handy zeigt, dass wir in zwei Stunden in der Bar von Jessy sein sollten. Mit „wir" meine ich meinen besten Freund Vincenzo, meinen Vollstrecker und meinen Bruder Costa, der immer gerne mitmischt.

Dieser Wichser. Dan und sein Vater, sie müssen eine Lehre bekommen. Sein Vater wegen meiner Schwester. Und der verdammte Hurensohn, ich habe so lange auf ihn gewartet. Ihn so lange gesucht. Und jetzt tauchte er plötzlich auf. Und das anscheinend nur wegen des Mädchens. Sein dummer Sohn wird sie heiraten und dann gehört sie ihm. Dan, der Pisser, deshalb, weil er im Casino meines Bruders zinken wollte. Seine Sucht. Fast jedes Wochenende war er in dem Club, aber sein Vater war nie zu sehen.

Da wären die braven Bürger hier wohl nicht begeistert. Mit Geld um sich werfen, als wäre es nichts wert. Dollars zücken, wenn man sie nicht hat, dummer Wichser. Allerdings gilt in den Hallen der Moranos: Niemand stiehlt, zinkt oder versucht etwas in der Art. Wenn ich eher dort gewesen wäre, würde er seinen Kopf nicht mehr auf den Schultern tragen.

Eigentlich ist der Junge kein Grund zur Sorge. Er ist ein Nichts. Underdog. Idiot für seinen Vater. Meine Familie wartet seit Jahrzehnten auf den Tag, an dem wir Richard killen. Er hat sein Imperium weiter ausgebaut und ist fast ein transparentes Wesen geworden, undurchsichtig. Richtig gut, das muss man ihm lassen. Deshalb beobachte ich sie. Wo sie ist, wird er bald zu finden sein. Da führt kein Weg drumherum. Spätestens an ihrer Hochzeit wird er aufkreuzen. Ich vermute, er hält Frauen gefangen. Seine Peitschenhiebe, sie waren der pure Zorn. Das sah sogar ich mit meinen zehn Jahren. Ähnlich der bei Folterungen. Null Sinnlichkeit, Verlangen, Erotik, nichts war dabei zu sehen. Er ist und bleibt ein kranker Bastard. Und so jemand führt diese Dummen hier, in dieser noch dümmeren Stadt an. Oder hat es vor. Er weiß genau, wieso er seinen Sohn abgeben sollte, wenn sie ihn wählen. Das bleibt abzuwarten, oder sie betrügen die braven Bürger. Das ist genauso möglich.

Ich schleife meine Messer, bedächtig und in Ruhe. Ich bereite mich auf den Spaß vor. Ja, es sind nur kleine Jungs, sozusagen. Doch warum sollte ich auf Lebend-Training verzichten? In unseren Kreisen ist das ebenfalls eine Option, die man nicht unterschätzen darf, auch dass jemand Wichtiges dort verkehrt. Und deshalb gilt die Regel, vorbereitet zu sein. Wer würde daran denken, dass der Kerl im Supermarkt meine Waffen aufbewahrt? Dass das Kindergartenmädchen mit den roten Locken beim Duschen beobachtet wird. Dass ich weiß, welches lilafarbene Buch sie immer wieder in der Hand hat?

Aus diesem Grund beobachte ich auch das Mädchen und nicht ihn. Wo sie ist, wird Richard kommen. Es bleibt nicht aus. Er wird sich sein Eigentum holen. Dann ist sie seine Familie. Beide haben Geld. Beide haben Männer. Soldaten arbeiten nicht ohne Geld. Wie ich auch herausgefunden habe, bekommt das Mädchen bei der Hochzeit ihr Erbe von ihrem Großvater. Und das ist wohl so viel, dass es sich zu Morden lohnt. Richtige Langweiler. Kein Wunder, dass Josef vor ein paar Jahren von Manhattan wegzog. Er hat so viele Schulden, dass er keine Männer mehr hatte. Er ist unser Feind, weil er in unser Territorium eingedrungen ist und massiven finanziellen Schaden hinterlassen hat. Fentanyl auf der Straße verkauft hat. Schlechtes noch dazu! Das Geld ist mir egal, ich habe genug, es geht ums Prinzip.

Er war dann auf sich alleine gestellt. Ich weiß, die Hochzeit soll auch ihn flüssiger machen. Er tat das einzig Richtige und hat sich zurückgezogen, seinen Anteil an Männern, seinem Bruder gegeben. Und dieser Schwachkopf bügelt jetzt die Scheiße aus. Doch dieser junge Dan, er ist mir noch lange nicht vergessen. Damals, als ich ihn anschoss, hätte er bereits draufgehen müssen. Dieser Wichser hat es nicht getan. Wir haben also noch eine Rechnung offen. Geistig hake ich die Tage im Kalender ab. Sechs Wochen noch, dann soll er heiraten.

Seine Frau bringt ihnen allen das nötige Kleingeld. Die Stadt liebt sie. Die Werbetrommeln werden gerührt. Ich sehe die Flyer schon vor mir, sie sehe ich geistig vor mir. Dieses junge, hübsche Ding. Sie werden das perfekte Paar abgeben. Die Leute geben ihr Geld für ihn. Sein Haus finanziert durch die Stadt. Seine Einnahmen, die der Stadt. Seine korrupten Tätigkeiten, gegen die Stadt. Dieser Wichser. Ja, diese Stadt ist mir egal. Er jedoch nicht. Sein Vater, er ebenso wenig. Der Alte, auch nicht. Sie haben meine ältere Schwester umgelegt. Warum? Weil der Wichser Richard Dans Mutter geschwängert hatte, etwas, das meine Schwester ihm nicht geben konnte. Ein Kind. Einen Nachfolger. Die kleinen feinen Leute hier haben immer noch nicht geschnallt, dass er ein Don ist. Naja, ein lächerlicher Schwachkopf bei den Spaniern. Sie haben für mich keine Würde. Keine Ehre, nichts. Denn wieso sollten sie sonst Frauen, Kinder und Mädchen vergewaltigen, foltern und ermorden?

Das ist nichts, mit dem ich etwas zu tun haben möchte.

Fuck, mein Whiskeyvorrat ist bald leer. Die bernsteinfarbene Flüssigkeit, meine tägliche Ration, Ruhe. Entspannung. Ich müsste heute wieder etwas besorgen. Meine Muskeln erwärmen sich langsam wieder, als ich das Holz aufrichte. Sauber gestapelt. So wie alles bei mir. Meine kleine Hütte ist mein Reich. Nichts ist hier fehl am Platz.

Mein Bruder nervt wieder. Er möchte unbedingt schon los. Ich schreibe ihm schnell, dass ich in vierzig Minuten da bin. Dreißig davon brauche ich in die Stadt zur Bar. Dann werden wir die braven Leute dort aufmischen. Dan alleine hilft mir nicht. Heute reicht mir zu sehen, wer ihnen hilft. Das Treffen konnte ich zufällig herausfinden. In solchen Dingen sind sie Anfänger.

Im Desire läuft alles nach Plan, also kann ich mich heute von dort verabschieden. Pavlo hält den Laden derweil am Laufen. Wir haben so viele Gäste da, dass ich bald einen Einlassstopp machen werde.

Na ja, Sex regiert eben. Sex finanziert.

Ich brause durch den Wald in die Stadt. In meinen Ohren meine Musik. Sie läuft fast auf Anschlag, Äste brechen an Scheiben, die Erde drängt zur Seite. Ich brauche dieses Gefühl. Ich muss mich etwas abreagieren, sonst wird die Party ausarten. Sie sollen nur etwas Angst bekommen. Das reicht. In meinen geistigen Augen sehe ich ihr Bild. Ich sehe sie so oft, dass es sich langsam falsch anfühlt. Wenn sie in der Bücherei sitzt, sehe ich sie. Wenn sie ihren Pumpkin-Latte schlürft, sehe ich sie. Ich sehe sie, wenn sie diese Blätter beschmiert. Ihr rotes Haar, eine Farbe, die ich so noch nicht gesehen hatte. Und ich hatte bei Gott viele, viele Frauen. Das Haar meiner Schwester Lynn war rot, nicht ganz so stark wie ihres, auch die Gesichtszüge waren ähnlich. Möglicherweise fühlt es sich deshalb falsch an? Nein, es ist etwas anderes. Ich suche sie mittlerweile richtig. Warte, bis ich ihr wieder zusehen kann. Auch in ihrem Haus, in ihrem Zimmer, sehe ich sie. Morgens das Lesen vor der Arbeit im Café, abends, wenn sie sich für das Bett fertig macht. Immer das Gleiche. Duschen, Eincremen, Zeichnen und dann ist das Licht erloschen. Jeden Tag. Seit Wochen. Irgendwann wird es ein Ende haben, denn dann muss Richard kommen, ich weiß es.

Ich parke den Wagen. Die Aufschrift des Bauernclubs blendet mich direkt ekelhaft. Ich stehe direkt am Eingang. Mein Bruder, ich sehe ihn schon von der Seite vortreten. Wie gewohnt, eine Zigarette im Mund und ein Lächeln im Gesicht.

„Los geht's, lass uns die Party starten." Ich lächle zurück. Nicke einfach. Habe heute eigentlich keinen Bock auf die Kinderscheiße. Doch dieser Ort erfordert anderes Handeln. Wer könnte wissen, dass ausgerechnet ihr Vater mit seinem Vater den Deal eingeht? Meine Ohren aus dem Hintergrund haben mich informiert. Sie ist die Bezahlung. Der Alte bekommt einen

Haufen Geld. Besser gesagt: sie. Aber davon wird sie nichts sehen. Ich muss wissen, wer alles bei ihnen mitmischt. Welche Leute sind seine Auserwählten?

Ich stampfe zur Tür hinein, ein Blick nach rechts. Einer nach links. Sofort tritt Stille ein. Der Gestank der Pisser verpestet die Luft. Der Typ an der Bar, mein Mann, geht nach hinten. Er wird dort so lange bleiben, wie es nötig ist. Die meisten verschwinden. Sie kennen mich nicht, sie sehen mich immer nur. Und ich sehe jetzt ihre Gesichter und weiß, wer zu dieser lächerlichen Crew gehört.

„Dan, schön, dich zu sehen. Na, schmeckt es dir? Du weißt, warum ich hier bin, oder? Ach, komm, warum schwitzt du so? Sag mir nicht, du musst jetzt mal für kleine Jungs? ", ich weiß, er muss sich zusammenreißen, den Schein wahren. Es wäre fatal für ihn, wenn er aufgedeckt würde. Sein wahres Ich zeigen würde.

„Was sind denn das für Manieren, möchtest du mir nichts ausgeben?", blind sehe ich seine Angst. Er ist nicht das, was sein Vater ist, er ist ein dummer Junge. Er überlegt. Er weiß, dass ich meine Opfer in der Regel absteche. Ohne Wenn und Aber. *Ich bin der Lurker, ich warte, bis ich zuschlage.*

Die Stille um uns herum ist verdammt laut. Er zischt und lächelt. Sein Fehler! Ich schlage ihm mit der Faust in den Magen. Mit der Linken eins in die Fresse. Hinter mir beginnt das Spiel. Der Trubel wird laut, verdammt laut. Was für ein Spaß. Ich nehme seinen Kopf, blitzschnell, klatsche ihn auf den versifften Tresen. Blut mit Alkohol ergießt sich um mich herum. Stühle fliegen. Im TV ein lächerliches Footballspiel.

„Du verstehst, was ich dir damit sage, nehme ich an?" Meine Stimme, höhnisch, laut genug und beherrscht. Um nicht zu sagen, sie klingt desinteressiert. Ich bin mir sicher, er kapiert, dass er verschwinden sollte. Seinen lächerlichen Wahlkampf beiseitelegen sollte.

„Sag deinem Vater, dass ich kommen werde. Deiner Hübschen kannst du sagen, sie soll ihren Pumpkin Latte noch genießen, solange du ihn ihr noch finanzieren kannst."

Dann drehe ich mich um und gehe. Es ist nicht nötig, zurückzusehen. Er wird sich nicht rühren, bis ich draußen bin. Mein Bruder, hinter mir. Mein Wagen vor mir. Ich gehe mit einem Lächeln im Gesicht. Er hat jetzt sicherlich genug Angst, um wieder Scheiße zu bauen.

Ich habe das Gefühl, sie ist wieder in der Nähe. Warum nur? Woher kommt der Mist? Ich lege den Gurt an und habe ihre Haare vor meinen Augen, himmlisches Haar. Verdammt gute Figur. Sinnliche Lippen. Eine einzige Augenweide. Würde sie nicht in den billigen Fetzen herumlaufen. Ein kranker Hund hat mehr Stil, zumindest wäre er etwas farbiger als sie. Das sieht Dan ähnlich, er ließ sich von mir anschießen, nachdem er Besuch von ein paar Tussis in seinem Hotelzimmer hatte, und seine Verlobte läuft in Billigkleidung herum, bieder und zugeknöpft, soweit es geht. Es war ein Warnschuss, seine Finger von meinen Chalets zu lassen. Aus meinem Wald zu verschwinden. Ich schüttle den Kopf, ich muss sie aus meinem Kopf bekommen. Ich habe hier sogar noch die Kaffeetasse im Wagen, obwohl ich hier nie trinke. Er ist noch von dem Tag, als ich ihr in der Bücherei zusah. Ich hatte die Hoffnung, ich würde Aufschluss über Richards Verbleib bekommen. Aber auch nichts. Vielleicht konnte ich ihn jetzt so aus seiner Verbarrikadierung holen. Mein Bruder ist bereits auf Lautsprecher. „Und bist du zufrieden?", kommt es von der anderen Seite des Lautsprechers. „Was heißt zufrieden? Ich habe meinen Job gemacht." Kurze Stille, ich sehe ihn bereits vorfahren. Er wird mit Antonio ins Desire fahren. Es läuft alles nach Plan. So wie ich bin, fahre ich noch im Supermarkt vorbei. Mein Whiskey und ich haben heute noch etwas vor. Ich nehme gleich mehrere Flaschen mit. Scheiß darauf, sie haben nur einen Einzigen, den ich überhaupt trinke. Die andere billige Plörre kannst du eh vergessen.

Es ist jetzt zwei Wochen her, dass ich den Wichser eingeschüchtert hatte, noch immer keine Reaktion. Die Frauen – wir wissen immer noch nicht, wo sie sind. Sämtliche Versteigerungen im Umfeld: ergebnislos. Nichts von Mc Morgan zu hören, weder vom Jungen noch vom Alten. Das Einzige, das man eventuell in Verbindung bringen kann, ist, dass eine junge Frau in einem Waldstück, gegengesetzt zu meinem, gefunden wurde. Tod. Zerstochen und aufgeschlitzt. Rotes Haar. Ja, wenn ich raten müsste, Richard. Eindeutig. Seine Besessenheit von dieser Art Frau ist bekannt. Doch zu finden ist er auch nicht mehr. Wie vom Erdboden verschluckt. Seine einzigen wichtigen Kontakte, selbst wenn ich mir die holen würde, würden nichts bringen. Er ist schlauer als diese. Wieso nur habe ich auf meinen Vater gehört und ihn nicht gleich kalt gemacht? *Fuck.*

Ich schleife gerade in meiner Küche meine Messer. Mein Jagdmesser, mein Filetmesser und mein Kampfmesser, als die Kamera Bewegungen aufzeichnet. Gespannt sehe ich auf sie. Kann nur einen Wagen erkennen. Dieser fährt langsam die

Straße Richtung meiner Hütte entlang. Ich werde doch wohl keinen Gast bekommen? Bis aufs Messer angespannt gehe ich zur Tür hinaus, gute fünf Minuten zu Fuß, durch den Schnee. Ohne verdammte Jacke oder Shirt. Besuch gibt's bei mir eigentlich nicht, deshalb sehe ich mir das an, was kommt, bevor ich gesehen werde. Scheinwerfer wackeln langsam auf dem Weg zu mir entgegen. Der Waldweg ist dicht und dunkel und ich bin gespannt, wer sich hierher verirrt.

Kapitel 3

Fleur

Der Tag, an dem ich lernte, dass Familie noch einen anderen Ursprung haben muss, denn auf Blutsverwandtschaft lässt sie sich augenscheinlich nicht zurückführen …

Drei Wochen sind bereits seit der Schlägerei in der Bar vergangen, das kenne ich von Dan nicht. Er zeigt sich in der Öffentlichkeit immer so nett. So liebevoll. Best Buddy von jedem. Na ja, einfach zuvorkommend. Was ist da geschehen? Er hat auch kein Wort darüber verloren. Doch die anderen Frauen, sie reden. In dieser Welt, die doch so klein ist, spürt man, was sie von Frauen halten, deren Rolle. Trophäenfrauen wären übertrieben, aber eine Vorstufe davon beschreibt es ganz gut.

Langsam glaube ich auch, dass ich einiges nicht höre. Seinetwegen schweigen sie, wenn ich komme. Sara, meine beste Freundin, sie meint immer, ich interpretiere da zu viel hinein.

Erst letzte Woche am Telefon meinte sie es wieder. Ich sollte meine Gefühle nicht auf das Verhalten anderer projizieren. Ich würde immer alles auf mich beziehen. Ich sollte positiv denken. Positiv!

Mein Vater wird immer mehr zum Monster. Angespannt. Gemein. Fast schon verrückt und besessen von der Hochzeit. Der erste Schnee ist auch schon gefallen, ich liebe Schnee. Doch mein Wagen ist immer noch nicht fertig. Ich habe immer noch Dans Wagen bei mir. Er sagt, er benötigt ihn momentan nicht. Sein Chauffeur, er hat genug Zeit und wird schließlich dafür bezahlt. Er hat momentan so viel mit dem Wahlkampf zu tun, dass er keine Zeit hat, um zu mir zu kommen. Einzig morgen zum Mittagessen würde er wieder hier sein. Er erledigt Geschäfte. Irgendwo habe ich es vergessen. Ich habe mich auf meine Arbeit und meine Dinge wie Packen konzentriert. Habe zusammengepackt, was ich ins Haus mitnehmen möchte. Was ich die nächsten Wochen nicht unbedingt brauche. Verstaut, was zu verstauen ist, und die Kisten offengelassen. Dinge wie meine Zeichenblöcke, Bücher, meine Musikschatulle. Ein kleines Tischchen, das ich so liebe. Meine Häkel-Blumentöpfe, meine Makramee-Aufhänger. Ich liebe solche Dinge einfach. Sie machen ein Heim für mich gemütlich. Vielleicht gefällt es Dan ja auch bei uns. Wir werden ein extra Zimmer haben, das für ihn und seine Bürotätigkeiten sein wird. Hier richtet er ein. Ist mir ebenso recht. Recht ist mir auch, dass ich von meinem Vater weg sein werde. Von seinem Vater und endlich in Ruhe in meinem eigenen Haus leben kann.

Die Wahlkampfkampagne, sie läuft auf Hochtouren. Alle sind angespannt. Der Gegenspieler, nett, aber ich denke nicht, dass er es schafft, er ist so unauthentisch.

Es ist schon abends, doch ich möchte noch ins Café gehen, etwas lesen und malen. Wieso ich da hingehe? Ich muss von zu Hause raus. Sie haben noch zwei Stunden geöffnet, das rentiert sich. Und der Wagen muss ebenfalls bewegt werden. Meinen Eltern ist es egal, was ich so mache, Hauptsache, ich heirate Dan, so kommt es mir zumindest vor.

Ich habe ihn kennengelernt, als er in einem Auswärtsspiel verletzt wurde. Gleich am Anfang hat er irgendetwas mit der Schulter gehabt, seine Karriere war am Ende. Die Narbe habe ich gesehen, es sind ein paar Stiche gewesen, ich denke, die Schulter oder so war gebrochen. Er meint immer: „Ach, da ist nichts."

Schnell schlüpfe ich in meine Leggings und in das viel zu große Holzfällershirt, in meine Stiefel und fahre los. Der Wagen fühlt sich langsam wie mein eigener Wagen an. Ich bestelle bei Dave meine obligatorische Pumpkin-Latte und beginne zu lesen. Ich kann mit dem Lesen in Welten abtauchen, die ich niemals erleben würde. Fantasiewelten. In allen Genres. Egal, was ich aufschlage, ich lese das so, wie es mir gefällt. Manchmal mit einem Grinsen im Gesicht, manches Mal mit Tränen. Himmlisch. Der Ton meines Handys reißt mich aus der Reise in eine Wüste. Dieses Kapitel hat es in sich. Ich hole es schnell aus der Tasche und schiele darauf. Nein. Meine Welt bricht gerade zusammen. Ich sehe rot. Ich sehe Scham. Ich sehe Wut. Ein Bild von Dan, wie eine blonde richtige Tussi auf seinem Schoß sitzt. Mitten in einem Partyraum, vielleicht einer Disco. Er sieht betrunken aus. Das kann doch nicht wahr sein. Ich dachte, er ist auf Geschäftsreise. Ich bin so dumm. Geschäftsreise heißt nicht, dass er abends nicht die Clubs besuchen würde. Ich dumme Kuh. Tränen schießen in meine Augen.

Ich kann meinen Vater verkraften. Ich kann Dan verkraften, wenn er sauer ist. Aber das, das geht nicht. Ich habe die Nase voll. Ich packe meine Sachen und laufe aus dem Laden. Ohne zu bezahlen. Gerade ist mir auch das egal. Wütend und ohne Verstand steige ich in den Wagen, verstaue meine Zeichnungen und fahre darauf los. Einfach so. Ich habe nicht einmal darauf geachtet, wer mir diese Nachricht hat zukommen lassen. Stattdessen fahre ich gedankenversunken einfach immer weiter. Gute vierzig Minuten bin ich schon unterwegs. Bis ich mich umsehe und die ganzen Schlaglöcher wahrnehme, befinde ich mich bereits im Wald. In dem dunklen Wald, in den niemand hineinfährt. Nichts als Bäume sind zu sehen, nicht einmal viele verschiedene. Immer diese Gleichen. Es heißt, hier ist es gefährlich. Der Tiere wegen, der maroden Bäume wegen und die Straßen unbefahrbar. Ja, das spüre ich. Hier ist kein Weg, vor allem ist hier Schnee und Glatteis. Mist. Wieso habe ich nicht vorher darüber nachgedacht? Mein Puls rast. Ich werde den Wagen gleich zu Schrott fahren. Sicherlich. Safe.

Toll. Wie soll es auch anders sein? Das fühlt sich an wie in einem Thriller. Ich dumme Kuh, der Reifen, kaputt. Ich steige aus, nehme die Taschenlampe meines Handys und sehe, dass der Reifen jetzt ein Loch hat. Das kommt wohl davon, wenn man nicht auf einer Straße fährt. Vorsichtig sehe ich mich um, überall Wald. Bäume und nichts auch nur irgendwo zu sehen, was mir helfen könnte. Meine Stiefel knacken auf den Ästen, der Schnee – auch er ist zu hören. Es ist eisig kalt. Auch die kalte Luft aus meiner Nase, sie steigt warm auf. Man kann sie im Licht der Scheinwerfer sehen. Ich sehe das Glitzern des Schnees zwischen meinen Tränen. Totenstille ist zu vernehmen, solange ich mich still verhalte. Ich versuche zu hören, ob ich etwas höre. Wieso war ich so dumm? Es hilft alles nichts, ich setze mich wieder in den Wagen. Um zurückzulaufen, ist es auf jeden Fall zu weit. Mein Handy, der Akku so gut wie leer. Toll. *Ganz toll.*

Ich schlage auf das Lenkrad. Verriegle die Zentralverriegelung von Neuem. Versuche, mein Handy bei laufendem Motor zu laden. Etwas einzuheizen. Soll ich bei meinem Vater anrufen? Er wird mich umbringen. Meine Mutter, nein, sie wird es ihm sagen. Meine Freundin, nein, die kann ich da nicht mit hineinziehen. Mist, ich muss Dan erreichen, vielleicht kann er mir jemanden schicken. Die Werkstatt kann ich nachts auch nicht erreichen. Ein Taxi vielleicht? Nein, lächerlich, denn bei uns gibt's vielleicht drei Taxis, die aber um diese Zeit sicherlich nicht fahren.

Wenn man so kopflos fährt wie ich.

Verwundert sehe ich etwas Licht auf mich zukommen. Es geht so schnell. Es wackelt sehr stark und blendet in der Dunkelheit. Schnell wäge ich meine Optionen ab. Wegfahren, geht nicht, zu viel Schnee für diesen Reifen. Zittrig sehe ich im Handschuhfach nach, vielleicht gibt's eine Waffe wie eine Flasche oder etwas Ähnliches, was natürlich auch absolut lächerlich ist. Mein Puls klopft so laut, dass ich erst das Klopfen an der Scheibe wieder wahrnehme, als es richtig stark klopft. Mist. Ich kann mich so auch schlecht verstecken. Bis auf meinen Stilkamm habe ich nichts dabei. Männer im Wald, das sind doch alles nur verrückte Serienmörder. Sollte ich den Kamm zum Zustechen benutzen? Wohl eher nicht. Ich könnte es sowieso nicht. Mit einem Auge schiele ich zur Scheibe. Denn es klopft genau in diesem Moment nochmal, sodass ich mit einem lauten Schrei erschrecke. Es ist der böse dunkle Mann. Er klopft sogar gleich nochmal. Ich schüttle den Kopf, er deutet auf den Reifen.

Ja, das habe ich doch schon gesehen, du Schlaumeier, denke ich. Ich denke aber auch, ob ich tot umfallen sollte, um es abzukürzen. Er wird mich gleich killen. Genau, er steht hier, der, vor dem mich jeder warnt.

„Werkzeug?", fragt er durch die Scheibe. Ich schüttle den Kopf. Es macht keinen Sinn, einfach so sitzen zu bleiben. Wenn er mir etwas tun möchte, wird er es schaffen, auch wenn ich nicht sitzen bleibe, denn das Fenster ist kein Hindernis. Also kann ich ihm das Fenster auch öffnen. Hoffentlich geht alles gut.

„Vielleicht hinten drin, ich weiß es nicht. Ich müsste wohl den Reifen wechseln, oder?", dümmer kann ich nicht mehr sprechen, aber das ist das Einzige, das meine Lippen verlässt.

„Ich sehe nach." Wow, wieder sehr gesprächig. Seine Stimme, sie klingt – puh, dunkel. Rau und böse.

„Kabelbinder im Ernst?", ruft er nach vorne. „Kabelbinder? Keine Ahnung", rufe ich zurück. „Einen Spaten?" „Was, wie bitte?" frage ich zurück. „Im Ernst jetzt, Müllbeutel, Mädel?"

„Es ist nicht mein Wagen. Er gehört meinem Verlobten." Er nickt, so wie ich das von der Seite aus sehe, während er das Notrad nach vorne trägt. Jetzt fällt mir auch auf, dass er keine Oberbekleidung trägt. Es war so dunkel, ich hatte so viel Angst, dass es mir entgangen sein muss.

„Soll ich aussteigen?", frage ich. „Nein, es ist zu kalt und zu gefährlich.", schroffer hätte er mir das jetzt nicht sagen können. *Der muss wahnsinnig sein.*

„Wieso sind sie hier unterwegs?" Möchte er wissen. „Ich habe mich verfahren", beschämt gebe ich es zu, doch schlimmer ist wohl, dass er hier halb nackt im Wald herumläuft. „Gibt's kein Navi in deinem Wagen? Soll das ein Scherz sein? Mädel, hier ist weit und breit ein Haufen von nichts." „Nein, ich habe die falsche Abzweigung genommen.", meine ich. Obwohl ich total gedankenverloren herumgefahren bin, habe ich auf nichts geachtet.

„Wenn ich fertig bin, drehe ich den Wagen um und sie fahren zurück, auf direktem Weg, weg von hier." Ich zittere hier drinnen wie Espenlaub. Seine Gestalt, sie macht mir solch eine Angst. Man hört ihn herumhantieren, das Radkreuz, das seltsame Geräusche macht, den Reifen, den er zur Seite wirft. Seine Atmung. Alles, und ich habe Mühe, mir nicht in die Hose zu machen, während der Wagen angehoben wird. Heimlich wische ich ständig meine Tränen weg und an meinem Ärmel die Nase ab. Ekelhaft. Den Motor habe ich abgestellt, mein Handy ist weiter leer, jetzt ist seine Gelegenheit, mich umzubringen. Oder? So machen sie es doch. Ich werde in eine Hütte verschleppt und vergraben. Mein Ausblick: die Dunkelheit, Äste und der langsam beginnende Schnee, der wieder herunterfällt.

„Sie sollten dann heimfahren. Ist nichts für Frauen hier. Für niemanden. Ich will hier niemanden sehen. Klar?", befiehlt er. „Ja, danke", platzt es aus mir heraus. Ich weiß nicht, was ich sonst sagen sollte. Der Typ scheint total verrückt zu sein. Er hat den Wagenheber und das alte Rad aufgeräumt und deutet mir an, auszusteigen. Mit dem Finger und einer Kopfbewegung. Ich fühl mich wie ein Hund, so wie er das macht. Trotzdem steige ich aus dem Wagen aus, besser gesagt, ich springe und streife seinen harten Oberkörper. Er fühlt sich an wie ein Berg aus

Stein. Dann stelle ich mich schnell zum nächsten Baum. Es dauert ein paar Züge und er parkt mir den Wagen um. Steigt selbst aus, lässt den Motor an. Nickt mir zu. „Los, der Wald ist nichts für sie. Hier lauert der Tod!"

Oh mein Gott. Ich mache mir wirklich gleich in die Hose. „Danke", bringe ich anstandshalber noch heraus. Mehr ist nicht möglich. Das ist so eine verdrehte, seltsame Situation. Ich bin so schnell im Wagen und habe die Zentralverriegelung aktiviert, so dass ich sofort losfahren kann, schneller als in diesem Schnee und auf dem unebenen Boden gut ist. Aber ich muss weg. Er war so komisch und so nett. So böse und so weich. So gestört. Ja, das kann man wohl so nennen, und ich so verheult und echt am Ende. Total durcheinander fahre ich weiter. Ich traue mich auch nicht, in den Rückspiegel zu sehen. Ich muss den Wald hinter mir lassen. Meine Begleiter sind diese Angst, die Scheibenwischer, die den Schnee abwenden, und der Ton des Schnees, auf welchem ich fahre. Ich muss heim. Schlafen. Klar werden. Ich weiß nicht, was ich machen soll.

Mein Handy, toll, jetzt läutet es, der Lautsprecher geht an und dann ertönt „Hey, ich bin es, was machst du?" Ich sage ihm, dass ich im Kaffee sitze. Ja, keine gute Idee, denn er schreit gleich zurück. „Lüg mich verdammt nochmal nicht an, ich höre doch, dass du fährst. Ich sehe, wo mein Wagen ist. Du bist bald meine Frau, also lüg mich bloß nicht an!", was ist mit ihm plötzlich los?

Diese Begegnung, diese kann ich ihm wohl nicht sagen. Kann nicht sagen, dass ich möglicherweise abhauen wollte, oder?

„Dan, ich bin kaputt, ich habe mich verfahren, ich bin gleich zuhause und gehe schlafen. Ich wünsche dir für morgen alles Gute. Gute Nacht." Damit lege ich auf. Puh, das habe ich noch nie gemacht. Schlafen werde ich jetzt sicher nicht mehr. Gut geht's mir ja auch nicht. Ich brauche Ruhe, muss das erst einmal verdauen. Ein gestörter Freak ohne Oberbekleidung mitten im Schnee mit Stirnlampe und so vielen Tattoos. *Und ich, das beste dumme Opfer, das es in Claudwood gibt. Und alleine.*

Zitternd liege ich immer noch in meinem Bett. Der Mann, er hatte bei diesem Wetter nur eine Jogginghose an. Schuhe, weiß ich auch nicht. Er ist sowas von verrückt. Er hatte einen Bart. Dunkle Haare, so wie die Verbrecher der Verbrecher. Dan, er meinte, er weiß, wo der Wagen ist. Was sollte das heißen? Ich muss das für heute erst einmal alles verdrängen. Ein paar Wochen noch, dann ist die Hochzeit, endlich raus von hier. Endlich. Dann wird es mir besser gehen, es wird ruhiger sein. Dann wird es ruhiger werden. Er wird öfter zuhause sein. Wer weiß überhaupt, von wann dieses Bild war? Vielleicht ist es auch schon vor unserer Zeit entstanden.

Ich versinke in den Kissen meines Bettes. Der vertraute Duft meines Zuhauses, meine flauschige Decke und das Wissen, dass dieser Abend, wenn ich die Augen wieder öffne, vorbei ist, lassen mich in den Schlaf finden.

Langsam öffne ich die Augen. Dan steht vor mir, es ist bereits hell.

Wusch, ich bekomme eine Ohrfeige, ich fasse es nicht. Augenblicklich schießen Tränen in meine Augen, ich setze mich auf und halte meine Wange. Ich bin noch halb im Schlaf, weiß nicht, was da los ist. „Du! Sag, was hast du da gemacht. Was wolltest du im Wald? Denkst du, ich unterstütze deine Hurerei? Für was hältst du mich verdammt nochmal?" Er kommt mir so nahe. Ich verstehe gar nichts. Ich muss gleich zur Arbeit. Etwas Licht scheint auf ihn, ich weiß nicht, wie mir geschieht. Und er, er sieht heute anders aus als sonst. Dann fängt er von neuem an, schüttelt seinen Kopf und wird ruhiger. „Entschuldige, du weißt, dass ich dich liebe, ich habe wieder Schulterschmerzen, ich brauche meine Medikamente", jammert er. Während ich meine Hand an meine Wange halte.

Er geht auf und ab, meint dann: „Du machst dich jetzt fertig, die Hochzeit findet heute statt. In genau drei Stunden. Ich halte danach eine Pressekonferenz ab, dass wir uns heute das Jawort gegeben haben, dies der Plan von Anfang an war. Ja? Um meiner geliebten Frau die Ruhe zu lassen, die sie verdient. Sie die Hochzeit bekommt, welche sie verdient, wir es deshalb geheim gehalten hatten. Ach Babe, sie werden uns lieben!", wie bitte, was ist hier los, ich bin nicht einmal richtig wach. Er hält überhaupt nicht still und meint gleich noch:

„Ich werde wie ein Prinz dastehen. Und du wirst dich aber ab sofort so verhalten, wie es sich gehört. Meinen Wählern das Gefühl geben, dass du sie liebst. Die Stadt und ihre Kinder liebst. Hast du mich verstanden? Das Haus, es ist so gut wie fertig. Die Details erledigen wir, nachdem wir eingezogen sind. Du bleibst keine Minute länger als nötig in diesem Haus. Das tut dir nicht gut, uns nicht. Du kommst mit zu mir. In unser Haus. Meine Wahl ist gesichert. Der Rest interessiert mich nicht!" Er sieht immer wieder auf sein Handy. Fährt sich ständig durch sein blondes Haar. Ich hingegen bin so perplex und halte meine Wange immer noch. Was ist hier nur los?

„Babe, du wirst dich anziehen. Deine Sachen packen. Und dann unten sein. Es läuft so ab, wie es geplant gewesen wäre, nur eben jetzt. Wir fahren um 13 Uhr los. Keine Minute später. Hast du mich verstanden? Benimm dich, mein Vater wird kommen, das heißt für dich: Du bleibst in meiner Nähe!" Seine Augen, dieser Blick, ist mir neu, ich weiß nicht, was ich davon halten soll. „Was ist mit meinen Eltern, meiner Mutter? Wieso, so schnell?", ich bin so überfahren, dass ich nichts verstehe.

Er sieht sich in meinem Zimmer um: „Sie hilft dir nachher beim Anziehen. Gib mir dein Handy, ich lade es. Die Fenster, sie bleiben zu. Ich wiederhole mich nicht. Du musst auf mich hören." Er prüft sogar die Fenstergriffe, wirft einen kurzen Blick in meine gepackten Kisten. „Babe, wir werden nachher Ruhe haben, um zu reden. Du liebst mich doch. Ja? Vertraue mir? Ich liebe dich. Ich bin im Moment durcheinander. Ich arbeite daran, glaub mir. Ja, Babe, wir werden mittags schon eine kleine Familie, genau das, was du dir wünschst. Komm, mach dich fertig." Er muss total durcheinander sein. Seine Stimme, sie wechselt, er wirkt nervös. Was ist da los? Er wirkt fast panisch. Wieso heute schon heiraten? Er gibt mir noch einen Kuss und dann ist er verschwunden, die Tür fällt zu.

Ich versuche, zu überlegen. Die Hochzeit jetzt heute, ohne Presse, das ist mir wesentlich lieber, also ist es vielleicht die bessere Option. Liebt er mich so, dass er so eifersüchtig war? Diese Ohrfeige, sie brennt, aber ich werde sie ihm verzeihen, er ist so gestresst, er hat einfach zu viel um die Ohren. Abgesehen davon ist es kein Wunder, ich war wirklich zu unvorsichtig. Die Bilder, sie müssen gefälscht sein. Er liebt mich, wie er sagt. Ich glaube ihm, wieso sollte er mich sonst heiraten wollen? Er wird es sicherlich nicht wieder machen. Ich liebe ihn doch auch. Wir werden das schaffen. Also mache ich, was er verlangt. Ich habe alles hier, wieso dann warten?

Ich mache mich fertig. Mein Kleid, es ist sowieso in meinem Schrank. Es ist alles hier. Aufgeregt springe ich unter die Dusche, schminke mich und ziehe mich an. Das heute wird sicher schöner als das Geplante. Mein Handy, vielleicht checkt er ja den Akku. Ich sollte eventuell dankbarer sein. Sein Vater kommt, ich habe ihn erst einmal gesehen. Da seine Mutter nicht dabei sein kann, ist es ihm wichtig, dass er da ist. Ich verstehe das. Meine restlichen Sachen, die wirklich nicht mehr viel sind, lege ich in die letzten Kisten, während ich darauf warte, dass meine Lotion eingezogen ist. Ich hoffe, dass ich etwas zur Ruhe komme, sobald das alles hier erledigt ist.

Jede Braut ist an ihrem Hochzeitstag durcheinander, oder etwa nicht? Er hätte mich allerdings wenigstens in der Arbeit anrufen lassen können. Sie werden nicht begeistert sein, wenn ich einfach nicht aufkreuze. Während des ganzen Zurechtmachens ermahne ich mich immer wieder, dass ich nicht immer alles in Frage stelle. So meint es zumindest meine Mutter. Es ist so, wie es ist. – Ihr Spruch!

„Du siehst wundervoll aus, meine Kleine." Meine Mutter hat Tränen in den Augen. Wir stehen beide vor meinem Spiegel und sehen mich an. Ich sehe aus wie eine Braut. Sogar einen kleinen Strauß hatte sie für mich. Ich freue mich sehr, dass es heute schon sein wird. Nervös blicke ich auf meine linke Hand, da, wo bald mein Ehering sitzen wird. Ich bin sicher, Dan wird einen wundervollen Ring gefunden haben. Mein Haar haben wir einfach seitlich etwas gesteckt, einfach und richtig schön. Besser als die Testversion des Friseurs.

Alles passt wunderbar. Kein Regen draußen, nur gezuckerte Straßen. Ich lege das Cape um und wir starten. Meine Mutter, sie hat keine guten Ratschläge oder etwas, was eine Mutter sagen könnte, für mich. Einzig: „Dass das Schicksal bestimmt. Wir finden es, wenn es da ist, dann weiß ich, dass es für mich ist."

Was auch immer das heißen mag. Ich verstehe es nicht. Das ist mein Schicksal. Warf ich ihr zumindest ein. Ihre Antwort. Ein Kuss auf meine Stirn, während sie mir ein blaues Strumpfband zusteckt. Wow, damit habe ich nun wirklich nicht gerechnet. Ich finde das so lieb. Es muss das von ihr noch sein, es sieht jedenfalls ganz genauso aus. „Ist das deines?" „Ja, jetzt ist es deines", sie lächelt. Schnell streife ich es über. Blau. Alt und mein Kleid ist neu. *Wie perfekt könnte es sonst noch sein?*

Manchmal ist sie mir ein Rätsel. Sie drängt mich regelrecht aus dem Haus, versichert mir aber, dass meine Kisten in mein neues Haus gebracht werden. Der Fahrer belädt das Fahrzeug sogar. Sie meint, dass ich heute Abend bereits alles haben werde. Auf dem Weg zur Kirche sprechen wir über Dans Wahl. Was sonst?

Wir fahren auch nicht mit irgendeinem Wagen, nein, es ist der neue Wagen von Dan, sagt zumindest sein Fahrer. Dans Wagen ist jetzt meiner. Ich soll den alten vergessen. Die Werkstatt wird ihn sowieso nie fertigbringen. Ich nicke, davon bin ich ebenfalls schon ausgegangen. Meine Mutter, sie meint natürlich wieder, wie toll es von Dan ist, mir seinen Wagen zu schenken. Ja, das finde ich auch, aber mein Gefühl sagt mir etwas anderes. Sie drückt meine Hand, lächelt mich an und gibt mir einen ihrer weisen Ratschläge.

„Schatz, Dan wird heute die Hochzeitsnacht einfordern. Ja? Du weißt, was ich meine, du bist alt genug. Ich rate dir: Lass ihn machen, er wird wissen, was zu tun ist. Er wird sagen, was du machen sollst. Mach mit, es ist nur ein kurzer Schmerz. Dann ist es vorbei. Du wirst es über dich ergehen lassen, wann er möchte, dann habt ihr ein gutes Leben." Ihr Lächeln, es wirkt immer noch so echt und so ehrlich. Sie meint das, was sie gerade sagte, absolut ernst. Ich fasse auch das nicht. Wo leben wir? In welcher Zeit? Nein, ich hatte noch keinen Sex, aber dass, das grenzt doch an totalen Schwachsinn. Sollte es nicht Spaß machen, sollten wir es nicht wollen? Sollte er nicht zärtlich sein, um es angenehm zu machen? Ich bin doch dann seine Frau! Nein, er hatte versprochen, nun ja, es ist einige Wochen her, aber er versprach, dass es gut werden wird. Dass ich es wollen werde. Dass er es vorsichtig machen wird. Ich muss ihm doch in dieser Hinsicht vertrauen können. Meine Nervosität steigt ins Unermessliche, während die letzten Meter Straße an uns vorbeizuziehen scheinen. Während wir auf dem Weg zur Familienkirche sind.

In den letzten Sekunden gibt es nichts zu hören. Meine Mutter schweigt. Der Fahrer, er ist beschäftigt, und ich sehe den Scheibenwischern beim Wischen zu. Schnee, welcher auf die Scheibe fällt und zur Seite befördert wird. Mit einem Wisch. Wenn wir hier in einer anderen Zeit wären, könnte man sagen: wie im Märchen. Hochzeit im Zauber des Schnees. Davon träume ich bereits eine ganze Stunde lang. Es ist nicht der Weg zu meiner Kirche, es ist ein anderer. Wir werden ganz woanders hingebracht. Meine Mutter meinte, dass es kurzfristig in einer anderen Stadt möglich war, die Trauung zu vollziehen. Das sollte ja nicht unbedingt schlecht sein, hoffe ich. Sie ist ebenso nervös wie ich, fast wäre es zum Lachen. Sie spielt seit Ewigkeiten mit den Fäden ihres Kleides und lächelt mich hin und wieder an. Meine Freundin Sara, sie hatte keine Zeit. Traurig, oder? Oder genau das, was ich mir wünschen sollte. Eine Hochzeit nur für die Familie, nur für uns. Denn ich weiß, dass das Leben, das ich bis jetzt gelebt habe, dieses Private, durch seinen Status bald weg sein wird. Sogar jetzt fühle ich mich beobachtet, ich kann es einfach nicht abstellen. Ja, ich glaube, dieses Private tut mir im Moment einfach gut.

Ich beschließe, ein paar Mal ein- und auszuatmen und dann positiv zu sein. Meine Hochzeit. Heute. Ohne Presse, in einem wundervollen Kleid, in wundervoller Schneekulisse. Traumhaft, oder? Ja, es wird wundervoll werden.

Nach einiger Zeit scheint sich meine Mutter wieder gefangen zu haben. Sie kramt einen Lippenstift aus ihrer Tasche, reicht ihn mir mit den Worten „Hier, nimm etwas, das deinem Hautton entspricht. Du hast ja nicht einmal professionelles Make-up aufgelegt. Das sollte schon mehr hermachen. Verwende es auch als Rouge. Mach schon. Die Fotos werden trotzdem irgendwann in der Presse sein. Sara wüsste, wie man sich zurechtmacht." Meine Augen, sie müssen riesengroß sein, sie dreht bald durch. Kein bisschen Einfühlungsvermögen. Hauptsache den Schein wahren. Denke ich mir. Und überhaupt, wie hätte ich das alles in der kurzen Zeit schaffen sollen? Ich nehme den Stift, welchen sie mir sowieso schon in die Hand gedrückt hat, und lege ihn kommentarlos auf. Macht ja überhaupt keinen Sinn, etwas zu sagen. Ich hebe meine Augenbrauen. Als ich fertig bin, kann ich meine Verachtung und mein Unwohlsein nicht verbergen. Sie nickt mir zu. Passt also. Ich möchte gar nicht sehen, wie es aussieht. Der Wagen wackelt, es ruckelt. Besser geht es eh nicht. In Gedanken versunken spiele ich mit meinem Haar, der Schnee Er liegt schon ein paar Zentimeter auf der Straße. Toll, ganz toll, denn ich trage ja diese dummen Sommer-Highheels. Ob mir dann der Fuß abfriert – hat wieder niemanden interessiert.

Ob der Fahrer bemerkt hat, dass dieser Wagen hinter uns immer wieder auftaucht? Es ist doch schon eher selten bei uns im Nirgendwo, dass der gleiche Wagen öfter zu sehen ist auf einer einzigen Strecke. Na gut, mir soll es egal sein. Ich habe heute etwas Wichtigeres vor. Die Unterschrift habe ich beim Einsteigen in den Wagen schon geleistet. Eigentlich bin ich schon verheiratet, würde man sagen. Die Zeremonie, sie fehlt. Erst das Bürokratische und im Anschluss das Emotionale, sehr romantisch, das wusste ich vorher auch nicht.

Ich habe es einfach unterzeichnet, denn ich möchte mich an die Illusion klammern, ihn in der Kirche zu heiraten. Romantisch mit Ring, Schwur und meiner Familie.

Mutter sieht aus dem Fenster, langsam wirkt auch sie nervös. „Wir sind gleich da, ich sehe die Kirche schon", höre ich von ihr. Ihr Ton, er ist nicht wirklich einzuordnen. Ich bin so aufgeregt, dass ich womöglich sowieso alles falsch interpretiere. Der Schnee vor den Fenstern, er wirkt so geheimnisvoll. Ein seltsamer Tag, finde ich, obwohl es ein wunderbarer Anlass ist. Mittendrin taucht die Kirche auf, umgeben von Bäumen, gefrorenen glitzernden Ästen, mitten im Nebel. Von da ab ist mein Puls nicht mehr zu halten. Ein seltsamer Geruch benebelt meine Nase, vielleicht so etwas wie Angst oder dergleichen. Niemand ist zu sehen, einzig ein paar Fahrzeuge. Das Licht in der Kirche brennt, man kann es bezaubernd durch die Fenster sehen, alles wirkt ruhig und gelassen, wie in einem Märchen. Alles in allem sieht es traumhaft aus. Schnell streiche ich noch mein Haar etwas zurecht. Meine Mutter drückt mir meine Hand, alles andere als sanft, und gibt mir wortlos einen Kuss. Fast steigen mir Tränen in die Augen. „Nein, ich reiße mich schon zusammen!", lächle ich sie etwas an. Schniefe noch ein letztes Mal und steige aus dem Wagen, während mein Vater schon vor mir steht.

Er wird mich hineinbringen. Meine Mutter ist bereits wieder vor allen am Weg in die Kirche, sie kann einfach ihre Zwanghaftigkeit nicht abschalten. Sie wird da drin jetzt jeden zur Schnecke machen, wenn etwas nicht passt. Egal ob sie Schuld haben oder nicht. Das ist ihr Ding, würde ich sagen. Mein Vater, er sieht mich nicht einmal an, meine Hand – ich bekomme sie nicht frei. Er hat doch den Verstand verloren. Da es aber heute meine Hochzeit ist, bin ich still. Ich möchte sie mir nicht versauen lassen. Von niemandem. Also gehe ich selbst langsam hinein, führe ihn fast, könnte man sagen.

Ziemlich wenig los für dieses Ereignis, kommt mir wieder in den Sinn, gleichzeitig schenkt es mir Freiheit. Mein Vater stoppt abrupt vor der Tür. „Hier wartest du. Wenn die Musik angeht, kannst du hinein. Und denk daran, wir haben Kameras zur Videoaufzeichnung aufgestellt. Es will doch keiner diesen Tag verpassen." Er lacht. Er lacht vor Freude. Was ist heute zum Teufel nochmal los hier?, frage ich mich, ich weiß aber, ich muss das jetzt erst einmal beiseite stellen.

Noch bevor ich etwas herausbringe, schimpft er wieder: „Fleur, dass du nicht mal die Klappe halten kannst, es interessiert niemanden. Du wartest, habe ich gesagt. Wenn die Musik erklingt, kommst du. So einfach ist das." Befiehlt er. Etwas an Enttäuschung kann ich auch hören, am liebsten würde ich ihn anschreien. Er wechselt von nett zu ekelhaft, Geschäftsmann und Vater, wie schizo ist denn das? Aber nein, ich ziehe es jetzt durch und danach fahre ich in mein neues Heim, mit meinen Regeln, nicht seinen!

Die Musik beginnt. Es ist eine wundervolle Stimme, welche hier aus dem Lautsprecher zu hören ist. Dann sagte er, er lässt alles aufnehmen. Womöglich hat er deshalb alles so schön wie möglich gemacht? Egal, ich höre diese Stimme der Sängerin, sie lockt mich förmlich an, auf diesem weißen langen Teppich nach vorne zu schreiten. Die Kerzen an den Bänken wirken ebenfalls so zauberhaft, dass ich fast meine kalten, schmerzenden Füße vergesse. Ich trete auf etwas Schnee, welchen der Wind hineingeweht haben muss. Glitzernde Eiskristalle schweben durch die Luft, als das Öffnen der Tür den Schnee aufwirbelt. Einen tiefen Atemzug und einen zittrigen Schritt später schreite ich nach vorne. Mein Lächeln, es wird immer breiter, vergessen ist alles, was war, wir werden eine Familie sein. *Wir beide.*

Lächelnd stehe ich vor Dan. Er wirkt angespannt, genauso wie der Rest der Familie. Der Priester beginnt bereits, ohne wirklich etwas abzuwarten. Meine Mutter auch, sie sitzt hier wie eine Statue. Was geschieht hier nur, ist es das Richtige? Nein, es muss, sonst wäre ich doch nicht hier, oder? Dann nimmt er meine Hand und drückt sie sanft, als er mir seinen Ring an den Finger steckt. Die Engelsstimmen im Hintergrund, es ist so fantastisch und berührend, sie erwärmen zusätzlich mein Herz.

Und mein Ring – er passt perfekt! Tränen laufen meine Wangen entlang, Tränen der Rührung, als ich beginne, meinen Schwur zu leisten, ihn zu achten, zu lieben und zu ehren. Bis dass der Tod uns scheidet. Wir werden nicht immer Tage voller Sonnenschein haben, doch sobald wir Ruhe haben und endlich nur wir zwei sein werden, ohne meine Eltern, die sich ständig einmischen, werden wir Sonnenschein haben, und mit Sonnenschein die dunklen Tage überwinden. Ich stecke ihm also seinen Ring an den Finger, blicke Dan und den Priester an, als plötzlich ein lautes Geräusch alles um mich herum zum Einsturz bringt.

Kapitel 4

Die braune Flüssigkeit erwärmt mich und zugleich beruhigt sie meine Wut. So gut, dass es überhaupt noch möglich ist. Dieser verdammte Wichser, ich suche seit Stunden nach ihm. Dieses verdammte Miststück, auch sie suche ich seit Stunden.

Nichts von ihr zu sehen, ihr Zimmer ist dunkel. Sie kam seit Stunden nicht aus dem Badezimmer. Unten brennt Licht, aber das ist das von Josef. Seit ich damit angefangen habe, weiß ich jeden Winkel in diesem Vorstadthaus. Jede Latte am Zaun. Jeden Grashalm, den es hier gibt. Wann die Post kommt, wann es Lieferungen gibt. Wann er zur Bank geht. Ich weiß gottverdammt nochmal, wann er seine Frau fickt. Aber ich weiß nicht, wo sie jetzt ist.

Der Schnee hat langsam abgenommen. Die Straßen sind noch frei. Keine Telefonaktivitäten drin zu erkennen. Nichts.

Ich telefoniere mit meinem Vater. Schon wieder. Er gibt keine Ruhe, er will den Alten. Wie ich.
Die kleine hier, ich geb's zu, ich steh drauf, ihr zuzusehen. Ich kenne ihren Duft, kenne ihre Bodylotion. Weiß, wie sie sie

verwendet. Kenne ihren Friseur, ihre Kindergartentruppe und weiß, wie sie sich bewegt. Scheiße, ihre Omaklamotten à la France Couture aus Walmart, sie weiß nicht, was sie für einen Körper hat. In Gedanken binde ich ein sauberes Seil um ihr Handgelenk, ein Halsband und dann noch eine schöne 6-armige Katze auf ihrem Hintern. Das würde das Bild abrunden. Ihr welliges rotes Haar in meinen Händen, diese Gedanken laufen vor meinem geistigen Auge auf und ab – *so weit bin ich schon.* Ich habe Bock, sie zu ficken. Warum? Weil sie mich mit ihrer Unwissenheit verführt. Sie weiß nicht, wie sinnlich sie ist. Ich kenne alles von ihr, dafür hasse ich sie. Dass ich sie so oft ansehe und wissen möchte, was sie macht – dafür hasse ich mich.

Niemand wird jemals diesen Ausdruck im Gesicht haben wie sie, wenn sie spricht. Ihren Pumpkin Latte trinkt oder wenn sie auf das Papier schmiert. Nicht einmal die weggeworfenen Blätter wirft sie in den Müll, sie nimmt sie mit. Ich rieche förmlich ihren Duft hier im Wagen, obwohl sie noch nie hier war. Vor ein paar Tagen, als sie plötzlich auf dem Feldweg zu meiner Hütte auftauchte, hätte ich sie am liebsten umgebracht. Hier hat niemand was zu suchen. Es gibt hier nichts, das das rechtfertigt. Welcher Trottel lässt sie nachts mit dem Wagen fahren? Welche dumme Kuh fährt nachts in den Wald? Wieso hat ihr niemand gelernt, nicht aus dem Wagen zu steigen und nicht mit Fremden zu sprechen? Es wäre ein leichtes gewesen, sie zu ficken, sie abzuknallen. Wäre sie nicht eine Frau und ich nicht ich.

Ihr Duft umhüllte mich sofort. Auch wenn ich eine Mordswut auf Gott und die Welt hatte, schien er mich zu besänftigen.

Fuck. Ihr unschuldiger Blick, ihre Angst, das alles ließ meinen Schwanz vor Entzückung aufleben.

Ich muss meine Gedanken sammeln, wenn ich die Mission heute ausführen möchte. Ich muss.

Mein Bruder, mein Vater und ich, wir sind mit vollem Einsatz dabei, herauszufinden, wo sich der Alte, Dan und Sie aufhalten. Alle Kräfte sind mobilisiert, so nahe wie jetzt waren wir ihm seit damals noch nie. Deshalb ist aufgeben keine Option. Umso länger wir darüber sinnieren und die Lage checken, umso klarer wird.

Sie ist der Schlüssel! Diese Frau. Ich muss sie haben. Wenn ich sie habe, kommt er. Wenn ich sie nehme, hat er sie nicht. Wenn ich sie mir nehme, gehört sie mir.

Die Zeit drängt, wir haben erfahren, dass sie die Hochzeit vorgezogen haben. Mein Vater ist in SoHo, New York, einzig mein Bruder ist hier bei mir. Es muss so gehen. Männer haben wir eigentlich nicht genug. Auch das muss so funktionieren. Ich meine, der Alte ist ein Schwachkopf, was das betrifft. Einzig im Morden und im Verstecken ist er gut. Aber ich, ich auch. Nur dass ich im Nehmen ebenso gut bin.

Es ist beschlossene Sache, ich bin trotzdem zwiegespalten. Diese Art von Formation für mein Leben ist nicht so, wie ich es wünsche. Nicht wie mein Plan aufgehen sollte. Meine Passion ist mein Desire und mein späterer Titel, der direkte Platz neben meinem Bruder. Und darauf arbeite ich hin. Es ist aber jetzt so, wie es ist. Mein Bruder Costa macht die Papiere fertig. Er hat

Kontakt mit dem ausführenden Priester – er ist auf unserer Seite. *Ja Dan, du bist eben doch ein Schwachkopf. – Salut!*

Mein Vater meinte, wir müssen handeln. Damit hat er recht.

Costa, er würde sich zur Verfügung stellen, aber das ist mein Kampf. Damals, als sie sie getötet haben, war ich zu jung, viel zu jung. Von da ab wollte ich ein Made Man sein. Handeln. Morden. Wahllos. Mein Vater lehrte mich: „Verhandle nicht mit dem Schicksal, sondern sei dein Schicksal, aber alles mit Verstand und Maß." Heute ist der Tag gekommen, bahnbrechende neue Maßstäbe werden gesetzt werden. Ich habe die Schnauze voll. Endgültig. Ich möchte nicht mehr warten.

Wir haben einen Plan ausgearbeitet. Er ist nun ja, sagen wir so, er wird für den einen oder anderen tödlich enden. Nur den Alten, den hole ich mir lebendig. Er muss büßen, für alles. Für damals und dafür, dass ich ihn so lange nicht erwischen konnte. Seine Machenschaften nehmen ab sofort ein Ende.

Wenn er denkt, er könnte alles haben, hat er sich geirrt. *Ich habe bald alles.*

Ich bin nicht umsonst der Lurker, ich lauere auf wie ein Panther und dann, wenn's so weit ist, erledige ich sie blitzschnell. Selbst mit meinem Messer übe ich fast täglich. Werfe Kaninchen ab, säubere es und behalte es am Mann. Zur Seite legen, das kommt nicht in Frage. Deshalb bin ich auch in unserer Familie der Vollstrecker, Costa, er ist der Underboss, er erledigt das Tagesgeschäft, ich hingegen arbeite mit dem Consigliere meines

Vaters, Franco, zusammen. Er ist nicht unbedingt mehr der Jüngste, doch er hat Verstand, Gerissenheit und eine Gabe, die des Wissens. Woher er das hat, weiß der Himmel. Zusammen mit unserem Wissen, unseren Trainingsmethoden und unseren Gesetzen sind wir ganz weit vorne. Wenn ich übernehmen würde, würde das Ganze nochmals andere Dimensionen erreichen. Definitiv. Die Omerta, sie ist mir schon lange auf den Fersen, nicht um mich zu killen, sondern um mich zu bekommen, mit mir zu arbeiten. Die fünf Familien, sie erwarten einen Morano. Irgendwann wird es so weit sein, irgendwann.

Ich steige aus der heißen Dusche, meine Hütte ist nicht unbedingt eingeheizt, das brauche ich nicht. Nebel steigt meinen Körper hinauf, die Kälte, sie belebt meine Haut. Mein Kopf ist nicht gerade klar, das muss ich zugeben, während ich wieder zu meiner Whiskyflasche neben dem Waschbecken greife. Der Gedanke an das Kaninchen im Kühlschrank. Wie habe ich mich auf dieses gefreut. Und jetzt? Scheiß ich auf frisches Fleisch.

Feine braune Flüssigkeit, genau das Richtige. Merda. Scheiße! Wie soll das werden, wenn ich habe, was ich brauche? Langsam ziehe ich die Rasierklinge meinen Hals entlang. Meinen Bart lasse ich, ich scheiße auch da drauf, aber meine Tattoos am Hals, sie sollen gesehen werden. Sie sollen sehen, was vor ihnen steht.

Die Organigramme der Mafia, die Krone, die Kreuze, die Waffe, eingebettet in sauberen Nebel und einen Phoenix. Denn ich stehe wieder auf, egal wie tot ich bin. Umbringen lassen, das gibt's bei uns nicht. Inoffiziell wissen wir alle, dass wir irgendwann geholt werden. Da führt kein Weg drumherum. Nada.

Der Stoff der ebenfalls kühlen schwarzen Hose umhüllt meine Beine, ich schnüre die Stiefel. Ich brauche Halt. Scheiß drauf, welcher Anlass es heute ist. Mein Hemd, schwarz. Sie dürfen sehen, was ich auf Zeremonien gebe. Ebenso mein Vater, er hätte eine weitaus schlimmere Vorstellung von dem gehabt, was ich in einer Stunde erledige, ich aber nicht.

Schwarze Hose, schwarzes Hemd, Stiefel und meine Ringe, das wird mich kleiden und schmücken.

Im Gepäck: meine Waffe, mein Messer und meine Handschellen. Wer weiß, wer noch alles vor Ort ist.

Mein Handy klingelt. – *Costa.*

Aufgeregt schießt er schnell entgegen. „Bist du bereit, großer Bruder? Der Alte, er ist auf dem Weg, Silvio hat ihn im Visier und beobachtet ihn. Er ist ihm auf den Fersen. Inkognito, versteht sich. Was ist mit dir? Bist du ready? Säufst du wieder deinen Whiskey, oder was?", Mann, er nervt. „Wie wär's mit ‚Guten Tag' oder Hi'? Langweil mich nicht, ich bin schon fertig. Was sonst. Was willst du? Hast du nicht noch Aufgaben zu erledigen? Hast du meine Vorräte? Die Dinge, die ich dir aufgetragen habe. Kleidung. Schuhe, Winterkleidung? Das ist das, was wir dann benötigen." Ich nehme einen weiteren Schluck. Ich weiß nicht, aber er war sofort von meinem Plan begeistert. Feuer und Flamme dafür, auch wenn's nicht der Plan ist, den welchen mein Vater vorzog. Er war mir zu unsicher.

Es ist saukalt. Ich bin stinksauer und gleichzeitig schon so aufgeregt wie ein Kind, wenn's Süßigkeiten gibt. „Reg dich ab, ich habe alles. Vater ist total angepisst, weil er nicht dabei sein kann. Tessa ist neugierig. Ich konnte sie einstweilen abwimmeln. Dass sie aber auch immer so eine Nervensäge sein muss! Naja, egal. Ich habe alles erledigt, so wie es sein soll. Fahrer, Papiere, den Altarwichser, Waffen. Wer weiß, was kommt. Dein Bunker hat Marc erledigt. Wie immer."

Ich kann hören, wie er seine Waffe reinigt. Das entgeht mir nicht, schließlich bin ich auf solche Eigenschaften getrimmt. Ein sehr wichtiger Punkt bei uns. Überlebenswichtig, wenn es sein muss. Zu wissen, was kommt, bevor es ersichtlich ist.

„Also, ich bin startklar. Wir treffen uns dort.", befehle ich. „Mig, heute gibt's im Anschluss ne fette Party! Kopf in Nacken", war klar, dass er das letzte Wort haben möchte. Ich verdrehe die Augen, er kann es einfach nie abwarten. Deshalb bin ich auch der, der dafür geeignet ist. Kopf in den Nacken, das war unser Spiel, als wir klein waren, bei unseren ersten Saufgelagen. Flüssiges Gold, bei uns noch Bier, in den Mund und den Kopf in den Nacken, damit wir es schlucken konnten. Heute sauf ich dir die Scheiße auch kopfüber im Handstand.

Party? Ich bin fast sicher, er hat wirklich eine geplant. Aber für einen Sprung ins Desire habe ich nun wirklich keine Zeit. Es galt, heute alles so schnell zu regeln, dafür war nun wirklich nichts mehr übrig. Meine Verwandten, ich befürchte, sie werden heute Abend ankommen. Dass er Tessa abwimmeln konnte, sicher nur, weil sie bereits unterwegs ist. Ich kenne sie, habe aber keine Zeit, das auch noch zu regeln. Sie kennt nur die Stadt, in der ich lebe, hier war sie noch nie. Das ist mein Safeplace. Normalerweise treffen wir uns zum Essen und sie schläft in dem gehobenen Hotel in der Stadt. Die Stadt, sie ist sicherer, als wenn ihr hier jemand auflauern würde. Alfred, ihr Bodyguard, er ist sowieso immer an ihrer Seite. Ohne ihn kommt sie nicht einmal aus dem Haus. Ich bin mir ebenfalls auch fast sicher, meine Mutter, die Obertrophäe in unserer Welt, hat die verfluchte Verwandtschaft zusammengetrommelt. Ich kenne auch sie nur zu gut. Vater, er muss eben warten. Die Genugtuung, wenn wir den Wichser haben, will ich ihm nicht verwehren. Er hat das Anrecht, zuzusehen, wenn ich den Wichser umlege.

Es wird nicht mehr lange dauern, bis Familie und meine Männer hier sind. Zu lange haben wir auf ihn gewartet. Dann zeigen wir ihnen, dass es ihn nicht mehr gibt.

Je länger ich aus dem Fenster starre, bereits angezogen und angepisst, weiß ich, ich muss jetzt los. Es gibt nichts mehr, auf das ich warten könnte. Zu lange warte ich bereits auf diesen Tag. Meinen Tag, den Tag der Rache an meiner Schwester. Der Schnee nimmt langsam zu, ich sollte los, bevor sie die Straßen dicht machen. Nicht dass es mich schert, aber es fährt sich einfach leichter.

Je näher ich meinem Ziel mit dem Wagen komme, umso besser geht es mir. Vorfreude und Aussicht auf Ruhe überkommen mich. Endlich werde ich ihn umlegen. Das beschissene Warten hat ein Ende. Der Rest der Folgen, den verdränge ich. Ich bin fast da, das Radio spielt Schnulzen, war ja klar! Warum nicht noch plötzlicher Sonnenschein? Angepisst wechsle ich zu meinem Genre. Meine Musik. Passend zu meiner Stimmung. Hart und laut. Die Ringe in meiner Hosentasche fühlen sich an wie Brandherde. Fuck. Eine Eventualität, die ich kurzfristig einfügen musste.

Kaum jemand ist auf der Straße, auch die Kirche, an der sie sind, kennt kaum jemand. Sie ist im Nirgendwo. Sollte sich hierhin jemand verirren, weiß er, was auf ihn zukommt. Dann weiß es, sein Vater wird es wissen und dennoch haben sie diese gewählt. Das rote Püppchen, sie wird von allem nichts wissen, das ist mir klar, seit ich sie das erste Mal sah. Seit ich sah, wie sie ihren Latte schlürft. Wie sie mit den Menschen spricht und wie sie sich bewegt. Wie sie gottverdammte Nudeln mit Messer und Gabel isst. Wie sie den Kindern auf der Straße zuwinkt. Und wie sie den Kids Pflaster aufklebt. Ihnen Smileys darauf malt.

Wieso ich auch das beobachtete oder weiß, wie sie sich duscht? – *Weil ich es kann*! War es nötig? Nein! Wollte ich diesen Spaß? *Fuck ja*!

Niemand bei uns würde sich so verhalten. Ich meine, die Kleine fährt mit dem Bus. Steht für die Alten, die keinen Platz bekommen, auf, grüßt den Fahrer! Fast jeden Tag. Seit Monaten.

Es dürfte nicht mehr lange dauern, bis ich ankommen werde. Tausende Gedanken schwirren durch meinen Kopf. Adrenalin schießt durch meine toten Venen. Und Vorfreude auf das Massaker lässt meinen Schwanz pochen.

Bis ich mich versehe, merke ich, dass mich jemand verfolgt. Mein Rückspiegel zeigt ein ungewohntes Fahrzeug. Ebenfalls ungewöhnlich ist, dass der hinter mir genau so verrückt fährt wie ich selbst. Die Wälder und der Schnee um mich herum lassen dieses Fahrzeug ziemlich merkwürdig erscheinen.

Er kann den Wagen kaum steuern, zu viel Schnee und Glätte. Fuck, das hat mir gerade noch gefehlt. Ein Volltrottel also.

Wütend wäge ich meine Optionen ab. Was geht am schnellsten, denn ich habe schließlich noch etwas vor. Und das in ein paar Minuten. Fuck. Ich schlage auf das Lenkrad, welches nichts dafür kann. Der Beat der Musik dringt in meinen Kopf. Viel Zeit, um zu überlegen, bleibt mir nicht mehr, also fahre ich in Richtung einer Seitenstraße. Meine Intuition muss jetzt die richtige Wahl sein.

Es scheint mir gerade die beste Option, auch wenn's dann heißt „Alles oder nichts".

Ich schnappe mir meine Waffe, geladen ist sie, Schuss habe ich genügend. Mein Messer, ebenfalls griffbereit.

Ich fahre langsamer, viel langsamer, und beobachte den Spinner hinter mir weiter. Es ist kein normaler Sonntagsfahrer, nein, er verfolgt mich. Dieser Wichser, Schluss mit den Spielchen!

Ich werde weiter langsamer, sodass er denkt, ich würde in die Straße hineinfahren. Der Schnee spielt mir in die Karten, weit im Voraus blinke ich. Und dann: Vollbremsung. Er kann gar nicht so schnell schauen, ist nicht darauf gefasst, so wie ich, der den Wagen noch wenigstens einigermaßen unter Kontrolle hat. Die Reifen schweben lautlos auf der schneebedeckten Straße. Das Lenkrad des Wagens möchte sich verselbstständigen. Und dann geschieht es: Der Wichser fährt auf.

Nach ein paar Sekunden des weiteren Schlitterns kommen wir zum Stehen. Blitzschnell steige ich aus, stampfe zu ihm hin, ziehe ihn aus dem Wagen.

Schlage ihm mitten in seine gottverlorene Fresse. Wie ich mir dachte, hat er die Würfel am Hals tätowiert, kaum dass ich sie sehen kann, und sofort weiß ich, er ist von dem Alten. *Richard.*

Er schlägt zurück, gar nicht schlecht, trifft mich sogar ein paar Mal in der Flanke, ich ringe um Luft. Ziehe die eisige Luft in meine Lungen, schlage zurück, er fällt. Ich werfe mich auf ihn, inmitten des Schnees und der stehenden Fahrzeuge.

Mein Messer thront über seinem Kopf. „Wer bist du? Wer hat dich geschickt?", brülle ich ihn an. Sein Knie trifft meinen Oberschenkel. Sein Kopf trifft meine Nase. Fuck. Blut tropft auf seinen Kopf, während ich ihm mit meinem Unterarm die Luft abschnüre. Ich bin so konzentriert, dass ich das Messer in meinem Rücken gerade erst spüre, als es zu brennen beginnt. Blitzschnell schlitze ich ihm die Kehle durch. Verdammter Wichser. Ich ringe weiter um Luft, versuche, langsam und konzentriert zu atmen, während sich die Wärme des Blutes auf meiner Kleidung und meinem Rücken ausbreitet. Das kann doch nicht wahr sein. Was ist heute mit mir los? Ich bin unkonzentriert, das gibt es eigentlich nicht.

Meine Regeln lauten, nie unkonzentriert in einen Kampf zu gehen, es bringt dich um. Und doch kniee ich noch über der Leiche und frage mich, wie ich mich so zusammenrichten lassen konnte. Es hilft aber nichts, ich muss ihn mitnehmen, mein Blut ist auf seinem Kopf. So kann er nicht liegen bleiben.

Schnell stehe ich auf, checke meinen Wagen. Naja, hinten ist er nicht mehr so gut. Sein Wagen, vorne Schrott. Fuck.

Also rein in meinen.

Ich schnappe ihn, versuche, so wenig Blut wie möglich am Unfallort zu lassen. Schaufle mit meiner Schaufel aus dem Rücksitz das Blut direkt in meinen Wagen. Fuck, was für eine Scheiße. Gott sei Dank ist es mit sechs Schaufeln erledigt. Das verdammte teure Leder, aber was will man machen, wenn der Kofferraum sich nicht mehr öffnen lässt? Der Wichser, ja, er muss ebenfalls am Boden des Rücksitzes mit.

Was würde ich jetzt für einen Whiskey tun. Mein Rücken brennt immer noch wie am Anfang, meine Finger jedoch zeigen auf, dass es nicht so tief sein muss. Er hat mich nicht richtig erwischt.

Naja, solange ich stehe und atme, werde ich nicht aufgeben. Zu wichtig ist das Heute. Diese Chance, ich scheiß auf ein Morgen, wenn ich es heute nicht erledige.

Es bleibt keine Zeit mehr, seine Sachen zu durchwühlen, ich habe noch gut zehn Minuten zu fahren. Sobald ich sitze, atme ich tief durch und hoffe, dass der Wagen fährt.

Das Geräusch des Motors ertönt, Musik in meinen Ohren. Ich nicke und fahre los. Meine Gedanken lassen sich ebenfalls wieder nicht kontrollieren, sie springen von einem zum anderen. Woher weiß der Alte, dass ich ihm auf den Versen bin? Wieso hatten sie diese Zeit, nur wir hatten sie nicht? Es ist äußerste Vorsicht geboten. Äußerste!

Weiter geht's. Es sind nur noch ein paar Minuten, bis ich das Ziel erreiche. Dass ein solcher Tag so anfangen wird, davon bin ich nie ausgegangen. Dass ich so, wie ich jetzt aussehen werde, nass, blutig und demoliert, gleich da drin stehen werde – sicherlich auch nicht. *Niemals. Never.*

Wir sind angekommen, der Tote und ich. Der Schnee verdeckt die Straße, draußen herrscht gähnende Leere. Alle haben sich drin versammelt. Kein Wunder bei dieser eisigen Kälte und dem Nebel. Es wirkt wie in einem uralten Horrorfilm hier draußen. Ein perfekter Tag also. Ich lasse den Wagen fast lautlos in die kleine Auffahrt rollen. Steige aus und lasse die Wagentür offen. Der Spaß beginnt genau jetzt. Die Musik, sie läuft noch, sie ist nicht zu überhören. Diese kleine Kirche, nicht meine erste Wahl, aber was soll's.

Ich stampfe im Schnee auf die Tür zu. Die Kälte durchflutet mein Gehirn und lässt sogar meinen Puls steigen. Seltsam. Aber in Anbetracht der Tragweite. Hinzunehmen.

Ich reiße die gottverdammte Tür des Hauses Gottes auf. Der Krach der Tür ist nicht zu überhören. Ein paar winzige Sekunden später zücke ich meine Waffe. Hebe meine Hand und lade meine Waffe, während ich hineinstampfe. Lauten Schrittes, und drücke ab. – Peng! Ein Schuss, direkt in die Mitte. Die Sauerei, einfach grandios. Mit einem dumpfen Aufprall liegt diese widerliche Kreatur tot am Boden vor dem reichlich geschmückten Altar. Es dauert einzig einen Wimpernschlag, bis er fällt. Sie hingegen wirkt total verlassen neben Dan. Wie eine Marionette, die das macht, was man ihr sagt. Auch die paar wenigen Gestalten, die hier sind, schrecken auf. Das Echo des Schusses hallt von den Wänden herab. Ich gebe noch einen

Schuss nach oben ab und beginne, unter den Brocken des Mauerwerks, das sich jetzt über mir ergießt, zu sprechen und weiter nach vorne zu gehen. Staub und Steine fallen laut zu Boden. Während die blutgetränkte Braut am Boden kniet und über dem Toten lautlos heult.

Sie macht keinen Schritt zur Seite, vielleicht ist sie lebensmüde, wer weiß. Der Wind hinter mir weht den Schnee herein, direkt auf meine Wunde. Das Hemd muss doch mehr demoliert sein, als ich dachte. Der Schnitt in meiner Haut, auch er begrüßt diese Erfrischung, es dämmt den Schmerz.

„Einen wunderschönen Nachmittag im Hause Gottes. Schön, dass ihr alle hier versammelt seid. Wenn sich jemand rührt, können wir hier sofort mit weiteren Beerdigungen weitermachen. Klar?", meine Stimme, fest, tief und die eines Mörders, meine eben. Es dauert ein paar Sekunden und ich habe mir von hier aus Überblick verschafft.

So wie sie alle hier sitzen, man könnte lachen, wie in einer Horror-Freak-Show. Der Vater Josef, die Mutter, die ihr Haar richtet, die paar anderen wenigen Gäste, die bereits vor Angst am Boden liegen – und dann noch diese Musik. Er hatte ihr eine verdammte Musik aus einem Lautsprecher zur Hochzeit gegeben. Lächerlich. Wahnsinniger Anblick, welchen diese Verrückten hier abliefern. Niemand, wirklich niemand, setzt sich für irgendetwas ein. Die Bahn bleibt für mich frei.

Costa und Ludo treten hervor, einer von vorne, einer von hinten. Ein Meer aus Waffen zeigt auf die Gäste und sogar auf die Braut. Die Videokamera steht perfekt. Ich brauche das Video als Rückversicherung. Die grässliche Musik lässt das Ganze hier noch theatralischer aussehen. Mein Lächeln, es breitet sich immer weiter aus, auch wenn ich gleich etwas tue, das mein verdammtes Leben neu ordnen wird.

Mich zu jemandem machen, der ich nie sein wollte. Aber das Geschäft geht vor. Die Cosa Nostra geht vor und die Familie, sie gibt den Ton an. Auch wenn diese hier nur ein lächerlicher Haufen ist, aber gerade deshalb sind sie auch unsere Feinde. Feinde, ganz weit oben auf der verdammten Liste.

Kapitel 5

Fleur

Was, wenn du den Schwur deines Lebens eingehst, aber dieser noch innerhalb der gleichen Minute durch den Tod aufgelöst wird?

Dan stand vor ein paar Sekunden noch vor mir. Lächelnd, umgeben von Engelsstimmen und unserem Schwur. Nun liegt er vor mir. Am marmorierten Boden, blutend mit geöffneten Augen, einem echten Loch im Kopf und unserem Ring am Finger. – *Tod*!

Niemand kommt zu uns nach vorne, niemand hilft mir. Die Musik im Hintergrund läuft noch aus dem Lautsprecher. Hilflos blicke ich meine Mutter und dann wieder Dan an. Gebrüll herrscht, das kann ich aber nicht mehr vernehmen. Ich habe Angst. Fühle mich inmitten der Eiseskälte der Menschen und des Winters wie gelähmt und meines Herzens beraubt. Was ist das für ein Verrückter? Soll das ein Amoklauf sein, in einer verschissenen Kirche? Kann nicht mal jemand diese Musik abschalten? Ich drehe gleich durch. Ich kann nicht denken, nichts. Trotz Panik bin ich wie in Schockstarre, als ich mich auf den Boden fallen lasse und ihm durch sein Haar streiche. Wartend darauf, dass mich die nächste Kugel trifft.

Das Nächste, was ich sehe, sind schwarze Stiefel rechts neben mir. Ich traue mich nicht, hochzusehen. Niemals. Wenn ich meinen Kopf hebe, wird es dunkle Realität. Er spricht. Der Wechsel von Italienisch und Englisch, er ist ebenso furchteinflößend wie lähmend. Mein Körper lässt es nicht zu, ich schiele zur Tür. So schnell würde ich nicht wegkommen. Niemals. Keine Chance.

„Fleur, steh auf, hörst du? Hoch mit dir. „Etwas schneller", erklingt es in meinen Ohren. Es kommt von dieser fremden Stimme. Dessen Stimme. Soll ich oder soll ich nicht? Mir bleibt keine Zeit, um zu überlegen. Er packt meinen Arm, fest und so, dass ich nichts anderes kann, als mich dem zu fügen. Ich stehe auf. Ich glaube, ich falle gleich um. Blut sackt in meine Füße. Meine Sicht, sie verschwimmt, die Musik läuft immer noch und die Kerzen um mich herum erdrücken mich gerade fast. Ich atme tief durch, ich muss.

Ja, ich habe keine Ahnung, was ich muss.

Weinend und wackelig stehe ich hier, meine Beine drohen zusammenzubrechen. Ich wimmere, schluchze und versuche zu stehen, alles im gleichen Moment. Und das vor diesen verrückten, dunklen Männern mit Waffen und meiner Familie.

Meine Augen folgen Dan, der am Boden liegt. Ich kann nicht wegsehen. Immer wieder muss ich hinsehen. Mein Arm bekommt einen Ruck, er zieht mich weiter zu sich, bückt sich und prüft Dans Puls. Die zwei Finger, die an seinem Hals liegen, sind mit schwarzen Tattoos übersät. Dann baut er sich zur vollen Größe vor mir auf. Lacht triumphierend. Wie der Tod persönlich sieht dieser schwarze, blutende Riese aus. Verrückt, böse, voller Staub und mit dem Blick eines Durchgeknallten.

Irgendwer zieht Dan weg. „Nein", schreie ich, doch dann plötzlich hält mich eine zweite Hand an meinem Kinn. Man kann ihn am Boden schleifen hören, trotz aller anderen Geräusche. Eine Blutspur ist das Letzte, was ich von ihm sehe. „Leise", diese Aufforderung von dieser einen Stimme, sie geht mir bis ins Innerste. Der Tod zwingt mich, ihn anzusehen. Mit heißen Fingern, welche mich zurechtrücken, sodass ich ihn direkt ansehen muss. Tränen trüben die Sicht, aber das, was ich sehe, reicht für Panik definitiv aus. Fixiert mich mit einem Griff aus Stahl. Blut tropft aus seiner Lippe. Seine Zähne blutverschmiert, sein Haar nass vom Schnee. Ich habe solche Mühe, stehen zu bleiben, Luft zu bekommen. Das Kleid, es fühlt sich immer enger an. Ich konnte sehen, wie ein anderer Mann die Gäste mit dem Gewehr bedroht. Niemand rührt sich. Was ist das hier für eine Show? Was wollen die?

„Liebe Gäste, schön, dass ihr euch alle heute hier versammelt habt. Ihr wisst genauso gut wie ich, dass ich Richard erwartete. Dass er jetzt nicht wirklich anwesend ist. Tja, Pech. Nicht nur für ihn. Da er aber nicht hier ist, werden wir sehen, wie lange er benötigt, um sich zu holen, was er möchte!". Er lacht weiter, nickt dem Priester zu, welcher gleich wieder nach vorne kommt. Wieso hat es ihn nicht so mitgenommen wie mich? Er wirkt ganz normal und gelassen. Schlägt unberührt sein Buch auf, hier mitten am Altar. „Ronald, weiter. Mach mit dem letzten Teil weiter, den Ersten haben ja hier schon alle gehört. Es ist besser, sie hören den letzten Teil noch einmal, mit dem richtigen

Namen. Wäre schade, wenn ihnen das entgeht!", lacht der schwarze Mann ihm und den Gästen entgegen. Ich selbst sehe nur die Gestalt vor mir, alles andere ist verschwunden. Mein Geist ist noch dabei, das zu verstehen, was da los ist. Unangenehme, kräftezehrende Kälte und gleichzeitig eine furchtbare Hitze durchwandern meinen Körper.

„Verehrte Gäste, wir sind heute hier, nochmals zusammenzukommen, um diesen Mann, Miguel Morano, und diese Frau, Fleur Baker, zu vermählen. Vor Gott und ihnen – verehrte Anwesende! Fleur, möchtest du diesen Mann zu deinem nehmen und ihn achten, lieben und ehren, bis dass der Tod euch scheidet? " Er spinnt vollkommen, ich starre ihn an, das kann doch jetzt nicht wahr sein. Mein Kinn ist immer noch in der Hand des, wie hieß er, Mi …, irgendwas. *Nein, natürlich möchte ich nicht.* Ich weine und versuche, zu beißen, doch der Griff wird sofort stärker. Es schmerzt richtig. Nach einer winzigen Sekunde und dem total langsamen Kopfwischen des Mannes vor mir spricht der Priester weiter. „Miguel, möchtest du diese Frau vor Gott zu deiner Frau nehmen, sie lieben, achten und ehren, sie beschützen und zu deinem Eigentum nehmen? Jetzt und für immer?". Wie bitte, was? Panisch wirft mein Kopf alles Verstandene durcheinander. Ich drehe gleich durch. Versuche, mich aus dem Griff zu ziehen, habe aber keine Chance. Mir bleibt nichts anderes übrig, als ihn anzusehen. Mein Kiefer schmerzt, während er mein Gesicht direkt zu seinem hochdrückt. Er lächelt wieder, sein Mund ist blutverschmiert, und er spricht ein befehlendes, schwörendes und furchteinflößendes „Ja, ich will!", bestimmend, ruhig und wie kein anderer das sagen würde. Dann zieht er ein Messer heraus.

Gut, jetzt bin ich tot, endgültig. Es ist so unheimlich und ruhig hier, dass man jede Handlung aufnimmt, als würde man sie selbst vollziehen. Die anderen richten immer noch die Waffen auf die Leute in den Bänken. Musik, die ich vorher als Engelsmusik wahrgenommen habe, klingt plötzlich wie die bei einer Totenfeier. Es fehlt nur noch, dass schwarze Raben durch die Kirche fliegen.

Er nimmt mit der rechten Hand sein Messer „Fleur". Oh Gott, er hat mich angesprochen. Seine Augen und sein Kiefer, sie lehren einem die Angst, aber gehörig. Meine Hand, auf welcher kein Ring steckt, genau diese schnappt er sich. Er sticht mich mit dem Messer, schnell und oberflächlich. So, dass er nicht einmal die Augen von meinem Gesicht abwendet. Ängstlich versuche ich, sie wegzuziehen, aber auch das gelingt mir ganz und gar nicht. Er ist wie ein riesen Brocken aus Stein.

Alles um mich herum ist angespannt. Die Luft ist eng. Meine Beine wackeln und mein Puls? Er ist am Explodieren. Still und ängstlich beobachte ich, was er da macht. Es fühlt sich wie Minuten an, der feste Griff, aus dem ich mich nicht befreien kann, schnürt mir die Luft ab. Das enge Kleid hilft hier auch nicht. Gelassen führt meine Hand zu seinem Mund. Verwischt mein Blut mit seinem auf seinen Lippen, mit im Paket: dieser wahnsinnige dunkle Blick, welcher wie ein Schwur und ein Versprechen gleichzeitig wirkt. Blut zu Blut, Pest und Cholera inklusive.

„Verehrte Anwesende, es ist durch Blut besiegelt. Blut zu Blut." Das ist das, was ich noch höre, danach drohe ich umzufallen. Explosionsartig überkommt mich Panik. Ich bekomme keine Luft. Der Priester hält einen Zettel in die Kamera, die gleiche, die uns immer wieder zu filmen scheint. Richtig fokussieren kann ich das alles nicht mehr. Verschwommen sehe ich nur meinen Namen auf diesem Zettel. Es ist das Schriftstück, welches ich vorhin noch vor der Fahrt unterschrieben hatte. Der Fahrer hat es mir hingehalten. Damit die Zeremonie nicht unterbrochen werden muss. Ich drehe gleich durch, es fühlt sich an, als würde ich direkt danebenstehen, fest in Stein gemeißelt. Meine Augen gehen immer wieder zu dem Namen oben. Wieso hatte ich das nicht durchgelesen? Wieso war ich so dumm? Ist das jetzt wirklich Realität?

Miguel Morano, es steht ganz oben. Er unterschreibt unten noch und dann ist es besiegelt. Einfach so. Ohne mich, ohne jeden Funken Verstand.

Meine Mutter höre ich schluchzen, sie sitzt einfach so da, als der andere seine Waffe wieder auf sie richtet. Man kann hören, wie er diesen Schlitten der Waffe schiebt. Ein Geräusch, das ich nur aus dem TV kenne. Mein Vater, welchen ich eine Sekunde anblicken kann, sitzt da mit einem Blick, welchen ich schon lange nicht mehr bei ihm gesehen habe. Seit wir umgezogen sind, um genau zu sein.

Ich werde am Oberarm gepackt und von der Kirche hinausgeschleift. Seine Hand passt um meinen kompletten Oberarm. Immer wieder versuche ich, mich loszureißen, stolpere und falle. So schnell wie ich unten bin, bin ich wieder oben, denn er zieht mich einfach mit. Kurz vor Ende des Ganges spricht er noch etwas auf Italienisch mit einem der Männer, welcher vorher definitiv nicht hier war. Dann packte er mich und trug mich nach draußen. Wirft die schweren Holztüren auf,

Schnee rieselt auf uns ein. Er schert sich um nichts, nimmt mich einfach so. Ohne ein Wort und ohne, dass ich wegkönnte.

Ich versuche, mit meinen Schuhen zuzuschlagen. Mit meinen Armen zu schlagen, da ich über seinen Schultern hänge, sehe ich, dass er blutet. Ich drücke hinein. Etwas Mut, den ich aufbringen kann. Es ist ekelhaft. Sodass mir schlecht wird. Er hingegen geht einfach weiter. Während ich bei seinem schnellen Gang mitwippe.

Die Kälte von draußen trifft mich, während ich auf seinen Schultern liege. Er presst mich so fest an sich, dass ich schlecht atmen kann. Er ist so hart und unheimlich. Der eisige Wind weht mein Haar in mein Gesicht, sodass ich nicht erkenne, wo es hingeht. Jemand steht hier, denn er spricht. Ich verstehe leider nichts, er muss die Tür aufhalten, denn sobald ich umgedreht werde, sitze ich. In einem Wagen. Ich sehe nur dieses schwarze Hemd, die Atmung des Mannes hier in der Kälte, zusammen mit meiner eigenen. Er gurtet mich an. „Still", mehr kommt nicht. Sein Kopf hebt sich, direkt vor mir, sodass er mich ganz genau ansieht. Er ist nur ein paar Zentimeter von meinem Gesicht entfernt. Sein Mund ist voller Blut. Sein Atem ist laut und angestrengt. Gekonnt und blitzschnell erledigt er das, was er hier alles macht. Das heißt, er zückt sein Handy, winkt dem, der die Tür aufhielt, her und spricht mit ihm. Und das, ohne ihn nur anzusehen, denn sein Blick haftet einzig auf mir.

„Hinter kann sie nicht!", höre ich, noch bevor er wie aus dem Nichts mit einer Waffe auf mich zielt, als ich versuche, meinen Fuß aus dem Wagen zu befördern. Ein kurzes Geräusch der Waffe, während sie genau zwischen meine Augen zielt und auf meine Stirn drückt. Alles, was ich sehe, ist das Silber und daneben seinen Kopf. Hat er sie jetzt echt geladen? *Verdammt, ich drehe gleich durch.* Meine Atmung, sie fühlt sich so schwer an, wird immer schneller. Ich selbst kann das Schütteln meines Körpers nicht verhindern. Sie ist keinen Zentimeter von meinem Gesicht entfernt und vermutlich wirklich geladen. Keine Ahnung, wie so eine aussehen würde, aber anders macht das sonst keinen Sinn. Er sieht mich weiter und lachend direkt an. Direkt in meine Augen, und zeigt mir die Seinen. Diese schwarzgrünen Augen. Ohne ein Wort von ihm weiß ich, dass ich still sein soll. Ich presse mich in den Sitz. Sein Ausdruck – eine einzige gefühlskalte Welt, trotz des Lachens!

„Sie kommt mit mir mit. Hinter dem Sitz liegt eine Leiche am Boden, ich musste ihn mitnehmen. Wegen des Wichsers wäre ich fast zu spät gekommen. Du räumst auf, regelst das mit dem Video", seine Stimme ist so tief, so ruhig und so legere, dass ich denke ich habe nicht verstanden, was er sagte. Er spricht mit dem Mann, ohne dass er ihn nur ansieht, und zielt immer noch weiter auf mich. Der Geruch der Waffe dringt sogar in meine Nase, es ist so einnehmend, dass ich nichts anderes mehr spüre als diese Waffe auf meiner Stirn. Eindringlich fixiert er mein Gesicht. Er selbst, ist mit seinem Kopf vielleicht einen halben Arm vor meinem Gesicht entfernt. Es fühlt sich an wie Stunden, in denen er mich ansieht. Eine Leiche? Fast bin ich versucht nach hinten zu sehen. Ich wimmere, weine. Ich habe solche Angst.

Die Stimme hinter ihm, klingt belustigt. Krank einfach was da los ist. „Klar, sie ist auch die Deine! Einen Teufel würde ich tun und sie mitnehmen. Scheiß Spuren, ich kümmere mich drum. Mig.", höre ich es von hinter ihm, traue mich aber nicht, seine Augen zu verlassen. Ich sehe genau hinein, habe Angst er würde etwas machen, wenn ich nicht hinsehe. Es schüttelt mich, Adrenalin mit Angst durchflutet mich. Der Geruch der Waffe weht in meine Nase und ich habe weiter Mühe aufrecht zu sitzen. Meine Beine werfen sich unkontrolliert herum „Wenn du weiter so atmest Kleines, wirst du bewusstlos, und ich stehe auf Nummern ohne Widerstand!", der ruhige Ton und die Worte, sie lassen mich noch in der gleichen Sekunde, die Luftanhalten. Schockstarre glaube ich holt mich ein. Er zieht sich zurück. Schlägt die Tür zu und steigt auf der anderen Seite ein.

Der Wagen startet und er fährt los. Soll ich nach hinten sehen? Soll ich ihm ins Lenkrad fassen, sodass wir stehen bleiben? Nein, er würde mich davor umbringen. Aber was hat er mit mir vor? Was will er mit mir? Mein Verstand ist vollkommen am Durchdrehen. „Eine Leiche, einen Menschen?", Himmel ich dumme Kuh, mein Gehirn lacht sich kaputt über meine Dummheit und mein Verstand schreit laut, still! Leise!

„Ja, eine Leiche, denkst du ich würde hier Busfahrer spielen. Und jetzt Still.", seine Stimme sie schafft es bis in mein Inneres. Dieser dunkle Ton. Der Bariton, so etwas habe ich noch nie gehört.

Sein Telefon läutet während ich der Versuchung widerstehe nach hinten zu sehen. Ich wimmere weiter vor Angst und versuche still zu sein. Vielleicht komme ich weg, wenn wir irgendwo stehen? Wir können unmöglich durchgehend fahren. Vielleicht werden wir auch einen Unfall haben, bei diesem Schneechaos wäre es kein Wunder. Bei seinem Psychofahrstil genauso wenig.

„Mig, keine Spur.", die dunkle Stimme aus dem Lautsprecher klingt genau so verrückt wie er.

„Mach dir keine Sorgen, ich habe Pfand, ich habe Leben, ich habe sein", er lacht in den Lautsprecher zurück. „Nein, ich habe mein, er wird kommen". Was soll das heißen? Ich höre keine Antwort mehr des anderen, denn er legt auf. *Ich weiß nicht, was ich machen soll.* Ängstlich ziehe ich meine Füße an. Angestrengt versuche ich alles auszublenden. „Füße vom Sitz". Sofort lasse ich sie aus Angst fallen. „Schön, dass du bereits Befehle befolgen kannst. Denkst du mein Wagen hat gerne Schuhe am Sitz?", ich antworte nicht, ich habe Angst. Wir fahren unzählig lange Minuten. Bis ich, durch einen Schleier aus Tränen und tropfenden Haaren erkenne, dass wir zum Wald fahren. Der Wald! Nein es ist nicht zu glauben, dass ist der Typ. Ja genau. Das ist der Typ aus dem Wald. Heute mit Kleidung. Schnell springt meine Hand an den Türgriff, nichts zu machen. Es ist verschlossen, ich rüttle wie verrückt. „Also ich bitte dich, so dumm kannst du doch nicht wirklich sein?", lacht er mir entgegen. Scheiße! Er wird mich umbringen. Im Wald verscharren. Und zuvor noch auffressen. Definitiv. Eine Leiche ist bereits in seinem Wagen, ich werde die Nächste sein.

„Wenn wir gleich aussteigen, möchte ich kein Wort von dir hören, ich möchte, dass du in das Haus gehst. Ich möchte, dass du meine Regeln einhältst. Die erste Regel lautet Gehorsam. Verstanden?" Er sieht mich an, ich spüre seinen Blick und seinen Zustand in mir. Deutlich. „Sieh mich an, wenn ich mit dir spreche!" Schnell sehe ich zu ihm, Tränen laufen meine Wangen herab. Ja ich sehe ihn, aber ich sehe auch das Blut auf mir, auf meinen Händen, auf seiner Lippe und überall nur Dan vor Augen. Ich bebe vor Angst und allem Möglichen. „Wenn du morgen noch stehen willst, wenn du deinen Kopf noch auf deinem heißen Körper haben möchtest, vielleicht sogar auch einen Pumkin Latte haben möchtest, dann rate ich dir, mach was ich sage. Verinnerliche meine Regeln. Wie du siehst ist die Welt Grausam, und ich bin der die sie anführt. Klar? Es wird niemand kommen, niemand". Automatisch nicke ich, ich scheine einiges dabei zu überhören. Erst jetzt merke ich auch, dass wir bereits stehen. Direkt im Wald. Verlassen, alleine, wurde ich gekidnappt.

Man denkt immer, dass einem das nicht passiert. Ein Amoklauf war es nicht, sonst hätte er mich auch nicht mitgenommen. Er hat mich wohl gezielt mitgenommen. Das Blut des Toten kommt mir wieder in die Nase, ich kann kaum das Brechen unterdrücken. Bevor ich in den Wagen erbreche, zieht er mich schon hinaus. Ich hatte nicht bemerkt das er ausgestiegen ist. Verdammt, er hat ein Leichtes mit mir. Ich erbreche vor dem Wagen, ein Schwall überkommt mich. Ich kann es nicht stoppen. Irgendwo hinter mir, kann ich ihn schimpfen hören, spüre dass mein Kleid bewegt wird. Ich zucke zusammen. Ich brauche ein paar Minuten um mich wieder etwas zu beruhigen. „Fertig?", möchte er wissen. Er klingt nicht nur böse, sondern jetzt auch noch sauer. Von Arroganz kann ich ebenfalls genug hören.

Der Schnee hat immer noch nicht aufgehört, die kalten Schneeflocken bedecken meinen Rücken, meine Füße stehen Zentimeter hoch im Schnee. Zeit um wegzulaufen, bleibt mir auch nicht, vor allem wie lange könnte ich es bei dieser Kälte überhaupt schaffen? Meine Hand stützt sich an dem schwarzen Wagen ab, ich atme tief ein, als er meine Hand nimmt und mich hinterher zieht. Genau diese Hand mit diesem Ring. Dans Ring.

Wie schlimm kann es noch kommen? Ich habe nicht nur Dan nicht mehr, sondern auch mein Leben. Und ich bin mir seit heute sicher, dass Dan damit etwas zu tun hat. Diese wochenlangen Geheimnisse, sein seltsames Verhalten in der letzten Zeit. Das kann unmöglich nur Zufall sein. Ich bin so kaputt, schwach und traurig, dass ich es kaum bemerke, als wir plötzlich in einem Schlafzimmer stehen.

Dessen Schlafzimmer. Dessen Bett umgeben von seinem Geruch.

Er stellt mich mitten im Zimmer ab. Es hat keinen wirklichen Sinn, nach einem Ausgang zu suchen, denn ich sehe gerade aus vor mir ein Bad, ohne Zimmertür. Links neben mir ein großes Fenster, ohne Fenstergriff. Und vor mir, steht ein Bett. Ein richtig großes Bett. Was will er hier und wieso spricht er nicht? Es ist so unheimlich. Ich habe keine Ahnung wie lange ich hier stehe. In mir spüre ich meinen Puls, höre seine Atmung.

„In ein paar Stunden kommen die Gäste, es wird bei diesem Wetter länger dauern", kann ich ihn hinter mir sprechen hören. Welche Gäste. Ist er verrückt? Weiß er was hier überhaupt los ist. Ich meine, er kann doch nicht denken das wir etwas zu feiern haben. Wir? Ich wo ich nicht einmal etwas mit der ganzen Scheiße zu tun habe.

„Wann wirst du mich gehen lassen", dieser Satz brennt mir, seit ich in dem Wagen saß auf der Zunge. Wann ist der beste Zeitpunkt diese Frage zu stellen? Keine Ahnung. Doch sein Lachen, signalisiert mir, jetzt sicherlich nicht.

„Gehen lassen? Nie", das letzte Wort strotzt vor Stärke und klingt, als würde er es ernst meinen. „Kleines, das sind leere Forderungen, leere Wünsche einer kleinen naiven Frau, im Kleid eines anderen.", Tränen laufen mir weiter hinab. Ich weiß mir einfach keinen Ausweg. Ich spüre seine Anwesenheit hinter mir stark, denn sein Körper strahlt eine Wärme aus, und schnürt mir gleichzeitig die Luft ab. Ich hoffe er kommt nicht noch näher. Ich atme bereits schneller, immer mehr. Ziehe an meinem Kleid. Es ist so fest verschnürt, dass ich es selbst niemals aufbekommen würde. Fast panisch versuche ich mich zusammen zu reißen, ich denke er ist ähnlich wie mein Vater. Wenn ich mich so schwach zeige, wird er es sofort gegen mich verwenden. Gedanklich zähle ich Zahlen, warum? Weiß ich nicht. Ich versuche alles um dem zu entgehen, auszubrechen in einen jämmerlichen Haufen Fleur. „Meine Güte, werd nicht gleich panisch!" funkelt er mich an. Dann schnappt er meine Hand, und legt mir eine Handschelle an. Es dauert genau so lange, bis ich es überhaupt verstehe was da passiert. Ich glaube mir fallen die Augen aus dem Kopf, abwechselnd blicke ich meinen schweren Arm an, dann ihn. „Vorsorglich, wir wollen ja nicht, dass du verschwindest oder mich von hinten abstichst."

Er führt mich zur Bettseite mir gegenüber, und bindet an die andere Handschelle ein Seil. Es ist alles vorbereitet hier, vorher ist mir dieses Seil nicht aufgefallen. Ich sehe, es wurde neben dem Bett an der Wand befestigt. Sauber lag es aufgerollt neben dem Bett. *Wie eine Freilaufleine für einen Hund.*

Das wars, jetzt ist es aus mit mir. Ich bekomme solche Panik, dass ich kaum atmen kann. Das Kleid es wird noch enger. Er schüttelt mich. Schimpft er, aber das verstehe ich nicht. Es ist alles zu viel. Ich habe gerade meinen Mann verloren, wurde gekidnappt und habe keine Familie, die sich für mich eingesetzt hätte. Im Gegenteil, sie haben mich eher mitgegeben. Und zu guter Letzt, bin ich hier das neue Haustier. Wie ein Käfig, fühlt es sich an. Alles um mich herum dreht sich. Die Luft ist eng. Der Raum, wirkt so viel kleiner.

Fluchend, aggressiv und genervt kommt er wieder, ich bin so durcheinander, dass ich ihn nicht gehen sah. Nein, nein, er hat jetzt auch noch ein Messer dabei, dieser Wahnsinnige! Automatisch weiche ich gleich zurück „Denkst du ich bringe dich jetzt um, wenn wir nachher Gäste bekommen?", meint er so ruhig als wäre es ein normales Gespräch. Ich höre ihn fast nicht, denn ich schiele auf die Klinge des Messers und gleichzeitig auf sein süffisantes Grinsen. Er zieht mich weiter an sich, „Still", und dreht mich an meinen Oberarmen mit einem Ruck. Ich lasse es geschehen, denn ich komme sowieso nicht aus. Ein kleines verdrehtes Vaterunser läuft in meinem Kopf ab, doch dann, auf einmal kann ich tief einatmen.

Das Kleid, es ist offen. Am liebsten würde ich ihm danken, was ich natürlich nicht vorhabe. Aber es tut gut. Solange bis ich merke, dass alles ruhig ist und ich halb nackt bin. Ich stehe blutverschmiert in nasser durchsichtiger Unterwäsche, die mich kleidet und halberfrorenen Füßen in Brautschuhen hier. *Fast nackt also.* Daran habe ich keine Sekunde gedacht. Sekundenschnell wirkt das Bett mit den Sprossen noch gefährlicher, die Bettwäsche drauf noch dunkler und er noch größer.

„Makellose Haut", flüstert er, ich kann es genau hören. Scharf ziehe ich den Atem vor Schreck ein. So schnell ich kann, bücke ich mich und halte mir das nasse, dreckige Kleid vor die Brust.

Die Panik kommt gleich wieder zurück. Mit blutverschmierter Hand kralle ich mich in das Kleid. Presse die Augen zusammen, wartend auf das, was kommt. Das ganze Blut auf dem weißen Kleid, es ist mir vorher nicht so bewusst gewesen. Ganz und gar nicht. Dieses Gefühl des ausgeliefert seins, das Gefühl der Angst und der Hilflosigkeit, es lähmt mich direkt.

„Ich gehe ins Bad. Du tust was auch immer du tun willst. Hier gibt es nichts, das dich oder mich verletzen könnte. Also versuche es erst gar nicht. Ich habe Vorbereitungen getroffen. Du kannst das Bad benutzen. Meine Messer, Waffen, Rasierapperrate und alle gefährlichen Gegenstände sind versperrt. Diese Seite des Bettes ist deine". Seine Hand zeigt zu dieser, die näher am Bad ist. Nicht die beim Ausgang. Er wirkt so angespannt, etwas durcheinander könnte man auch sagen. Gelernt habe ich, Geiselnehmer nicht dagegen zu sprechen, wenn es brenzlig wird, denn es werden die unangenehmen Geiseln zuerst umgebracht oder für etwas benutzt. Ich antworte also nicht, denn ich weiß nicht, was ich sagen soll. Hier ist es so etwas von dunkel und beängstigend. Die Leine an meinem Arm, seine Stimme, und das alles hier, ich hoffe immer noch das ich aus diesem Traum aufwache.

Ein T-Shirt trifft mich fast. Schnell greife ich es und versuche es über zu ziehen. Als er hämisch lacht. Er steht an der Wand gegenüber, lehnt arrogant daran. Seine Beine sind überkreuzt, meine Nasenflügel beben vor Wut. Sein Mund ist von seinem Bart verdeckt, aber ich sehe, er lacht mich aus. Es macht ihm Spaß. Sein Bart, er verdeckt das halbe Gesicht, zusammen mit den ganzen Tattoos. Aber das Blut von seiner Lippe und auf seinen Zähnen ist nicht zu übersehen. Was ist das für ein kranker Typ? Ein Biest in einem modernen kleinen Chalet. Alles wirkt hier ziemlich edel, ebenso seine Kleidung, naja, das, was nicht zerrissen oder blutig ist. „Klappt nicht so ganz, oder?", ich sage dazu nichts. Es vergehen ein paar Sekunden, in welchen er mich anstarrt. Es ist, als würde sein Blick in etwas Greifbares wechseln, während ich überlege, wie ich mich ankleiden könnte. Mit einem Schritt, steht er fast bei mir, kommt weiter auf mich zu. Auch der nächste Schritt ist schnell, er packt meine Hand, öffnet die Schelle und steckt meinen Arm in den Ärmel des Shirts. So schnell es offen war, so schnell hat er sie wieder versperrt. Den Schlüssel nimmt er mit, als er hinter mir verschwindet.

Ich teste nicht einmal, wie weit das Seil reicht. Nein, solange er hier ist, werde ich nichts tun, was Verdacht erregen könnte. Ich muss hier weg und werde mir einen Weg suchen. Mit einem Griff, nehme ich mein Kleid und lege es zur Seite, ein Andenken an Dan. Setze mich auf das Bett und lege die Decke über mich, sie fühlt sich wie etwas Schutz vor diesem Wilden an. Ich bin heute mit einer Leiche im Wagen gefahren, das kann ich nicht glauben, nichts von alle dem kann ich glauben. Was ist in der Kirche plötzlich geschehen. Der Aufprall von Dans Körper, dieses Geräusch, es jagt pausenlos durch meinen Körper.

Ich habe keine Ahnung wie lange ich so hier sitze. Aus dem Fenster sehe ich, dass es etwas schneit. Glitzerschnee vor der Sonne die durch die Bäume hindurch scheint. Es fühlt sich alles nicht echt an. Das Wasser läuft im Hintergrund, während ich in meinen Gedanken gefangen bin. Wie gerne würde ich jetzt warmes Wasser spüren. Meine Zehen schmerzen wie verrückt.

Ich wage es kaum mich weiter umzusehen. Links von mir ist die Zimmertür, von welcher wir hereinkamen. Ich nehme an, daneben ist der Schrank. Sein Telefon es läutet, doch er lässt das Wasser weiterlaufen. Solange bis es still ist, dann kann ich den Wasserhahn laufen hören. Ich wippe mich im Sitzen, um nicht durchzudrehen. Ziehe meine Beine nahe an meinen Körper, ich kann nicht fassen, dass das alles heute geschehen ist und weine leise vor mich hin.

Schon tritt er wieder aus dem Badezimmer, keine Ahnung wie lange es gedauert hat, aber er kommt nur in Boxershorts heraus. Goldene Uhr am Arm, Tattoos überall auf der ganzen dunklen Haut. Schnell sehe ich weg. Er sieht es, da bin ich mir sicher. Ich spüre, wie die Hitze in mein Gesicht wandert. Für ein paar Sekunden verschwindet er in der rechten Tür und kommt mit einer Nadel in der Hand zurück, während er das Einfädeln versucht. Und wirkt dabei so, als würde er das jeden Tag machen. Es juckt ihn überhaupt nicht, als er wieder im Bad verschwindet.

Er ist nicht ganz sauber, definitiv nicht. Als er zurückkommt sieht er mich an. Kein langer Bart mehr im Gesicht, einzig ein leichter Bartschatten, daher wohl das Geräusch. Und er hat jetzt wirklich eine Naht auf der Lippe, er hat sich gerade selbst genäht? Ich glaube mir wird wieder schlecht.

„Was ist los mit dir, du wirst ja ganz weiß", kommt er auf mich zu, die Worte könnten nett gemeint sein, aber er lacht. Er hat wieder mein Kinn in der Hand, und genau wie vorher, kann ich es nicht wegreißen. „Ich gebe dir jetzt eine Stunde Zeit, in dieser kannst du Duschen, dich entsprechend anziehen und dann wirst du die glückliche Ehefrau spielen. Frau Morano! Und, lass dir gesagt sein, wenn du mich jemals so zum Narren versuchts zu halten wie ihn, dann Gnade dir der Teufel!", sein Griff wird fester und seine Augen, bohren sich weiter in die Meinen. Ich sehe, dass er ziemlich alt sein muss. Vielleicht vierzig? Denn die Falten um seine Augen, man kann sie ohne das ganze Blut und dem allem jetzt besser sehen. Sein Blick, bohrt sich fest in meine Augen, mein Nacken ist über alle Maße gestreckt. Sein Atem, er ist so warm, dass ich ihn heiß auf meinem Gesicht spüre. Glückliche Ehefrau, was ist mit dem Typen los? „Versuchst du Sperenzchen mit dem Seil, gibt's nur noch die Handschellen und einen Topf neben dem Bett- Klar?" Welche Sperenzchen meint er, was meint er mit zum Narren halten- Wen denn? Ich schüttle verwirrt den Kopf und nicke aber trotzdem. Mir ist so kalt, ich brauche unbedingt eine warme Dusche.

„Meine Familie kommt nachher, du wirst dich ihnen von deiner besten Seite zeigen. Wenn du brav bist, gibt's auch deinen Pumkin Latte und von mir aus auch ein paar leere Blätter mit einem Stift". Mein Puls beginnt zu rasen, er muss über zwei Hundert sein. „Du warst das die ganze Zeit, wieso? Im Café, Zuhause und in meiner Arbeit.", er lacht. Höhnisch. Herablassend. Und irre, total irre. „Also zier dich nicht, ich habe von dir schon mehr gesehen als Dan. Oder sonst jemand. Kleines. Denk daran, die Zeit läuft, und sieh in die Ecken. Hier, die Kameras sehen, was du abziehst. Und stell dich verdammt nochmal nicht so, tu nicht so, als hättest du Dan geliebt oder so. Du hast deine Freizeit, im Bücherladen, in der Kirche, also überall verbracht außer mit ihm!", damit ist für ihn das Gespräch beendet, sieht mich zuvor nochmal so an, als würde er meine Geheimnisse zu finden versuchen. Schüttelt seinen Kopf, wischt sich über seinen stoppligen dunklen Bartschatten und geht. Ich bleibe noch etwas sitzen und falte meine Hände. Allein schon um nicht etwas zu machen, was er sieht und meine Angst und meine Trauer verrät.

Unauffällig blicke ich mich etwas um, schöner Holzboden, weiße Wände, schwarze Fenster, dieses Fenster ist wunderschön, denn es ist bodentief und man kann direkt in den Wald sehen. Die Bettwäsche ist ebenso einladend, die ganze Einrichtung ist wunderschön. Schlicht, aber edel. Und er, er ist alles andere als das. Er ist roh. Böse von innen und außen. Gott, was ist da heute passiert? Ich muss doch irgendwann aufwachen oder etwas in der Art. Morano, da klingelt absolut nichts bei mir. Wer soll das sein?

Erschrocken komme ich wieder zu Sinnen. Er sagte eine Stunde, ich spüre, dass ich ihn nicht verärgern sollte. Ich sollte auch meine Klappe halten, immer wenn ich so aufgeregt bin, plappere ich solchen Mist wie im Wagen. Das darf nicht mehr passieren, wenn ich hier lebend herauskommen möchte.

Schnell schnappe ich mir das blutgetränkte Kleid und halte es mir vor die Brust, denn die Kameras sind nicht zu übersehen. Zielstrebig gehe ich ins Bad. Dieser barbarische Arsch hat die komplette Tür ausgebaut. Mein Blick huscht hin und her, ich zittere, auch vor Kälte. Die Fliesen unter mir, wärmen seltsamerweise meine Füße. Es ist das einzig Angenehme im Moment. Und auch hier, ist alles in einwandfreien sauberen Zustand. Es wäre wirklich wunderschön, wenn ich hier freiwillig wäre. Dieser Kontrast, es vernebelt die Sinne. Dieses schöne Haus und meine Situation. Mir wäre ein Keller fast lieber, so würde ich spüren, dass ich nicht verrückt bin. Vor ein paar Stunden hatte ich noch ein vollkommen normales Leben. Und jetzt?

Weinend steige ich unter die Dusche, mein Kleid habe ich sauber, auf den Hocker danebengelegt. Das warme Wasser erwärmt mich wohltuend. Sein dummes Shirt habe ich soweit ausgezogen, dass es jetzt mit einem Ärmel im Seil hängt. Nass. Meinen BH und die Unterwäsche lasse ich an, denn seine Kameras, sie können mich mal. Er muss verrückt sein, wenn er denkt ich würde alles ausziehen. Ich lache selbst schon, so verrückt bin ich. Ich lache vor Wahnsinn, welcher mich überkommt.

Nach einigen Minuten bin ich fertig und steige aus der Dusche. Dieses Badezimmer ist so groß wie mein Zimmer zuhause. Zuhause, ja ich habe jetzt keines mehr. Familie, nein sie können unmöglich meine Familie sein, wenn sie mich mit ihm mitgehen haben lassen. Niemand hat sich gewehrt. Niemand außer mir.

Zittrig betrachte ich das Handtuch. Ich wickle es um mich und überlege, was er mit fertig gemeint hatte. Vielleicht kann ich auf der Feier fliehen. Oder jemand hilft mir. Vielleicht, ein Versuch ist es wert. Ich nehme den Fön, der bereit liegt. Kurz überlege ich, ob ich ihn damit erschlagen könnte. Dann lache ich aber wieder panisch, wenn hier jemand jemanden etwas antut- dann ist es er! Der Fön er würde bei diesem Riesenkerl zerbrechen.

Ich benutze ihn schnell und sehe meinem roten Haar beim trockenwerden zu. Benutze das Make- Up welches auf der Waschtischplatte bereit steht. Es ist ausnahmslos verschlossen und was noch schlimmer ist, ausnahmslos dass, welches ich zuhause auch benutze. Ich habe es mir zu keiner Zeit eingebildet. Er hat mich beobachtet. Er war die ganze Zeit in meiner Nähe. So zittrig und angestrengt, wie ich meinen Kajal auflege, so ängstlich bin ich, was kann ich von jemanden erwarten, der mich seit Monaten beobachtete. Der so viel von mir weiß. Übelkeit dringt in meinen Magen, meine Augen sind glasig, doch ich muss mich jetzt selbst retten. Und das schnell. Mitspielen und die Gelegenheit abwarten. Mein Jetzt abwarten.

Mein Gesicht sieht aus, als hätte ich Wochen nicht geschlafen und tagelang durchgeweint. Es ist kaum zu unterdrücken, wie traurig ich bin. Wie ängstlich und wie gebrochen mein Herz ist. Wenn ich hier lebend herauskommen möchte, muss ich jetzt mitspielen. Für mich.

Als ich fertig bin, denke ich, dass ich noch etwas mehr benutzen sollte. Etwas, das nicht nach mir aussieht und mich stärker wirken lässt. Vielleicht wirke ich sympathischer, wenn ich besser aussehe, ja vielleicht hilft mir dann auch jemand. Ich ziehe den Kajal etwas weiter nach außen. Lippenstift, immer her damit. Meine Wangen, da benutze ich nichts, sie sind sowieso rot genug. Mein Haar drapiere ich etwas seitlich und meine Kette, die von meiner Mutter, sie lässt mich gut aussehen, also bleibt sie dran. Ich will ihm nichts von mir selbst zeigen, nichts das ich bin. Benutze das alles, *als Schutzschild*. Ich weiß es klingt lächerlich.

Im Handtuch eingewickelt, gehe ich zurück. Links in der Hand halte ich mein dreckiges Kleid und stoppe, denn es sieht hier anders aus. Wie lange war ich denn da drin? Das Bett ist frisch bezogen, darauf liegt irgendein goldener Fetzen. Schuhe stehen am Boden vor dem Bett. Sogar eine Jacke liegt daneben. Ich kann von nebenan jemanden schimpfen hören, es muss er sein und seine Frau, sie rüffelt ihn genauso italienisch an, wie er mich oder sie. Die Diskussion klingt hitzig.

Seine Frau, sofort brennen die Tränen wieder in meinen Augen, ich bin seine Frau. Ich. Also muss es jemand anderes sein. Sie kann gern tauschen.

Übelkeit macht sich wieder breit, schnell probiere ich sie abzuschütteln, wenn eine Frau da draußen ist, kann sie mir vielleicht helfen. Es dauert keine Minute, dann ist es still. Er kommt wieder herein. So schnell er hereinkam so schnell bleibt er plötzlich vor mir stehen. Sieht mich an, seine Augen sie funkeln gefährlich, sodass ich schlucke. Der Wahnsinn spiegelt sich in ihm wider. Er sieht aber im gesamten, etwas netter aus als vorher und stellt ein Glas auf den Nachttisch. Ich höre, er ist genervt. Wahrscheinlich ist es sein Glas, ich kann den Whiskey riechen. Sobald es steht, weht mir der Geruch um die Nase, während ich mich so drehe, dass ich seinen Blick genau sehe. Vielleicht ist es Instinkt, sich nicht von hinten umbringen zu lassen?

Er geht ins Bad, es dauert ein paar wenige Sekunden, dann kommt er mit einem Waschlappen zurück.

„Hier, abwischen. Das bist nicht du. Und dann probierst du das nochmal", er ist total gestört. Ich nehme langsam den Waschlappen. Wische demonstrativ über mein Gesicht. Toll. Er macht Platz, sodass ich wieder ins Bad gehen kann. Also auf ein Neues. Wütend schmiere ich mir das Make-Up auf, etwas Kajal, minimaler Lippenstift. Ein Blick in den Spiegel und ich weiß, ja das bin ich. Kaputt, traurig und genervt aber ich. Ich drehe um und gehe wieder auf ihn zu. Schweige.

„Na also, geht doch. So kenne ich dich, nicht so wie heute zu deiner lächerlichen Veranstaltung, oder eben. Wenn ich du wäre, würde ich diese nasse Unterwäsche ausziehen, so nass wirst du nur krank. Und krank, hilfst du mir ganz und gar nichts." Lächelt er wieder, man hört ganz genau, dass es kein nettes Lachen ist. Nein, er ist böse. Ruckartig nimmt er wieder meine Hand und sperrt die Schelle auf. „BH runter und Kleid, anziehen". Schnell ziehe ich meinen Arm aus dem Träger und greife zum Kleid, das mittlerweile hier auf dem Bett abgelegt wurde. Nehme es und steige hinein. Der Ärmel ist lang, ich bin in einer Sekunde hineingeschlüpft und verhalte mich, als wäre alles ok. Möglicherweise ist er so verrückt, dass er es mir abkauft. Mein Handgelenk schmerzt ebenfalls schon, durch die Reibung. Die Schellen waren viel zu eng und mit der Feuchtigkeit, scheuerte es schon gewaltig. Ich schäme mich so, mein Kopf muss so rot sein, diese Hitze, welche mein Kopf abgibt, bestätigt meine Vermutung. Bemüht schiebe ich dieses Gefühl und diese Gedanken jetzt erst einmal zur Seite. Wichtiger ist, dass ich nicht nackt vor ihm stehe. Sein Blick, hat sich in etwas Raubtier ähnliches verwandelt. Die Stille in diesem Moment, gespenstisch. Sie geht einem durch jede Faser des Körpers. Er sieht mich weiter an, bewegt sich nicht. Bis es klirrt. Es kommt von nebenan. Ich kann Geschirr hören, und ein Schimpfen von dieser Frau.

„Zwanzig Minuten noch, dann bist du fertig. Komplett angezogen, verstanden!" „Ja", sage ich einfach. Dann verschließt er die Schellen wieder, sieht dabei nur mich an, er kann das blind. Sein gemeines Lächeln, ist nicht zu übersehen. Mit einem Klick sind sie zu, der Ton, welchen sie hinterließen, jagt mir einen Schauer über den Rücken. Seine Hand kommt meinem Gesicht nahe, unausweichlich zucke ich zusammen und mache mich auf einen Schlag gefasst. „Was stimmt mit dir nicht, zum Teufel?", fragt er mich. *Ist der dumm oder was*, was soll nicht stimmen? Er stimmt nicht. Sein Kopf schüttelt sich ganz leicht, kaum zu vernehmen. Dafür geht er wenigstens so schnell wie er gekommen ist. Sein Geruch nach Moschus und Minze verschwindet mit ihm. Das Glas mit dem Whiskey steht noch genauso hier. Ich nehme es und kippe es einfach hinter. Er hat davon getrunken, das kann man sehen. Also wird es nicht giftig sein. Und wenn, schlimmer kann es wirklich nicht mehr kommen. Der Geschmack erinnert mich an früher. An die Partys, bevor wir hierhergezogen sind. Meine Freiheit, die Touren mit dem Caprio und meiner Freunde. Poolpartys und Musik. Schlagartig überkommt es mich. Bis ich wieder sehe, wo ich bin.

Schnell ziehe ich den trägerlosen BH an und streife den Rest des Kleides über. Steige aus der nassen Unterhose und ziehe diesen Hauch von Nichts an. Was ist das für ein winziger Tanga? Aber alles passt. Perfekt. Das fühlt sich so grauenvoll und beängstigend an. Da ich nicht weiß wie viel Zeit noch bleibt, schlüpfe ich in die Pumps, wenigstens sind sie geschlossen. Meine Zehen frieren immer noch. *Doch das ist egal, wichtig ist, wie komme ich weg.*

„Stopp", höre ich ihn schreien. Er schreit die Person an, die eine kurze Sekunde zur Tür herein schielte. Eine Frau, ja dunkles Haar, schwarzes langes Kleid. Mehr konnte ich nicht sehen. Was will sie?

Ich kann noch hören, dass sie flüstern, doch dann schlägt eine Tür zu. Vorbei ist die Chance mit ihr zu gehen, ich spüre es.

Miguel glaube ich heißt er, er lehnt am Türrahmen. Elegant und so, als wäre nichts Seltsames an dem Ganzen hier. Er trägt einen

Anzug, er ist mir vorher gar nicht so aufgefallen. Manschettenknöpfe die einem ins Auge stechen, das Haar sauber nach hinten gekämmt. Aus seinem Mund kommt ein „Wunderschön", ich weiß nicht, was er erwartet, wenn er das zu mir sagt. „Also wir fahren jetzt. Du kennst die Regeln. Gehorchen, brave Frau und glückliche Frau, ja? Das sind die Ersten von meinen. Die kannst du dir sicher merken, du bist doch ein kluges Köpfchen Fleur, oder?"

Diese tiefe Stimme sie klingt noch kein bisschen freundlicher als vorhin. Seine weißen Zähne, stehen im völligen Kontrast zum Gesamtbild. Er stampft auf mich zu und ich stehe immer noch wie angewurzelt hier. Er nimmt meine Hand, reflexartig ziehe ich sie wieder zurück, werde mit einem festeren Griff belohnt. Vorsichtig zieht er meinen Ring ab, die einzige nette Geste von ihm. Er könnte ihn auch herunterreißen. Arrogant und ohne hinzusehen, wirft er ihn dann aber, auf das Nachtkästchen, während er mein Gesicht nicht aus den Augen lässt. Seine Hand, sie fasst meine Hand und gibt sie nicht frei. Im Gegenteil, er schiebt einen anderen Ring auf meinen Finger. Dieser kühle Ring, schwer und erdrückend, klammert sich nun um meinen zittrigen Finger. Sein Bariton und seine Augen, sie sprechen auf mich ein, seltsam aber es ist, als würde ich nicht weghören können. Eine Art von Sog lässt mich seine Stimme hören. Mein Hals reckt sich zu seinem Gesicht nach oben, während er mir die Worte, diese ich nicht hören möchte, zuspricht.

„Frau Morano, darf ich vorstellen, ihr Ring! Mein Ring! Das symbolische Zeichen meines Besitzes, meines Schwures, meines Versprechens unserer Verbindung." Kurz sehe ich auf meine Hand, die fest in der Seinen feststeckt.

Ein dicker dunkler goldener Ring voll mit glitzernden Steinen schnürt meine Luft plötzlich ab. Es ist also sein Ernst, er denkt ich bin seine Frau. Ja ich bin es auch, aber nicht emotional. Niemals. Ich bin nur solange hier, bis ich flüchten kann. „Ich trage fast den Gleichen, und Kleines bilde dir darauf nichts ein. Ich brauche keine Ehefrau, keine Trophäe. Ich will keine Ehefrau und ich hatte nicht vor dich als Solche zu nehmen. Du bist nur hier, weil du mit ihm zu tun hast." Seine Stimme klingt gemein, rau und mit einem Versprechen, das ich nicht ignorieren kann.

Diese Worte, sie werden noch lange in meinem Kopf auf und abspielen. Wenn er mich nicht will kann er mich doch gehen lassen? Wohlwissend, lass ich das unkommentiert. Er sperrt die Schellen wieder auf und berührt meinen unteren Rücken, ich zucke sekundenschnell zusammen. Vielleicht hat er es nicht bemerkt.

„Ich sagte glückliche Ehefrau- verdammt, sie werden denken ich schlage dich. Merk dir, ich bin nicht dein Vater und nicht dein verdammter Dan. Ich schlage keine Frauen, abknallen? - Ja. Du hast Angst? Vollkommen richtig. Also denk an unsere Abmachung". *Abmachung?* Frage ich mich, er klingt wie ein gemeiner Bastard. Rau und dunkel. Seine Lippen, sie wirken, als würden sie lächeln doch seine Augen, sie funkeln gemein.

Wir haben nichts ausgemacht, er befiehlt es. Ruckartig greift er wütend zur Jacke und zieht mir diese über. Ruckzuck, nimmt er meine Arme und zieht die Jacke darüber.

Noch bevor wir dieses Schlafzimmer verlassen, weiß ich, dass ich hier niemals wegkommen werde.

Das, was hier geschieht, fühlt sich endgültig an. Er sagte ja bereits, es wird niemand kommen der dich holt. Die Welt ist grausam, wie er schon sagte.

Kapitel 6

Miguel

Auch wenn ich es im Verbogenen an diesem heutigen Tag schon wusste, lehrte mich ein gewisser Moment, dass ich nicht das bin, von dem ich ausgegangen bin zu sein….

Ich drehe noch durch mit ihr. Sie schreckt in jeder Sekunde zurück. Wenn ich nicht das Video für meine Männer hätte, würden sie nie glauben, dass wir auch nur annähernd verheiratet sind. Das und die Urkunde, die sie in ihrer Naivität einfach so unterschrieben hatte. Aber gut, ich bin von nichts Anderen ausgegangen.

Ihre Familie, ein riesengroßer Haufen an Taugenichtsen. Sie ließen sie einfach so mit mir mitgehen. Wenigstens etwas an Abwehr hätte ich erwartet. Ich sagte ihr das ich sie abknallen würde, doch als ich sie hier winzig in meinem Bett sitzen sah. Als ich ihre Angst sah und ihre Tapferkeit, die sie im gleichen

Moment bewies. Da wusste ich, ich würde sie behalten. Ihr komplettes Leben ist heute durch mich aus den Fugen gerissen worden. Ja eigentlich war es das schon, nur sie wusste es nicht. Und doch, stand sie hier, im goldenen Kleid und war die Anmut persönlich. Zarte Hände, seidige Haut zieren ihren Körper. Inmitten des Grauens hier um uns herum.

Jedes Mal, wenn ich sie ansehe, sehe ich nicht wie ich erwartet hatte meine Schwester, den Feind oder eine dumme Fotze, nein ich sehe diese Frau. Ein verängstigtes rotes Ding. Wunderschönes rothaariges Ding. Diese saftigen Lippen. Diese wundervollen Augen. Verdammte Scheiße.

Ich brauche wieder einen richtigen Fick. Ich hoffe für sie, dass sie so verängstigt ist und mitspielt, sie fressen sie sonst mit Haut und Haaren, bis nichts mehr von ihr übrig bleiben wird.

Die Männer meines Vaters, wir brauchen sie jetzt dringender denn je, wenn wir den alten Richard kalt machen wollen. Der Wichser wusste das ich komme, er muss mich bei der Kirche gesehen haben. Fleur, du kannst Gift drauf nehmen, dass wenn er dich jetzt statt mir hätte, würdest du nicht mehr stehen können. Er ist so von ihr besessen, dass er all das auf sich nimmt. Nur um an sie zu kommen. Mein Informant sagte, er hat sogar in seinem Büro Bilder von ihr. Mehrere. Keine von seiner Frau. Er sagte sogar, seine Frau und sein Sohn dürfen das Büro, nicht betreten. Wenn er doch nur öfter dort wäre, aber er gibt nicht einmal seinen eigenen Männern Bescheid, wenn er dort anzutreffen ist.

Wo er sich aufhält. So paranoid ist er.

Mein Vater ich hoffe er kann seine Männer für uns gewinnen, wir sind auf jeden Einzelnen angewiesen in dem Kampf um ihm den Gar auszumachen.

Meine Mutter, ich denke nicht, dass sie Bescheid weiß. Mein Vater lässt sie wie es bei uns üblich ist im Ungewissen. Geschäft- nur für Männer. Haushalt, Deko, Kleidung und die Optik? Frauensache!

Sie ist sowieso viel zu nett. Tessa hingegen, sie musste ja wieder kommen. Sie wollte sich vergewissern, dass es der Braut gut geht. Sie kennt sich schon etwas mehr in unseren Bräuchen aus und weiß, dass ich sie gestohlen habe, sie würde es nur nie von mir verlangen zuzugeben. So schlau ist sie. Wenigstens hat sie mir vor unserem Streit noch den Rücken verbunden. Der Wichser hat nicht allzu schlimm getroffen, doch etwas Pflaster war definitiv nötig. Genauso auch das Desinfektionsmittel.

Ich binde der Kleinen noch im Wagen die Augenbinde um, mir ist es lieber sie kennt den Weg zum Desire nicht. Ich habe heute extra den Hauptteil geschlossen gehalten, einzig ein paar Zimmer für die Stammgäste, die in Zaum gehalten werden, sind offen. Der Rest ist für Vaters Männer, sie werden über Nacht bleiben um die Laken zu sehen. Sie werden kontrollieren, ob ich mir mein Eigentum zum Besitz gemacht habe. Meinen Anspruch auf meine Frau erhoben habe. Und bei Gott. Ich muss meinen Schwanz in ihr versenken.

Der Rest des Desires ist für die Feierlichkeiten. Ein Paar Fotos für die Presse, damit wir ihn schön in die Enge treiben können. Er wird kommen, ich weiß es und dann schlage ich zu. Er will sie. Er ist besessen, das führt nun mal zu Fehlern. Und damit ist jetzt endgültig Schluss.

Sie zittert im Wagen noch genau so, wie vorher. Die zehn Minuten verlaufen schweigend. Besser so, denn ich bin geistig beim Planen, Koordinieren und arrangieren. Wir müssen jetzt alles besser bewachen. Vater lässt einige seiner Männer hier, sie benötigen Schlafplätze. Ich habe ein paar Tage Pause, bevor ich wieder zum Tagesgeschäft wechsle. Und dann muss ich auch noch herausfinden, was ich mit ihr machen werde. Vor allem dann, wenn ich ihn habe.

Mein Vater, meint ganz klar, wegschaffen. Er macht es nicht gerne, doch manchmal erfordern gewisse Dinge, hm nennen wir es mal so: Regeländerungen. Im Moment gilt es aber erst einmal die Männer von der Hochzeit überzeugen. Ihre Manneskraft für sie einzusetzen. Sie werden Richard genauso killen wollen wie wir. Die meisten von ihnen kennen meine Schwester noch, ich hingegen habe nur noch verblassende Erinnerungen.

Alleine dafür möchte ich ihn umbringen, -schön langsam!

Ich bringe den Wagen zum Stehen. Um uns herum Schnee, Kälte und die Einsamkeit des Waldes. Es ist bereits alles vollgeparkt. Mein Hochzeitstag. Ich bekomme das immer noch nicht in mein Gehirn. Fleur Morano. Meine Mundwinkel zucken, ich kann es nicht kontrollieren. Mein Blick, liegt auf der Frau neben mir. Ihr Blick, als sie heute von der Leiche hörte, unbezahlbar. Da wusste ich, sie hat keinen Schimmer, wo sie gelandet ist. Sie kennt solche Menschen wie mich nicht einmal. Solche Menschen wie die Leiche oder wie der echte Dan, wie der echte Richard oder ihr Vater. Um genau zu sein, sie kennt die Mafia nicht. Sie ist eine von den Unschuldigen und heute der Kollateralschaden.

Die Welt der Kooperationen, der Macht, der Gier und des Geldes. Und seit heute ist sie ein Teil davon. Welchen ich geschworen hatte zu Beschützen. Auch wenn der Umstand nicht echt war, der Priester war es. Das Dokument war es. Verdammt nochmal.

„Also gut, hör zu", beginne ich, während ich beobachte, dass ihre Atmung wieder schneller wird. Der goldene Schimmer, schimmert über ihren Körper hinweg. Sobald man sie anspricht, zittert sie. Die Röte überzieht ihr Gesicht. Ihre feinen Züge und lässt mich in ihr Lesen wie in einem offenen Buch.

Fuck, das wird ein langer Abend „Du sprichst nur wenn du dazu aufgefordert wirst. Blickkontakt, gibt's nicht von dir aus. Wenn überhaupt dann übernehme ich das. Du gehst bei Fuß, außer ich sage etwas anderes. Du isst, wann ich es sage und lächelst, wenn ich es sage, verstanden. Du lächelst pausenlos" Wir müssen das als echt verkaufen, anders wird uns niemand zur Seite stehen. Du fragst dich warum? Weil es deine einzige Chance ist. Denn eine weitere Regel ist Ehrlichkeit, doch in diesem Fall muss es eine Ausnahme geben. Ich breche meine Regeln eigentlich nie, sie halten das Konstrukt zusammen. Bilden den Kern, ich weiß aber, dass ich Richard nicht alleine zu fassen bekomme, er hat es heute wieder bewiesen, und damit meine ich, es gibt eine Schwachstelle. Sonst hätte er es verdammt nochmal nicht gewusst.

Wie ich mir dachte, sie schluckt und nickt. Der Ring an ihrem Finger, funkelt höhnisch zu mir herüber. Wie meine Schwester vorhin schon sagte: „Denkst du Mig, denkst du, du würdest genauso darüber denken, wenn jemand das mit mir gemacht hätte. Jemand von dem ich glaube, dass du heute getan hast?" Ihre Stimme verfolgt mich schon die ganze Fahrt. Ihr Nerven ebenfalls. Ich brauche Whiskey, viel davon. Und am liebsten die Paddles. Der Duft des Leders, auf ihrer zarten Haut und mein Schwanz in ihrer Fotze, ja das würde mir gerade helfen. *Aber auch dafür, ist keine Zeit.*

Ja, wenigstens hat der Schneefall aufgehört.

Ich steige aus, das Knirschen meiner Schuhe und die Stille vor dem Sturm ist zu hören. Ich hole sie aus dem Wagen, nehme ihr die Augenbinde ab. Jetzt heißt es wieder, Geschäftsmann und Vollstrecker in einem. Diese zehn Minuten fahrt, taten gut, die Einzigen heute an denen ich Miguel sein konnte, weder Mörder, weder Sohn, Bruder oder sonst eine Rolle mit Erwartungen. Einzig Ehemann war ich in diesen Minuten, und dafür gibt's von ihrer Seite als letzte irgendwelche Erwartungen die zu erfüllen wären. Prost!

Sobald wir vor dem Eingang stehen, geht dieser auf. Die Musik spielt, ich drücke ihre Hand, als stille Warnung. Denn die Gäste kommen bereits auf uns zu. Alle schütteln mir die Hand, mein Vater, er nickt mir zu. Seine Art der Wertschätzung. Soll mir jedenfalls reichen.

Sie wirken alle Begeistert. Lachen und Prosten uns zu. Fast wie bei einer richtigen Hochzeit, ja das ist es für sie auch. Sie wissen, manchmal geht Sicherheit vor und es wird nichts zuvor gemeldet. Gott bei wie vielen solchen Veranstaltungen war ich selbst schon Gast. Regeln, keine Waffen und die Frauen in Ruhe lassen. So verlaufen die Feste ruhiger und sicherer.

„Bacio, Bacio" ertönt es. Sie rufen es zur Feier des Tages, es heißt bei uns Küssen. Darauf bin ich gerade nicht gefasst, kann meine Gesichtszüge jedoch noch angemessen halten. Ich nehme ihren Kopf und dirigiere ihre Lippen auf meine. Auch wenn meine verdammte Lippe schmerzt. Der Faden, man spürt ihn nur all zu sehr. Doch ihre weichen Lippen, ihre kalten weichen Lippen, sie lassen den Motor in meinem Schwanz aufheulen. Sie ist eine absolute Schönheit.

Pflichtbewusst, nicke ich allen zu. Lasse mich zur Braut beglückwünschen und führe uns zu unserem Platz. Fleur, sie geht brav mit. Senkt ihren Blick. Geht aufrecht, perfekt. Meine Mutter, hat alle Connections walten lassen, die wir besitzen, vermute ich. Denn überall stehen scheiß Blumen, Vasen und Arrangements. Typisch. Sogar die Musik kommt nicht von einer CD, sondern wird von einer Musikerin gespielt. Essen in Hülle und Fülle. Italienische Vorspeisen, Mozzarella und kleine Desserts stehen herum. Wie als wäre das hier, lange geplant. Sogar ein beschissenes Gästebuch liegt herum, das war sicher Tessa, sie mischt sich einfach immer ein. Das alles hier zu sehen, Fleur direkt darin, jetzt als Familienmitglied, kaum zu fassen. *Und zum kotzen.*

Ich werde Tage benötigen um das alles verschwinden zu lassen.

Ich ziehe Fleur den Stuhl zurecht und lasse sie Platz nehmen. Ein Blick und sie fügt sich. Ja sie ist eine absolute Vanilla, doch in ihr schlummert eine Unterwürfigkeit mit dem Blick, einer Raubkatze. Ich sehe ihr an, sie würde mir am liebsten die Augen auskratzen. Das macht zur Abwechslung auch mir einmal Spaß! Sicherlich erinnert sie sich daran, dass ich sagte, es sei ihre einzige Chance. So ist es auch. Ich setze mich neben sie, „Du brauchst nach keinen Fluchtmöglichkeiten suchen, hier gibt es keine und solltest du es nach draußen schaffen, werden dich die Bären oder die Kälte holen", flüstere ich ihr so laut wie nötig ins Ohr. Mit einem Lächeln im Gesicht. Sofort überkommt mich von ihren Wangen eine Wärme. Dann nickt sie. Gut, die Botschaft ist also angekommen. Es wäre wirklich dumm von ihr, jetzt zu gehen. Oder es nur zu versuchen.

Nach ein paar Minuten kommt der Kellner, sein Blick, er dauert mir etwas zu lange auf ihrem Gesicht, bevor ich etwas sage, fragt er „Was möchte die Dame trinken?", ohne Überlegen schießt sie ihm in aller Höflichkeit „Wodka" entgegen. Ich glaube ich höre nicht richtig, die Gäste an unserem Tisch, also ein paar meiner wichtigsten Männer, mein Vater und meine Mutter, haben große Augen. Ich ignoriere sie und befehle „Wasser, zwei." Steeve, der Kellner, sieht mich an, fasst seine Mimik wieder und wechselt zu professionell. *Fast könnte ich lachen.* Drücke jedoch ihren Oberschenkel gekonnt so, dass sie weiß das es mir jetzt schon reicht.

Die Gespräche am Tisch beginnen, während die Vorspeise geliefert wird. Alles sitzt brav hier und spielt zwischen diesen Kerzenständern, dem Boden auf dem vorher noch gefickt wurde, Hochzeit. Wunderbar. Nach dem Essen werde ich eine Rede halten. Im Moment reicht diese Geigenspielerin vollkommen, wer weiß wo diese überhaupt her ist.

Mein Vater lenkt die Gespräche gekonnt zu ihm, er weiß, dass wir beide heute keine guten Gesprächspartner sind.

Ihr Blick zum Schmunzeln. Natürlich werde ich das nicht tun, aber das muss sie ja nicht wissen. Stattdessen greife ich zu ihrem Oberschenkel. Augenblicklich versteift sich ihr kompletter Körper, schon wieder. Die Haltung wird aufrecht und sie spielt brav ihre Rolle. Ich drücke etwas zu, die zweite Warnung. Mehr wird es nicht geben, sie muss sich zusammenreißen.

Die Hauptspeise wird gebracht. Der Typ gegenüber von uns, richtet seinen Blick auf sie, zu viel und zu intensiv, wie ich finde. Er nervt mich außerdem alleine durch seine Anwesenheit, perfekte Fliege, perfektes Hemd, gegelte Haare, richtig schleimig. Ich nicke meinem Vater zu, und richte die Augen auf den Typen. Das Besteck der anderen ist zu hören, Stimmen habe ich schon lange ausgeblendet. Ich achte mit Argusaugen auf mein Umfeld. Und heute ist es besonders stark. Ich kann es nicht abstellen. Fleur neben mir, sie versucht sich unter Kontrolle zu haben, ermahnt sich selbst, wenn sie ihre Fingernägel wieder kauen möchte. Wippt mit dem linken Fuß und spielt die brave Frau. Mich würde es nicht wundern, wenn sie heute zusammenbricht.

Ich meine sie hat geheiratet und dass auch noch jemanden den sie mag.

Wer weiß, vielleicht sogar liebt. So genau, konnte ich es bei ihr nie beobachten. Das vorhin war eine Anspielung ins blaue. Es hat aber gesessen. Natürlich habe ich keinen Bock darauf, dass sie mich zum Narren halten würde.

Verlässlich und ohne dass es meiner Worte bedarf, verwickelt Vater den overdressed Typen postwendend in ein Gespräch.

113

Wenn er dann immer noch zu ihr sieht und nicht zu seinem Don, dann wird er verschwinden. Einfach so. Und der andere langsam zu viel trinkende Trottel, der sich auch noch Verwandtschaft nennt, er geht mir ebenfalls auf den Sack. Er nervt bei jeder Gelegenheit, er würde ich sagen ist der typische Onkel, den welcher niemand gerne einlädt. Genauso, wie die fast unerträgliche Hitze hier drin, sie bringt mich noch um. Mein Hemd, es spannt. Mein Rücken brennt. Sie neben mir, sie muss auch brennen, denn ich spüre ihre Anwesenheit durch meinen kompletten Körper.

Ich hatte total vergessen heute etwas zu essen. Ich habe das halbe Steak gegessen, bis ich bemerke, dass neben mir im Teller nur mit der Gabel hin und her gestochert wird. Meine Mutter, ruft ihr schon ihren Namen zu. „Fleur, Schätzchen, möchtest du nichts essen?", Gott, ich glaube ich höre nicht richtig. Sie kanns einfach nicht lassen. Schätzchen? Ha, ich wusste nicht, dass sie das in ihrem Repertoire - Wortschatz abgespeichert hat. „Schmeckt es dir nicht?", will sie auch noch in Zuckersüßer Stimme wissen. Fleur, sie ist still, schüttelt den Kopf und nickt gleichzeitig. „Liebling?" frage ich, fast genau so süß. Mein Vater, er lacht zum ersten Mal an diesem Tag. Fast muss ich mein Fleisch selbst ausspucken, so wie sie bei dem Wort Liebling zuckt. Langsam dreht sich ihr Kopf zu mir, ich sehe sie hat nur ihre Kartoffeln gegessen, keinen Salat, kein Fleisch, nichts. „Ich esse kein Fleisch" meint sie mit ihrer lieblichen Stimme und einem unechten Lächeln, naja vielleicht fällt es keinem auf. Mir aber schon. *Kein Fleisch?* Ich muss mir echt einen Schrei unterdrücken. Mit Anweisungen, die nicht befolgt werden, komme ich zurecht, aber mit dem hier, das ist doch pure Manipulation einer Frau.

Ich nehme meine Gabel, steche direkt in ihr Steak und nehme es auf meinen Teller. „Keine Sorge Liebling, ich esse es für dich. Hier nimm meine Kartoffeln." Mein Blick, ich halte ihn besonders nett. Die Frau des anderen Typen meint „Ach sie nur, ist das nett, zwei Verliebte" meine Mutter nickt, die perfekte Lügnerin. Mein Vater räuspert sich und ich beiße in das Fleisch. Wütend und viel zu schnell. Sie sitzt hier, umgeben von meiner Familie, in dem Licht des Ortes, an dem es keine Sünde gibt. Ihr Haar leuchtet, während sie vor Wut kocht.

Ich sehe es, die anderen bemerken das nicht. Sie dinieren in ihren teuren Kleidern, ihren Anzügen, und lassen sich vom Rest der Welt am Arsch lecken. Lächelt jedoch freundlich zurück. Gut Schätzchen, mach uns nur beliebt. Du machst das perfekt. Lache ich in mich hinein.

„Bacio, Bacio!", ertönt es um uns herum wieder. Die Spinner. Das geht mir langsam auf den Sack, aber gewaltig. Ich küsse sie und nicke im Anschluss meinem Vater zu. Costa und Philipe kümmern sich derweil darum, dass sie nicht verschwindet. Meine Schwester tänzelt ebenfalls schon ständig um den Tisch herum, sie zwei haben die Aufgabe genau sie von ihr Fernzuhalten. Niemand wird sie ansprechen, außer mein Vater oder ich. Da bin ich mir sicher. Auch wenn sie vor Neugierde platzen. Jeder hier, weiß wie er sich zu verhalten hat.

Bedächtig schließe ich die Tür in meinem Büro. Zeige meinem Vater auf, sich zu setzen. Seine Gedanken, ja ich würde sie gerne wissen. Sein Blick, verrät mir, er hat etwas. Definitiv. Die Stimmen von draußen verblassen. Hier ist der Ort, an welchem ich mein Geschäft am Laufen halte. Wenn ich ehrlich bin, ist es mir hier am liebsten. Ich habe alles, was ich benötige. Telefon, Waffen, Geld und wenn ich möchte was zu ficken.

Lange hier aufhalten, wollen wir uns beide gerade nicht. Ich sehe es. Und ich muss zu ihr. Will bei ihr sein, auch wenn es seltsam klingen mag. Dieser Sog, welcher von ihr ausgeht, ich habe ihn verspürt, seit ich sie das zweite Mal beobachtete. Damals als sie an einem Baum gelehnt im Park von Claudwood saß. Sie malte, wie immer.

„Was war los?", er hat es nicht so mit gepflegter Kommunikation, ebenso wenig wie ich. Ich habe dafür schon meinen Fick im Kopf. Diese Schenkel, sie passen in meine Hand, wenn ich nur daran denke, wie eng sie sein wird, könnte ich gleichkommen.

„Ich wurde verfolgt, hab den Typen umgelegt. Richard war nicht da, Dan ist erledigt." Er nickt. „Wie es weiter geht werden wir sehen. Auf jeden Fall, werde ich nicht ruhen, bevor ich ihn umgelegt habe.

Er bekommt das Video aus der Kirche, Ich werde es ihrem Vater schicken, der wird es Hundertprozent ihm zeigen. Und die Presse bekommt die Fotos von heute Abend. Hier und in ganz New York. Es wird ihn anlocken, auf jeden Fall." Sein Blick, nervt mich heute, ich kann es aber an nichts fest machen. Seltsam. „Also, Junge raus mit dir und spreche ein paar Worte zu den Gästen. Wenn du dir heute schon eine Braut geangelt hast." Sie erwarten es bereits. Ich nicke ihm zu.

Auf dem Weg zum Saal, sehe ich sie sitzt immer noch anständig da. Alles ist wie ich es verlassen hatte. Langsam gehe ich nach vorne, zur Bühne. Bei uns im Desire, eher der offene Zuschauerbereich. Nun gut, heute Abend nicht.

Es dauert nicht lange und ich stehe bereits hier oben, den Blick auf alle gerichtet. Alle Wichtigen sind gekommen. Obwohl es spontan war. Und der Anflug war nicht zu unterschätzen, dieser der Zeit in Anspruch nahm.

„Verehrte Gäste, liebe Familie, Soldaten und Freunde. Meine Frau und ich sind überrascht wie viele von euch heute gekommen sind um ihren Respekt zu zollen. Wie viele den Weg auf sich genommen haben. Wir wissen es war sehr spontan, zumindest für die die nicht heirateten.

In Anbetracht der aktuellen schwierigen Lage, habe ich mich dazu entschieden im engsten Kreis zu heiraten. In der Kirche unserer Wahl, in Sicherheit. Zu ernst sind die aktuellen Geschehnisse auf den Straßen, die neuen Drogen, diese Gewalt und der Einbruch in bestimmte Gebiete.

Nun gut, heute ist ein Anlass zum Feiern, darum lassen wir das Geschäft heute weg. Männer ich danke jedem Einzelnen für den Einsatz, die Loyalität und die Pflichtbewusste Arbeitsweise. Danke meiner Familie dafür, dass sie uns wegen des Ausschlusses nicht hasst und meinen Eltern, für die Unterstützung, dann wenn es nötig ist. Ebenso danke ich meiner Frau, für ihre Schönheit." Das reicht, mehr benötigt es nicht um die Menge auf unsere Seite zu ziehen. Um ihnen zu zeigen sie wären wichtig, und gebraucht.

Sie werden es verstehen.

Einige Lächelnde Gesichter sind zu sehen, damit weiß ich, perfekter hätte es nicht laufen können. „Und übrigens heute geht natürlich die ganze Nacht alles aufs Haus. Meine Familie, die hier nächtigt, ihr wisst, wo ihr mich antreffen könnt! Ich lade euch verehrte Gäste ein, nach meiner Frau und mir das Tanzbein zu schwingen und den Abend zu genießen" Ich nicke ihnen zu und gebe ihnen Applaus. Im Blick habe ich jedoch schon Fleur, sie hat Augen so groß wie eines von diesen Kuscheltieren mit den Glitzeraugen. Sie weiß was das Bedeutet. Tanzen und dann ab nach Hause.

Ich schlendere arrogant, wie ich bin auf sie zu. Die Musik spielt bereits, als ich bei ihr ankomme. Ich nicke ihr zu. Fasse an ihren Arm und ziehe sie mit einem Lächeln an mich. Sobald sie steht, geht sie auch mit. Ihre Hand wirkt in meiner wie die einer Puppe, auch ihre Schritte sind so klein, dass langsamer werden muss. Wir hätten das Tanzen wohl üben sollen. Alle Blicke sind auf uns gerichtet. Die Pressebilder werden genau in diesen Moment geschossen. Und wir beide, keine Freunde, keine Liebenden, sondern Feinde werden tanzen. Ja ihr ist nicht klar, dass sie der Feind ist, denn sie ist die Tochter von Josef Baker. Die Schwiegertochter von Richard, naja, zumindest für ein paar Sekunden war sie das.

Mit einem Schwung ziehe ich sie an mich, lege meine Hand auf ihren unteren Rücken, fast passt mein Arm zwei Mal um sie herum. Ich dirigiere sie mit einem Griff. Ich weiß genau, dass sie meinen Whisky zuhause getrunken hat, und bin mir verdammt sicher, dass sie dieser beruhigt hat. Sonst würde sie sich nicht so leicht führen lassen. Ich versuche das niemand merkt, wie gerne ich sie in meinen Händen habe. Das zeigt Schwäche, die ich nicht bereit bin zu zeigen.

Nicht einmal vor mir.

Verdammt. Die Menge baut sich im Halbkreis auf. Alle sind glücklich und freuen sich, so wie es sein sollte. Niemand zweifelt mich an. Und doch, muss ich mich anstrengen um diese Verbindung echt wirken zu lassen. Sie zuckt bei jeder Berührung zusammen. Meine Hand drückt sie entsprechend und ich führe sie durch den Tanz, dass muss man ihr lassen, sie reagiert auf meine Berührungen, mit oder ohne Alkohol. Sie lässt sich führen, so als würden wir ein Team sein, das kommt von innen, ich bin mir sicher. Es wirkt sogar passend zur Musik. Ich kann es selbst nicht glauben. Erst als wir wieder stehen, bekomme ich die Blicke der anderen mit. Ich hatte alles ausgeblendet. *Fuck, Miguel, reiß dich zusammen. Befehle ich mir.*

Das ist schon ein Zeichen, dass sie gefährlich ist, dass ich nahe an einem richtigen Problem bin und dass wir uns zurückziehen sollten. Die Deckung, sie darf unter keinen Umständen aufgegeben werden. Nie. Und genau dies hatte ich gerade getan. *Leichtsinnig und unbewusst.*

Mein Vater, er ist Meister darin und kocht bereits vor Wut. Das sehe ich auch ohne ihn richtig anzusehen. Fleur, sie lässt mit sich machen, was ich möchte. Sie lächelt und lässt mich die Fäden ziehen, wie ich es brauche. Auch sie hat ihre Deckung für den Moment aufgegeben. Wahrscheinlich ist sie ebenso kaputt wie ich, nur dass sie kein Pflaster am Rücken trägt und die Last von Gefühlt aller Welt.

Wie angekündigt verlassen wir gleich nach dem Tanz die Feier, die alten und die Neugierigen werden morgen früh noch genauso da sein wie vorher. Die Musterung der Anwesenden, war kaum auszuhalten. Das dachte ich bis in diesem Moment jedenfalls. Einer der Männer torkelt auf uns zu, wartet, bis ich ihm die Hand reiche und bittet etwas sagen zu dürfen. Ich hatte ihn vorher schon im Visier. Er beglückwünscht uns. „Es ist mir eine Ehre euch zu dienen" lallt er. Auch Fleur streckt er die Hand hin, ganz damenhaft wie sie ist, reicht sie ihm die ihre. Mein Bruder klopft mir noch auf die Schulter, flüstert mir ins Ohr „Bist du dir sicher, dass du keine Männer zur Patrouille haben möchtest" Mann er nervt, Gerade als ich mit „Ja", antworten möchte, höre ich wie der Wichser von gerade eben Fleur fragt, ob sie unten genau so, rot ist wie oben. *Habe ich das jetzt wirklich gehört?*

Mein Kopf dreht sich in Windeseile. Der Wichser fährt mit seinem Finger ihren Arm herauf. „Sie ist wirklich eine Rote" lacht er mir entgegen.

Es dauert keine zwei Sekunden, bis ich meine Waffe zücke und ihm direkt zwischen die Augen schieße. So schnell konnte er diese nicht kommen sehen. Diese Beleidigung, sie hat das Fass innerhalb weniger Sekunden zum Überlaufen gebracht. Abgesehen davon, hatte ich ihn eh schon auf der Abschussliste. Diese Männer können wir nicht brauchen, sie aber können ihr Wissen nicht gegen uns verwenden, es wäre der Tod, von vieler Männer. Das darf nicht riskiert werden. Und ausnahmslos jeder unserer Männer weiß, wenn er auffällig ist, die Regeln missachtet, ist das die Gängige Methode. Nur Sie, sie wird das nicht wissen. Fleur steht neben mir, kein Muchs kommt von ihr. Das Zittern nimmt zu, ich sehe es in meinen Augenwinkeln. Ihr Haar wippt stärker als vorher. Meine Mutter auch sie, sie sieht mich an. Sie weiß, sie hat mich mit zehn Jahren bereits verloren.

Mein Vater er nickt mir zu, Stolz kann ich sehen. Aber es interessiert mich nicht. Wichtig ist mir, dass ich meine Frau beschütze. Die Männer, sie befolgen eher mit Angst, als mit allem anderen, er, er hatte keine. Er war eine Rückradlose Ratte, wie man sieht.

Um die Leiche muss ich mich nicht kümmern, bis ich im Wagen bin, wird sie schon jemand verschwinden lassen. Auch die anderen Gäste, sie haben den Schuss gehört. Genauso wie sie, dieser Geruch, welcher eine überkommt, wenn man jemanden abknallt, auch dieser ist nicht zu leugnen.

Ich packe Fleur und stampfe hinaus, die Lichter an der Wand und das dunkle Blau, es wirkt vor allem heute, anders als sonst. Der Gang, er scheint auch ewig. Ich befürchte ich schaffe es nicht mehr, sie bis in den Wagen zu ziehen. An einem Stück, ohne größeres Aufsehen. Eine Szene können wir wirklich nicht gebrauchen. Sie hat ihren dritten Toten gesehen, das sieht man ihr schon an. Vor allem wir. Allesamt Profis, welche hier versammelt sind. Doch, sie lässt sich mitziehen. Sie ist heute Fertig mit allem. Kein Wunder.

In meiner Hütte angekommen, schleife ich sie wieder halb aus dem Wagen, sie ist so gefügig und gleichzeitig so störrisch, wie man es sich nicht vorstellen kann.

„Komm, rein mit dir, es ist kalt und spät." Sage ich ihr. Die Augenbinde nehme ich ihr wieder ab. Mein Telefon klingelt bereits das dritte Mal. Es wird heute alles an Phillipe weitergeleitet. Er ist mein Mann, auf ihn ist Verlass. Heute bin ich nicht mehr so wichtig. Sollte es mein Vater sein, er würde auf dem anderen Telefon anrufen.

Ein paar Minuten später stehen wir wieder im Schlafzimmer, gleiche Ausgangsposition wie zu Anfang.

„Ich muss auf die Toilette." Piepst mir ihre Stimme entgegen. „Klar geh, ich warte", meinen Unterton kann ich mir nicht verkneifen. Ich sehe der Schönheit nach. Ja für einen Fick reicht sie allemal. Und das wird richtig gut werden.

Ich lege derweil meine Uhr ab. Die Fenster sind nach wie vor nicht einzusehen. Alles ist bereit.

Ich höre die Toilettenspülung. Sie kommt mir ohne Schuhe entgegen, sie sieht aus wie ein Zombie. Was ist in den paar Minuten geschehen. Gut möglich, dass sie die ganze Zeit eine Maske aufgesetzt hat, wundern würde mich, dass nicht. Sie war richtig gut, vor allem wenn ich bedenke sie ist ein Landei. Eine Schönheit vom Lande die welche nicht einmal einer Fliege etwas zu leide tun kann. Und sie hat diesen Tag überstanden. Eigentlich müsste ich den Hut vor ihr ziehen, denn das würde ich nicht jedem unserer Männer zutrauen.

Ich gehe ihr entgegen, ihre Augen sind müde. Ihre Atmung schnell, sie hat Angst, ich spüre es. Man sieht es definitiv auch.

„Komm her zu mir", sofort straffen sich ihre Schultern, es ist wie bei einer Katze, die die Ohren spitzt. Sie ist aufmerksam und bereit sich zu helfen, sie weiß genau was jetzt kommt. Sie steht schon fast vor mir, ohne Schuhe ist sie nochmals kleiner. Himmel sie geht mir vielleicht zu meiner Brust. Ihr Duft weht mir in meine Nase, ich kann der Versuchung nicht widerstehen in ihr Haar zu fassen. Auch wenn ich sie gar nicht als Frau haben wollte, seit diesem Kuss, diesen weichen Lippen und ihrem Geschmack, möchte ich mehr.

Ja wenn ich ehrlich wäre würde ich sagen, seit ich sie beobachte, möchte ich mehr. Aber das kann und will ich mir nicht eingestehen. *Sie ist das Mittel zum Zweck und ich werde sie testen.*

Etwas zu schnell fasse ich in ihr seidiges Haar, doch sie weicht automatisch aus und presst die Augen zusammen. „Himmel Frau, was ist mit dir los, denkst du ich rufe dich zu mir um dich zu schlagen? Fuck, dass gibt's doch nicht. Schläge gibt's bei mir nur im richtigen Moment, mit den richtigen Mitteln!", halb beleidigt und angepisst spucke ich ihr die Worte entgegen. Wieso sollte ich sie schlagen? „Was hast du vor", fragt sie mich mutig. Was ich vorhabe? Dass ich nicht lache. Was geht sie das überhaupt an „Mir mein Recht einfordern was denkst du. Hochzeitsnacht, klingelt bei dir da was Ehefrau?", lache ich ihr entgegen und fasse in ihr Haar. Ihre Unschuldigen Augen, sie verzaubern mich, fast würde ich Mitleid haben. So wie sie vor mir steht, mit diesem Blick. Diesen starken und unschuldigen grünen Augen. „Dein Recht!", sie fragt mich nicht, sie stellt es fest, als würde sie darüber nachdenken, was es zu bedeuten hat. Bedächtig fahre ich ihre Konturen nach, ein langes Vorspiel wird es nicht brauchen.

Ich werde mir nehmen was mir zusteht und dann schlafen, eigentlich sie bewachen. Ich wollte keine Wachen im Haus, draußen das reicht. Innen übernehme ich. Das reicht, niemand wäre so dumm in mein Haus einzubrechen, während ich mich darin befinde. Meine Hand, sie verweilt auf ihrem Oberarm, während ich ihr in die Augen sehe. Wir sehen uns nur an, die

Zeit sie verschwindet. Ihre Atmung, wird schneller und der Schweiß auf ihrer Stirn nimmt zu. „Warum siehst du mich so an?", flüstert sie zu mir hinauf. „Warum ich dich so ansehe, soll das jetzt ein Scherz sein, Gott du bist so sinnlich und verhältst dich wie ein Landei. Warum? – damit ich dich besser fressen kann. Mann scheiße, was ist los bei dir? Was hast du gegen einen schnellen Fick, ich habe dir heute nichts getan, nicht einmal. Nicht körperlich. Und jetzt will ich meinen Preis bekommen. Ist ja nicht so, als wärst du noch Jungfrau!", just in diesem Moment, als ich es ausspreche, dämmert es mir.

Jetzt kann ich meine Verblüffung nicht mehr aufhalten. Ich trete automatisch einen Schritt zurück. Sie steht immer noch hier, die Augen weiter aufgerissen und zitternd.

„Sag mir jetzt nur nicht, dass ich damit recht habe. Dan hat dich nicht gefickt. Wirklich jetzt? Ich bin nicht für Scherze aufgelegt!"

Sie schweigt. Die Röte steigt von ihrem Hals in ihr Gesicht. Das Gold des Kleides bildet einen wahnsinnigen Kontrast zu ihr, alles Schimmert und glänzt. Es scheint, als wäre die ganze Frau ein Feuerball. Nein, das kann ich nicht aushalten, das ist mir gerade zu viel. Ich nehme ihren Arm und kette sie wieder fest. Wortlos. Sie lässt es auch widerstandslos zu, sie weiß sie kommt so oder so nicht weg. Sie beginnt zu sprechen „Still", befehle ich, weil ich kein Gespräch ertrage.

Das hier wird eine ganz andere Nummer. Fuck. Jungfrau, nein das würde ein Fest sein. Aber das möchte ich nicht. Es ist etwas anderes sie mir zu holen, aber das, das geht sogar mir zu weit. Das grenzt an Vergewaltigung, das ist nicht meine Liga.

Niemals. Ich hätte es betrachtet wie einen One - Night - Stand, während einer Party oder in meinen Chalets, doch das, das ist zu viel. Ich bin stinksauer. Auf alles. Auf mich, sogar auf meinen Schwanz. Der übrigens immer noch bettelt.

Ich drehe mich um und gehe in die Küche, *Whiskey. Jetzt sofort!*

Minuten stehe ich dort. Höre sie weinen. Sogar von hier. Ich hätte die Schlafzimmertür doch drin lassen sollen, dann müsste ich mir das nicht anhören.

Scheiße. Dieser gottverdammte Wichser, nicht einmal für das ist er zu gebrauchen. Sicherlich hat er sie für seinen Vater aufgehoben. Ich dachte mir schon die ganze Zeit, dass er den Deal um sie, nur wegen Dan bekommen hat. Es muss irgendein anderes Arrangement gegeben haben, dass die Verbindung zustande brachte. Und dann, wenn er sie geheiratet hätte, hätte er sie ihm zum Fraß vorgeworfen. *Einfach so.*

Wütend stampfe ich zum Kühlschrank, ich muss mir mein Wund Gel holen, ich spüre, dass mein Rücken wieder zu bluten beginnt. Vor lauter Wut und Anspannung. Meine Lippe, egal die wird bald wieder, vor allem nach diesem Kuss. Ihre Lippen sie gehen mir nicht aus dem Kopf. Der Tanz, ebenso wenig, als hätten wir zusammen noch nie etwas anderes getan. Ich sehe sogar diese Schokolade, die sie so gerne isst, ich habe sie extra besorgen lassen. Die blaue mit den goldenen Punkten und den Keksen.

Nebenan im Kühlschrank liegt ein Steak. Ich dachte sie isst Fleisch, das kam heute vollkommen unvorbereitet. Vollkommen. Schnell macht sich dieses Lächeln in meinem

Gesicht wieder breit. Eine seltene Regung von mir, die ich nicht oft spüre. Die kalte Luft des Kühlschrankes weht mir entgegen, das Kaninchen liegt immer noch darin. Ich sollte unbedingt die Haut noch abziehen. Heute jedoch nicht mehr. Hunger hätte ich doch schon wieder. Das muss aber jetzt warten, denn es trifft mich ein Geistesblitz. Wie hätte ich Laken präsentieren sollen, wenn sie keine Jungfrau mehr wäre? Ich lache mich gerade fast kaputt, vor Wut über mich selbst. So viele Dinge, die nicht rund laufen, das passiert, wenn man so kurzfristig handeln muss. Gestern Abend, war ich noch Junggeselle aus Überzeugung. Heute Ehemann.

Ich nehme das Stück Fleisch aus dem Behälter und lege es in eine Schüssel. Verdammt gutes Fleisch. Gebe Wasser darüber und stampfe ins Schlafzimmer. Wie ich mir gedacht habe, sie sitzt noch genauso hier, wie vorher. Licht an, Kleid an, heulend.

Ich stelle es auf den Hocker neben dem Schrank und gehe duschen. Sie kann sowieso nirgends hin. Ich aber brauche zur Abkühlung für meinen Schwanz eine kalte Dusche. Mein Kopf muss klar werden. Zumindest die nächsten Stunden, ich muss nachdenken. Überlegen was ich übersehen habe oder was noch auf uns zukommen wird.

Ich beeile mich und stampfe in Jogginghose aus dem Badezimmer. Ihr Geheule hat noch nicht abgenommen. Gut, sie hat heute ihren Dan verloren und ihr Leben, irgendwann wird sie sich schon noch besinnen. Verstehen, dass dieser Dan ein lächerlicher Typ an Mann war. Frauen schlagen, eine widerwärtige Kreatur.

„Steh auf!“, pronto springt sie auf, sie ist wie eine Puppe, die sich führen lässt. Das kann doch nicht wahr sein. Sie sieht mich an, immer noch schmiegt sich das enge Kleid traumhaft an ihre Kurven. Während ich sie eindringlich ansehe und ihr offensichtlich Angst mache, greife ich zum Laken auf ihrer Seite und ziehe es zur anderen Bettseite.

Oben ist mir recht, aber unten auf der Matratze wird nichts davon befleckt werden. Ich lege es im Ganzen am Boden.

Sie kommt einen Schritt näher und sieht mich an. "Warum siehst du mich jetzt so an?“ Die Ironie kann ich nicht verbergen. Keinesfalls. Ihre Angst sie ist immer noch da, aber die Neugierde, diese kann sie nicht abstellen. Abgesehen davon, sieht sie mich auch noch anders an. Sie mustert mich von oben bis unten. Verlegenheit, brennt in ihren Wangen, gemischt mit Angst. Für mich eine traumhafte Kombination. Sie sieht mich außerdem gerade so, wie mich nur meine Familie sieht, unbewaffnet und häuslich.

„Was machst du?“ „Mein Recht einfordern“ schieße ich bemüht gelangweilt entgegen. „Mit jemanden wie dir kann ich nichts anfangen. Ich brauche eine Frau, kein Mädchen“ Puh, wenn das jetzt nicht gesessen hat, dann weiß ich es auch nicht. Ich muss gemein sein, alleine schon um sie auf Abstand zu halten. Ihr Blick wurde weicher, als ich aus dem Bad kam, das darf nicht passieren.

Ich schütte etwas von der Mischung aus Blut und Wasser des Steaks auf meine Hand und gebe es auf das Laken, nicht zu viel, nicht zu wenig. Es wird genauso gerinnen, wie ihr Blut es würde. Es wird genauso riechen, wie es riechen sollte. Sie werden mein Wort nicht in Frage stellen. Nie. Ich höre sie ausatmen, als sie sich aufs Bett sitzt, Erleichterung ist zu hören. Für meinen Geschmack zu schnell, aber so ist es eben jetzt. „Meinst du das reicht, werden sie es glauben", ihre süße Stimme, voller Furcht und mittlerweile Resignation trifft mich fast. Ich kann mich aber gerade noch fassen. „Es ist zwar eine Opfergabe aber übertreib mal nicht, es ist ja kein Schlachtfest. Wenn ich dich nehmen würde, würdest du nach mehr betteln und dafür bereit sein auszubluten, Kleines" schwöre ich ihr, in der Stimme des Vollstreckers, die Worte mögen lustig sein, doch die Tragweite, die hat sie sicherlich verstanden. Sie nickt. Legt sich hin und deckt sich zu. „Danke" ist noch ganz leise von ihr zu hören, dann muss ich gehen, weil ich sonst durchdrehen werde. Ich schnappe das Fleisch, das Laken und wasche mir die Hände in der Küche.

Ich haue mir fast die halbe Flasche auf ex hinter. Gehe meine Nachrichten durch, checke die Überwachungskameras. Nichts Bedenkliches ist zu hören oder zu sehen. Der Schnee, der Wind, alles normal.

Erst, als mir selbst fast die Augen zufallen gehe ich ins Schlafzimmer, aber anders als erwartet, trete ich in ein Schlafzimmer, in welchem meine Frau liegt. Darauf war ich nicht gefasst. Es ist seltsam. Sie ist mein. Unter meinem Schutz, sie zählt zu meiner Familie. Es trifft mich regelrecht in mein Inneres. *Woher kommt das?*

Sie liegt inmitten der Dunkelheit. Sie hat alles ausgeblendet, einzig ein kleiner Lichtstrahl vom Wohnbereich trifft das Bett. Umrisse sind von ihr zu erkennen, die Decke hat sie komplett über sich gezogen.

Ein lächerlicher Gedanke überkommt mich- ich müsste eine Decke kaufen. Tatsächlich ist das Bett so groß aber eine zweite Decke ist nicht zu finden. Weil ich nie Frauenbesuch erwarte. Normalerweise bleibt niemand hier. Die Müdigkeit überkommt auch mich, umso länger ich hier in der offenen Tür stehe und ich weiß ich muss mich hinlegen, und zwar auf den Bauch. Mein Sofa ist viel zu klein für mich. Da es mein Bett ist und meine Gottverdammte Frau, lege ich mich ins Bett. Es ist himmlisch, mein Rücken, er braucht morgen definitiv einen Arzt. Das weiß ich sicher, er muss das doch noch irgendwie zusammen Nähen, ich hätte gehofft, dass es ohne gehen würde.

Erst als auch sie schläft, gönne ich mir Ruhe. Ich fahre mit der Hand über ihr Haar. Flüstere ihr zu, obwohl ich das nicht vorhabe. „Ich weiß nicht, was du mit mir machst. Ich weiß nicht kleine Fleur, wie du an mein Herz gekommen bist, dafür muss es einen Grund geben." Ich spreche so leise, dass ich es selbst kaum höre. Drehe mich auf den Rücken und starre die dunkle Decke an. „Es tut mir leid, dass ich dich einfach so genommen habe. Doch seit ich dich vor ein paar Monaten sah, seit dem, kann ich an nichts anderes mehr als an dich denken. Fuck." Meine Gedanken laufen einfach weiter, ich bin mir nicht einmal sicher, ob ich sie nicht ausgesprochen habe. Diese Frau macht mich verrückt. Mein Schwanz, auch er macht mich verrückt. Am liebsten würde ich mir einen herunterholen, doch ich weiß es würde die Gier nach ihr nicht stillen. Nein, ich will hören, wie sie meinen Namen schreit. Mich anfleht, sie zu ficken.

Immer wieder wache ich von ihrem Wimmern auf, ihr Geheule und ihrem schluchzen. „Geht das etwas leiser?" schimpfe ich, ich weiß nicht, was man in dieser Situation sagt. Bei uns gibt es das nicht, bei meiner Mutter gibt es kein Gejammer. Meine

Schwester, sie würde sich nicht dabei zusehen lassen aber sie, sie zeigt, wer sie ist. Fuck.

Ich drehe bald am Rad. Sie rollt sich zusammen, gefühlt dauert es noch Stunden, bis sie wieder einschläft, sodass ich endlich schlafen kann. Ohne Rascheln der Decke und ohne eine Eigene. Nur diese Handschellen, sie kratzen am Bettrand soweit hat sie sich nach drüben gelegt. In der Hoffnung, dass ich heute kein Schlachtfest bei ihr anrichte, fast muss ich gleich lachen, auch wenn ich schon in den Schlaf abdrifte. Ich kann sie nicht losbinden, sie würde abhauen und ist dann gefundenes Fressen. Für alle kranken Bastarde da draußen. Meine Hand liegt an ihrem Körper, ich muss spüren, dass sie wirklich neben mir liegt.

Kapitel 7

Fleur

Zittern, Wut, Angst, Hilflosigkeit, alles das überkommt mich pausenlos. Was sollte ich tun. Was kann ich tun. Ich weiß es einfach nicht. Was ist das für eine Welt. Was ist er für ein Mann. Ich habe keinen blassen Schimmer, ich weiß nur, dass es mir noch soweit gut geht. Ich bin nicht verletzt. Ich habe Kleidung und er hat mir noch nichts getan. Die Betonung liegt bei noch. Er ist nicht einzuschätzen. Als wäre das nicht genug, überkommt mich pausenlos die Trauer. Ich weiß nicht, wie ich damit leben soll. Woher weiß man das? Wird es besser?

Meine Mutter fehlt mich ebenfalls. Auch wenn sie mir nicht geholfen hat. Duzende male habe ich mir gewünscht, nicht mehr bei ihnen zu wohnen. Immer wieder haben sie mich schlecht behandelt, doch sie sind immer noch meine Familie, diese die ich jetzt möglicherweise nicht mehr sehen werde. Dan, was hattest du nur vor. Miguel, er kennt ihn, das weiß ich. Ebenso wurde mir bewusst, dass er mich kennt. Er weiß, was ich gerne trinke, im Badezimmer alles diese Produkte, die ich benutze. Meine Kleidergröße, alles. Bis auf das, dass ich noch keinen Sex hatte, das wusste er nicht. Damit, konnte ich ihn schocken und etwas Zeit gewinnen. Gott sei Dank, ich befürchtete jedoch fast, dass er mich dann erst recht nehmen möchte. Scheinbar ist doch etwas wie Menschlichkeit in ihm. Eine winzige Nuance davon.

Nach dieser Feier, hätte ich das als letztes vermutet. Ich kann aber auch kaum mehr richtig denken, denn ich bin so müde. So kaputt und so tottraurig. Und ich kann es ihm nicht zeigen. Ich darf nicht, sonst gewinnt er.

Dieser Ort der Feier, ich hatte keine Idee, wo diese gewesen sein könnte, aus den Fenstern, war nichts als dunkler Wald zu erkennen. Die Gesichter der Anwesenden, alle samt waren sie mir freundlich zugewandt. Das ist an Idiotie überhaupt nicht mehr zu übertreffen.

Es war ein Raum, gefüllt mit lauter mächtigen Männern, das hat man gesehen. Ihre Haltung, ihre Kleidung und ihre Sprache, dunkel und böse, und mindestens genauso vor Geld strotzend. Was haben sie davon, wenn sie so sind. Frauen Kidnappen um sie dann zu heiraten.

Miguel kann doch nicht so dumm sein und denken, ich würde seine Frau sein.

Auch wenn ich zugeben muss, dass der Tanz ganz ok war, ich hätte nie gedacht, dass er tanzen kann. Nie gedacht, dass ich mich führen lasse, dafür schäme ich mich. Sehr. Ich habe gerade Dan verloren. Ich kann es an nichts festmachen, wieso das so ist wie es ist. Es fühlt sich so an, als wäre er zwei Menschen. Der böse, der Dan umgebracht hat, und der der mir nichts tut. Kann das sein? Ich schrecke ständig vor ihm zurück, vollkommen zurecht. Doch er fügt mir keinen Schaden zu. Was soll ich tun, ich brauche morgen einen besseren Plan um weg zu kommen, denn beim ersten Blick, auf die Gäste, von dieser kranken Party wusste ich bei jedem einzelnen, in jeder einzelnen Geste, dass sie mir nicht helfen werden. Niemand von ihnen. Sie haben zu viel Respekt vor ihm, was ist er? So etwas habe ich auch noch nie gesehen. Am liebsten hätte ich mich betrunken. So müsste ich das alles nicht mitbekommen, abschalten, wenigstens ein paar Stunden, nicht einmal das ist möglich.

Ich habe das Gefühl ich bin heute den ganzen Tag neben mir selbst gestanden, so als hätte ich mich beobachtet. Eine Welt, die mir absolut fremd ist. Es schnürt mir einfach die Kehle zu.

Dann ihre dummen Bräuche, Traditionen, ihre Sprache und das Irrsinnige dabei, es hat sich niemand gewundert, als er den Typen erschossen hat. Mitten im Gespräch, hat er seine Waffe gezückt, ich dachte nicht, dass er überhaupt Interesse daran hätte, was dieser zu mir sagte. Als er mich dann auch noch anfasste, konnte ich keinen Schritt zurück. So wie es seit heute in meinem Leben aussieht, muss ich mit allem rechnen, deshalb balanciere ich den ganzen Tag schon nahe am eigenen Wahnsinn und Zusammenbruch.

Ich bin über zwanzig Jahre lang nie mit dem Tod konfrontiert worden. Und ein paar Stunden in seiner Nähe, mit so vielen, wie ich in einem ganzen Leben nicht damit rechnen würde. Es ist einfach abscheulich.

Er wollte tatsächlich mit mir Sex haben, mit diesem Gedanken und der Angst vor dem was kommt, rolle ich mich ein und schlafe. Nicht weil ich mich sicher fühle, nicht weil ich es bequem habe, nein weil ich nicht mehr kann. Die Handschelle sie erinnert mich pausenlos daran, wo ich bin. Was geschehen ist. Einzig bleibt mir die Hoffnung auf eine Flucht und die Trauer über den Verlust. Womöglich habe ich letzteres noch nicht wirklich begriffen.

Die Sonne strahlt so hell wie schon lange nicht mehr. Augenblicklich presse ich die Augen wieder zusammen. In dieser offenen Sekunde, sind alle, wirklich alle Geschehnisse des gestrigen Tages auf mich getroffen. Wie ein Hammerschlag, sodass ich mich still verhalte. Ich bin wach, versuche langsam zu atmen, und herauszufinden, ob er neben mir liegt. Heute Nacht konnte ich ihn deutlich atmen hören. Im Moment jedoch nicht. Es ist sehr, sehr ruhig. Meine Hand, stütze ich mit der anderen Hand, ich habe mir heute Nacht das Handgelenk aufgescheuert. Es schmerzt. Doch der innere Schmerz ist größer. Vorsichtig ziehe ich die Decke etwas weiter über mich. Das verdammte Kleid trage ich immer noch. Ich will die Sachen von ihm nicht. Auch wenn sie genau die gleichen sind, wie meine eigenen. Ein Telefon kann ich hören, also muss er hoffentlich in einem anderen Zimmer sein. Es klingelt nur kurz, dann höre ich seine dunkle tiefe Stimme. Er hat eine Stimme, welche den größten Raum einnehmen würde. Abgesehen davon, dass er selbst mit seiner Größe und seiner Masse, jeden Raum einnimmt.

Es hilft alles nichts, ich kann noch so lange hier liegen, ich muss auf die Toilette. Ein Blinzeln zur Kamera nach oben- blinkt wie gedacht. Ein Blinzeln zur Seite, er ist nicht da. Also tapse ich schnell ins Badezimmer.

Ich benutze diese verpackte Zahnbürste, putze so schnell es geht die Zähne und schütte mir Wasser ins Gesicht. Es fühlt sich freier an. Den Schmerz wegzuwaschen, auch wenn das nur ein lächerlicher Versuch ist. Heute sehe ich die Umstände klarer. Ich habe jetzt lange genug darüber nachgedacht. Irgendetwas muss mit Dan nicht gestimmt haben, vor allem die letzte Zeit. Er war ja auch so komisch. Er war, wenn ich ehrlich bin auch ziemlich gemein. Ich weiß gar nicht, wann ich mich das letzte Mal gefreut hatte, wenn ich ihn sehen sollte, oder konnte. Wie ich jetzt darauf komme, naja, ich habe nachgedacht, welche schönen Momente wir hatten. Leider tatsächlich habe ich nicht viele gefunden, und selbst die sind lange her. Nein, das ändert nichts an der Tatsache, dass ich um seinen Tod trauere, niemals.

Aber wieso fühle ich mich ein klein wenig befreiter?

Schnell lege ich mich wieder in das große Bett. Starre auf den Bildschirm mir gegenüber. Lausche dem Nichts, solange bis ich ihn wieder sprechen höre. Er kann einfach nicht normal sprechen. Man hat immer das Gefühl, dass er sauer ist. Ich denke fast, er ist immer so.

Traurig und wieder müde vom Nichtstun, ziehe ich mir die Decke wieder über. Ich träume schon von einem Kaffee oder einem Latte. Ich werde aber den Teufel tun, ihn danach zu fragen. Auf keinen Fall.

Es klopft, aber das ist nicht möglich, er hat sogar die Tür entfernt. Wo kommt es also her? Energisches Klopfen ist zu vernehmen. Scheiße, ja die Laken oder, sie werden sie sehen wollen.

Es dauert keine Sekunde bis ich die Hitze in meinem Kopf, auf meiner Haut und in meinem Inneren spüre. Die Scham. Er, halb nackt und ich in einem Zimmer. Seine Hände an meinem Rücken, seine Lippen auf meinen. Das ist nicht gut. Ganz und gar nicht.

Dann kann ich es hören, es sind nicht die Männer von gestern, es ist die Frau, die schon mal da war, die auch um unseren Tisch gestern herumschlich. Sie sah nett aus und wunderschön. Vielleicht auch gar nicht viel älter als ich selbst.

Sie streiten wieder, doch auch heute kann ich es nicht verstehen. Ich höre nur ein plötzliches, sehr lautes und befehlendes „Stopp." Miguel, er hat sie angeschrien. „Um Himmels willen, bist du denn total verrückt? Wie kannst du nur.", es ist sie, die diese Worte mit einer deutlichen weinenden Stimme in dieses Zimmer hineinruft. Sie meint ihn. Weil sie mich hier sieht. Sie muss die Leine sehen, anders kann es das ja kaum geben.

Ich aber rühre mich nicht. Ich bin so kaputt, durstig und müde. Es ist mir heute egal. Ich habe so viel geweint, dass ich einfach nur schlafen muss. Sonst drohe ich sicherlich den Verstand zu verlieren, wie er.

Eine weiche Hand hält meine, als ich die Augen öffne. Ich habe Mühe sie offen zu halten. Miguel stoppt sie böse, ruft ihr etwas entgegen, doch ich höre nur „Finger weg" und „lass sie in Ruhe", als ihr Handy läutet. Man kann deutlich auch hier jemanden aufgebrachtes durch den Lautsprecher hören. Das sind lauter Verrückte.

„Es geht dich gar nichts an, wo ich bin" tadelt sie zurück und legt auf. Streichelt meine Hand, fragt, ob ich etwas trinken möchte. Ich antworte nicht. Bis ich mich versehe, steht Miguel wieder hier. Er schiebt sie gekonnt hinaus und ich schließe meine Augen wieder.

Irgendwann sicherlich eine lange Zeit später, öffne ich diese wieder. Draußen vor dem Fenster sieht man bereits wieder den Nebel, welcher den Abend einläutet. Ich fühle mich aber schon besser. Zumindest körperlich. Die Tränen, welche im gleichen Moment auf mich hereinprasseln, versuche ich hinwegzuschieben. Ich erschrecke, als mir jemand die Hand auf die Schulter legt. Seine Hand, sie ist es. Ich weiß es sofort. Diese Schwere und diese Hitze, das kenne ich nur von ihm. „Du bleibst in diesem Raum" befiehlt er. Ich rühre mich wieder nicht, was sollte ich denn auch darauf antworten.

„Hier, für dich" ich schiele nach links, er war nicht lange weg, hat aber Essen und einen Latte Macchiato dabei, riecht auch wie ein Pumkin- Latte. Himmlisch. Ich bin so durstig, dass es mir egal ist, ob er Gift hinein geschüttet hätte oder nicht. Durstig trinke ich fast alles auf einmal und esse ein Baguette.

Dann kommt er auch schon wieder, mit einer Fernbedienung, einem Block. Legt es mir einfach hin. Und nickt mir zu, ich bin nicht in der Lage etwas dazu zu sagen. Also nicke ich. Vom ganzen Liegen schmerzt mein Rücken, sodass ich mich setze. Ich lehne angenehm an der Rückwand des Bettes und nehme die Fernbedienung. Wenn er schon weg ist, möchte ich sehen was es zu sehen gibt. Es ist eine willkommene Abwechslung und eine große Hilfe, ich werde TV sehen, sodass er mir hoffentlich meine Ruhe lässt. Und mich nicht anspricht.

„Dieser Bastard", schreit er neben mir, er muss die ganze Zeit im Türrahmen gelauert haben. Ist mir aber jetzt egal, denn ich sehe im TV mein Bild. Eine Vermisstenanzeige. Bestimmt von meinem Vater. Es ist ein regionaler Sender, daran hätte ich denken können. Unten steht riesengroß mein Name. Meine Vergangenheit. Etwas, das ich nicht mehr greifen kann. Es scheint so weit weg, dabei war es doch erst noch Realität. Ich werde nur als vermisst gemeldet. Auch eine lächerliche Belohnung ist ausgeschrieben. Wie bei einem dummen Tier. Keine Worte meiner Eltern, kein nettes Bild, nein es ist das von meinem Führerschein. Andererseits muss ich sagen, wir haben glaube ich überhaupt kein schöneres Bild von mir. Wir machen so etwas eher nicht.

Er schnappt sich die Fernbedienung und macht den TV einfach aus. Wirft die Fernbedienung in den Mülleimer. Flucht wieder, auf Italienisch. War klar. Was auch sonst.

Schimpfend und wütend, dreht er ein paar Runden hier vor mir. Schüttelt immer wieder den Kopf. Angenehmer wäre es aber, er würde mehr angezogen haben. Er trägt wieder diese Jogginghose und kein Shirt. Nichts. Die Tattoos sie nehmen fast die ganze Hautfläche ein, sowas habe ich zuvor noch nie gesehen, auch das Blut, welches am Rücken zu sehen ist. Das ist von dem Stich, es sieht aus, als würde das nicht heilen. Vielleicht habe ich es gestern nur mit den Augen gesehen, heute aber mit meinem Verstand. Er ist definitiv verletzt und abgesehen davon sind das seltsame Motive. Sterne, Totenköpfe, ein Vogel, zahlen, lauter Muster, die sich niemand freiwillig stechen würde.

Während ich ihn weiter beobachte und ihm beim Telefonieren zusehe, merke ich, dass ich die ganze Zeit ohne Leine war. Ich habe es überhaupt nicht bemerkt. So abgelenkt war ich.

Das erklärt auch, wieso das Handgelenk besser ist. Mir bleibt keine Zeit mich umzudrehen oder etwas anderes um ihm aus dem Weg zu gehen, er sitzt bereits neben mir. „Wie geht's?", ich schüttle verblüfft den Kopf. Wieso sollte ihn das interessieren. "Und?", meint er. „Weiß nicht", die einzige Antwort, die ich ihm geben werde, denn das geht ihn gar nichts an. „Möchtest du dich nicht einmal umziehen, es ist genug da. Dein Kleid, ich werde es reinigen lassen, oder? „Mein Kleid, ist es denn noch da?" frage ich. „Ja, bringe es dir später, wenn du es sehen willst. Allerdings glaube ich auf diesen Anblick kannst du gut und gerne verzichten." Ich schlucke stark bei der Frage, die ich gleich stellen werde. „Wie lange soll ich denn bleiben, wann lässt du mich gehen? Sie suchen mich doch eh schon". Ich habe noch nicht einmal fertig gesprochen, da lacht er bereits. „Dich gehen lassen? Ich dachte wir wären mit dem Thema durch, du bist und bleibst mein. Glaub mir, sei froh, dass du nicht bei ihnen bist.

Du warst ihnen nicht einmal ein einfaches *Nein* wert, Kleines. Die ganze Entourage hat es nicht geschert." Seine Hand, sie versucht wieder in mein Haar zu fassen, ich spüre, dass er mich nicht schlagen will. In seinen Augen sehe ich, dass auch er müde ist.

Die Falten um die Augen, sind wesentlich stärker als gestern, auch sein Bart ist wieder deutlicher zu erkennen. Sogar ein paar kleine graue Strähnen sind zu sehen. Was denkt er wohl?

Es herrscht immer diese Stille, wenn er mich ansieht.

Nüchtern meint er „Meine Schwester war vorhin hier. Sie meinte sie hat ein paar Ideen, was du brauchen könntest und hat es gleich besorgen lassen. Es ist alles hier. Auch gemütliche Kleidung. Wir werden die nächsten Tage das Haus nicht verlassen. Es nützt dir nichts dich zu wehren. Das hier. Es ist Deine einzige Option." Abgehackt macht er mir meine Optionen deutlich, nämlich keine. Ich spüre, wie mich der Sog nach unten einholt. Diese Last, diese Aussichtslosigkeit, sie überkommt mich und lässt mich wieder mal zittern. Schweißperlen liegen auf seiner Stirn, er wischt sie immer wieder weg. Ich hoffe, dass das auch für mich kein Schlechtes Zeichen sein wird.

„Ich lasse dir die Leine weg, solange du machst, was ich sage. Eine imaginäre rote Linie ist vor der Tür des Zimmers. Klar? Sie wird nicht betreten. Wenn es klingelt, klopft oder jemand kommt, bleibst du da, sprichst nicht, gehst nicht ran. Sie suchen dich. Du bist nicht nur meine Gefangene, eigentlich bist du das überhaupt nicht, denn du bist meine Frau. Und ich sage dir jetzt was. Merke es dir.

Du bist jetzt meine Familie. Ich schütze, meine Familie, meine Männer und alles, was mir gehört. Du hast meinen Namen, meinen Ring und mein Blut in dir. Das, macht dich zu meinem klar?" mir schnürt es die Kehle noch weiter zu, ich weiß nichts zu sagen auf diesen Mist. „Meine Schwester sie hat lange mit mir gesprochen. Also ich erlaube, dass du mit einer abhörsicheren Leitung, eine Freundin anrufen kannst. Sie meinte, das ist das, was du brauchst. Und du kannst deine Mutter anrufen. Natürlich nur wenn ich dabei bin. Sagst du ein falsches Wort, lege ich beliebig jemanden um- Klar? Ich kann dich so nicht gebrauchen, du geht's drauf ohne, dass dich jemand umlegt, wenn du so weiter machst." ich höre nur Mutter und Freundin, also nicke ich. Ich wäre froh mit Sara sprechen zu können. Ich habe sie so lange schon nicht mehr gesehen, seit das mit Dan anfing, haben wir uns etwas aus den Augen verloren. Seine Schwester, das klingt nett, vor allem, wenn sie das aus ihm herausholen konnte.

„Du hast wunderschönes Haar, wundervolle Haut und wundervolle Augen, Fleur" Gänsehaut überkommt mich augenblicklich. Er muss total bescheuert sein, wenn er denkt ich falle darauf rein, doch ich habe noch nicht in Betracht gezogen, dass es ihm wirklich gefallen könnte. Dieser Blick in seinen Augen, er wirkt aufrecht, authentisch. Ganz anders als das, was ich gewohnt bin. Es ist irgendetwas an ihm, das mich nicht so abschreckt wie es sollte. Ich kann es nicht erklären.

„Wie dem auch sei, zieh dich um, wir essen nachher" Gut, ich werde mitspielen und mich umziehen. Als ich in das Badezimmer trete, liegt bereits eine Tasche da, viel Kleidung und ein weiterer Block, Zeitschriften und ein Stift. Ich durchkämme so unauffällig wie möglich das Badezimmer, immer noch nichts hier, dass ich gegen ihn verwenden könnte. Nur der Spiegel, der ist neu, den habe ich noch nicht gesehen, er steht jetzt neben dem Eingang des Bades. Ein Ganzkörperspiegel. Das Gold des Wunderschönen Kleides, es glänzt himmlisch. Ich sehe richtig gut aus, wenn man mal die Haare und die Trauer weglässt. Automatisch fahre ich über mein Haar. Dan, er hat es nie bewundert. Wieso suchen sie mich nicht richtig, wer möchte jemanden finden der nach Ausreißer klingt, und das mit über zwanzig Jahren.

Schnell und so dass man möglichst wenig von mir sieht ziehe ich mich um. Leggings und warmen Pullover, sogar Kuschelsocken gibt's. Ich fühle mich gleich wohler. Ich binde mein Haar mit einem Haargummi zusammen und gehe wieder zurück zum Bett. Die imaginäre Linie ist richtig verlockend, aber ich weiß ich darf ihn nicht verärgern, sonst wird er gegen mich handeln.

Das Kleid, es liegt in einem Müllsack am Bett. Mir wird schlecht, als ich es ansehe, die Tränen ich kann sie nicht zurückhalten. Vorsichtig taste ich es ab, da wo kein Blut ist. Die Feuchtigkeit lässt es müffeln. Trotzdem möchte ich nochmal das Leben spüren, dass ich vorher hatte. Den weichen Stoff, die einzige Verbindung zu dem Vorher. Die Tränen sie laufen wie ein Rinnsal auf den weichen seidigen Stoff voll Blut.

Schluchzend sitze ich Ewigkeiten hier, doch dann spüre ich in der unteren Naht etwas. Unauffällig taste ich das genau ab und ziehe gut versteckt, etwas Seltsames heraus. Es ist so klein zusammengefaltet. Nein, es ist ein Brief! Das gibt's doch nicht. Wo kommt dieser her?

Er ist klein aber zu erkennen. Ich muss zusehen, dass er es nicht sieht. Also gebe ich vor mir den Stoff anzusehen. Er ist von meiner Mutter. Das ist ihre Handschrift!

„Fleur, meine liebe Fleur. Ich habe keine andere Möglichkeit gesehen als es dir so mitzuteilen. Ich bin mir sicher unsere Telefone und Handys werden von deinem Vater abgehört. Und kontrolliert. Auch unsere Räume. Es gibt nichts, dass er nicht kontrollieren möchte.

Meine Liebe, ich hoffte du bekämst ein anderes Leben, doch ich weiß, seit wir umgezogen sind, dass dein Vater ein böser Mann ist. Diese Ehe mit Dan, sie ist arrangiert. Es tut mir aufrichtig leid. Ich konnte nichts tun. Dein Vater und Richard haben einen Deal. Sonst hätten sie deinen Vater umgebracht. Er hat so viele Schulden, wir hätten uns sonst nichts mehr leisten können. Was er jedoch nicht weiß ist, dass mein Vater dir etwas vererbt, wenn du in die Ehe gehst. Nicht nur Geld, sondern etwas viel Größeres. Wir werden uns am zweiten Sonntag nach der Wahl bei Dave im Café treffen. Da werde ich dir einen Tresorschlüssel überreichen. Alles wichtige wirst du darin finden. Nimm es und geh. Verschwinde und lebe dein Leben.

Mach dir das möglich, dass ich nie für dich schaffen konnte. Überlege dir, was du möchtest und sei auf alles gefasst. Auch wenn es jetzt nicht der richtige Zeitpunkt ist, Fleur, es tut mir leid. Alles. Ich konnte dir nie die Mutter sein, die ich wollte. Ich hoffe von Herzen, du kannst mit meinem Geschenk an dich etwas anfangen, bitte. Bitte traue Dan nicht und komme alleine. In Liebe deine Mutter.

Das grenzt an ein Wunder, wie konnte sie das überhaupt schaffen? Wieso, dieser Weg, was ist denn da los? Das ist einfach alles zu viel für mich. Ich verstecke den Brief wieder im Kleid und merke mir 17 Uhr an diesem besagten Sonntag. Doch wie sollte ich denn da hinkommen? Das wird nicht möglich sein. Wie könnte ich ihn dahin locken, oder besser gesagt mich. Wie kann ich dem allen entkommen?

Bis ich mich umsehe, ist er wieder hier. „Der Arzt kommt heute Nachmittag, auch mein Bruder wird kommen." Ich kann mich einfach nicht an diese dunkle Stimme gewöhnen, eigentlich möchte ich, dass auch gar nicht. Er sieht mich wieder mit diesem Blick an, sodass ich gar nicht weiß, was ich davon halten soll. Arrogant steht er mir gegenüber, oder ist es etwas anderes. Ich antworte nicht, weil ich nicht weiß, was das soll. Es wirkt, als würde er warten, das Licht hinter ihm lässt ihn etwas strahlen, aber ich kann erkennen, dass er Schweißflecken auf der Stirn hat. Sieht irgendwie auch aus, als würde es ihm nicht gut gehen. „Verhütest du?", langsam kommt er einen weiteren Schritt nach vorne, tritt zu mir. Also darum das Zögern. Diese Frage schon wieder, ich drehe durch, Panik überzieht meinen Körper, ich befürchte, dass er das wieder sieht. Ich habe mir vorgenommen stark zu sein.

Doch meinen Körper kann ich nicht kontrollieren.

Schnell schießt es aus seinem Mund „Und, ich habe etwas gefragt. Ich sagte doch die Regeln, Ehrlichkeit und Gehorsam, Fleur, also, verhütest du?" „Nein, ja, ich meine, ich habe seit ein paar Monaten ein Verhütungsstäbchen, Dan wollte es. Aber ich nutze es nicht." Er grinst, dann wechselt er gleichzeitig wieder in etwas, dass ich nicht deuten kann. Mist. „Dan, wollte es so, sag mal Fleur, hörst du dir eigentlich selbst zu? Klar wollte er es, bist du so leicht zu manipulieren? Sicherlich hast du es bekommen, damit Richard dich nach der Hochzeit mit Dan, nicht schwängert. Richard kann einen neuen Sohn gebrauchen, einer welcher nicht angeschossen wurde. Denkst du er als Don, kann einen solchen Nachfolger brauchen?" er spinnt doch komplett. Ich weiß überhaupt nicht, von was er spricht. „Fleur, weißt du, wer Dan war? Weißt du, wer Richard ist? Fleur? Du weißt das Dan angeschossen wurde, er hat nicht wie die Zeitung behauptete eine Sportverletzung- ich habe ihn zuvor angeschossen, Kleines!"

Was wie bitte, er muss durchdrehen, was sollen sie sein, was soll Dan gewesen sein?

Ich nehme meinen Mut zusammen, nur das er sieht das er nicht recht hat. „Was meinst du damit, wieso sollte er mich manipulieren?"

„Himmel, Fleur, Dan hat das Anrecht auf den Titel als Don. Richard ist ein Don, die Mafia? Klingelt da etwas bei dir? Er ist nicht der brave Bürgermeister. Er benutzt diese Stelle um Geld zu waschen, Frauen zu transportieren, sich Mädchen im Kinderheim auszusuchen und sie zu vergewaltigen, er gibt ihnen keine neuen Eltern, Fleur! Er beseitigt sie. Genauso wie er es irgendwann mit dir gemacht hätte, wenn er dir überdrüssig geworden wäre.

Dan, hat dich zur Frau genommen. Weil Richard dich wollte, und dein Vater, er hat immense Schulden bei Richard. Also zähle eins und eins zusammen. Du bist die Bezahlung.

Dan würde das Amt als Bürgermeister bekommen, er hätte alles, was diese dummen braven Bürger wollen. Ein Leben, Sport, Geld und Dich. Und Richard ihn als Alibi. Checkst du das denn nicht?" Mittlerweile steht er direkt vor mir und spricht zu mir herab.

„Du lügst," schimpfe ich, was sollte ich sonst sagen. Mafia, das kenne ich aus Filmen, das ist sowas von irre und fiktiv.

„Fleur, was denkst du wieso suchen sie nicht richtig nach dir? Dein Vater kann nicht beweisen, dass er mit deinem Verschwinden nichts zu tun hat. Richard weiß nicht, dass du die Urkunde mit meinem Namen oben unterschrieben hast. Der Fahrer, er war mein Mann, du hast meinen Vertrag unterschrieben. Er wird dich also immer noch suchen, und dein Vater, er hat Panik, er muss doch seine Gegenleistung bezahlen, also dich! Er schüttelt den Kopf, ich sehe, dass er es ernst meint. Doch mein Verstand, ich meine ich bin Erzieherin, ich singe und tanze. Ich male und küsse kleine Verletzungen.

Wie sollte ich, das glauben können.

„Du checkst es immer noch nicht, oder? Im Grunde habe ich dir einen Gefallen getan. Kehre mal direkt in deinen Verstand, und überlege, was ich dir sagte. Dan, hat dir gesagt, wo du einkaufen gehen sollst. Er hat dir gesagt, was du anziehst. Dein Vater hat dich aus Manhattan geholt. Dir diesen Job und das Studium besorgt. Du hast keinen Wagen, weil sie ihn dir weggenommen haben. Dans wagen ist mit GPS damit er dich immer finden konnte. Die Familienessen am Abend, waren dazu da, dass Richard nicht gesehen wird. Dein Schwimmen samstags war, weil Dan nebenan Geschäfte hatte und dich im Blick haben sollte. Die Kleine, mit welcher er Sex hatte, sie war eine von unzähligen seiner Nutten, in Wirklichkeit hat er dich verabscheut, weil du verdammt nochmal aussiehst wie meine tote Schwester. Fleur mach die Augen auf, Dan hätte dich mit Handkuss an Richard gegeben, Dan musste mit einem Vater leben, der besessen von einer rothaarigen Schönheit war. Er hatte sie umgebracht, weil er Dans Mutter schwängerte. Er musste also sie heiraten, denn der nächste Don, also ein Junge, wuchs bereits in der Frau. Damit meine Schwester niemand anderer bekommt, brachte er sie um.

Und nun, da Dan zu nichts mehr zu gebrauchen ist, wärst du die nächste Gebärmaschine. Richard mag alt sein, aber das Funktioniert glaub mir."

Ich glaube ich falle um, er weiß so viel, so wie er es sagt, ergibt es Sinn. Wenn man mal das Mafia- Gespinne weg lässt. Es erklärt wieso mein Wagen ständig länger dauerte, obwohl er noch fuhr, als ich ihn abgab. Es erklärt, wieso Dan damals wusste wo ich bin. Es erklärt die Frauen, die er traf und es erklärt, wieso er diese Narbe mit dem Tattoo am Arm hatte. Er war solange in Reha, ich dachte es sei wirklich eine Spielverletzung. Das Shirt, das er damals beim Spiel trug, ich sehe es noch vor mir, es war weiter als sonst.

So viele Dinge, die, wenn ich sie so betrachte wie er, Sinn ergeben. Ich habe Angst mich gleich wieder übergeben zu müssen. Wut, Angst, Trauer, und Scham überziehen mich. Ich kann nicht fassen, dass ich diesem Mann vor mir glaube, aber es fühlt sich so, so viel richtiger an. Wie konnte ich mich so manipulieren lassen, ich meine ich habe meine Kisten gepackt, ohne das Haus zu sehen, ich habe getragen, was er mir sagte. Mein Handy, es war ständig weg. Ich habe es nicht hinterfragt. Bilder aus meinem Zimmer sind sogar verschwunden. Ich dachte meine Mutter hätte „aufgeräumt".

Er hat mich nie wirklich zärtlich in den Arm genommen, oft geschlagen und sich entschuldigt. Aber nie die Tür aufgehalten, wie es der Fremde vor mir, gemacht hatte. Er hat mir das Haar gehalten, als ich kotzen musste, Kaffee gebracht, alles das, was ich jetzt sehe, dass Dan nicht gemacht hat. Nicht einmal aus Freundschaft. Ich schäme mich so, dass ich diesen Vergleich ziehe, dass ich das alles geglaubt habe.

„Ich muss nachdenken" sage ich schlicht und setze mich in diesen Sessel neben dem TV. „Fleur, wir müssen dich heute untersuchen lassen, ich weiß nicht, ob du irgendwo GPS-Tracker hast, das Verhütungsstäbchen, ich weiß nicht, ob es wirklich eins ist.

Gott jetzt breche ich in Tränen aus, am liebsten würde ich es herausschneiden. Angst, pure Angst überkommt mich.

„Weißt du, was ein Don ist?", fragt er mich. Seine Stimme sie ist tonlos. Ich kann sie hören, aber nicht fühlen.

Auch hier, antworte ich schlicht „Nein".

Er schüttelt den Kopf, alles um ihn herum wirkt plötzlich anders. Ich weiß nicht warum, aber er wirkt netter. „dachte ich mir", das ist alles, was er sagt, dann geht er wieder. Seine Schwester soll von Richard umgebracht worden sein. Er soll Kinder vergewaltigen. Ein Don sein? Ich zeihe meine Beine an, und weine- schon wieder. Um mich herum kann ich Regen an die Scheibe prasseln hören. Vor dem Zimmer ist alles ruhig. Ich bin gefangen und alleine. Richtig alleine.

Hat Dan mich nicht berührt, hatten wir keinen Sex, weil er mich nicht wollte, plötzlich klingt das, so viel ehrlicher als das, was ich immer annahm. Er war nicht nett zu mir, er hat mich verabscheut. Ständig war ich zu dick, zu viel offenes rotes Haar. War nie bei seinen Freunden dabei. Nichts. Ich bin so eine dumme Kuh. Und das schlimmste, es tut mir um ihn leid, obwohl ich ohne ihn nicht, in dieser Lage wäre. Und auch tut es mir um meine Familie leid, wir sind scheinbar keine. Jetzt verstehe ich den Brief meiner Mutter. Jetzt.

Ich spüre es stark in mir, und ich habe gelernt, dass Familie nicht auf dem Papier stehen muss, es ist nicht die DNA, welche einem zur Familie macht, denn sie haben mich verkauft.

Familie kümmert sich. Freut sich mit dir. Ist da, wenn du sie brauchst. Nichts davon, kann ich über meine sagen. Da war die Schwester von ihm, welche sich gestern vor mich stellte und sich um mich sorgte- mehr Familie als ich es von meiner Eigenen kenne. Eine Fremde. Sie hat ihn glaube ich auch überredet die Leine weg zu lassen, so wie sie diese betrachtete.

Kapitel 8

Miguel

Ich musste ihr das einfach sagen. Ich konnte nicht anders. Sie weint sich in den Schlaf, ist traurig. Ob sie mich jetzt noch mehr hasst, macht so oder so keinen Unterschied.

Meine Schwester hatte recht, sie wird von alle dem nichts wissen. Sie kennt sich kein bisschen in unserer Welt aus. Sie soll ein Verhütungsstäbchen tragen, das glaube ich, ich vermute, aber auch dass ein Tracker ebenfalls daneben ist. Unser Arzt Stevano er wird ihn finden. Und ich hoffe er kommt bald, denn ich brauche ihn dringend. Mir geht es gar nicht mehr gut.

Wahrscheinlich hat sich die fucking Wunde jetzt auch noch infiziert.

Scheiße, ich habe keine Zeit für diese Befindlichkeiten. Ich muss mit meinem Vater sprechen. Die Anzeige im TV, wer weiß was noch kommt. Wir suchen Richard, nicht eine Herde voller geldgeiler Aasgeier.

Laut einer Nachricht meines Bruders, haben sich ein paar von Vaters Soldaten abgewendet. Entweder wollen sie das Geld oder sie sehen Fleur als Feind. Ja bei Gott, das ist sie auch. Sie ist seine Tochter, die Verbündete von Dan und Richard. Das lässt sich so nicht anders erklären. Sie wollen wie ich Rache für meine Schwester, Lynn.

Ich stecke, verdammt nochmal, in einer Zwickmühle. Ich sollte Fleur das Leben zur Hölle machen. Aber sie, sie ist die Unschuld persönlich. Sie hat keinen Schimmer, sie rappelt sich trotz allem auf. Macht was ich ihr sagte. Ich fühle mich ihr gegenüber verpflichtet, sie ist verdammt nochmal meine Frau. Eigentlich, war es die beste Idee meines Vaters, wenn ich es zugeben würde, würde ich sagen, ich wollte sie von Anfang an.

Sie hat etwas an sich, dass ich fühlen möchte, spüren möchte. Genau beschreiben, kann ich es nicht. Doch jeder Tag in meinem Wagen, als ich sie beobachtete war ein guter Tag.

Ich muss am besten gleich in mein Büro, mit meinem Vater telefonieren, er ist noch in der Stadt. Das weiß ich, aber er muss genau so wie ich auf der Hut sein, wenn wir ihn finden wollen. Und ich verdammt, bin hier mit ihr, kann nichts tun außer warten. Und mit meinem scheiß Rücken, kann ich auch kaum etwas machen. Ich werde nicht sicher genug arbeiten können. Stevano er muss das richten. -*Pronto!*

„Ich ziehe meinen Anzug an, wohlwissend nicht wieder ins Schlafzimmer zu müssen, habe ich ihn im Wohnzimmer ausgezogen. Die paar Stunden als ich ihn anhatte, das muss nochmal gehen. Ein neues Hemd, hole ich mir gleich. Schnell heize ich nochmals ein und werfe restliches Holz neben den Kamin. An ihr ist nichts dran, das wärmen könnte. Das Haus hier ist gut abgedichtet, aber kalt ist es trotzdem. Auch wenn ich schwitze. Das ist von dem Rücken- *Safe.*

Vorräte, habe ich hier auch nicht genug. Das ist mir auch klar. *Fuck.*

Diese Hauruck Aktionen, ich hasse sie. Doch ich stehe zu meinem Tun. Niemals würde ich etwas im Nachhinein anders machen. Naja, vielleicht würde ich Fleur, gerne anders kennengelernt haben, aber wir alle wissen, sie hätte mich als alten Mann gesehen.

Mit meinem Smartphone rufe ich im Desire an, bestelle Essen für uns, Tagesgericht Vegetarisch für sie und ich brauche mehrere Steaks, Abendessen für später zum Mitnehmen und Kaffee, viel davon. Ebenso Whiskey ich muss die Schmerzen und die Gedankenficks abschalten.

Gleich danach checke ich die Cam im Schlafzimmer, sie sitzt am Bett, sieht sich das verfickte Kleid an. Meine Frau, dieses Kleid und dessen verdammtes Blut. Ich könnte ausrasten. Merda, ich habe Mühe nicht zu ihr zu stürmen und es ihr aus der Hand zu reißen.

Wie kann sie nur, mein Schlafzimmer. Und ich Idiot, habe es ihr gegeben. Nein, das muss aufhören. Schnellen Schrittes stampfe ich ins Schlafzimmer. Direkt auf sie zu, nach ein paar Schritten stehe ich wieder vor ihr. Sie sitzt da, ihr lockiges Haar es scheint sein Feuer verloren zu haben. Sie hat Augenringe, mehr als noch vor ein paar Stunden. Es wirkt so surreal. Normalerweise weiß ich, was mein Gegenüber denkt. Tränen, sehe ich vor dem Tod. Nicht selten aber, nehmen sie es hin. Hier bei ihr, bin ich nur mit diesen Tränen konfrontiert. „Was suchst du da drin, denkst du, Vögel kommen herein und nähen es dir wieder schön, denkst du Mäuse würden es waschen und dein Haar richten?" sie schluckt, sieht mich an und schüttelt kaum merklich den Kopf. „ich bin zu kaputt um mit dir zu streiten, was willst du?", bringt sie tatsächlich heraus. Meine Mundwinkel zucken, ohne dass ich es absichtlich mache. Langsam streiche ich mit meiner Hand über ihr Haar. Sofort fegt das Feuer, welches ich vorher nicht sah, durch meinen Arm. Die Stille, welche plötzlich auf mich einprasselt, sie ist nicht unangenehm, sie ist neu. Ja, so kann man das beschreiben, auch wenn sie mich ansieht, als würde ich sie jeden Moment abstechen wollen, nicht nur das, sie ist schon wieder zurückgewichen. *Vor Schreck.*

Ohne Worte trample ich in den Schrank, schnappe die Tüten und krame ein Kleid heraus, sobald man den Stoff sieht, weiß man, dass er für sie gemacht ist. Das grün, wie Smaragde. Wie ihre Augen. Daneben die schwarzen Schuhe und den hellen Mantel, ja das passt. Ich umklammere alles und stampfe wieder zurück.

Es wirkt so daneben, das spüre ich selbst. „Anziehen, wir müssen weg und essen." Schnell weicht sie wieder aus, als würde das Kleid beißen. „Ich sagte es dir doch bereits, du bist meine Frau, wieso sollte ich dir jetzt was tun? Ich hab Hunger, ich muss telefonieren, und zwar abhörsicher und du bleibst hier nicht alleine. Wir gehen in mein Geschäft." Sie blickt zur Seite und sieht das Kleid an. „Wieso dieses Kleid dann?"

„Weil du nicht halb nackt, mit Jogginghose hingehen wirst? Weil du meine Frau bist, weil du einen Wert hast, also kann man das auch sehen, und ich will nicht, dass du aussiehst, als würdest du den Laden putzen. Es geht darum keinen Verdacht aufkommen zu lassen. Du solltest dich verhalten wie bei der Hochzeit".

Sie nickt, es ist kein wirkliches zustimmendes Nicken, nein, sie nickt einfach. Weil sie keinen Bock hat, das sehe ich. Mir aber egal. Ich muss da jetzt hin und sie kann nicht alleine dableiben. Wenn wir Glück haben, sind die Leute nicht allzu aufdringlich und ich kann sie ins Büro schaffen. Soll sie dort lesen oder was auch immer. Später wenn Stevano kommt, kann sie sich wieder hier verkriechen, aber bis dahin, zählt die Show.

„Fünf Minuten, dann hole ich dich." Mehr braucht es nicht, ich verlasse das Zimmer und warte. Checke derweil die Kameras draußen. Es ist immer noch alles voller Schnee, aber die Sicht ist gut. Niemand da, scheint, als würde noch niemand Verdacht schöpfen. Waffen, ja ich muss mir mehr mit hierher holen. Sicherheit, kann nur durch Angriff gewährleistet werden.

Sie räuspert sich und steht auf der imaginären roten Linie, bereit loszufahren. „Fertig!" spuckt sie mir entgegen. Das klingt ja schon mehr wie die Frau des Vollstreckers, ich könnte lachen, wenn ich nicht wieder Mühe hätte, meinen Schwanz im Zaum zu halten. Fuck, sie sieht so heiß aus. Auch ohne Make Up, nur etwas um die Augen hat sich verändert. Scheiße, ihre Kurven sind der Wahnsinn. Doch der Ausschnitt, der ist eine Katastrophe, sie werden sie alle ficken wollen. Das Tessa keinen Schal dazu gelegt hat, wundert mich jetzt, nachdem ich das sah, nicht mehr. Sie will mich ärgern, leider ist jetzt keine Zeit mehr, ich habe den Telefontermin. Vater hasst es zu warten, wie ich.

„Kennst du einen Swingerclub, weißt du was das ist, Fleur?" Ihre Augen schießen fast aus ihrem Kopf. Die Röte wandert betörend ihren Hals entlang, sogar ihre Lippen werden dunkler, was für ein Spaß. Leider macht sie sich so zur Beute. „Komm her, also du sprichst mit niemanden außer ich erlaube es, du gehst mit niemanden mit. Klar?" „Klar" sie nickt, sie geht lieber mit mir, als jemanden der sie ficken will.

Ganz toll. Ganz toll!

Wenigstens weiß ich jetzt, dass sie nicht ganz hinterm Mond lebt, wenn sie weiß, was das ist. Es ist die einfachste Erklärung für meinen Club, Edelswinger mit dem Plus an Luxus, Waffen und Sicherheit. Dass sie den Besuch dort übersteht ist etwas anderes. Heute ist es so wie immer, wir haben die reguläre Anzahl an Gästen, die Hochzeitsfeier ist nicht mehr zu erkennen. Mich wundert es sowieso, dass meine Mutter das alles hier arrangieren konnte, und auch noch in dieser kurzen Zeit.

Nickend gebe ich ihr zu verstehen mitzukommen. Die eisige Kälte trifft auf uns ein. Ich führe sie mit meiner Hand auf ihrem unteren Rücken die Stufen hinab. Fast muss ich lachen, denn es sieht sicherlich so normal aus, in Gedanken, bin ich schon auf dem Sprung sie festzuhalten, sollte sie laufen. Doch ich merke schnell, das würde nicht klappen. Der Schnee ist zu hoch, sie zu nackt an den Füßen. - Frauen, ich dreh durch. Klar kann sie nicht mit diesen Sommerschuhen hier im Schnee herumtraben. „Stopp, so wird das nichts", es dauert keine Sekunde, bis sie steht. Ich öffne den Wagen mit dem Sensor in meiner Hosentasche, hebe sie hoch und trage sie zum Wagen, reiße die vereiste Wagentür auf und setze sie hinein. Sie wiegt tatsächlich gar nichts, nicht mal mein Rücken, spürt die Anstrengung. Doch meine Nase, sie riecht ihren Duft, immer habe ich mich gefragt, wie ihre Produkte an ihr riechen. Mir vorgestellt, wie sie sich

155

damit einschäumen würde, solange bis ich es eines Abends dann sah. Unten im Schwimmbad. Fuck, mein Schwanz er wird mir lange nicht mehr gehorchen. Er macht bereits seit Tagen, was er will. Bettelt, lechzt nach Erlösung. „Ich kann gehen", ich lache sie an, nicht nett, ich weiß. „Du versaust mir sonst die Fußmatten", sie muss ja nicht wissen das ich mich sorge. Nett wie sie ist, nickt sie. Ich schlage die Tür zu und beginne mit dem Eiskratzen. Fuck, es ist echt scheiß kalt. Allzu lange dauert es nicht und der Wagen ist so, dass ich zumindest hinaussehe. Die zehn Minuten fahrt, reicht mir das.

Die Fahrt verläuft wie gedacht ruhig. Sie sieht hinaus, ihre Nase ist gerötet, aber es sieht wunderschön aus.

Das Desire kommt in Sichtweite, es stehen bereits einige Wägen vor dem Eingang. Unser Service befreit sie vom Schnee, ein Gadget, welches wir anbieten.

Ich schaffe es kaum die Bilder von ihr aus meinem Kopf zu bekommen, wie sie in einem der Zimmer, am Andreaskreuz thront. Wie ich ihr ihre Fotze lecke, sie zum Beben bringe, während sie wimmernd und keuchend daran hängt. Sie muss spüren, dass sich etwas in mir verändert hat. Denn sie drückt sich gekonnt weiter in den Sitz, das wird ihr aber jetzt so gar nicht helfen, denn wir müssen hinein. Abgesehen davon ist es draußen fucking kalt und zu unsicher.

Wortlos steige ich aus, sie weiß was sie zu tun hat. Also warte ich, wie sie sich verhält. Bestrafen kann ich sie im Anschluss immer noch. Und das. Wird mir. Ein verdammtes Vergnügen werden.

Ich bin kaum um den Wagen herum, nicke dem Portier zu, während sie aussteigt. Sie hat die Sicherung getestet. Brav, schmunzle ich in mich hinein, sie nimmt also doch nicht alles nur so hin.

„Beeilung, ich habe keine Zeit", sage ich ihr. Schnell kommt sie in meine Richtung, sodass wir zusammen hinein gehen. Ich muss mich nicht umdrehen, denn ich spüre, dass sie mir auf den Fersen ist. Die Blicke der anderen, zeigen es ebenfalls. Ein ehrwürdiges Nicken erreicht mich. Ebenso sie. Sandra vom Service, bringt bereits auf dem Weg zum Büro Getränke entgegen. „Fleur, was möchtest du?", sie wirkt total überrascht und verlegen. „Wasser?", meint sie aber dann. Sandra lächelt. Sie ist Wasser, nicht gewohnt. „Das und einen von diesen Pumkin Latte", befehle ich. Ich weiß, innerhalb von fünf Minuten wird genau dieser im Tisch in meinem Büro stehen.

Die schwarze Tür, am Rande des Korridors ist mein Büro, ich öffne und der vertraute Geruch von Leder schlägt mir in die Nase. Fleur steht mitten im Raum, sie sieht sich um. Wortlos und regungslos. An ihren Augen sehe ich, dass sie Angst hat. Zittern macht sich in ihr wieder breit. Gott Fleur, wenn du wüsstest, wie ich auf diese Befindlichkeiten stehe, wie mich die Angst anmacht. Ich bin ein Lurker, ich lauere solange bis ich es nicht mehr aushalte und zuschlage. Und du, gibst die beste Vorlage.

„Setz dich. Das ist mein Büro. Hier gelten genauso wie überall, meine Regeln. Du weißt doch noch, oder? Es ist mein Club. Sobald du draußen frei und alleine herumläufst, nehmen sie an, du willst Spaß haben. Hier das Sofa, setz dich darauf, sieh dir Zeitungen an, oder Bücher. Hinten im Schrank sind welche. Ich muss arbeiten, es wird schon einige Zeit dauern. WC, ist hinter mir. Sag Bescheid, und ich begleite dich. Dort sind Fenster, ich möchte ja nicht, dass du dich da durchdrücken musst." Sie sieht augenblicklich mit den Augen hinter mich, ich sehe sofort, dass sie ihre Chancen abwägt. Wäre dumm es nicht zu tun. Trotz allem nickt sie. Geht zum Sofa und sitzt sich hin. Also nicke ich ihr zu.

In der Schublade des Schreibtisches krame ich nach dem Kopfhörer, wenn sie ihn umhat, wird sie nichts hören. Den habe ich oft, wenn ich während Kundengesprächen telefonieren muss. Ich nehme ihn, und setze ihn ihr auf. Klopfend kommt Sandra herein. Stellt den Kaffee ab, das Wasser und hat die Nüsse, die bei uns obligatorisch sind, dabei. „Mr. Morano, wenn ich behilflich sein darf, sagen sie es. Wenn ich mit meiner Fotze behilflich sein darf, die Tür steht offen", Himmel, diese Frau. Ständig wirft sie sich mir an den Hals, manchmal sage ich nicht nein, denn sie ist sauber und kann ihn gut aufnehmen. Lässt sich gut dominieren. „Sandra, noch einmal etwas in dieser Art und du wirst dich nicht mehr stehend sehen, ist das klar? Du hast noch nicht mitbekommen, dass dies nicht einfach eine Bekannte ist? Sie ist meine Frau!". Oh, jetzt habe ich sie, denn ihr Gesicht wird kreidebleich, ihre Lippen blau, während sie das Tablet fallen lässt. Ich kann Fleur nach Luft schnappen hören, sie dreht auch bald durch. Wie anscheinend alle hier. Doch Sandra, sie ist Profi genug, schnell fängt sie sich wieder und hebt es auf. Fleur ist fast versucht die Kopfhörer herunterzunehmen, ich hebe die Hand und zeige ihr auf, es zu lassen. Sie versteht auch ohne Worte und drückt sich weiter in den Sessel. Sandra hingehen entschuldigt sich und verschwindet, am schnellsten Wege. Wäre sie ein Mann, würde sie definitiv nicht mehr gehen.

Während ich am Schreibtisch sitze, ruft mein Vater bereits an, er hat lange auf sich warten lassen. „Bist du allein?" Seine erste Frage, die gekonnt einen Befehl beinhaltet. „Nein Vater, sie ist hier, aber sie hört dich nicht." „Gut so. Also kommen wir zum Punkt. Du musst die Fotos der Hochzeit veröffentlichen. Es reicht nicht, dass sie nur Richard sah. Oder unsere Männer. Es reicht nicht, dass nur wir es wissen. Sie sollen wissen, dass du sie hast. Wir müssen unser Ansehen stark halten. Wir müssen zeigen, dass wir das getan haben. Und wir müssen ihn in die Enge treiben. Seine Männer werden ihn für schwach halten, wenn alle Welt es sehen kann. Da kommen ausnahmsweise deine Play Boy Kenntnisse mal gelegen. Keine Portraits von dir in Klatschblättern mehr, wir werden den drei großen Amerikas dein Hochzeitsfoto und welche von der Feier schicken, und so Richard klein machen!", schlägt er vor. Gar nicht so dumm, finde ich. „Außerdem, meinte dein Bruder, dass einige unserer Männer Fragen stellen. Einige wollen sie sehen, andere meinten das ich meinen Platz frei machen sollte. Ja Junge, das meine ich auch, das wollte ich sowieso mit dir besprechen. Ich hatte dich nur nicht drängen wollen. Jetzt wo du die Kriterien erfüllst, alles so ist, wie es sein sollte. Bist du an der Reihe. Mir reicht es.", ich denke ich höre nicht richtig. Was geht ab? Was ist mit ihm los? „Wie bitte, ich dachte nicht daran Don zu werden. Ich meine ich bin in der zweiten Reihenfolge, hast du da nicht jemanden vergessen?" Ich denke da an meinen Bruder, denn er ist der ältere. Er sollte den Titel bekommen. Auch wenn er nicht geeignet ist. „Nein, ich entscheide. Du bist meine erste Wahl. Immer schon. Und jetzt, hast du dich bewiesen, du wirst meine Männer, meine Mafia, führen wie ich es würde. Mit vollem Einsatz, auch wenn das heißt einen Schwur einzugehen, der dich zu verschlingen droht. Ich mein Sohn, habe gesehen, wie du die Kleine ansiehst. Ich habe gespürt was in dir vorgeht. Mach

Vorsichtig, mein Rat an dich." Er spricht ohne Punkt und Komma. Was soll das, nein, eigentlich finde ich, bin ich am besten geeignet von uns allen. Aber fuck, ich bin nicht vorbereitet. Ich habe mein Desire. Ich lebe überwiegend hier. „Also Sohn, es ist beschlossen. Ich gebe dir zwei Wochen Zeit, dich darauf einzustellen. Deine Männer auszusuchen. Dann ist die Initialisierung! Mit Costa, das regle ich, deine Mutter, kein Problem. Wir reisen sowieso heute gleich wieder ab. Ich habe zu viel noch zu tun. Unser Kaffeekranz wird wohl ausfallen müssen."

Ich sehe den Hörer an, abwechselnd ihn und Fleur. Meine Fleur. Sie blättert weiter in den Zeitschriften, hat sich nicht getraut die Bücher zu nehmen.

„Warum jetzt?", möchte ich von ihm wissen. „Noch bin ich Don, ich entscheide. Du hast nichts zu hinterfragen. Und genau deshalb ist es auch so, dass du meine Nachfolge antrittst. Jetzt, solange ich noch mit Würde ohne klapperndes Gebiss abtreten kann. Es wird so niemand in Frage stellen, es wird nicht aussehen, als hättest du etwas genommen das dir nicht zusteht. Weil ich es dir geben werde". Damit legt er auf. *Zack. Leitung: tot.*

Irritiert bleibe ich zurück. Alles das, was vor ein paar Tagen noch ich war, ist jetzt komplett anders. What the fuck?

Ich beobachte Fleur weiter, eigentlich bin ich sprachlos. Was war das zum Teufel.? Sie sitzt hier, sieht in die Zeitung und trägt den Hörschutz. Ich sitze da und kippe erst einmal den nächsten Whiskey hinter. Eine verdammte Frau, einen verdammten Feind und einen verdammten Titel- *Fuck.*

Wenn ich den Titel nicht annehme, gibt er ihn mir oder er räumt mich weg, das weiß ich. Ich kenne ihn. Er wird sich die Schande vor seinen Männern nicht geben. Dann natürlich meinen Männern.

Selbst wenn ich die Vendetta gegen Richard alleine durchziehe, habe ich immer noch nicht die Garantie, dass sich jemand um Fleur kümmert. Sie ist mein und muss beschützt werden. Fuck, wenn es so weiter geht, muss sie jemand vor mir schützen, denn ich kippe mir das nächste Glas hinter. Lasse den Whiskey seine Wirkung entfalten, das vertraute brennen, bleibt im Moment aus, es spült sich taub meine Kehle hinunter. Der Ring an meinem Finger, er schlägt bei jedem Griff zum Glas, ungewohnt daran an.

Sandra klopft einmal, stolpert fast vor Scham hinein. In Begleitung der Servierwagen. Sie tapst dahin, in ihren Highheels und wirkt plötzlich einfach billig. So wie ich die beiden gerade beobachte wird es mir erst jetzt bewusst. Fleur hat Klasse, sexy ohne es einem aufs Tablett zu schmieren. Ich glaube fast sie weiß es nicht, was sie mit mir macht. Wie ich ihren Duft liebe, ihr Haar und den ganzen Rest von ihr und ihren Titten. Sandra, hat den Ausschnitt bis zum Bauchnabel, gefärbte blonde Haare, Lippen die gut blasen. Nur ist es so, ich will Fleurs Lippen auf meinem Schwanz, ich komme nicht drum herum, nicht darüber nachzudenken. Erst recht, wenn sie mich so provozieren. Sandra merkt meine Laune, gewaltig. Mein Blick, ganz sicher der des Vollstreckers. Sie kennt ihn. Sie hat hier auch schon genug Leichen gesehen, Todesursache: Miguel.

Brav deckt sie ein, während Fleur kaum wahrnimmt, dass sie hier ist. Als sie sie entdeckt, ist sie bereits so gut wie weg. Das

Fleur so sorglos hier sitzt, bei mir, in meinem Büro und nicht einmal den Schatten wahrgenommen hat, besorgt mich ebenfalls. Sie muss lernen auf der Hut zu sein, so wie ich, vor allem jetzt. Bei dem Ganzen, dass auf uns zukommen wird.

So schnell wie die kleine aufdringliche Schlampe gekommen ist, ging sie auch schon. Die Tür fällt ins Schloss und zurück bleibe ich, mit der kleinen zierlichen Frau Morano.

Langsam stehe ich auf, sehe etwas aus dem Fenster, beobachte den Wald. Atme durch. Das ist verdammt nötig. Ich stupse sie an, sie hat auch davon nichts davon mitbekommen. Nichts denn sie zuckt gleich wieder zurück. Ich habe keinen Bock auf ihre Gemütslage. Das nervt mich einfach nur, ich meine was sollte ich noch machen. Woher zum Teufel soll ich wissen, wie ich mit ihr umgehen soll?

„Essen" sage ich schlicht, sie nimmt die Kopfhörer ab und nickt, also kann sie zumindest etwas von den Lippen ablesen. Ihr Blick, wirkt verloren und zugleich neugierig. Man spürt, dass sie etwas spürt. Ich sehe sie hier auf diesem Samtsofa sitzen, und sie wirkt, als würde ihr trotz allem dieser Raum gehören. Es ist faszinierend.

Ich zeige ihr auf, sich auf den Stuhl zu setzen. Setze mich selbst und öffne die Wasserflasche. Alle hier wissen, geöffnete Flaschen nehme ich nicht. Meine Frau also auch nicht. Mir selbst schenke ich etwas Wein ein. Egal was ich heute trinke, Hauptsache Alkohol. Nullprozentiges- heute no-way.

Zittrig und konzentriert beginnt sie schweigend zu essen. Meine Gedanken fahren auf Hochtouren. Um die Initialisierung werde ich nicht herumkommen. In vierzehn Tagen meinte er. Männer zusammentrommeln, das wird dauern, bis ich die herausgepickt habe, denen ich traue. Naja, zumindest, soweit es sein muss. Mein Desire managen, das ist das einfachste, wenn auch das schwierigste. Denn es ist meins. Ich muss es hinbekommen von Queens aus, hier zu walten. Vielleicht einen Manager einstellen. Ich schaufle mir das Steak in den Mund, kaue kaum. Es soll einzig den Magen füllen. Der Plan mit meiner neuen Errungenschaft etwas zu essen, weicht dem Plan, einen Plan für uns aufzustellen.

„Geht's dir gut?" ich pruste fast los, als sie mir diese Frage stellt. Sie selbst, sieht ebenso erschrocken aus, wie ich selbst bin. „Ja, warum?", eine dumme Frage von mir. Aber mich interessiert, was in ihrem kleinen roten Köpfchen vor sich geht. Wieso sie mich das genau in diesem Moment fragt.

„Entschuldigung, ich wollte nicht unhöflich sein!" „Unhöflich. Ist das dein Ernst?", muss ich wissen. *Eigentlich bin ich selbst total verwirrt.*

Es dauert ein paar Sekunden, während sie mich anstarrt. Sie schluckt den Rest ihrer Nudeln herunter, trinkt einen Schluck und beginnt von Neuem. „Nein, eigentlich nicht, ich kann gar nicht unhöflich sein, in Anbetracht der Umstände. Gesehen habe ich, dass etwas bei dir geschehen sein muss. Deshalb habe ich gefragt. Sonst nichts. Es kam einfach so".

Verwundert sehe ich sie an. Sie kann also doch frech sein. Beobachten. Sie hat ein Gespür, vielleicht doch nicht so schlecht. Und sie hat recht. In allem. „Iss" mehr muss ich ihr nicht sagen. Sie ist eine Frau, dass sollte reichen. *Geschäfte gehen sie nichts an.*

Schweigend isst sie weiter. Das Besteck klappert auf den Tellern. Mein Whiskey steht verlockend am Schreibtisch. Der Wein leer.

„Kann ich meine Freundin anrufen? Nur kurz? Bitte?"

„Du ziehst ein Gespräch mit deiner Freundin, einen Anruf deiner Mutter vor?", na da schau her, wieder etwas Interessantes, denke ich. Auch das sie mich darum bittet, sollte nicht ignoriert werden.
Nach dem nächsten Bissen, fleht sie fast. „Bitte!" Ich weiß, ich hatte es versprochen. Meine Schwester hat mich auf den dummen Trichter gebracht. Ich halte normalerweise meine Versprechen. Schließlich gebe ich sie auch nicht leicht. In ihren Augen, sehe ich etwas, das ich nicht deuten kann. Doch während sie telefoniert, könnte ich derweil meine Kameras gründlich checken. Die Lage hier beobachten. Ich bin es nicht gewohnt, den Überblick zu verlieren, genau dass, ist aktuell nämlich mein Gefühl.

„Gut, hier. Geh an den Schreibtisch, ich wähle, du sagst an. Höre ich ein falsches Wort, geht's ihr schlecht. Verrätst du, wo du bist, ist sie einen Kopf kürzer." Sie nickt. Gleichzeitig sehe ich, dass sie überlegt. Sie wird überlegen, was sie Falsches sagen könnte, ohne dass ich es merke. „Wir müssen uns nachher unterhalten. Es ist wichtig. Bis dahin, und auch danach, erinnere dich an die Regeln. Du bist jetzt eine Morano, du solltest diese Regeln auch von anderen erwarten. Traue niemanden. Außer mir. Du hast fünf Minuten, danach wird gestoppt. Es ist eine abhörsichere und ortungssichere Leitung. Also, kannst du dir da auch nichts davon versprechen. Klar?"

„Klar", das war für meinen Geschmack, fast schon zu leicht. Aber soll sie telefonieren, dass verschafft mir auch keinen Nachteil.

Sie sagt die Nummer an, gekonnt auswendig und nickt zu als es läutet. Ich stelle den Lautsprecher an. Sofort sinkt sie wieder etwas zusammen.

Nach dem dritten Freizeichenton, erklingt eine Stimme. Es ist mir, als würde ich die Stimme kennen, verwerfe den Gedanken aber sofort. Woher sollte ich eine dumme kleine Erzieherin kennen. Ich habe natürlich schon den Background gecheckt, nichts Auffälliges.

„Hey, Sara, ich bin´s Fleur. Schön dich zu hören." „Fleur, du rufst tatsächlich an? Alle denken du seist verschwunden. Entführt oder so etwas, wo bist du?" Ah, da haben wir es ja, Fleur sieht mich an. „Nein mir geht's gut, ich bin nicht entführt. Wie du siehst, alles gut. Ich wollte nur deine Stimme hören. Wegen der Hochzeit es tut mir leid, dass Dan dich nicht eingeladen hat. Ich hätte dich gerne dabeigehabt. Nicht das du denkst, ich wollte nicht…" „Fleur, Stopp", beginnt die Person an der anderen Leitung. Ihre Freundin. „Ich glaube nicht, dass es dir gut geht. Ich kann deinen Unterton hören. Du weißt das Dan tot ist, oder? Du weißt das dich alle suchen?" Fleur sieht mich an. „Wie geht es dir Sara?" Fleur, wirkt etwas erleichtert und gleichzeitig verängstigt, sicherlich weil ich hier bin. „Fleur rede doch keinen solchen Mist. Mann, so dumm kannst du doch gar nicht sein. Irgendwer muss dir das mal sagen. Du hast mir Dan

165

genommen! Wegen dir, ist er tot. Wegen dir konnten wir nicht heiraten. Wegen dir bin ich jetzt allein. Nur wegen dir!", dann legt die Bitch auf. Ich starre Fleur an. Was war das?

Fleur hebt an etwas zu sagen, und legt dann ebenfalls auf. Sie ist kreidebleich. Tränen sammeln sich in ihren Augenwinkeln. Fuck. Das hat wohl gesessen. Scheiße, wenn ich Eins und Eins zusammenrechne, dann muss sie die sein, mit der er öfter im Bett gefickt hat. Das Bett im neuen Haus. Ich wusste das er ein Schwächling ist. Abschaum. Wer weiß, ob die Bitch ihn nicht noch verführt hat.

„Scheiß drauf, Fleur, dann war sie wohl keine Freundin". Sie nickt, „Wohl nicht," meint sie, scheint aber keine Anstalten zu machen, dass zu vergessen. Sie hält sich die Hände vor die Augen und stützt sich auf meinem Schreibtisch die Ellenbogen ab. Ihre Wut, ihre Trauer und die Scham, lassen sie so richtig heulen. Merda. Ich halte ihr automatisch Whiskey hin. „Nein danke." „Immer noch so höflich Fleur?" sage ich ihr, es ist keine Frage, es ist eine Feststellung. „Nein, verdammt. Ich bin nicht höflich. Ich bin nicht nett. Ich habe die Schnauze voll. Ich hätte es wissen sollen, als sie mir immer einredete ich solle ihn heiraten. Fleur hier, Fleur da. Sie hat ihn mir praktisch aufgedrängt. Wozu? Ich bekam mal ein Bild von Dan und einer Blonden geschickt. Sie haben sich gerade vergnügt. Du verstehst? Ich hätte mir denken können, dass sie das ist. Überlege, wenn sie alles wusste, von dem alle außer ich Bescheid wussten, für was haben sie mich dann gebraucht. Warum sie und Dan? Vielleicht weil sie wusste das er mich sowieso seinem Vater gibt. Sie hätte mein Haus gehabt. Mein Geld. Meinen Mann. Und ich, nichts. Wo wäre ich dann jetzt? Scheiße, ich habe ihr sogar meine Geheimnisse anvertraut! Ich könnte ausrasten. Warum ich nichts trinke? Weil deine kleine Flasche nicht genug sein würde. Und wenn ich sie trinken würde, würdest du über mich herfallen. Oder ich über dich. Wer weiß. Scheiße, wieso hast du mich telefonieren lassen. Wieso kümmerst du dich mehr um mich als alle anderen? Wieso riechst du so gut und wieso siehst du mich so an?" Blitzartig ändert sich ihre Gesichtsfarbe zu einem rötlicheren Ton. Ihre Wangen färben sich, betörend.

Fuck. Fuck. Fuck. Das hat sie jetzt nicht wirklich alles so gesagt, wie sie es sagte. Unmöglich. Sie muss nur wütend werden, um aus sich herauszukommen, das sollte ich mir merken. Mein Lächeln, das anfangs zögerlich war, wird jetzt zum Grinsen. Ich kann mich nicht erinnern, wann ich das letzte Mal wirklich gelacht habe. Sie ist verdammt schlau, denn irgendetwas an der Story stimmt da nicht. Schnell fasse ich meinen Gesichtsausdruck wieder und halte ihn so wie meine Worte gleich klingen werden. Rau, Roh und Echt:

„Ich habe dir schon einmal gesagt, warum ich dich so ansehe. Weil ich dich fressen möchte. Ich bin ein Killer. Ich möchte dich. Es wird der Tag kommen, an dem du willst, dass ich dich nehme. Danach der Tag, an dem du eine Wiederholung davon möchtest. Und von da ab, die Tage an denen du dich nach mir verzehrst und dich nach mir sehnst, werden nicht mehr aufhören. Das kleine Fleur, das verspreche ich dir.

Als Miguel, ein Morano und dein Mann!"

Kapitel 9

Meine Welt scheint sich in Luft aufzulösen, nein, sie hat es definitiv getan. Nichts mehr ist übrig. Das neue Hier und Jetzt, ist ein einziger Haufen an Zerstörung, Intrigen, Verlust und Macht. Miguel, mein neuer Mann, vor Panik könnte ich schreien, weinen und lachen zugleich. Alles an meiner Welt wurde zerstört. Meine Eltern, sie haben mich verraten. Mein Mann Dan, ist in einer Flut aus Lügen und Gewalt verstrickt gewesen. Ich glaube Miguel, denn es passt alles so einfach zusammen. Ich habe Stunden reflektiert, darüber nachgedacht und spüre in mir, dass es wahr sein muss.

Er telefoniert, während ich hier sitze und in den Zeitschriften blättere, alle sind von dieser Woche, Frauenzeitschriften. Er hat sie mir besorgen lassen. Es ist eine richtig nette Geste von ihm.

Niemand, hätte das vorher für mich getan, so etwas Einfaches. Nettes.

Es ist mir lieber nicht zu hören, von was er spricht, mit wem er spricht. Diese Welt, in der welcher er lebt, sie ist neu für mich. Das hier, alles es ist neu und so surreal.

Das es das wirklich auf der Welt gibt. Hier in Claudwood. Hier bei mir. Ich meine, wo bin ich hier, eine Art Club. Für die Superreichen. Das kann ich fühlen, sehen und aufsaugen.

Ich habe diese Frau wahrgenommen, sie aber ignoriert.

Mein Plan, hier wegzukommen, er ist nicht vom Tisch, er ist wichtiger denn je. Die Frage ist nur, wie das zu bewerkstelligen ist.

Im Samtsofa versunken schwelge ich in Gedanken. Hin und wieder blättere ich in den Seiten. Miguels Gesicht, es hat sich wieder verändert. Nicht zum besseren, im Gegenteil. Wut und etwas Anderes kann ich sehen, seine Falten um die Augen, sind stärker als vorhin. Auch seine Haltung, sie ist nun Aufrecht und nicht mehr entspannt. Was ist da los? Geht es um mich?

Im Augenwinkel sehe ich, dass er auf den Tisch geschlagen hat. Diesen Ausbruch, hatte er absolut nicht unter Kontrolle. Selbst als er mich im Haus so dumm angesprochen hat, schien er beherrscht. Er denkt ich bin ein Dummerchen. Verklemmt und allein gelassen. Dumm bin ich sicher nicht. Sex, das war immer Thema bei mir, nur eben hatte ich etwas in mir, dass mich von Dan distanzierte. Ich spürte das etwas nicht stimmt, wahrscheinlich hatte ich deshalb diese Sperre in mir. Und das große Glück, dass dieser eine Versuch von ihm nicht geklappt hatte. Diese Distanz, sie war immer da. Im Nachhinein, wirkt es wie ein Trost. Wut ist vorherrschend. Ich kann ihm diese Lügen nicht verzeihen. Diese Machenschaften. Hinterlistiges Arschloch.

Und Miguel, wie er diese Frau jetzt angesehen hat, so gemein oder wütend, hat er mich noch nicht angesehen. Etwas in seinem Blick sagte mir, dass er sie intensiver kennt als er sollte, naja, als man sollte- wenn seine Frau im Zimmer anwesend ist. Bis das, der Tod uns scheidet, dieser Satz, ein Fluch, der nun über mir schwebt.

Schnell vergrabe ich mein Gesicht wieder in die Zeitschrift. Ich hoffe er hat nicht bemerkt, dass ich ihn angestarrt habe. Es ist, als könnte man vor lauter Tattoos nicht erkennen, wer oder was er ist.

Solange blättere ich weiter verkrampft, bis sein Geruch erneut auf mich zu kommt. Moschus und Zedernholz Duft, weht in meine Nase. Auch seine Anwesenheit, sie erwärmt mich von der Seite. Wieso ist er so wie er ist? Mein Gefühl, es sagt mir, dass er mir wirklich nichts tun möchte. Es ging immer alleine um Dan und seine Familie. Zu mir, ich muss zugeben, er ist im Rahmen seines Möglichen, relativ nett. Relativ, was nicht unbedingt gut ist, aber es ist wie es ist, denn er ist aufmerksam. Er sieht auch gut aus.

Jedes Mal, wenn ich ihn ansehe, sehe ich diese Fältchen, den leichten Bartschatten und das dunkle Haar. Ein wahnsinniges Gesamtpaket an Mann, gefährlichen Mann.

Diese Tattoos, Himmel, die Motive sind wahrhaftig heiß ausgewählt. Er muss den ganzen Tag Sport treiben, so wie sich die Muskeln bewegen. Es waren genug Möglichkeiten vorhanden, dass er mir etwas antun hätte können. Aber er, er hat mir Kleidung gebracht, Essen, meine Lieblingssachen.

Wieso? Nur weil ich Mittel zum Zweck bin, ein Kollateralschaden, nein sicher nicht. Auch wenn ich nicht viel Erfahrung habe, so spüre ich, dass immer, wenn er so gemein sein möchte, sich etwas in ihm verändert. Es ist, als würde er neben sich stehen.

Die Frage, ob ich telefonieren kann, sie sprudelt einfach so aus mir heraus. Ich nehme nicht an, dass er es zulässt. Leere Versprechen vermute ich, andererseits, weiß ich, dass er sein Wort hält. Er macht nicht den Eindruck, als würde er etwas sagen, von dem er nicht vorhat es zu brechen. *Bis auf diese eine Ausnahme- unsere Hochzeitsnacht.* Übelkeit und Dankbarkeit überschütten mich gleichzeitig.

Meine Ohren hören ein: Ja, ich darf wirklich telefonieren. Ich kann es nicht fassen. Ja Sara, möchte ich anrufen. Sie ist meine Person, auch wenn wir uns schon lange nicht mehr gesehen haben.

Die Anspannung ist kaum auszuhalten, der Freizeichenton, bringt fast den Rhythmus meines Herzens durcheinander.

Wie konnte sie nur? Wie hat sie nur. Wieso sagt sie das so zu mir? Was um Himmels Willen ist mit ihr geschehen, was ist mit mir in den letzten Jahren geschehen?

Das ist einfach alles zu viel für mich.

Miguel, er starrt mich immer noch an. Ich hatte versucht seinen Kommentar zu ignorieren, aber mit diesen Augen, die er hat, kann ich das nicht.

Er hat alles gehört.

Hätte ich meine Mutter angerufen, nein dass hätte mir auch nicht geholfen. In dem Brief stand, alles hat Ohren, ich solle das nicht vergessen.

Wenigstens hat sie so versucht mir zu helfen. Wenn sie bis dahin alles verharmlost und mitgespielt hat. Ich meine, ging es ihr auch so? Ich habe keinen Schimmer von der Mafia, nur von dem, was Miguel mir sagt. Und ich bin mir verdammt nochmal sicher, dass das nicht Alles ist. Noch lange nicht.

Wie soll ich weiter machen? Ich habe keine Ahnung.

„Komm, wir gehen, der Arzt kommt gleich und er hat keine Zeit zu warten." Miguel, ignoriert das alles, so wie ich es sehe. Das ist mir recht, denn ich nicke nur. Ich selbst muss damit jetzt erst einmal klarkommen. Sie war sein Betthäschen. Sie haben mich ausgetrickst. Ich sollte nie wirklich seine Frau sein. Mein Gefühl hat mich nie getäuscht. Sollte ich deshalb jetzt dankbar sein? Wer weiß.

Er nimmt mich an der Hand, und zieht mich fast mit. In einer Hand, trägt er einen Koffer in der anderen hält er meine Hand. Wir gehen wieder ziemlich schnell. Der lange Gang von vorhin, ist nun dunkler, es kann aber höchstens früher Nachmittag sein. Wenn überhaupt. Die Musik klingt schön, es passt zu meiner Stimmung. Vielleicht eine MP3 oder so. Miguel gibt dem Mann an der Bar Bescheid, dass er geht. Dass er und seine Frau geht. Ich spüre die Blicke auf mir. Fragt, ob der Schnee beseitigt ist und nickt. Kein Danke nichts. Auch die Menschen hier, sie wirken, als hätten sie so etwas wie Angst vor ihm. Das wundert mich- überhaupt nicht!

Auf der Suche, wo die Musik herkommt, sehe ich in der Lobby, inmitten von Bartischen die Frau am Klavier.

Wow. Wundervoll, geheimnisvoll und sexy würde ich das beschreiben, was ich zu Gesicht bekomme. Sie thront, auf diesem Klavierhocker, ist vollkommen nackt, bis auf die Schuhe. Sie trägt, glaube ich, Goldpapier am Körper. Ihr goldenes Haar ist lang und sie wirkt wie eine Waldnymphe. Die goldenen, schwarzen und grünen Töne hier, sie runden das Bild perfekt ab. Die leichte Dunkelheit und die Kronleuchter, es sieht fantastisch aus. Erotisch, nicht zu viel und nicht zu wenig. Anziehend und verboten zugleich. Vorhin, als wir kamen, war es augenscheinlich noch nicht wirklich offen. Alles riecht förmlich nach Sex und Erotik. Die Frau am Klavier, sie spielt, als würde sie pure Erotik auf den Tasten hinterlassen. Die Gäste, lassen sich verzaubern. Ihre Finger gleiten über die Tastatur. Ihr Kopf er nickt zustimmend mit. Der goldene Schimmer, hinterlässt einen bezaubernden Glanz, sodass ihre dunklen Brustwarzen sogar von hier aus zu sehen sind. Sie stehen ab, sodass mich ein Hauch von Gänsehaut überzieht.

Ich bin so von ihr fasziniert, dass ich nicht sehe, was da noch so an anderen Gästen hier ist. Immer wieder steht jemand vor Miguel und schüttelt ihm die Hand, nickt mir zu, schüttelt mir die Hand. Wenigstens gehen sie nicht davon aus, dass ich sprechen kann, denn ich werde nicht mit einbezogen. Einzig spüre ich, dass er nur mich ansieht. Diese Frauen, er würdigt sie keines Blickes, sicherlich weil er sie alle in und auswendig kennt. Die Männer, die welche an uns halt machen, sie sind wenigstens halbwegs angezogen. Auch ihre Augen ruhen auf mir, ich wusste das dieses Kleid zu eng ist. Zu aufdringlich. Um nicht rot zu werden, versuche ich mich abzulenken.

Mein Blick huscht immer wieder an ihnen vorbei, sodass ich sehe, dass eine Frau an der Leine hereingeführt wird. Miguel drückt meine Hand. Ein stilles Zeichen wegzusehen. Oder still zu sein, keine Ahnung. Ich bin so geschockt, dass ich zu Boden sehe. Mein Puls, er klopft mir bis in die Ohren. Aber meine Neugierde lässt mich weiter nachsehen. Sie trägt schwarze Lack Unterwäsche und der Mann vor ihr, er ist komplett in Schwarz. Ja anders als angenommen, sitzt sie mittlerweile nicht mehr auf einem Stuhl, sondern liegt unter dem Tisch.

Ein Pärchen sitzt ein paar Tische weiter und trägt ebenfalls nur Lack und Leder. Sie hat rabenschwarzes Haar und lächelt ihn an. Er wirkt verliebt. Richtig, richtig, seltsam finde ich das.

Die anderen in der Ecke, sie hätte ich schon eher sehen müssen, denn die Frau, sie hat seinen Penis in ihrem Mund. Die beiden sitzen in einer schummrigen Ecke, und dass, obwohl alle andern zusehen können. Das habe ich noch nie gesehen. Die Frau trägt keine Unterhose. Um ihre Brust sind silberne Ketten gebunden. Man sieht es kaum, ich kann auch nicht wegsehen, es zieht mich magisch an. Sie bearbeitet seinen Penis, während er sich entspannt zurücklehnt. Sogar ihre andere Hand hat sie an ihrer Scheide, ihr Kopf er ist hochrot. Hören kann man davon überhaupt gar nichts! Anders als erwartet, wird es sogar zwischen meinen Beinen feucht. Nein, das kann es nicht geben, ich schäme mich. Hoffentlich bemerkt es niemand, ich könnte im Erdboden versinken.

Ich fange mich wieder und sehe Miguel an, der bereits wartend vor mir steht. „Sorry", er lächelt nur. Es hat etwas von Verblüffung und Neugierde, sein Blick. Fast so wie mein eigener, nur das man mir diesen Blick, sicherlich ansieht. Gott, ich möchte die Leute hier nicht beleidigen. Er hält mir die Jacke hin und wir gehen. Fast so, als würde er mich hinausschaffen wollen. Was ist das hier? Manche Frauen wirken unterwürfig. Fast als wären einige der Männer, Könige.

Die kalte Luft trifft sofort auf meine Beine und meine Hände. Die Abkühlung wird mir guttun. Der Wagen wurde scheinbar enteist. Er ist warm und ohne Eis. So ist es, wenn andere die Arbeit für einen erledigen. Zumindest kann ich die Bilder von eben, so etwas bei Seite schieben.

„Wir sind gleich wieder im Haus, der Arzt ist gleich da und mein Bruder kommt. Ich möchte, dass du dich entsprechend verhältst. Es ist wichtig. Wie gesagt, wir können niemanden trauen. Sie dir deine Freundin an!", seinen Unterton gemischt mit seiner tiefen Stimme, sie lässt mich nicht los. Egal wo ich hinsehe, sehe ich Schnee, Wald und Eis. Es wirkt etwas unheimlich muss ich gestehen. Und ich frage mich, woher weiß er den Weg? Und wie kann er immer noch leben bei seinem Fahrstiel. Er hält das Lenkrad so locker, als würden wir auf einer normalen Straße fahren. Wir sollten in einem Schneepflug sitzen oder zumindest Schneeketten haben.

Der Rest der Fahrt verläuft schweigend. Ich möchte nicht sprechen. Ich nicke, nachdem er mich doch noch mit einem Satz sprachlos gemacht hat und versuche, dass mir die Röte wegen dem, was ich gerade gesehen habe nicht ins Gesicht schießt. „Das ist meine Welt, kleine Fleur, ich bin das, was du da gesehen hast." Seine Worte, die mich beschäftigen. Und immer noch versuche ich trotz der längeren Fahrt, nicht mehr über seine Worte nachzudenken. „Ich werde mich danach sehen, von ihm genommen zu werden", den Satz, den werde ich sicher nicht vergessen. Er vergisst- wer wir sind. Wer er ist.

Was machen denn diese Leute in dem Club. Wieso möchte diese Frau, am Boden liegen. Macht es sie an unterwürfig zu sein? „Du fragst dich, was die Frau am Boden tat, oder? Ich sehe es an deinem Gesicht. Fleur, du bist wie ein Buch mit Anleitung, wenn du so siehst.", ich schlucke. Beschämt versuche ich anders zu schauen, nur was interpretiert er dann da wohl hinein?

„Fleur, sie will kein Hund sein oder so. Fuck, ich dachte nicht, dass ich das einmal erklären werde. Sie möchte die Verantwortung abgeben, sein Spielzeug sein. Naja, also für mich ist das so nichts. Ich stehe auf kranke Scheiße, Peitschen, Flogger und Achter, aber nicht auf das. Es geht darum, dass der dominierende Partner, die Unterwürfige führt. Das Denken abnimmt. Verstehst du? Ja, es ist meine Welt, ich brauche dafür keinen Vertrag oder sowas, ich lebe es und bin über die Kinderscheiße schon hinaus.". Was soll ich nur sagen, ich nicke zögerlich. Merke aber, dass er mich noch ansieht, als er wieder anfängt: „Gut, ok, also hör zu, wenn du beim Sex nachdenkst, kannst du nicht abschalten. Jeder hat seine Aufgaben, wenn man so will. Der Dominierende führt. Er überlegt für beide. Achtet auf das Wohl der unterwürfigen Person, denn das steht immer, absolut immer im Vordergrund. Alles dient einzig dem Zweck, dieser anderen Person, sozusagen den Himmel auf Erden, also beim Sex, zu schenken. Der Dom, richtet sich immer danach. Deshalb gibt's auch die sogenannten Safewords. Es gibt Dinge, die der Unterwürfige gut findet, und die, die er nicht möchte, sind Dont´s. Sie werden nicht durchgeführt. Wird es dem Sub, zu viel, hat er ein Safeword. Das gilt es ausnahmslos zu akzeptieren. Da gibt's kein, ja gleich oder so. Sofortiger Abbruch! Ja, es ist für beide das, nach dem sie sich sehnen. Macht und Kontrolle. Also, das ist das grobe Gerüst. Den Rest erkläre ich dir ein anders Mal. Jetzt steig aus, ich brauche was auf meinem Rücken. Mich kotzen die Schmerzen und die Wunde an", er sagt das alles so, als wäre es alltäglich. Der ist vollkommen verrückt. Natürlich habe ich davon schon einmal etwas gehört. Aber so. Noch. Nicht.

Sobald ich ausgestiegen bin, steht er wieder hier und trägt mich hoch. Ich kann nicht dagegen protestieren, nichts. Es geschieht so schnell, für ihn auch so selbstverständlich. Er macht, was er will. Was soll das? „Ich kann immer noch laufen", schimpfe ich. „Ja, aber du wirst krank.", es schießt aus seinem Mund wie aus einer Waffe, trocken und genervt.

„Dann ist dein Preis weg oder", sage ich ohne darüber nachzudenken. Er packt mich. Panik durchflutet mich. Er drückt mich gegen die kalte Eingangstür, ist mir so nahe und sieht zu mir herunter, während ich durch seinen Körper wie eingesperrt bin. Er wirkt richtig sauer, was ist jetzt so schlimm daran gewesen?

„Du, sprichst nicht mehr so von dir. Du bist meine Frau. Kein Preis einer Verlosung. Du bist die Frau, des zukünftigen...", plötzlich schüttelt er seinen Kopf, spricht nicht weiter. Ich habe Angst. Er macht mir Angst, wenn er so ist. Schnell sperrt er die Haustür auf, während ich immer noch vor seinem Körper gefangen bin. Bis ich mich umsehe, schlägt er die Tür zu, hat mich hineingeschoben und auf das Sofa hier gesetzt. Drückt mich mit seiner rechten Hand sitzend auf den Platz. Ich sehe ihn an, während er ohne ein Zucken oder eine Mimik weiterspricht. Sein Ton ist kälter. Seine Augen sind so kalt wie es draußen war. Diese Augen, sie müssen wandeln können. Hier wirkt es, als wären sie pure Kohle, so schwarz.

„Du bist die Frau des zukünftigen Dons, vierzehn Tage noch, dann werde ich das Amt meines Vaters übernehmen. Bis dahin, werde ich alles regeln und wir werden von hier weg gehen. Ich muss in mein Haus in Queens, im Malba Drive, am Ende in der Upper East Side. Du kommst natürlich mit. Du bist eine Morano, wird Zeit, dass du dich auch so verhältst!" „Don?", mein Fragen, es klingt so ängstlich. So dumm. Zum Teufel, es dreht sich alles nur um das. Was ist das für ein Leben, wer will dieses Leben zu führen. Macht? Gier? „Warum?"

„Fleur, das Warum gibt's hier nicht. Einzig zählt: wann! Mein Vater hat es so entschieden. Es ist eine Ehre, es ist etwas das man nicht ablehnt. Man bekommt es. Es ist eine Wertigkeit von unvorstellbarer Größe. Ich bekomme Männer, muss mich um deren Familien sorgen. Habe Verpflichtungen ihnen gegenüber. Fleur, dieser Erzieherinnenblick, den du hast, den kannst du dir bei mir sparen." Spinnt er, was erzählt er da. Ich habe mich nur gefragt, ob er das selbst glaubt. Nach allem, was ich davon jetzt erlebt habe sehe ich nichts von Ehre, Schutz und das alles. Ich nicke aber, was sollte ich sonst sagen. Was nur. Für heute reicht es mir sowieso. Meine ganze Welt liegt in verbranntem Schutt und Asche.

„Ich lege mich hin.", „Ja mach das", auch seine Stimme ist kaum zu erkennen. Er wirkt irgendwie verloren.

Ich gehe schnell in das Schlafzimmer, ziehe diese Jogginghose und einen Pullover an. Mache mir schnell einen Dutt. Ich muss mich jetzt kurz hinlegen. Aber falsch gedacht. Er kommt bereits, als ich mich gerade hingelegt habe. Die Umarmung der Matratze und des Kissens fühlte. Das Einzige, dass mich etwas zur Ruhe kommen lässt. Die Musik, die an ist, ich habe sie gar nicht, wahrgenommen. „Musik?" „Ja, eine LP!", eine LP denke ich. Was soll das sein, wieso betont er es? Mein Blick, zeigt sicherlich Verwunderung. „Eine Schallplatte. Abspielbar über einen Plattenspieler! Kennst du tatsächlich nicht, oder?", ich schüttle verlegen den Kopf. Aber die Musik gefällt mir, also bleibe ich liegen und lasse mich davon ablenken. Ich glaube ich döse auch ein wenig ein. Im Moment, als ich spüre, dass er mit der Hand meinen Arm hinauffährt und mir das Haar aus dem Gesicht streicht, bekomme ich Schnappatmung. „Ich weiß das du das spürst. Ich sehe es an deinem Herzschlag. Ich werde dich nicht gleich verschlingen, Fleur. Also wenn du willst du kannst das Schlafzimmer verlassen und im Haus herumlaufen. Keine Angst, die Türen sind verschlossen, die Fenster ebenfalls. Lüftungsanlage sei Dank! Es gibt kein Rein oder raus! Und es gibt keine Messer, du musst also nicht suchen." War das Vertrauen aufbauen so einfach, frage ich mich. Vielleicht kann ich abhauen? Doch auch jetzt überkommt mich ein seltsames Gefühl. Nicht das Gleiche, wie bei Dan, eher genau das

Gegenteil. Minuten überlege ich. Gehe im Schlafzimmer auf und ab und sehe mir dabei hier alles an.

Es klopft laut und Miguel sieht mich an. Er sieht aus, als würde er überlegen. So genau kann ich es nicht sagen, denn sein Blick ist wieder einmal unergründlich. Was hat er vor, will er die Tür nicht öffnen? Die Sekunden vergehen wie Minuten. Seine Hand zeigt zum Badezimmer. Dieses ohne Tür, ist doch ein Witz. „Geh ins Bad und warte, ich muss schauen, ob es mein Bruder ist." Schnell nicke ich, ich achte nicht darauf, dass mich jemand finden könnte, eher suche ich tatsächlich Schutz in seinem Bad. Das ist mir alles komplett zu viel. Wie kann ich ihn mögen. Wieso? „Fleur, es ist mein Bruder", ruft er mir von der Tür aus zu. „Fleur es ist mein Bruder", kann ich den Mann vor dem Eingang ironisch zu Miguel sprechen hören. Während ich mich langsam aus dem Bad schleiche und zur Tür sehe.

Er klopft sich die Schuhe ab. Reibt sich die Hände. Er ist fast so groß wie Miguel. Und ich weiß jetzt schon, ich mag ihn nicht. Nicht nur auf der Feier, oder da, als ich im Wagen bei der Leiche saß, oder in der Kirche. Bei ihm ist etwas anders als bei Miguel.

Miguel geht ins Schlafzimmer vor, an mir vorbei, erwartet nicht, dass ich noch komme. Nein, er ist sich sicher, das sehe ich. Das fühle ich.

Ruhig und beobachtend, stehe ich vor dem Bett, in welchem Miguel bereits liegt. Er hat sein Shirt ausgezogen und der Mann, von dem ich denke, dass es der Arzt ist, kommt jetzt auch noch herein. Nickt mir zu. Schüttelt Miguel die Hand. Wirft seine Tasche am Boden und holt seine Utensilien heraus. Ein blaues

Tuch mit Besteck, Nadel, Skalpell und so Dinge. Puh, das ist doch so irre. Er sprüht Desinfektionsmittel auf den Rücken. Es ist immer noch blutig und offen. Es hätte sicher genäht werden müssen. Miguel, er ist ruhig. Der Schweiß steht ihm immer noch auf der Stirn. Er wirkt heute alles in allem, schlapp. Trotz, dass er mir immer solche seltsamen Worte zuwirft.

„Was hat er?", nein ich bin so dumm. Wieso frage ich das? An ihren Blicken sehe ich, dass sie mich auslachen. „Was er hat? Ja seine Zylinderkopfdichtung ist dicht. Er braucht Öl und Eisen, was denkst du Kleines? Eine offene Wunde. Er braucht Nähte, Desinfektion und Schmerzmittel mit einer ordentlichen Portion Whiskey. So wie immer!", ich trete automatisch einen Schritt zurück. Er ist böse, ich fühle es. Seine Haltung sie strahlt nur Aggression aus, er schnauft auch die ganze Zeit über so gelangweilt und angepisst. Ja, sie haben die gleichen Gesichtsformen. Der andere, er ist der Arzt, denn er bereitet alles vor, trägt ein Stethoskop. Nimmt auch schon die Nadel. Während auch er lacht. „Schnauze, ich will nichts mehr hören. Dir ist klar, dass sie meine Frau ist? Weißt du nicht wie man sich da verhält? Das ist die letzte Warnung, ich sagte es dir heute schon einmal. Und gestern. Reiß dich verdammt nochmal zusammen. Geh raus und mach dich nützlich. Wir brauchen Feuerholz." Miguel, ja, er selbst, ist nicht zu erklären. Er dirigiert, er befiehlt und er stellt fest. Alles in einem. Obwohl er gerade eine Nadel, ohne Betäubung im Rücken hat. Was macht sein Bruder wohl falsch? Was ist der Unterschied von diesen zwei? War es das, warum er so auf den Tisch geschlagen hatte. Ich hätte nicht fragen sollen. Sein Bruder, er nickt mir zu, wütend und böse, während Miguel einfach am Bett liegt und den Arzt seine Arbeit erledigen lässt. „Sieh zu, Fleur", mit einem Nicken holt mich der Arzt ans Bett „du wirst sicherlich genug

Gelegenheiten bekommen, genau das gleiche zu tun. Er ist unkaputtbar, aber er hat´s öfter nötig als mir lieb ist." Meint er so ruhig und als wäre es ein einfaches Kleidungsstück, das zu nähen ist. „Stevano, tu doch nicht so. Du hast es mindestens genauso oft nötig wie ich!", lacht ihm Miguel zu. Meine Augen huschen über beide und lassen nur Verwirrung zurück.

Als er fast fertig ist, sieht er mich wieder kurz an „Frau Morano, wenn sie sich bitte ein T- Shirt anziehen, kann ich ihr Verhütungsstäbchen prüfen. Wenn sie sonst keine Beschwerden haben, wird das auch schon alles sein. Ja?", ich nicke. Miguel hat recht. Nicht das da irgendwas nicht stimmt. Langsam fühle ich mich paranoid. Vielleicht auch zurecht. Es ist egal ob ich es nicht als Verhütung nutzen möchte, was ich wirklich nicht will. Wenn ein Peilsender da drin ist, will ich diesen sicher nicht haben.

Ich will nicht, dass mich Richard findet. Oder sogar mein Vater, vor ihm habe ich sogar noch mehr Angst. Er hat mich so getäuscht, ausgenutzt, verarscht und verhökert. Ich drehe wieder um und ziehe mir im Bad, das T- Shirt an. Für was eigentlich im Badezimmer, hier ist nicht mal eine Tür. Ich muss zusehen, dass man mir meine Verärgerung nicht ansieht. Also setze ich mich auf den Sessel und warte. Draußen vor der Tür, höre ich seinen Bruder fluchen und Holz neben den Kamin werfen. Ich habe den Kamin von hier schon mehrmals beobachtet. Das Feuer, es beruhigt. Das Knistern, es beruhigt mich jedes Mal, wenn ich hinsehe. Es ist fast so, als würde dabei die Zeit still stehen. So wie in diesem Moment.

Sein Bruder, er ist ein viel böserer Mann als Miguel, das kann man definitiv sehen. Was ist der Unterschied zwischen ihnen.

Beide sind dunkel. Groß und einschüchternd. Pervers vielleicht auch, Kidnapper, Verrückte. Doch sein Bruder, er strahlt nochmals eine ganz andere Hausnummer aus. Er hat etwas von den Bösen Kindern im Hort. Sie sind von Anfang an, auffällig. Gewalttätig und alles andere als Sachlich. Miguel, hat es da nicht so schlimm erwischt, vermute ich. Aber ich habe mich bei Dan, meinen Eltern, meiner Freundin geirrt, ich sollte darüber also nicht nachdenken.

Wenn ich könnte, würde ich jetzt alles aufmalen. Die Erlebnisse von heute. Die Eindrücke. Ich weiß es aber besser, drei Männer hier in dem Raum. Nur einem kann ich etwas vertrauen und das nicht meinet Willen, sondern des Rings an meinem Finger.

Totenstille und vollkommene Konzentration sind zu vernehmen. Man kann fast die Einstiche hören. Die Atmung und die Anwesenheit dieser großen Männer fühlen. Immer wieder schiele ich zu ihnen, fasziniert sehe ich zu, obwohl ich die Schmerzen fast selbst spüre.

Er lässt sich nähen. Und gibt keinen Mucks von sich. Nicht einen. Er bekommt noch eine Infusion, ich denke es ist wahrscheinlich Antibiotika. Bei ihm kann es sogar auch Alkohol sein. Es ist einfach alles nicht normal.

Frau Morano, würden sie die Infusion halten? Sie ist gleich durch, aber so kann ich schon aufräumen, ihr Stäbchen checken und sie beide alleine lassen." Schnell mache ich, was er sagt. Ich glaube es ist besser so. Miguel, er hat die Augen geschlossen. Ich spüre seine Wärme sogar von hier. Seine Atmung, sie geht langsam und tief. Sein Rücken, diese wunderschönen Tattoos, viel sehr viel Schwarz, und in der Mitte diese Naht. Der Arzt klebt das Pflaster darauf, „Morgen sehen sie nach, ob es sauber aussieht. Den Rest, kann er dann selbst", wortlos nicke ich.

Dieser Arzt, er nimmt meinen Arm, drückt herum. Hält einen Empfänger darauf „GPS- Tracker Empfänger- sozusagen!", lacht er mich an und nickt. „Sonst irgendwelche Probleme?", seine Stimme, sie klingt mittlerweile netter. „Nein, danke", das ist vollkommen gelogen, aber was soll ich sonst sagen.

„Also Miguel, wir sehen uns", Miguel, er sieht nicht auf und macht auf arrogant. „Costa, wir sehen uns", ruft er seinem Bruder zu, seinen Namen spricht er langgezogen aus, das klingt nach Problemen. Aber dieser geht einfach, sie werfen die Tür zu und sind weg. Einfach so.

Er setzt sich auf, sodass ich Mühe habe, die Nadel nicht aus seinem Arm zu reißen. „Gib her, Fleur, es ist nicht das erste Mal, dass ich eine Infusion habe. Ich hatte mehr Verletzungen als gut für mich sind. Der Tod, er wird kommen, irgendwann und dann weiß ich, ich war bereit. Und er weiß- er sollte sich vor mir fürchten. Denn ich rechne immer damit!", er nimmt die Infusion, geht zur Eingangstür und sperrt ab. Er dreht sogar an diesem Rädchen um es schneller laufen zu lassen. Gleichzeitig wandert er in die Küche und trinkt Whiskey. Warum wundert mich das überhaupt? Ich lehne am Türrahmen über der imaginären roten Linie. Und beobachte ihn.

„Komm, hier nimm dir Kaffee, Getränke, Essen. Alles ist da. Hinter mir ist die Speisekammer. Ich weiß es ist klein hier, nicht dass was du gewöhnt bist, aber es ist mein Safeplace. Hier, kommt normal niemand her. Mein eigentliches Haus, habe ich seit dem Sommer nicht mehr besucht. Ich bin gern über den Winter hier.", er spült sich, Schmerzmedikamente mit Whiskey hinter. Unglaublich. Ganz so, als wäre es normal, hält er mir eine Tasse hin, und nickt der Kaffeemaschine zu.

Meine Gedanken drehen sich immer noch im Kreis. Spinnt er total? Ich würde gerne darüber sprechen,- wann ich gehen kann. Lasse es aber dann doch. Heute reichts auch mir. Das ist alles einfach zu viel.

Seine Schmerzen, sie werden ihn nicht verhandeln lassen. Er wird der nächste Don. Das schafft mein Verstand auch nicht wirklich zu verstehen. Das ist scheinbar so etwas wie, der Anführer oder König, keine Ahnung, dafür bräuchte ich eine Anleitung.

Ich steige über seine dumme rote Linie. Sehe ihn genau an, er zeigt keine Regung. Er wirkt auch so, als würde er über etwas nachdenken. Langsam nehme ich mir Kaffee, lasse meinen Blick durch die Küche huschen. Trotz den ganzen Umständen spüre ich, dass er zugänglicher ist. Er zeigt auf den Kühlschrank. Ich öffne ihn, vielleicht hat er etwas das mir schmeckt. „Ein Kaninchen?", angeekelt frage ich fast so, als würde ich nicht richtig sehen. „Ich bin Sammler und Jäger", der einzige Kommentar seinerseits. Verwundert schüttle ich den Kopf, bin darauf bedacht, die niedlichen Augen nicht anzusehen. Sein Kiefer er ist wieder so verkrampft. Die Augen sie starren. Die Wärme des Kaffee wärmt meine Hand angenehm. Und obwohl ich es besser weiß, platze ich ausgerechnet damit heraus: „Dein Bruder, ist er immer so seltsam? Es wirkt angespannt, wenn er hier ist." Es kommt als halbes flüstern aus mir heraus, meine

Lippen beben automatisch, wieso habe ich das überhaupt gesagt? Ich wollte es normal klingen lassen, doch die Worte lassen nicht zu, dass es normal klingt, jetzt wo ich es selbst höre.

„Fleur, ich werde Don. Er hat sich sein Leben lang darauf vorbereitet. Allerdings schlecht! Aber das ist egal. Ich bin in der Familie der Killer. Ich lauere den Wichsern, die es verdienen auf. Ich habe die Kompetenzen, also werde ich es werden. Er muss damit klarkommen!" Wieder nicke ich, und schlürfe weiter. Während er ein Lächeln auf den Lippen trägt. „Deine Mutter? Sagt sie dazu nichts?", bevor ich überhaupt fertig gesprochen habe, weiß ich, sie weiß es. Und sein dummes Lächeln, es wiegt mich in falscher Sicherheit. Er ist verdammt gut, so würde ich sicherlich alles ausplaudern, alles das, was ihn nichts angeht. Er ist der Profi, rufe ich mir ins Gedächtnis. Vorsicht, Fleur! Befehle ich mir ebenfalls.

Er lacht etwas auf, wird aber gleich wieder leiser, „Frauen haben in unserer Welt nichts zu sagen. Sie sind für die Optik zuständig. Für den Fick. Verfügbar wenn man sich auspowern möchte, sie machen was ihnen gesagt wird, eigene Meinungen- gibt es nicht! Die meisten, werden fast totgeschlagen, sollten sie sie preisgeben. Ich bin kein guter Mann Fleur, ich regiere diese Welt! Ich kenne es nicht anders. Ich will es nicht anders!" Mit diesem Statement dreht er sich um und schenkt sich einen weiteren Whiskey ein. Das Einzige, das man hier noch hört, ist das Einschenken des Whiskeys und sein leises Fluchen, welches ich nicht verstehe. Und aus irgendeinem seltsamen Grund, fühle ich etwas das ich so nicht kenne. Ich fühle, keine Ablehnung, sondern genau das Gegenteil. Ich spüre Interesse, auch von mir. Warum fühle ich mich neben ihm, nicht so schlecht wie ich sollte? Ja, ich bin verunsichert, ebenso aber auch interessiert, zugeneigt. Alles solche positive Gefühle, die ich mir nicht aussuchen kann. Sie sind einfach hier.

Unbeholfen schlürfe ich meinen Kaffee, spähe aus dem Fenster mit Blick in den verschneiten Wald. Tränen brennen in meinen Augen, aber ich erinnere mich daran, dass er mich nicht genommen hat. Nicht einfach so und noch nicht. Ich habe noch etwas Zeit. Was kann ich aus meiner beschissenen Situation machen?

Hier mitten im Nirgendwo, mitten im Wald, fällt der Schnee leise auf den Boden und glitzert in dem Wenigen Licht. Fußabdrücke sind ein paar zu sehen. Sonst nichts, rein gar nichts. Die Fenster sind allesamt Boden tief. Ich starre regelrecht hinaus. „Sie sind blickdicht. Wenn das Licht an ist, kann keiner Hineinsehen. Und sie sind bruchsicher.", sein Flüstern, es ist so nah an meinem Ohr. Der Hauch, es kribbelt richtig auf meiner Haut. Auch dann noch, als ich nicke. Ausbruchsicher. Nett!

Ich spüle meine Tasse ab. Lasse meinen Blick in der Küche schweifen, und ich sehe Dreck am Boden. Ein Blick in die Speisekammer und wie ich vermutete ein Wischmopp. Ich habe eigentlich nicht vor hier alles zu reinigen, schon gar nicht für ihn. Aber ich muss etwas tun. Ich muss an etwas anderes tun, als an Sex mit ihm zu denken. Etwas anderes, als mich zu fragen, wie seine warmen Hände auf meinen Brüsten wären. Und ich muss mich ablenken, bevor ich mir eine Waffe aus seiner Schublade nehme und mich selbst abknalle. Ich muss so verrückt sein, dass ich an seine Hände überhaupt nur denke. Das V aus Muskeln an seinem Bauch, zum Übergang an seinen Penis. Seine richtig heißen Tattoos helfen da auch nicht dagegen, ich muss an sie denken. Das Lächeln, das er mir entgegenwirft. An seine Lippen und an die Umarmung von heute Mittag. Ich fühlte mich aufgehoben- total verrückt also.

-Ich bin definitiv reif für ein Zimmer mit einer Zwangsjacke und Gittern vor den Fenstern. Schwestern mit weißen Turnschuhen. Ja so muss es sein.

Als ich alles zusammen habe, beginne ich den Boden zu wischen. Er sagt keinen Ton, er beobachtet schweigend. Ja das ist besser so. Ich würde nicht wissen, was ich ihm Antworten sollte. Die Wahrheit sicher nicht. Ich schnappe mir sogar noch den Staubsauger, welchen ich auch in der Kammer gefunden habe. Sauge das Sofa, den Teppich, im Schlafzimmer, einfach überall. Nur um die Zeit zu überbrücken und meinen Verstand zu überlisten.

Als ich alles wieder weggeräumt habe, sehe ich sein belustigtes Gesicht. Schon ist der ganze Plan wieder zunichte. Ich sehe ihn, und sehe seine Tattoos. „Fertig? Geht's dir jetzt besser? Du hättest nur sagen müssen, dass ich dich beschäftigen soll!", ironischer hätte es nicht mehr sein können. Er lacht mich tatsächlich aus.

„Nein, danke", flüstere ich und drehe im Schlafzimmer wieder ein paar Runden. Als er duschen geht, setze ich mich im Wohnzimmer auf das Sofa, der Blick nach der Fernbedienung erübrigt sich. Alle Schränke sind zu und sonst ist nichts zu sehen. Ich werfe etwas Holz nach und beobachte die Bäume und den Schnee.

Es bringt mich fast um, weiter über alles nachzudenken. Meine Mutter, dieser Brief. Die Kinder im Kindergarten. Mein Leben einfach. Und dann dieses Leben mit ihm. Der Mann, der Leute killt. Es wäre ein leichtes auch mich einfach umzubringen. Vor allem, bin ich ihm noch etwas schuldig. Er ist ein Player, und ich weiß, Schulden werden bezahlt. Das ist überall auf der Welt gleich. *Wann wird er sich meine Schuld einholen? Die Hochzeitsnacht!*

Auf der Suche nach diesem Block und dem Stift, welchen er mir bringen ließ, gehe ich ins Schlafzimmer. Ich muss mich ablenken. Dieses Haus ist so wunderschön. Alles riecht nach ihm, seine LPs wie er schon sagte, sie zieren auch eine Wand. Ein Bild von seiner Schwester und ihm, sah ich im Wohnzimmer. Man könnte meinen ein normaler Mensch würde hier wohnen, bis man seinen Schrank sieht, da wo ich den Block finde.

Schwarze Hemden, schwarze Hosen. Stiefel und Stiefel. Teure Gürtel und Anzüge. Aber alles dunkel. Wie der Panter der er ist, er lauert auf, sein Fell immer schwarz nur ein paar Nuancen, die kleine Kreise durchschimmern lassen, wie seine Tattoos. Und dann seine Augen, unbeschreibliches dunkles Braun. Wenn sie nicht so böse wären, könnten sie noch schöner sein. Auf dem Bild mit seiner Schwester, sieht er wirklich schön aus. Innerlich schöner, nicht so angespannt. Es muss ein paar Jahre her sein. Schöner wäre eine Tür. Denn ich müsste auf die Toilette. Als ich an dem Loch der Tür stehe, meinen Blick total falsch gerichtet, sehe ich etwas auf das ich nicht vorbereitet war. Ich sehe, dass er noch nicht mit dem Duschen fertig ist. Sein Pflaster war auch umsonst. Aber noch mehr fixiert mich das, was er hier macht. Er befriedigt sich selbst. Seine Hand umklammert seinen Penis, während er so hart atmet. So leise und doch so laut ist. Er drückt ihn fast ab. Man kann die volle Länge sehen, dunkel, dick, viele Adern und das Wasser, das an ihm herabtropft.

Obwohl ich so viel Abstand habe, meine Augen lassen einfach nicht locker.

Ja, ich weiß ich sollte hier nicht stehen. Mache mir aber schon fast in die Hose. Ich muss unbedingt. Ich gehe einen Schritt zurück. Mir ist das so peinlich. Ich bin gleichzeitig ebenfalls erregt. Das war Wow, er ist wow. Der Dampf der Dusche benebelt alles um ihn herum. Sein Penis, so groß und dunkel steht er vor dem dunklen großen bösen Mann. Jemand der schon so viel gesehen hat. Es sieht so mystisch aus. Mist.

„Du kannst ruhig hereinkommen. Du musst nicht Voyeur spielen, Fleur."

Scheiße, scheiße, wie peinlich kann es noch sein? „Ich muss auf die Toilette." „War ja klar. Du kannst ja so sexy sein. Du wirst dafür noch einen Preis gewinnen", ruft er mir zu, während seine Stimme nachhallt. Schnell gehe ich hinein. Das Shirt ist langegenug, dass er nichts sieht.

Als ich fertig bin, höre ich das Wasser immer noch laufen. Er hat sich nicht umgedreht. „Keine Angst, darauf stehe ich nicht!" Ich beeile mich so schnell ich kann, woher weiß er was ich denke. Ich wische mich ab, wasche die Hände und laufe vor dem Kamin wieder im Kreis. Die Schamesröte brennt genauso auf meiner Haut wie das verlangen ihn anzufassen. Meine Gedanken sie kreisen und es ist gerade leichter auszuhalten, wenn ich mit ihnen laufe.

Wie viel Zeit schon vergangen ist kann ich nicht sagen, doch er steht wieder vor mir. Nass, heiß und wie ein großer Vulkan. Bereit auszubrechen. „Hat dir gefallen, was du gesehen hast?" Nein, bitte frage mich nicht so etwas. „Ich habe nichts gesehen." „Aja. Fleur, hör mir mal zu" er kommt nahe zu mir, steht wieder so vor mir, dass es mich fast alles vergessen lässt. Sein Geruch breitet sich vor meiner Nase aus, die Naht an seiner Lippe hat er entfernt. Er nimmt sich auch noch meine Hand, die mit seinem Ring. „Ich verspreche dir Ehrlichkeit, zu jeder Zeit. Du hast sie von Anfang an bekommen, ich erwarte das Gleiche von dir. Ohne das, wird's nicht gehen. Wir sind zwei Undertaker, aktuell. Die beiden Feinde Nummer Eins, für einige Menschen die wir kennen. Wir sind tot mehr wert als lebendig. Mein Vater, er hat mir die Zielscheibe aufgebunden. Du bist genauso betroffen. Auf dir ist ein riesengroßes, rotes Fadenkreuz am Rücken. Wenn sie dich haben, wissen sie, dass ich dich hole. Wenn sie mich umbringen, gibt's bald keinen Don. Ich habe viele, die das gerne sein würden. Männer, die nicht wollen, dass ich den Feind in mein Bett einlade, denn genau das, bist du für so einige. Verstehst du?" Mein Kopf nickt, genau verstehe ich es aber nicht. Ich kenne diese Welt nicht, aber es klingt, als ob er das wirklich glaubt. Also werde ich ihm dahin vertrauen. Er hat mir noch nichts getan, im Gegenteil, ich erinnere mich immer wieder daran. Ich nicke und laufe weiter im Kreis, er sitzt sich. Lacht mich mehr oder weniger aus. Sein Blick, der eines Panthers. So wie er diese samtige Couch einnimmt. Sein Brustkorb hebt und senkt sich, die braune Flüssigkeit in seinem Glas, er betrachtet sie. Ich hingegen versuche so gleichgültig zu wirken, wie es geht. Nach ein paar Minuten, spüre ich, dass ich zittere. Ich halte diese Stille nicht aus, ich muss etwas machen. Ich drehe sonst durch!

„Fleur, hier sieh, rechts von dir. Der Boxsack. Schlag auf ihn ein, es wird dir guttun." Meint er, und nickt mir zu. Er meint es ernst. Und ich muss zugeben er hat recht. Ich muss etwas tun. Zögerlich sehe ich ihn wieder an, seine Hand zeigt auf den Sack, er hat recht. Vollkommen.

Langsam gehe ich darauf zu, sehe nochmal zu ihm zurück, doch er sieht bereits in sein Handy. Mit der rechten Hand schlage ich darauf ein. Aua. Meine Hand, das tut weh. Und er beweget sich noch nicht einmal. Mit der anderen, schlage ich ein weiteres Mal zu. Nochmal. Nochmal. Meine Knöchel, sie schmerzen. Mein Atem, geht sehr angestrengt. Das laugt aus, ich schlage weiter zu. Bevor ich es sehe, hält er meine Hand mitten unter dem Ausholen, fest. Er. „Hier Handschuhe, du zertrümmerst dir sonst deine Hand. Ich wollte ja vorschlagen, du machst ein Portrait auf den Sack, von mir. Aber das, schaffst du auch ohne ein Bild, wie ich sehe. Hier sieh zu. Der Daumen, achte darauf ihn dir nicht zu brechen. Etwas schief darauf Schlagen, Deckung mit der anderen Hand nicht vergessen. Bleib nicht einfach stehen, sondern bleib in Bewegung. Überlege nicht lang, wenn sich die Gelegenheit bietet. Hau drauf. Einfach so. So fest du kannst. Wenn uns jemand angreifen sollte, könnte dir das helfen. Du bist klein, zierlich. Mach dir das zu Nutzen. Arbeite mit deiner Größe, deinem Aussehen. Ja?" Ich sehe ihn fragend an. „Hier", er hält mir den Handschuh bereit zum Anziehen hin. Ich schlupfe hinein. Der ist richtig schwer. Er stellt sich hinter mich, nimmt meinen rechten Arm, flüstert mir ins Ohr. „Diese Höhe, schnell zuschlagen, sodass sie den Schlag nicht sehen, ausholen, und bäm. Zack, eins in die Fresse, eins in die Eier. Immer auf die Rippen.", sein Arm liegt auf meinem, während er ihn führt. Der Rückstoß, kommt sofort. Meine Beine, sie lösen sich sogar etwas von dem Boden. „So schnell du kannst. Ohne lange zu überlegen. So fest du kannst, es kann dir mal deinen hübschen Arsch retten. Deine Haut retten, aber wer rettet mich vor dir Fleur?", die letzten Worte, sie werden leiser und fühlen sich so echt an. Verzweifelt und erotisch um genau zu sein.

„Was?", ich sauge seine Worte regelrecht ein. Ich schwitze und bin verwirrt. Letzteres nicht zu wenig. Sein Arm, hält meinen so warm und anziehend. Der Andere fährt meinen linken Oberarm hinauf und umklammert meinen Oberkörper. Sein Flüstern in meiner Halsbeuge, es macht mich an. Scheiße, ich sollte heute darauf scheißen, dass es nicht richtig ist. Einmal so sein, wie ich sein möchte. Auf keine Regeln hören. Auf keine Gesellschaftlichen Normen. Alles egal. Ich will ihn. Und ich möchte kein Opfer mehr sein. Draufschlagen, dann wenn es niemand kommen sieht. Schnell. Meine Angst, sie darf mich nicht hindern, ich muss dagegen ankämpfen. Ich weiß ich muss, wenn ich den Weg zu mir finden möchte.

Er dreht mich um und küsst mich. Hm, diese Lippen. Es fühlt sich an, als würde ein Feuer von meinen Lippen aus, über meinen Körper lodern. Fest und trotzdem geschmeidig zieht er mich an sich. Langsam und stark. Ich halte mich an seinem Nacken fest, küsse ihn zurück. Sein Mund, er löst sich nicht von dem meinen, als er mich packt und ins Wohnzimmer geht. Sanft legt er mich am Sofa ab. Sein Körper ist sofort über mir, es gibt keine Distanz zwischen uns und dieser unglublichen Anziehung, die welche ich schon die ganze Zeit spüre. Gierig und stürmisch küsst er mich weiter. Das Feuer im Kamin, zeigt etwas Licht, in der beginnenden Dunkelheit. Unsere Atmung, sie ist nicht zu überhören, es kling so leidenschaftlich. Diese Leidenschaft wie bei unserem Tanz. Woher er diese hat? Ausgerechnet er! Seine Finger fahren meine Lippen nach. Der

Finger mit seinem Ring, ich kann ihn aus dem Augenwinkel sehen. Schwer zu beschreiben, was das mit mir macht. Ich kann es einfach nicht verstehen.

Seine Augen, auch sie scheinen zu brennen. Sie fixieren meinen Blick, sodass ich nicht wegsehen kann und mich von genau diesen Augen führen lasse.

Der Schwere Körper auf mir, diese magnetische Anziehung, während das Pochen in meinen Ohren zunimmt, es fühlt sich an, als wolle man mehr davon. Magisch irgendwie. Auch das Knistern des Feuers in meinen Ohren, es ist fast erloschen. Ich kann es kaum mehr wahrnehmen denn es überfällt mich etwas anderes. Er und seine Finger. Ein angenehmes Ziehen zwischen meinen Beinen dominiert meinen Verstand. Seine Finger, sie reiben meine Klit durch meine Hose, unfassbar heiß, unfassbar nass macht mich dieses Gefühl. Wow, alles prickelt. Wärme breitet sich zusätzlich aus, während meine Atmung schneller geht. Ich glaube ich komme gleich, und da er wird schneller, sucht meinen Blick. Seine Lippen öffnen sich leicht, während ich nicht weiß, wohin mit mir. Ich komme. Krümme meine Zehen, biege meinen Rücken und ein leichtes Stöhnen, welches ich zu unterdrücken versuche, entwischt mir. Himmel und Hölle zugleich durchfahren mich. Mein Körper, er sucht seine Nähe, ich habe nur noch Empfinden für ihn, alles andere ist aus. Seine warmen Finger, sie wandern unter mein Shirt. Ich weiß, noch eine Sekunde und es gibt kein Zurück. Die Verwandlung in seinem Gesicht, sie ist zu aufregend und gleichzeitig zu Angst einflößend.

„Du gehörst mir. Mir, dem Lurker. Dem baldigen Don. Niemand bekommt nur ein Stück von dir! Erwische ich jemanden, der dich auch nur so ansieht, als wolle er dich nehmen, schneide ich seinen Schwanz ab. Fuck, ich weiß nicht, was du mit mir machst". Ich atme tief ein, seine Worte, sie klingen so böse, beherrscht und ehrlich. Kaum beginne ich darüber nachzudenken, hebt sich mein Shirt.

Diese Sekunde, ist sie schon um?

Kapitel 10

Miguel

Heute lernte auch ich, dass der Rat meines Vaters, Gold wert ist. Denn sobald du etwas bekommst, dass du möchtest, wirst du Schwach und das Schicksal zur Bitch….

„Schhht. meine Fleur, lass dich führen. Lass mich dir zeigen, was du mit meinem Verstand, meinem Körper und meinen Sinnen machst. Lass mich dich nehmen, dir zeigen, was es auch mit dir machen kann."

Ich setze sie etwas auf, und halte ihren unteren Rücken. Es ist ein Leichtes sie so zu führen. Weil sie sich von mir führen lässt. Mein verdammter Rücken fühlt sich immer noch an, als würde das pure Fleisch heraustreten. Aber die Antibiotika von heute Mittag, sie helfen. Fast fühle ich mich ausgewechselt.

Ich giere danach, sie zu verschlingen. Meinen Anspruch auf sie voll und ganz zu erheben. Sie zu meiner zu machen. Voll und ganz. Ich habe meinen Vater betrogen und alle unsere Männer, das muss jetzt ein Ende haben.

Ich muss mit Überzeugung vor ihnen stehen und sie meine Frau nennen.

Langsam ziehe ich dieses Shirt über ihren Kopf, sofort werde ich mit einem Meer aus roten Locken belohnt, welches sich über ihren rosafarbenen BH ergießt.

Mit meinen Lippen schmecke ich die ihren, sauge an ihren Lippen. Langsam, und etwas mehr. Ihr Duft, er zieht mich so stark an, und ihr Körper er fügt sich zu meinen eigenen Bewegungen. Sinnlich und gehorchend.

Während ich sie küsse, stehe ich auf und ziehe meine Hose herunter. Einzig kurz, als ich meine Waffe auf den Sofatisch lege, wandern ihre Augen genau zu dieser. Blitzschnell überkommt sie wieder etwas, wie Angst, oder Realität. Schnell schlüpfe ich mit meinen Füßen aus der Hose. Diese Sekunden die ich nicht auf ihren Lippen und ihrem Körper bin, hinterlassen eine Kälte. Fuck. Endlich ist es soweit- sie gibt sich mir von selbst.

Pronto bin ich wieder zwischen ihren Schenkeln. Sauge an ihren Lippen, massiere ihre Brust. Ihr Atem geht bereits jetzt so schnell, was mich unglaublich antörnt. Ihr Blick huscht immer wieder zu der Waffe. Ich kann ihr Herz klopfen spüren. Ihre Hände fühlen, welche meine Seite hinauffahren. Mit einer Hand fasse ich unter ihren Arsch, hebe sie etwas an, sodass ich ihr die Hose und das Höschen herunterziehen kann. Reibe an ihrer Klitoris, und lecke sie feucht. Gott, sie schmeckt so gut. Ich sauge und reibe. Gebe den richtigen Druck auf ihr rosa Fleisch. Stöhne und kann mich kaum zurückhalten. Meine Lippe, sie brennt, aber scheiß drauf, verdammt. Mein Finger fährt etwas in ihre nasse Fotze. Wow. Wie ein Schraubstock, eng, feucht und anziehend. Während sie zitternd kommt. Alles auf ihrer Haut wird rot, glänzt, während sie sich unter mir windet. Ein Schauspiel das nicht erotischer sein könnte. Ihre Stimme, sinnlich während sie die abgehackten Lustlaute von sich gibt. Es gefällt ihr, während sie sich vor Erregung anspannt. Wow, ich möchte ihre Titten in den Mund nehmen, sie spüren. Schmecken. Fuck. Mein Mund wandert ihren Bauch hinauf, direkt zu ihren Titten, und mein Blick sucht den ihren.

„Echt jetzt, du hast Angst? Habe ich dir nicht gerade einen Orgasmus gefingert und von deinem zweiten geleckt? Du zitterst, deine Augen, sind wie die eines Rehes. Scheiße", es überkommt mich fast wie eine Dampfwalze. „Du machst mich verrückt. Du liegst hier, die Jungfrau persönlich, machst mich an und dann siehst du mich so an. Fleur. Ich glaub´s nicht". Mein Kopf schüttelt sich automatisch, meine Lippen pressen sich zusammen und mein Kiefer, er mahlt verdammt nochmal. Wut durchzieht mich, doch mein Schwanz er bleibt, gibt keine Ruhe, vielleicht deshalb? Zurückweisung kennt er nicht. Ich ebenso wenig. Er liebt die Scheiße. Ich, normalerweise auch.

Und genau das ist das Problem.

Sie ist das Problem. Ich bin es und er ist es. „Ich sollte dich ficken, dafür das du nicht ehrlich bist. Ich mag es verdammt grob, aber ich nehme nichts das zittert und nicht freiwillig unter mir liegt.", schnell stehe ich auf, nehme meine Waffe und ziehe mich an. Langsam drehe ich mich nochmal in ihre Richtung, während sie ihre Kleidung wieder richtet. „Ich rieche Angst, ich schmecke Angst und du hast nichts anderes als das. Denk an meine Worte, es kommt gleich jemand der sich um dich kümmert. Ich muss hier raus, und das jetzt!"

Scheiße. Raus hier, ich muss weg. Scheiß drauf, erst habe ich dafür gesorgt, dass meine Familie ihr nicht zu nahekommt, und jetzt bin ich es, der ihr zu nahe kam.

Ich rufe Pavlo an, er pattrolliert draußen, er ist vertrauenswürdig. Auf italienisch befehle ich ihm reinzukommen und auf sie zu achten, bis ich wieder da bin. Und das so, dass sie nicht einmal erraten könnte, was ich ihm sage. Meine Stimme, die des Todes. Angst? Kann sie gerne haben. Nur fünf Minuten dann ist er hier. Die Arbeit im Büro, sie erledigt sich sowieso nicht von alleine. Unsere Tauschgeschäfte und Informanten, müssten auch wieder überprüft werden. Vor allem auf der Upper East Side, dort herrscht das große Geld. Bester Zeitpunkt dafür? Jetzt, auch wenn ich noch Zeit hätte. Merda. Wie konnte ich mich so täuschen?

Ich brauche gar nicht darauf zu achten, wo sie hingeht. Sie ist im Schlafzimmer verschwunden. Pavlo wird auf sie achten, dass sie nichts anstellt. Und dass Niemand hier aufkreuzt, wobei das Erste eher der Fall sein wird. In New York geht's jetzt zu, mein Vater hat mehr Personal vor dem Haus, seit der Hochzeit. Eines der Wichtigsten Dinge im Moment. Solange bis wir Richard haben. Ich muss jetzt Don sein. Also werde ich das auch. Mein Plan nimmt immer weiter an Fahrt auf. Die abhörsichere Leitung im Desire, sie wird gleich glühen, Baby.

Gleich als Pavlo hereinkommt, packe ich ihn und schiebe ihn wieder rückwärts zur Tür hinaus. Die Kälte überkommt mich sofort, er sieht mich fragend an. Er steht schon Ewigkeiten hier draußen rum, sein Bart langsam etwas gefroren, sein Gesicht rot und seine Augen wirken müde. Er ist drin sowieso besser aufgehoben, finde ich.

„Ich muss nochmal kurz ins Desire. Waffen sind auf dem Schrank im Koffer, es kommt niemand hinein und niemand hinaus. Das ist klar, oder? Ich werde in ein bis zwei Stunden wieder hier sein, sie soll derweil packen, wir werden eher nach New York gehen. Costa, ist heute auch komisch, lass ihn nicht alleine mit ihr. Ich befürchte, er hat sich wieder irgendeinen Schuss oder eine Line gegeben. Klar? Ansonsten wartet ihr, bis ich wieder komme! *Anfassen- Nein. Ansehen- Nein*, du kennst dich aus, ja?", mein Befehl ist Gesetz für ihn, dass weiß ich. Er ist schon lange genug im Geschäft dabei. Er nickt und bestätigt meine Worte. Damit setze ich mich in den Wagen und fahre los. Fuck, fast hätte ich sie gefickt. Fast. Mein Gedankenfick übernimmt mein dunkles Inneres. Mein Schwanz er drückt sich durch meine Hose, das es schmerzt. Er giert darauf, ihre Enge zu spüren. Sie zu ficken, sie an ihren Haaren zu packen und ihr mein Sperma in die Kehle zu pumpen. Ist ja nicht so, dass mein Bodycount bei fünf oder so wäre, aber das habe ich noch nicht erlebt. Noch nie verdammt.

Während der Fahrt prasselt alles auf mich ein. Ihr Duft, die Männer, Dan, Richard, mein Vater und Costa, der allgemein ziemlich beleidigt ist. Was solls, so läuft es bei uns. Wenn ich ablehne, wird mein Vater mich eher köpfen, als dass ich mit Costa tauschen könnte.

Und was würde dann aus ihr werden? Sie hat sich das alles nicht ausgesucht. Unsere Welt, hat sich sie unter den Nagel gerissen, als kleiner süßer Vogel, welcher nicht fliehen kann.- Niemals.

Ich stampfe absolut genervt zur Tür hinein. Meine Eier, sie brennen und sind fast am Platzen. Merda. Ich brauche Whiskey- und das definitiv nicht wenig.

Costa sitzt bereits an der Bar, als ich hereintrete. Ich sehe er ist leicht angetrunken. Dafür muss er mich nicht ansprechen, solche Dinge fallen mir von weitem auf.

„Hey, bist du auch wieder hier. Na, du siehst aus, als könntest du einen ordentlichen Fick vertragen. Sandy, hats mir gerade besorgt, also wenn du willst, sie ist frei."

„Halt´s Maul Costa, ich bin des Geschäftes wegen hier", fucke ich ihn an. Er hat einerseits so recht, ich brauche einen Fick. Vielleicht sollte ich mir einen genehmigen. Eine echte Frau, habe ich sowieso noch nicht. Ohne Sex, ist die Ehe nicht vollzogen. Und wenn ich mir nur eine von hinten nehme, so wie sonst, würde mir gerade auch schon reichen.
„Einen Whiskey", rufe ich dem Barkeeper Schrägstrich Vincenzo Schrägstrich, mein bester Freund und mein bester Mann entgegen. Es dauert keine zwei Sekunden und ich werde mit der braunen Flüssigkeit in meinem Hals belohnt. Ein doppelter versteht sich. Er weiß, dass er mich nicht ansprechen sollte, mein Gesichtsausdruck, ist für ihn klar. Ich schmecke immer noch ihre Süße und ihr Fleisch auf meinen Lippen, und das ohne gekommen zu sein.

„Himmel, Grundgütiger, du hast Stress mit deiner Kleinen, oder? Diesen Gesichtsausdruck, kenne ich von dir nicht. Du hast den gleichen wie Tessa, wenn sie sich nicht mit Jungs treffen darf. Du stehst verdammt nochmal auf deine Kleine!", der Penner hat ein Lachen im Gesicht, fuck, das ist nichts das bei uns alltäglich ist. Und sie schafft es ohne ihre Anwesenheit, dieses bei uns zu verbreiten.

Gott er nervt. Ist mir klar, dass er diesen Gesichtsausdruck nicht kennt, und nicht haben wird. Tessa, hat ihn öfter. Wie damals als unser Vater ihr sagte, sie darf ihren kleinen Freund nicht sehen. Verzweiflung und Trauer, wie ein Verlust, sah ich in ihr. Fast so wie dieser Augenblick, wenn ich den Opfern das Leben aushauche. Kann sein, dass ich diesen Ausdruck trage, schließlich wollte ich einen Fick, dachte sie. Vertraut mir, dachte sie will mich. Und jetzt, hocke ich hier, weil ich´s daheim nicht mehr aushalten konnte. Sollte Geschäfte regeln, wenn ich ganz andere Dinge im Kopf habe, und meine Eier prall sind bis zum Umfallen.

Ich schütte mir den Whisky hinter und gehe in Richtung meines Büros. Schüttle Costa den Kopf zu, er weiß, er soll dableiben. Ich brauche keine Gesellschaft. Schon gar nicht die, eines älteren Bruders, der mich nervt.

„Vincenzo, hol mir Eine von den üblichen." Ich werde mir einen Fick genehmigen. Ich habe schließlich auch einen Verdient.

Er weiß, dass er sie in unser Luxuryzimmer bringen muss. Mein Zimmer um genau zu sein. Alles steht parat. Fertig zur Benutzung. Zuvor werde ich noch meinen Vater anrufen.

Richard hat jetzt endgültig den Tod verdient.

Es dauert ein paar Sekunden dann hebt er ab. „Sohn, wie machst du das, ich wollte dich gerade anrufen. Hör zu, Ich habe einen kleinen Freund in meiner Liebeshalle, er schwört das er weiß, wo Richard sich aufhält. Ich habe ihn am Flughafen mitgenommen, ich hatte den Verdacht, dass er mich ausspioniert und so wars auch. Es ist ein Spitzel von Richard. Ich werde am Abend nochmals versuchen etwas herauszufinden. Aktuell ist er so down, dass ich befürchte, ein Windhauch würde ihn gleich umbringen. Ja Sohn, deshalb bist du unser Vollstrecker, ich kann mir dafür nicht so viel Zeit lassen wie du, das hast du besser drauf." Wow, ein Lob von meinem Vater, auch wenn´s für die Tonne ist. Der Spitzel, das ist schon viel interessanter, er wird halb totgepeitscht sein, so wie ich meinen Vater kenne. Er kann sich dafür wirklich nie Zeit lassen. Seine Verhöre sind ein einziges Schlachtfest. „Vater, das sind gute Neuigkeiten, ich wollte dich sowieso informieren, dass wir morgen schon losreisen. Meine Villa ist außerdem ebenfalls bereit. Wo hält Richard sich auf, ich werde ihm dann übermorgen gleich einen Besuch abstatten, und tu mir den Gefallen und lass mich den Spitzel verhören. Gib ihm irgendetwas zum Aufpäppeln. Ich habe genügend Fragen, auf die er sicherlich Antworten hat. Er ist in Manhattan, die Straße habe ich auch."

Damit lege ich auf, das ist mir genug. Sobald ich morgen Abend genügend Männer habe, werde ich den Wichser umlegen. Ich bin schon sehr gespannt, wo er sich aufhält. Dass wir ihn solange nicht gefunden haben. Den Spitzel hatte er sicherlich abgestellt, damit auch er unbemerkt nach New York kommt.

„Boss, das Mädchen wartet. Fuck, Heilige Scheiße, hast du nichts zu ficken? Du siehst aus wie wochenlanges Campen in der Frauenlosen Wüste", Vincenzo, er kann die Schnauze nicht halten. Er lehnt in der offenen Tür, lacht mich an, sieht belustigt aus und fuchtelt ganz italienisch mit seinen Fingern vor seinem Gesicht herum. Wenn er nicht mein Freund und einer meiner

besten Killer wäre, wäre er jetzt einen Kopf kürzer. Er kennt mich manchmal auch besser als ich selbst.
Immer wenn ich hier bin, kommt er mit. Es ist unser Ding. Freunde bis in den Tod. Ja und fuck, dass gibt's bei uns, in unserer Organisation, so gut wie nie! Ich werde ihm heute noch sagen, dass ich der Don werde. Auf ihn ist verlasst. Der Platz als Consigliere wäre ihm sicher, außer er möchte der Vollstrecker sein. Doch seine Gerissenheit, das ist genau das, was uns zusammen unschlagbar macht. Und er hat keinen Anhang. Keine Familie nichts, er ist frei und bereit zu tun was nötig ist.

„Willst du mich eigentlich verarschen? Seit wann sind wir wieder beim Boss und was interessiert es dich, was ich wo ficke?", frage ich ihn. Während ich ihm zuproste.

Er lacht einfach weiter. Krass, der spinnt. „Also, gabs heute nichts für dich?" „Geh mir aus dem Weg, ich habe jetzt was zu tun, wir reden in einer Stunde. Ach, und ich fliege morgen zurück. Überprüf heute noch die Kasse". Er lacht, nickt und dreht um. Ich fasse es nicht. Wieso sollte man mir das ansehen? Am Meisten nervt mich allerdings, dass er es gesehen hat, dass er mich so kennt und dass sie das mit mir macht.

Mein Kopf nimmt in Sekundenschnelle einen neuen Plan an, ich genehmige mir einen Fick. Warten habe ich satt. Hier gibt's genug die willig sind. Fuck, meine eigene Frau hat Angst vor mir. Will mich nicht ficken, Kleines, für mich gibt's immer einen Fick, und ich brauche nicht darum zu bitten.

„Bring mir Elane, in die Suite. Wie immer!", schaffe ich Vincenzo an. Er übernimmt auch die Koordination. Ich kenne ihn schon ewig und habe mit ihm genug Frauen geteilt. In meinem Geschäft ist es wichtig, dass alle ihre Aufgaben haben und sich auskennen, denn umso mehr Männer hier arbeiten, umso höher ist das Risiko, dass sie Dinge tun, die nicht getan werden sollten. Fehlverhalten untergeht!

Im Moment als ich mein Büro absperre und den Gang entlanglaufe, sehe ich wieder, tobt hier bereits das Leben. Die bodentiefen Fenster, neben der Sauna und dem Pool lassen mein Herz höherschlagen, denn die Stammgäste vergnügen sich bereits ausgelassen. Die Schaukel über dem Pool wird fleißig benutzt. Carlo fickt seine Stammpartnerin, während sie verführerisch auf der Bank angebunden ist. Ihr Gesicht strahlt rot und obwohl ich sie nicht höre, fühle ich ihren Orgasmus bereits. Sie ist verdammt eng. Da spreche ich aus Erfahrung.

Die Kälte draußen kann man von hier kaum wahrnehmen. Die Heizpilze, die Überdachung, das geile Interieur, lässt einem die Eier fast platzen.

Ich habe vor, in die Suite zu gehen. Ich bin mir sicher, die schwarzhaarige Schönheit, ist schon oben und kniet brav neben dem Andreaskreuz, ihre Schellen bereits im Mund. Fuck, ich brauche so dringend einen Fick, dass es bereits bis in meinen Kopf schmerzt.

Es hilft ihm auch ganz und gar nicht, wie Fleur die Szene mit der Klavierspielerin betrachtete. Gott, ich hätte ihr am liebsten meinen Schwanz in den jungfräulichen Mund gesteckt. Ihr etwas gegeben, bei dem sie definitiv gestaunt hätte. Sie hatte sich so unter Kontrolle, es hatte niemand bemerkt, dass sie Jungfrau sein könnte. Niemand.

Ich sah allerdings ihren Puls. Gott, mein Schwanz er brennt regelrecht darauf ihre Fotze zu ficken, und in ihr feuerrotes Haar zu greifen, während mein Schwanz bis zum Anschlag in ihrer Kehle steckt. Sie hatte Glück, das ich heute noch abbrechen konnte, bevor ich mich nicht mehr unter Kontrolle gehabt hätte.

Meine Schritte werden immer schneller, kurz vor dem Zimmer, mein Verstand riecht bereits das Leder, das Desinfektionsmittel und ihren Geschmack. In meinen Ohren klingt der Ton, der Peitsche auf ihrem roten Arsch, pausenlos.

Da mir der Laden gehört, sind solche Arrangements in null Komma nichts am Start.

Langsam öffne ich die Tür, sehe sie bereits am Boden knien. Ihr schwarzes langes Haar, ruht auf ihrem Hintern. Alles so wie sie es gewohnt ist, und ich es wünsche.

Leise drehe ich mich um und verschließe die Tür. Knöpfe mein Hemd auf, und öffne meinen Gürtel. Meine Finger arbeiten automatisch. Lassen sich vom Geruch des Leders führen.

Fuck, ich bin so bereit. Den Gürtel verwerfe ich nicht, nein ich ziehe ihn aus meiner Hose, gemächlich. Lausche ihrer Atmung. Sie weiß, dass ich sie gleich hart ficken werde. Ihre Fotze, mit meinem Schwanz tief rammen werde und mein Gürtel Striemen auf ihrem Arsch hinterlassen wird. Meine Hose fällt zu Boden, ich steige hinaus und gehe zwei weitere Schritte auf sie zu. Der Raum ist totenstill.

„Auf", befehle ich ihr. „Umdrehen", sie macht sofort, was ich ihr sage. Ihre Augen, sie fixieren den Boden, so wie ich es mag.

Sie würde nie etwas anderes tun. Die Schellen sind in ihrem Mund, der Speichel tropft an der Seite heraus, fuck ich spritze gleich ab.

Ihre Hände sie kommen mir entgegen, ihre Haltung bereit für den Achter. Ich nehme sie ihr aus dem Mund und lasse sie am Handgelenk mit einem Klick zu klappen. „Umdrehen". Ich habe noch nicht ausgesprochen, da ist sie bereits dem Sofa zugewandt.

„Auf zum Sofa, bücken, Beine auseinander", sie nickt und geht langsam auf das Sofa zu. Ihr Arsch: nackt. Ihre Fotze: frei. Ihre unechten Titten: prall und unecht. Genau. Unecht. Ich schüttle den Kopf. Ihr Haar wippt während des Gehens mit. Sie ist perfekt. Doch sie ist ebenso falsch. Das ganze Bild passt mir heute nicht. Was ist da los. Das Licht, stimmt. Also das ist es nicht. Sie bückt bereits brav am Sofa und beginnt zu stöhnen, sobald ich meine Hand auf ihren Rücken lege. Lächerlich. „Still", *ich kanns heute einfach nicht ertragen.*

Ich packe scharf ihr glattes Haar und reiße ihren Kopf nach hinten. Ruckartig und schnell. Ihr Blick, lasziv und der einer Bitch. Sie trägt sogar mein Halsband. Am liebsten würde ich es ihr heute herunterreißen. Es wirkt so etwas von deplatziert. Genervt und angepisst drücke ich ihr den Kopf wieder nach vorne, auf die Lehne. Mir reicht der Arsch eigentlich auch, überlege ich.

Ich nehme mit der anderen Hand meinen Schwanz, massiere den Schaft, immer fester. Ihre Hände stützen sich aufgrund der Schellen, notdürftig ab. Sie lässt mit sich machen, was ich will. Meine rechte Hand, sie wandert zu ihrer Rosette. Ich nehme zwei Finger und stecke sie mit einem Ruck in ihr Loch. Sie spannt sich kurz an, „Fick mich. Ja", kommt aus dem aufgespritzten Mund. „Still", sie nickt augenblicklich. Mein Schwanz, er scheint, mir heute nicht zu gehören. Er läuft parallel zu meinen Gedanken. Während sie ihre künstlichen Laute und Bewegungen von sich gibt. Steht er, aber ich pack sie nicht. Ekelhaft!

Ich werde ihn einfach in ihre Fotze stecken. Die ganze Länge auf einmal. Schnell und unkompliziert. Genau, so werde ich es machen.

Ich ziehe sie etwas an mich, und drücke mit meinem Schwanz an ihren Eingang. Nass und willig, wie es sein soll. Doch das schwarze Haar, dass an ihr herunterhängt. Die dunkle Fotze, alles nicht das- was ich will. Ich will und kann sie nicht ficken. Nein! Ich möchte Fleur ficken, will das sie sich unter meinem Körper windet. Möchte, dass sie mein Halsband trägt. Möchte das das Silber der Schellen ihre Handgelenke zieren und ihre sexy natürlichen Lippen meinen Schwanz verschlingen.

„Zieh dich an und hau ab." Mehr kann ich nicht zu ihr sagen. Ich werfe ihr die Schlüssel hin und ziehe meine Hose an. „Was, bitte, Sir, bitte ficken sie mich", wimmert sie, sie weint sogar. „Was ist mit dir nicht richtig Mädel, ich hab gesagt verschwinde, entweder das, oder ich helfe dir zu verschwinden. Du bringst es einfach nicht mehr. Raus jetzt!", brülle ich sie an. Mein Gesicht, das des Todes, sie sieht es, denn sie ist augenblicklich still. Lässt sogar die Schlüssel ein zweites Mal fallen. Ihre unechten Titten bewegen sich dabei kaum mit. Mann, ist das auf einmal abturnend.

Ich nehme meine Gürtel, ziehe die Hose hoch, knöpfe mein Hemd zu und verlasse das Zimmer. Lasse die dumme Bitch zurück.

Stampfe wutentbrannt in mein Büro. Knalle die Tür hinter mir zu und werfe alles von meinem Schreibtisch, das darauf steht. Egal ob es daran schuld ist oder nicht. Am liebsten würde ich auf irgendetwas einschlagen. Fuck. Fuck. Fuck. Gottverdammte Scheiße. Etwas stimmt mit mir nicht. Wieso denkt mein Verstand pausenlos an sie. Ist es, weil sie rein ist? Weil sie mich zu verstehen scheint? Weil sie heiß ist? Ich weiß es nicht zum Teufel. Ihre Voyeur Fähigkeiten vorhin im Bad, haben mich mehr erregt als die Fotze von eben.

Ich kippe mehr Whiskey hinter, zünde mir sogar eine Zigarette an, lange habe ich keine mehr geraucht. Der Rauch steigt sofort auf, Nebelt die Umgebung ein.

Meine Gedanken, sie lassen sich nicht ordnen. Mein Handy zeigt auch schon Nachrichten an. Alle von meiner Schwester, meiner Mutter, Gott nervige Weiber! Ich habe keinen Nerv, nur eine davon zu lesen. Die Männer meines Vaters oder meine eigenen, würden mir auf dieser Nummer auch keine Nachrichten senden. Also, scheiß drauf! Wichtiger ist jetzt, nachdem ich nicht einmal im Stande war, etwas Williges zu ficken, weil ich ja so unbedingt das ficken will, das Angst vor mir hat. Bleibt mir jetzt nur übrig, zu überlegen, wie ich Richard kalt mache.

Schnell- keine Option. Langsam und mit Freude- Ohja. Ständig zeigen sich Bilder von Fleur, mit dem Halsband, Fleur auf dem Sofa, Fleur mit ihrem Duft, ihren Haaren und ihrem sinnlichen

Mund. Bilder über Bilder in meinem Kopf. Fuck ich bin sowas von im Arsch.

Weiter muss ich auch überlegen, was ich mit Costa machen werde, wenn ich Don bin. Ich weiß nicht, ob er es so einfach hinnehmen wird. Das Wort meines Vaters, ist auch für ihn Gesetz, immer schon. Aber was ist, wenn er nicht bekommt, was er will. Oder was er dachte, dass er bekommt.

Eins nach dem anderen. Genau. Ich checke nochmals die Live Cams im Haus, was treibst du Fleur. Schlafzimmer, nichts zu sehen. Bad. Leer. Schade. Doch da im Wohnzimmer, sie sitzt auf dem Sofa und malt. Oh ja, das habe ich lange nicht mehr gesehen. Ich war immer fasziniert, welche Ausdauer sie dabei hat. Egal ob ich auf Zeichnungen stehe oder nicht. Allein wie sie den Stift hält. Ihr Haar nach hinten wirft oder dabei ihren Latte schlürft. Sie hat das Auge für Details. Das gefällt mir.

Und Pavlo, bist du noch brav auf deinem Posten? Er hat heute Nacht echt ein warmes Plätzchen verdient. Sie wechseln sich zwar ab, aber er war länger draußen vor dem Haus und im Wald als wir alle zusammen, nur um auf Fleur aufzupassen. Ich glaube sogar sie hat gekocht, denn es stehen noch Teller am Tresen. Ich schmunzle. Gleichzeitig überkommt mich eine neue Art an Gefühl. Fuck, wie soll ich mit der Scheiße klarkommen, ich zünde mir noch eine Zigarette an. Ich hoffe der Wichser lässt die Finger von ihr. Noch hält er ausreichend Abstand. Er steht wie verabredet in der Küche, mit dem Blick auf sie. Sie hat ihm den Rücken zugewandt. Brav.

Scheiße, ich will nicht das jemand sie anfasst. Genauso wie ich es ihr vorher schon sagte. Niemand, wird sie anfassen. Niemand, wird sie schmecken, niemand außer ich. Merda. Und der Tag wird kommen, an welchen sie mich anfleht sie nochmals zu ficken, sie die Welt um uns herum vergessen zu lassen. Sie wird noch mit vollgestopften Mund betteln und flehen sie kommen zu lassen.

Ich muss die Kameras ausschalten. Zumindest das Bild. Es macht mein Hirn zu einem verfickten Schwamm. Scheiße, wenn ich nach Hause fahre und sie einfach ficke? Mir nehme was mir gehört, hätten wir es hinter uns. Wenn sie nur etwas zutraulicher wäre. Ich krame in der Schublade nach den Plänen meiner Villa. Ich brauche Ablenkung, egal was ich mache, es hilft einfach nichts, also werde ich die Pläne ansehen.

Mal sehen, wo ich uns beide unterbringen werde. Das eigentliche Schlafzimmer, es ist nicht geeignet für uns beide. Ich habe es genutzt um nebenan zu trainieren. Doch jetzt sollte ich nebenan lieber keine Folterkammer haben, keinen Sandsack, keine Seile und keine Gewichte.

Vielleicht wäre es eine Etage darüber besser, das Zimmer mit Dachterrasse. Ja, da könnte sie ja schlecht abhauen und bekäme frische Luft. Mein Büro unten, würde sogar noch weitere Sicherheitskameras und das alles vertragen.

Ich rufe Stan an, er ist ein alter Bekannter der Familie und kümmert sich als Art Buttler um meine Sachen dort. Er wohnt im Nebenhaus und ist für mich vertrauenswürdig. Ich schaffe ihm ein paar Dinge an. Normale Dinge wie Essen im Kühlschrank, Drogerieartikel, gebe ihm eine Liste von Fleurs gewohnten Dingen durch und zu guter Letzt, schaffe ich ihm Malutensilien, Bücher, und ein Handy für sie an. Ich muss sie immer erreichen können. Jetzt da Pavlo bei ihr ist, könntc ich ihn anrufen, ich möchte aber nicht das er denkt ich bin ihr verfallen. Bin ich, aber das muss niemand außer mir wissen. Fuck. Ganz Profi wie Stan ist, schluckt er meine Wünsche und gratuliert. Ich lache, er ist eben ein alter Drecksack. Er denkt, wie alle anderen, dass sie der Feind ist, und doch, ist er mir gegenüber Loyal. Besser geht's nicht.

Es klopft an der Tür, bevor ich ja sage, tritt Vincenzo herein, Whiskey mit inbegriffen.

„Mig, na hattest du deinen Fick, kann man wieder mit dir sprechen?", lacht er mir entgegen. Fuck, wenn er wüsste…

„Was willst du, du siehst doch das ich beschäftigt bin". „Ja, ja Mann, ich dachte du solltest wissen das deine Schwester hier war, ich habe sie weggeschickt. Du weißt, was ich davon halte, dass sie sich hier aufhält. Und ich weiß, was du davon hältst". Meint er todernst. „Danke, was wollte sie?"

Er schüttelt den Kopf, hebt die Schultern. „Keine Ahnung, sie ging so schnell und wütend, weil ich ihr klarmachte, dass sie zu jung für die Scheiße hier ist."

Schon lache ich wieder, das Gesicht hätte ich sehen wollen. „Danke, was noch?", kommt es barscher herüber als beabsichtigt war. Die Kameras leuchten am Bildschirm auf, ich klicke sie schnell weg. Ich möchte nicht, dass er Fleur sieht, womöglich ist sie im Bad. Ich kann ihren Anblick nicht teilen.

„Mig. Was zum Teufel ist los mit dir? Du bist so durcheinander, ich wette du hattest keinen Fick, denn die Schwarzhaarige ist heulend abgedampft!" Verblüffung ist ihm irgendwie ins Gesicht geschrieben, während er sich uneingeladen hinsetzt.

„Vin, du nervst, hat dir das schon mal jemand gesagt. Und nein, ich hab sie nicht gefickt. Halts Maul, bevor du etwas sagst", bekräftigend hebe ich die Hand. Zeige ihm auf sich zu setzten, er muss über den Ernst meiner Lage informiert werden, wenn wir Schutz brauchen, dann jetzt und dann muss er wissen, was auf dem Spiel steht. Auch wenn mir das nicht passt. Ihm, kann ich´s sowieso nicht länger verheimlichen, Fuck.

„Also, nein ich hatte keinen Fick, ich konnte nicht. Ich will nur Fleur. Weißt du, sie ist selbstbewusster als in all der Zeit, als ich sie beobachtete. Sexyer, als ich es mir je vorstellen konnte. Ich beobachte sie, wenn sie schläft, nicht weil ich befürchte, dass sie wegläuft, nein verdammt, weil ich sie ansehen möchte! Ich warte bis sie mich zufällig berührt und will meinen Schwanz in ihr versenken. Weil ich ihr nahe sein will - verrückt, oder? Ich höre ihre Atmung, es beruhigt auch mich. Ich werde wahnsinnig, denn ich teilte mein Bett noch nie.

Sie gibt Kontra, sie bewegt sich sinnlich, ach fuck, alles durcheinander, verstehst du?" So jetzt ist es raus, jetzt kann er mich aufziehen und sich den Arsch ab lachen, mein bester Freund und Wichser. Trotzdem brauche ich ihn im Moment. „Vaters Plan sie zu erledigen, wäre der Einfachere gewesen.", meine Nerven liegen blank.

Ohja, seine Gesichtsfarbe wird tatsächlich, einen Ticken dunkler. Er prustet laut los, lehnt sich nach vorne. Nimmt einen

Schluck Whiskey und schüttelt den Kopf. „Das ich das noch erleben darf. Jaaa, ich hatte also recht. Im ersten Moment, als du mit ihr hier hineinspaziert bist, habe ich es gesehen. Dein Blick, er war noch tödlicher als sonst. Deine Augen, überall und auf ihr. Dein Verstand, komplett daneben. Weißt du wie man das nennt, Bro?", genervt und belustigt verdrehe ich die Augen, er hat doch einen an der Klatsche. Ich bin Verantwortungsbewusst. Habe einen Titel. Ich muss, so sein Verdammt!

„Laber kein Scheiß, du weißt, wer ich bin. Und ich bin ab übernächster Woche Don, es ist bereits alles am Laufen. Vater will es so. Er ist wegen der Sache mit der Ehe, dezent angepisst. Naja, Costa, weiß noch nichts von der Planänderung seines Daseins.

Jetzt ist er sprachlos, er pfeift und lacht. „Also bist du ab sofort der liebeskranke amtierende Don, mit einem Luxus-Chalet an zu fickender Weiber und kannst deinen Schwanz nur in ein Loch stecken, na bravo. Naja, und Costa, er wird's überleben, er ist sowieso ein lächerlicher Don, beziehungsweise, er wäre ein lächerlicher geworden!", *ich glaube nicht, was ich da höre.*

„Liebeskranker was? Sag geht's dir noch gut? Ich bin nicht verliebt. Ich bin ein Killer, wenn dann bin ich vielleicht so etwas wie entzückt. Sonst nichts mein Freund!" schimpfe ich, doch sein Gesicht, es verändert sich zu einem Lachen. Ja schon während ich es ausspreche höre ich mich selbst und muss mich zusammenreißen ihm nicht zuzustimmen.

„Was ist mit den Sachen hier am Boden? Würde das ein Mann mit deinem Titel machen, wenn ja alles so glatt läuft? Wie oft hast du jetzt die Kamerabilder bereits weggeklickt, hast Angst

das ich sie nackt sehe, oder?", sein Lachen hämisch.
Mann…Fuck, der Idiot.

Ich schließe die Augen, halte meine Stirn. Jaa, er ist gut und er
nervt. Ich nerve ebenfalls. Ich lehne mich nach vorne, es
vergehen ein paar Sekunden. Ich sehe ihn an, während er an
seiner Zigarette zieht. Der Nebel, er sieht plötzlich so
aufschlussreich aus, so einfach. Ja wenn es das nur wäre.

„Fuck, wenn du es jemanden sagst, schneid ich dir deinen
kleinen jämmerlichen Schwanz ab und steck ihn dir in dein
dummes Maul. Jaaaa du hast recht, zufrieden?", ich sehe ihm
direkt in die Augen, er lacht weiter und hält sich die Hand vor
dem Mund, lehnt sich siegessicher am Stuhl an, und nickt, als
wüsste er alles. *Der Wichser.*

„Zufrieden, Mann, ich habe keine Ahnung, ich wusste nicht,
dass das bei dir überhaupt möglich ist. Ich selbst kenne das
nicht. Aber du siehst aus wie einer der dümmlich lacht, weil er
verliebt ist. Und das mit dem Don, das bekommen wir schon
hin, das mit ihr ist wesentlich schwieriger. Gott, ich bin froh,
dass ich recht habe, einen anderen Grund, für deine Dummheit
hätte ich nicht gefunden und auch gar nicht ausgehalten! Du
führst dich auf, wie jemand der aus einem Haufen von Schutt
und Asche aufersteht." „Na, jetzt übertreibst du aber ein
bisschen, lass mal die Kirche im Dorf", säusle ich. Ja, er ist
mein bester Freund, mein Vertrauter, wenn nicht er das sagen
darf, wer dann? Und zum Teufel er hat recht!

Ich liebe sie verdammt nochmal. Seitdem ich sie vor ein paar
Monaten, dass erste Mal beobachtete. Wenn jemand von einem
Haufen aus Schutt und Asche auferstanden ist, dann ist sie das.

Von einem Leben, das schon kaputt war, bevor sie es begonnen hatte. Einem Scheiterhaufen aus Asche. Meine Fleur, ein Phoenix, mit rotem Haar, einer reinen Seele, die durch einen fucking Schwur zu meiner wurde. Gebunden an mich. Merda. Und das Kranke daran, wenn sie mich ansieht, sehe ich nicht wirklich Angst, es ist, als würden wir einfach so zusammenpassen. Klar, ich sehe sie vertraut an, weil sie mir vertraut ist. Ich kenne sie mehr als sie sich selbst!

Ihre Kisten, haben wir alle mitgenommen, es gibt kaum etwas darin, dass ich nicht schon kenne.

Kapitel 11

Was, wenn du niemanden auf der Welt mehr hast, der nach dir sucht? Sogar meinen Entführer, den habe ich vergrault. Wer soll dann noch nach mir suchen?

Scheiße, war das knapp. Er ging einfach so. Wutentbrannt und mit einem Blick, von dem ich dachte, er würde mich umbringen. Seine letzten Worte, sie schmerzten. Aber sowas von. Ich blieb entblößt und beschämt zurück. Scham vor mir, dass ich ihn will. Scham davor, dass ich nicht zulassen konnte, was ich wollte. Und Scham darüber, dass ich ihn so gekränkt habe. Gekränkter Blick, das fällt mir dazu ein, so habe ich ihn noch nie gesehen.

Ich hoffe er kommt bald wieder zurück, denn ich habe mit diesem Aufpasser hier auch nicht wirklich Ruhe. Ich komme mir noch mehr beobachtet vor als sonst. Ja, man müsste meinen ich sei das gewohnt, *-bin ich aber nicht.*

Ich glaube er heißt Pavlo, er soll darauf achten, dass ich nicht weglaufe. Wohin überhaupt? Ich will das auch gar nicht, ich möchte Miguel besser kennen lernen, es ist, als würden wir in vertraute Augen sehen, wenn wir uns ansehen, so richtig. Als wäre eine Wärme in seinem Blick, die nur mir gilt. Ich lausche seiner Atmung, sehe ihm zu wie er sich bewegt. Bin fasziniert von seinem Körper, seiner Stimme. Alles das, und noch einiges mehr. Wie kann es sein, das ich dachte, ich hätte die Liebe meines Lebens vor mir am Altar, und dann nach ein paar Tagen, fühlt es sich an, als wäre alles richtig?

Während ich auf ihn warte, habe ich uns Nudeln gekocht, es war egal, ob ich eine oder zwei Portionen mache. Und die Zeit ist schneller vergangen. Ich möchte mit Miguel sprechen, ihm sagen, dass es mir leid tut. Das ich Angst hatte. Das, ich die Waffe sah und dann Angst bekam.

Angst vor ihm, habe ich seltsamerweise nicht. Nicht mehr. Er ist netter zu mir als meine gesamte Familie. Er sagt was los ist. Ist ehrlich. Ist fürsorglich und achtet auf mich. Ich weiß es ist totaler Schwachsinn, aber ich kann diese Gedanken nicht abstellen. Seine Regeln, ich bin mir sicher, er braucht diese für sich selbst. Er wirkt oft so, als würde er gleich durchdrehen.

Mittlerweile sitze ich auf dem Sofa und starre aus dem Fenster, beobachte das geschehen und führe meinen Stift auf dem Papier. Unzählige Portraits habe ich bisher gezeichnet. Meine persönliche Bubble. Er hat mir extra einen Zeichenblock besorgt. Ich meine, ich durfte zuhause nicht einmal Zeichnen. Das Einzige, dass ich vermisse, ist meine Arbeit. Die Kinder.

Sonst nichts. Dan, er war ein verdammtes Arschloch. Wie konnte ich auf ihn hereinfallen. Wie konnte ich das alles glauben. Im Nachhinein schäme ich mich auch dafür.

Ich muss nachsehen, ob in meinen Kisten vielleicht ein Spitzer ist, ich habe schon fast alle Bleistifte aufgebraucht. Den Aufpasser hinter mir möchte ich nicht fragen, ob er mir den Stift mit dem Messer, welches ich vorhin sah, spitzen würde. Nein, niemals, eher gehe ich schlafen. Egal wie spät es ist.

Bis auf meinen alten Block, ein paar Fotos und mein Tagebuch, finde ich darin nichts. Mist. Neugierig schaue ich meine Zeichnungen durch, ich suche ein bestimmtes, von dem Fest im Sommer.

Ich kann es nicht finden, was mich aber erschauern lässt, ist, dass ich immer wieder, entweder das gleiche Kennzeichen, den gleichen Schatten oder sogar den Mann, der nie spricht, am Rande mit skizziert habe. Miguel, er war ständig da. Ständig!

Wieso habe ich das nicht gesehen, schnell sehe ich weitere hunderte Blätter durch, immer wieder taucht er auf. Ich muss so dumm gewesen sein. Sara, Dan und meine Mutter, haben mich so vollgelabert, dass ich das ausgeblendet habe. Sogar seine Stimmungsschwankungen, jetzt wo Miguel Drogen erwähnte, kann doch nur das das alles erklären. Die Tabletten, die er immer gegen die Schmerzen in der Schulter nahm. Seine plötzlichen Ausbrüche, ich habe ihn immer in Schutz genommen, entschuldigt. Fast so, als wäre ich daran schuld. Tränen sammeln sich in meinen Augen, wieso kommt diese Erkenntnis jetzt?

War er auf Drogen, als wir unser erstes Mal haben hätten sollen?

Sara wahrscheinlich, damit das mit ihr und Dan nicht aufkommt. Dan, damit das mit Richard nicht aufkommt, und Mutter nur um des Friedens Willens. Scheiße. Ich halte mir Ewigkeiten die Hand vor dem Mund, um das Schluchzen zu unterdrücken, während ich am Boden vor der Schachtel kniee. Wieso hat er das alles nicht einfach weggeworfen? Das sind diese Dinge, die ich in unser neues Haus mitnehmen wollte. Ich hatte die Kisten am Morgen der Hochzeit fertig gepackt und im Brautauto dabeigehabt. Wieso kam mir das schon nicht seltsam vor. Dan, hatte nie vor, dass ich mit einziehe. Diese Erkenntnis ist einfach nur grausam. Hier am Boden, zwischen akkurater Kleidung in Schwarz, perfekt geputzten Fußleisten und absolut keinem Staub, habe ich das Gefühl besser aufgehoben zu sein als irgendwo anders auf der Welt.

Lächerlich. Ich bin so dumm. Unfassbar. Ich war immer nur das, was sie von mir wollten. War die, die sie haben wollten. Nein, damit ist Schluss, ich werde ich sein. Wer auch immer das ist, aber ich werde jetzt damit anfangen. Schluss mit dem ganzen gefallen wollen. Entweder man mag mich so wie ich bin oder nicht.

Miguel, er mag mich so wie ich bin, sonst hätte er schon längst mit mir machen können, was er wollte. Und er hat es nicht getan. Er hat sich um mich gekümmert. Lässt mich das machen, was ich gerne möchte. Auch wenn ich es anfangs nicht hören wollte, ich kann einfach nicht so mir nichts, dir nichts, aus dem Haus spazieren.
Richard ist hinter mir her, vielleicht auch mein Vater, es ist nicht sicher. Miguel beschützt mich, das hat er versprochen. Und er,

er macht nicht den Eindruck, als würden seine Worte leere Worte sein. Nein, seine Regeln, sie gelten auch für ihn.

Im Gedankenchaos versunken, höre ich wieder diese Stimme. Schnell und ohne Punkt und Komma schimpft sie. Italienisch, wenn ich raten müsste. Ist das seine Schwester! Ich denke schon.

Schnell springe ich auf, wische mir die Tränen ab und gehe schnellen Schrittes Richtung Wohnzimmer. Tatsächlich, steht sie da und macht meinen Aufpasser fertig. Meine Augen müssen riesig sein, denn ich verstehe nichts. Dann bin ich verblüfft das sie hierher kommt. Und noch dazu, wenn Miguel nicht hier ist. Weiß sie nicht, wo er ist?

Schimpfend kommt sie auf mich zu, drückt mich. Eine Umarmung, Wow. Typisch italienisch fuchtelt auch sie mit den Händen herum, ihr tolles dunkles Haar, wippt lustig mit. Sie wirft ihre Jacke über das Sofa und macht es sich bequem. „Hi", bringe ich verwundert heraus und gehe auf das Sofa zu. Sie wird lauter, kritisiert und, diskutiert immer noch weiter, schüttelt ihren Kopf, gestikuliert mit den Händen. Steht wieder auf, richtet die Sofakissen. Ihr Lippenstift, sieht richtig zauberhaft aus, ich muss fast lachen, so wild läuft sie hier herum. Sie spricht mich sogar direkt an. „Ich verstehe kein Italienisch, sage ich", schüttle ebenfalls entschuldigend den Kopf. Ich sitze im Schneidersitz auf dem Sofa und beobachte sie. Es dauert ein zwei Minuten, dann dreht sie sich wieder um. „Kein Italienisch. Echt jetzt?", oh das, Echt jetzt, kommt mir bekannt vor. „Ja echt"; verdrehe die Augen und nicke. Sie atmet tief ein, schüttelt nochmals den Kopf, und sitzt sich zu mir. „Entschuldige ich habe so viel gesprochen und nicht einmal gefragt, wie es dir geht. Ich weiß jetzt alles, denke ich. Mein Vater hat mich an eurer Hochzeitsfeier jemanden anderen versprochen, einem ekelhaften Fettsack mit Sommersprossen, kannst du das glauben!" Sie ist so verzweifelt, dass sie sich mir, einer Fremden mitteilt. Sie wurde versprochen, was ist hier los. Warum will sie dann zu Miguel. Pavlo hat große Augen und verzieht sich lieber.

„Ich weiß, du hast von alle dem noch keine Ahnung, Miguel hat es mir gesagt. Ich wollte zu ihm und ihn bitten, dass meinem Vater auszureden", ich nicke. Was sollte ich sonst tun, Verständnis für ihre Reaktion habe ich ja. Tränen liegen in ihren Augen. Es fühlt sich alles so seltsam an. Ihre Stimme, sie klingt so vertraut, es ist wirklich seltsam, dass wir uns nebeneinander wohl fühlen, obwohl wir uns nicht kennen. „Komm ich mache uns Kaffee, wir können ihn brauchen, dann erzählst du mir alles. Vielleicht finden wir noch eine Lösung", versuche ich sie aufzuheitern und das Warten auf Miguel zu erleichtern. „Danke", sie drückt mich wieder, eine echte Umarmung. Diese Wärme, die auch von ihr ausgeht, ist so wohltuend.

Es klopft und wir springen beide auf, ich schiele zum Fenster hinaus, „Erwartest du jemanden?", möchte sie wissen. „Nein, aber warte!" Ich schiele vom Fenster neben der Tür hinaus. Pavlo, er ist ebenfalls schon am Weg. Was will sie hier, sie ist es wirklich. „Ja sie ist es. Sara, meine Freundin, oder Ex Freundin, also Ex beste Freundin.", seine Schwester hat große Augen, formt mit ihren Lippen ein lautloses „Whaaat". Ohja, das denke ich mir auch, aber ich muss sie hereinlassen. Wir haben genug zu klären.

Ich schaue zu Pavlo, „Ist nur meine Freundin", tue ich es ab. Es geht ihm mehr nicht an. „Wird das hier ne Weiber- Party, weiß Miguel das?", noch bevor er ausgesprochen hat, reiße ich die Haustür auf, sie war nicht einmal verschlossen! Großer Fehler! Verdammt großer!

Bevor sie ganz offen ist, habe ich den Lauf einer Waffe, direkt zwischen meinen Augen. Vor mir, meine lachende ehemalige beste Freundin, die mich die Tür zurück hineindrängt und bereit ist, abzudrücken. Der Wahnsinn steht ihr plötzlich im Gesicht. Auch sehe ich pure Verzweiflung in diesem Gesicht. Schweiß, Kälte, Tränen und ein Zittern, schwappen direkt von ihr auf mich über. Gott, hoffentlich dreht sie nicht durch und hoffentlich stolpere ich nicht. Irgendwo hinter mir muss ein Teppich liegen oder eine Stufe, ich weiß gar nichts mehr. Ich höre seine Schwester nach Luft schnappen. Sonst liegt mein Fokus nur auf der kalten Waffe und der durchgedrehten Bitch vor mir.

Pavlo brüllt sie an „Stopp, was soll das?" -Peng, ich höre einen Schuss, bin bereit zu Boden zu fallen, doch es war nicht ihre Waffe. Hinter mir klingt es so, als würde jemand zu Boden fallen. „Scheiße, was bist du für ne Schlampe", höre ich seine Schwester rufen, bevor eine mir bekannte Stimme brüllt. „Schnauze du Bitch. Halts Maul, sonst bist du die Nächste. Der Typ kommt mit der Waffe auf sie zu. Es muss Richard sein, er trägt einen Kopfschutz aber der Gang und die Stimme, das ist er. Er schlägt Miguels Schwester auf den Kopf, wie aus dem Nichts, ich kann es kaum sehen, denn der Lauf der Waffe drückt immer noch zwischen meine Augen. Er hält ihr etwas vor die Nase, bis sie am Sofa liegt und kommt zu mir. Es fühlt sich an, als würde es in Zeitlupe ablaufen, doch ich weiß es müssen nur Sekunden sein. Sekunden die wieder über alles Entscheiden.

„Na hast du mich vermisst, Liebling?", seine Stimme klingt anders als beim letzten Abendessen. Himmel, was soll das? Meine Knie werden gleich einbrechen, so zittere ich. Ich versuche mich an Miguels Worte zu erinnern. Was hat der Typ nur. Sara, schreit dazwischen „Liebling, ich glaube ich höre nicht richtig. Du wolltest sie nur umbringen, weil sie Dan getötet hat. Was soll da Liebling heißen?" Er schnalzt mit der Zunge, während ich ängstlich und knapp vor dem Umfallen hier stehe. Ich sehe nichts, was ich gegen die beiden benutzen könnte. Pavlo macht auch keinen Mucks mehr. Miguel, wann kommst du?

„Sara, wieso bist du nur so dumm! Als wenn ich dich wollen würde", schimpft er und schüttelt den Kopf, -*Peng.* Ich werde voller Blut bespritzt. Ich schreie auf, ich bin komplett voller warmer Flüssigkeit. Auf meinem Kopf, im Gesicht, auf meinen Lippen, alles warm und feucht. Mein Magen macht das nicht lange mit. Ich würge bereits. Er schlägt mir mit der flachen Hand ins Gesicht. „Zusammenreißen", befiehlt er, als sie bereits am Boden liegt. Ich nicke, aber ich glaube ich schaffe das nicht. Wäre sie nicht dagestanden, hätte ich nie aufgemacht. Nie. Er muss sie benutzt haben.

Bis ich mich umsehe, habe ich ebenfalls etwas auf die Nase gedrückt bekommen. Bestimmt dieser Duft, bei dem man außer Gefecht gesetzt wird, denn ich werde müde. Habe Mühe zu stehen, es geht so schnell, dass ich mich nicht wehren kann. Ich sacke in den Armen des verdammten Bastards zusammen. Einfach so.

Ich blinzle leicht. Mein Kopf er schmerzt höllisch. Ich fühle mich, als wäre ich zerbrochen. Meine Kehle, sie fühlt sich so trocken an, so dass ich Husten muss. Ich schlucke und verschlucke mich fast an meinem Speichel. Au, mein Kopf, er zerspringt glaube ich in tausend Teile.

Was ist da los, ich blinzle nochmals etwas, versuche mich aufzusetzen. Aber es ist nicht möglich. Ich bin in einer dunklen Dämmerung gefangen. Ich kann die Augen nicht öffnen. Kann mich nicht orientieren. Es fühlt sich an, als würde ich wieder einschlafen, während ich mich im Rhythmus meines Pulses wiege.

Irgendwann versuche ich die Augen zu öffnen, au meine Kehle sie schmerzt. Was ist da passiert? Mein Hals, er schmerzt ebenfalls und meine Hände, sie fühlen sich an, als würde etwas hineinschneiden. Ich blinzle nochmals, noch einmal und dann sehe ich etwas Licht. Es ist so schwer die Augen zu öffnen. Was ist passiert? Leichte Umrisse sind zu erkennen. Mir ist kalt. Mir ist übel.

Scheiße, Richard, Sara. Mein Puls pocht gegen meinen Körper, ich spüre ihn durch mich hindurch klopfen. Immer schneller. Ich versuche leise zu sein, meine Augen zu schließen und durch einen kleinen Spalt hindurchzusehen. Ich habe Angst, dass ich mich verraten würde, würde ich zeigen, dass ich wach bin. Man kann hier kaum etwas erkennen.

Buntes Licht vielleicht? Mein Kopf schmerzt so, dass ich kaum etwas erkenne. Wo ist denn seine Schwester? Ich weiß nicht einmal ihren Namen. Minimal versuche ich die Seiten von mir abzusuchen. Niemand da, meine Hände, sie sind festgebunden. Scheiße, ich bin richtig in der Scheiße.

Panisch versuche ich etwas durchzuatmen. Langsam Fleur, befehle ich mir. Langsam! Ein leichtes Ziehen an meinen Füßen ist möglich, mehr nicht. Ich bin irgendwo festgebunden. Ich würde tippen auf einem Brett? Vielleicht auch ein Bett, meine Fingerspitzen, sie können nichts greifen oder berühren. Nichts.

„Psssst", kommt es links von meinem Ohr. Gott sei Dank, sie lebt. „Hey", flüstere ich erleichtert zurück. „Er war noch nicht da, stell dich schlafend, vielleicht gewinnen wir so Zeit. Zeit, bis Miguel und Costa kommen", flüstert mir die Schwester zu. Sie hat aber Enthusiasmus. „Glaubst du es kommt jemand?", ich flüstere so leise ich kann. „Halt still, solange er denkt wir schlafen, wird er nicht kommen".
„Wie heißt du eigentlich?", frage ich, ich möchte wissen mit wem ich hier um mein Leben bange. Auch wenn mein Handgelenk so schmerzt, dass ich schreien könnte. „Tessa, heiße ich, Fleur. Schwägerin, weißt du, es ist schön jemanden zu haben, der zur Familie gehört und nicht so ist wie der Rest der Familie", flüstert auch sie so leise, dass ich es kaum verstehe. „Tessa, wieso denkst du ich gehöre zur Familie, weißt du wie ich überhaupt zu euch kam?" Ich versuche es ebenso leise, versuche meinen Mund kaum zu bewegen. „Ja, ich habe Miguel schon zusammengeschissen, es tut mir leid. Aber du hast etwas an dir, das einem Vertrauen und Freundlichkeit entgegenbringt".
„Ähm ich glaube, Danke, jedenfalls kann ich das nur zurückgeben, aber du weißt, die Art wie ich kam, war nicht richtig. Wo ist der Unterschied zu jetzt?"

„Er liegt darin, dass Miguel dich holen kommen wird, weil ich denke er hat sich langsam verändert. Er wird gerade zu jemanden mit Gefühlen. Jemanden der verletzlich ist, deshalb sind wir auch da, wo wir sind. Du triffst ihn am meisten, er ist so durcheinander, dass er das nicht kommen sah. Weißt du, normal geht bei ihm nichts schief." Ihre Stimme bricht fast, denn sie hustet. Auch sie muss unheimlichen Durst haben. Wie ich.

„Miguel ist mein Entführer. Er hat Besitzanspruch, er hat mich an dem Abend, als du kamst, einfach alleine gelassen, er war sauer. Er sagte er sei kein Mann, den man lieben könnte.", sage ich ihr. Ich erinnere mich noch genau an seine Worte. Sie schnappt nach Luft und meint: „Ich sollte mich nicht an dich gewöhnen, weil du mit ihm untergehen wirst, denn du seist nicht für ihn geschaffen. Im gleichen Atemzug meinte er, du bist anders als alle anderen und er teilt nicht!", na, was sagst du dazu Fleur? „Weißt du", flüstere ich wieder, ich glaube wir müssen wirklich sehr vorsichtig sein. „Er ist ein Killer und ich sollte Angst haben. Ich kenne mich doch in der Welt nicht aus. Ich glaube er mag mich, irgendwie. Ich spüre, dass wir irgendwo eine verkorkste gleiche Wellenlänge haben. Verstehst du, aber wichtiger ist, denkst du das sind Worte, die ihn dazu bewegen mich holen zu wollen? - Nein sicher nicht!", beantworte ich die Frage selbst. Ich habe mit den Tränen zu kämpfen. Angst und Wut. Alles zugleich.

„Er ist einfach gegangen, als ihr euch gestritten habt? Er sagte du sollst Angst haben. Das klingt nach ihm, nach dem Alten ich. Hört sich nicht gut an, Fleur!" „Ja, ich weiß", überlege ich.

Es vergehen Minuten bis wieder jemand spricht. „Was sollen wir tun?" „Warten auf das, was er vorhat. Umso mehr du dich wehrst, umso schlimmer wird's. Hier im Raum hängen tausende Fotos von meiner Schwester Lynn. Tausende Kerzen, tausende schwarze Rosen.", ihre Stimme klingt furchtbar unheimlich. Das, was sie mir sagt, ebenfalls. Während sie spricht, überzieht mich Gänsehaut aus Angst, beklemmend und furchteinflößend. Ich dachte die Schwester ist tot. „Ich kann nichts sehen, ich schaffe es nur zur Decke zu sehen. Aber denkst du, das ist gut für uns?", versuche ich herauszufinden. Meine Atmung hat ebenfalls Probleme, denn mein Kopf ist durchgestreckt. Es fühlt sich an, als hätte ich eine Halskrause an. Genau kann ich es nicht sagen. Alles an mir fühlt so fremd an.

„Fleur, sie sieht aus wie du! Und ja, sie ist tot!", weint mir Tessa entgegen. Das wars! Ich bekomme Schnappatmung. Angst, richtige Angst. Es ist hier wie in einem schlechten Grusel- Film, ein Besessener, Teufelsaustreiber und was weiß ich noch. Scheiße, es ist viel schlimmer als gedacht. Und was noch schlimmer ist, Miguel, er wird nicht kommen. Ich habe ihn gekränkt. Er hat keinen Anlass zu mir zu kommen. Mich zu wollen. Nichts. Scheiße, er weiß nicht einmal das Tessa bei mir ist. Und noch schlimmer ist, er weiß auch nicht, wo wir sind.

Das Gefühl für Raum und Zeit schwindet zunehmend. Wir haben kein richtiges Licht, nichts. Die Müdigkeit und die Schmerzen überkommen mich ständig. Tessa schläft auch immer wieder ein. Sie sagt, sie sei auf einem Stuhl. Dann habe ich mit diesem Bett wohl doch noch etwas mehr Glück. Mein Hals und mein Genick sie schmerzen so, dass ich im Schlaf davon aufschrecke. Ich spüre, dass ich schweißgebadet bin und sich die Hitze staut. Meine Luft, sie wird immer dünner. Schüttelfrost überkommt mich und fühlt sich an wie etwas das mich schüttelt. Ich höre meinen Namen. Weit weg, irgendwo aus der Ferne.

Als ich meine Augen leicht öffne, sehe ich Umrisse. Schatten, mit bunten Punkten und immer wieder meinen Namen. Angestrengt versuche ich zu blinzeln. Immer und immer wieder, bis mein Verstand das aufnimmt, was ich tatsächlich sehe. Richard.

Sofort überkommt mich diese lähmende Panik. Mein Puls er pocht über meinen kompletten Körper. Stark. Bis in meine Lungen, ich versuche meine Arme aus den Schellen zu reißen. Mich nach hinten weg zu drücken. Nichts funktioniert.

„Guten Morgen kleine Fleur, na hast du gut geschlafen? Wehr dich nicht, du verletzt dich nur. Ach Kleines, schön dich endlich hier zu haben, zu lange habe ich auf diesen Moment gewartet." Flüstert mir dieser kranke Bastard entgegen. Er sitzt hier vor mir, während ich komplett wie gelähmt bin. Von Tessa ist nichts zu hören, ich versuche unauffällig meine Augen nach links zu bewegen. Von dort aus ihre Stimme immer kam.

„Du brauchst gar nicht nach deiner Freundin zu suchen, ich habe sie ins Nebenzimmer gebracht, wir brauchen etwas Zeit für uns beide.", lächelt er, während er meinen Arm entlang streicht. Nein, nein, was will er mir damit sagen? Schweigend sehe ich ihn an, während er jetzt sogar noch mit der Hand über mein Haar fährt. Er sieht aus, als würde er schon Tage keinen Schlaf mehr bekommen haben. Unrasiert, die Haare, sie stehen zu Berge. Sein Anzug, dreckig und stinkend. Wie er selbst auch.

Ich könnte kotzen, schreien und davonlaufen, wenn ich nur könnte. Das Gefühl der Enge, es nimmt einfach nicht ab, es lässt mich fast noch panischer werden.

„Schhh, beruhige dich. Wir beide werden viel Spaß haben. Jetzt wo Dan nicht mehr da ist, seine Mutter nicht mehr da ist, werden wir beide es uns endlich gemütlich machen. Und das Beste, es wird sich niemand wundern, denn du bist sowieso nicht mehr existent auf dieser Welt voller Idioten und dümmlichen Wichsern.", was er hat seine Mutter auch noch umgebracht? Was ist da los? Was ist mit Tessa passiert? Wieso nur habe ich das alles vorher nicht erkannt. Was hat er vor?

Der Schmerz durchzuckt mich ein weiteres Mal, dieses Mal direkt in meinem Arm. Er hat mir anscheinend etwas gegeben. Sodass ich langsam wieder in den Schlaf abdrifte.

Hoffentlich wache ich nicht mehr auf, denn so wie er aussieht, kann das nichts Gutes bedeuten. Ganz und gar nicht.

Hitze überkommt mich, sodass ich aufwache. Wieder überkommt mich ein starker Schmerz, wieder aus meinem Hals, ich versuche ruhig zu sein, denn mir fällt aufeinmal wieder alles ein. Ich bin schon ein paar Minuten wach, nur ich habe ihn bereits gehört. Ich stelle mich, weiterhin schlafend, hoffe ich habe so etwas Bedenkzeit. Seine ekelhafte Atmung, er hatte wieder geflucht und ist herumgelaufen. Jeden Fuß kann man einzeln hören. Nur ihn, keine Tessa.

Es fühlt sich an, als würde ich jetzt in diesem Bett sitzen. Ich kann eine Tür hören, darauf folgt Stille.
Zeit etwas durchzuatmen, hoffe ich. Meine Angst bringt mich

bald um, aber ich muss sie irgendwie für einen Moment ausblenden, zumindest muss ich es versuchen. Resilienz, ich muss mir auch das einmal aneignen. Ich nehme ein paar tiefe Atemzüge und blinzle etwas. Er ist so wie es aussieht wirklich weg.

Langsam öffne ich die Augen ganz. Jetzt kann ich das bunte Licht erkennen, es scheint von einem bunten Fenster herein, man könnte meinen es sei von einer Kirche. Aber es ist eines von diesen alten Fenstern, die im Obergeschoss eingebaut sind. Wunderschön und zugleich so etwas von Furchteinflößend. Man kann nicht scharf hinaussehen und nicht hinein. Toll. Schrecklich. Langsam bewege ich meine Augen und betrachte die Umgebung. Tessa hat absolut untertrieben. Es sieht hier aus wie auf einem Altar. Mein Atem, er droht komplett abzuschalten.

Bilder über Bilder. In allen Farben, allen Ausführungen. Große und kleine Polaroids, und scheinbar selbst entwickelte Bilder. Ich fasse es nicht. Die ganzen Wände sind voll damit. Mit diesem Motiv. Ich muss mich gleich übergeben. Schrecken breitet sich weiter aus, es ist noch schlimmer als befürchtet. Was hat er nur vor.? Mist, ich habe solche Mühe den Würgereiz zu unterdrücken. Das Zittern abzustellen, ich sehe nur diese Frau und mich. Wie hieß sie, Glenn? Lynn? Ja, sie hieß Lynn. Sie ist wunderschön, aber es macht mir trotzdem Angst.

Er muss regelrecht besessen sein. Bilder über Bilder, mit eingekreistem Kopf, ausgeschnittenen Kreisen, Kerzen neben den Tischen. Briefe, hängen an einer Art Wäscheleine. Sieht auf die Entfernung so aus, als wären es welche mit der Hand geschrieben. Und als ich zu Boden blicke, wird mir endgültig schlecht, ich breche über mich. Ich trage ein Kleid, wie auf diesem Bild, direkt neben mir. Das von ihr. Heilige Scheiße. Was geht da vor?

Mein Genick ist so steif, dass ich mich fast an meinem Erbrochenen ersticke. Diese Halskrause, sie ist viel zu eng, zusammen mit den Seilen und Fesseln an meiner Hand, an meinen Beinen, lässt es mich vollkommen steif daliegen.

Wenn ich nicht aufgesetzt wäre, würde ich jetzt sicherlich erstickt sein.

Die Wärme meines Erbrochenen sickert langsam durch das Kleid. Er wird ausflippen, das weiß ich jetzt schon. Ich liege halbsitzend und weinend hier. Bilder der letzten Tage laufen vor meinem geistigen Auge ab.

Keine Ahnung wie viel Zeit wieder vergeht, was ich aber weiß ist, dass ich hier nicht herauskommen werde. Nur ein Fenster, ein Dachfenster, diese Fesseln und er. Tessa, von ihr höre ich rein gar nichts.

Tränen laufen unkontrolliert meine Wangen hinab und fangen sich in dieser Halskrause. Ich sehe kaum mehr etwas, sie sind so zugeschwollen, dass ich sie einfach geschlossen lasse. Während des Schluchzens höre ich das die Tür aufgesperrt wird.

Er kommt also.

„Lynn, was machst du denn? Liebes, sieh dir diese Sauerei an, komm ich mache dich sauber!", er klingt nicht verblüfft oder sauer. Nein, seine Stimme hat sich total verändert, er hört sich so krank, verletzlich und gestört an. Sein Tonfall, er wechselt von hoch zu tief, und er nennt mich, verdammt nochmal, Lynn. Das ist ganz und gar nicht gut. Überhaupt nicht. Meine Augen beobachten ihn. Er macht mich tatsächlich locker. Soll ich zuschlagen und weglaufen? Aber er hat den Schlüssel eingeschoben?

Keine gute Idee, vielleicht kann ich aus dem Bad fliehen, wenn ich mich umziehen soll? Ängstlich beschließe ich nichts zu sagen, wer weiß, was ich alles Falsches sagen könnte.

„Vorsicht, du hattest dir deinen Kopf angeschlagen, als du im Wagen warst. Aber keine Sorge, während des Fluges hat dich mein Arzt untersucht und dir diese Halskrause angelegt. Du sollst sie ein paar Tage tragen. Komm wir waschen dich und ziehen dich um. Das Kleid, das du so gerne trugst, ich habe es im Schrank." Das ist so gruselig, so wahnsinnig gestört. Miguel sagte, doch er hat sie umgebracht. Wieso glaubt er dann ich wäre sie?

Er hat mich komplett losgebunden und hilft mir auf. Schwindel und Zittern überzieht meinen Körper, sodass ich fast falle. „Nein, nein, nein du bist zu schwach, ich helfe dir!", schimpft er mir entgegen, während er mich weiter irgendwie stützt. Nein, ich möchte das nicht, ich muss hier weg. Ich muss auf die Toilette, schnellstens und danach muss ich weg!

Toll, wie ich es mir gedacht habe, komme ich humpelnd vielleicht drei Meter vom Bett entfernt in einem behelfsmäßigen Bad an. Eine Toilette, ein Waschbecken und eine Brause darüber. Kein Fenster, keine Tür, einfach nichts. Er zieht das Kleid hoch, während ich um mein Leben bange. So als wäre nichts und drückt mich auf die Toilette. Seine Atmung ist laut, sein Atem stinkend und warm auf meinem feuchten Körper. Ekel überzieht mich bis in jede einzelne Pore. Es kommt mir hier vor wie in einem alten Puppenhaus.

„Lynn, es ist nichts hier, mit dem wir uns verletzen könnten. Mach dein Geschäft und danach waschen wir dich. Sei ein braves Mädchen", er ist total verrückt. Geisteskrank. Zittrig und irgendwie doch ruhig.

Vor der lauter Angst läuft das Wasser fast von alleine in die WC- Schüssel. Er zieht das Kleid über meinen Kopf, gibt mir einen Waschlappen mit Seife und stellt das Wasser an. Lauwarm und spült das Erbrochene weg. Er nickt mir fordernd zu. Seine Augen, sie haben eine Dunkelheit angenommen, wie ich sie noch nie gesehen habe. Seine Pupillen sind stecknadelgroß. Seine Atmung laut und schwer. Vor lauter Zittern kann ich kaum den Waschlappen führen. Schnell wische ich über meine Körper. Er nimmt ein Shampoo und seift mein Haar ein. Er ist selbst schon komplett nass. Stört ihn aber überhaupt nicht. Spürt er das überhaupt?

Ich lasse keine Zeit vergehen und mache so schnell ich kann. Das Wasser schwappt über meinen Kopf, bis auf das das ich mich jetzt frischer fühle, hat sich nichts geändert. Er ist total durchgedreht. Zieht mich hoch, „Vorsicht, rutschig, wir wollen ja dein Köpfchen nicht wieder verletzten, Lynn", gleich muss ich mich wieder übergeben. Das Handtuch, das er mir entgegen streckt, es steht vor Staub. Wie lange war hier niemand mehr? Woher hat er das Kleid, das er mir gleich als nächstes in die Hand drückt.

„Los", befiehlt er. Ich nicke und schlüpfe hinein. Bis ich mich versehe, schleift er mich wieder zum Bett. „Hinlegen", wäre jetzt die Gelegenheit um ihn zu schlagen? Nein, keine Chance. Ängstlich lege ich mich auf das weiche Bett. Beobachte wie er die Fesseln wieder zu bindet. Das Kissen hinter mir, saugt sich mit Wasser voll. Mein Haar benötigt Stunden um trocken zu werden. Doch es wird sich weiter mit den Tränen füllen. Ich weiß nicht, ob er mich überhaupt wahrnimmt. Solch eine Verzweiflung, kenne ich bisher nicht.

„Achtung", flüstert er als er mit allem fertig ist und mir die Decke überwirft. Ich zucke, vor Angst und presse die Augen zusammen, er nimmt mir die Krause ab. „Die muss ich waschen".

Keinen einzigen Mucks gebe von mir. Das Licht lässt ihn Bunt erscheinen. Älter und gestörter. Er steht hier, tut so, als wäre nichts falsch an dem Ganzen. Von oben bis unten ist er nass. Geht ins Bad und wäscht die Krause. Ich höre das Wasser, seine Atmung und die Bewegungen. Meine Augen suchen blitzschnell das Zimmer ab. Ich kann keinen Ausweg finden nirgends.

Es dauert nicht lange bis er wieder kommt, geht zum Schreibtisch, welchen ich jetzt besser sehen kann und nimmt Pulver. Ich höre ihn, es durch die Nase ziehen. Der Staub im Zimmer und sein Schatten, welche sich riesig über den Boden erstreck, lässt einem wünschen, tot umzufallen.

Einen kurzen Moment später, schüttelt es ihn. Ich versuche mich so still und unauffällig zu verhalten, wie es geht. Scheiße. Er dreht sich im Kreis, singt und tanzt. Während er ein Bild von Lynn in der Hand hält. Wie kaputt muss man sein, ich befürchte es war seine Liebe. Tatsächlich war er mal zu so etwas fähig. Und Miguel behauptet seine Intension wäre der Tod.

Fast ist es traurig so wie er sich verhält. „Lynn, ich werde der Gouverneur, alle haben jetzt Mitleid mit mir und meiner Familie. Sind traurig um diese dumme Fleur, und vertrauen mir jetzt umso mehr. Ich brauchte meinen dummen Sohn überhaupt nicht. Hörst du Liebes." Er singt irgendein altes Lied. Dreht sich und wippt sich zu seiner imaginären Musik.

„Fleurs Vater, hatte mir versprochen, dass ich sie bekomme. Und ihr Geld. Und jetzt, habe ich sie mir genommen. Miguel wird außer sich sein, der dumme Wichser, er bekommt vom Kuchen rein gar nichts. Er darf bestenfalls zusehen, wenn wir unsere Körper vereinen. Ich habe zu lange gewartet. Sobald dein Genick besser ist, werden wir es uns gut gehen lassen, hörst du? Ich bringe dir nachher Essen und werde dich füttern. Du warst und bist immer schon zu dünn!", damit sieht er mich an und torkelt aus dem Zimmer, sperrt wieder zu. Einfach so. Was Gott verdammt war das? Was? Panik überkommt mich weiter und ich reiße an den Fesseln. Schnell, ruckartig. Schneide mir damit schon ins Fleisch. Zittere und friere, schwitze und drehe durch. Alles Mögliche! Aber es ist schlicht weg kein Entkommen.

Und was ist mit Tessa, sie schien so nett. Aufrichtig. Sie hat es nur getroffen, weil sie bei mir war. Sie kann für das alles nichts. Kein bisschen.

Auch die Zeit vergeht überhaupt nicht, ich schiele ständig vor mich, zu der Tür neben dem Schreibtisch. Die Luft ist stickig und nicht auszuhalten. Mir ist abwechselnd warm und kalt. Wann wird er wieder kommen, wie ist er dann im

Gesamtzustand? In einer Sekunde meint er Fleur ist tot, in der anderen spricht er mit mir als Fleur, ich verstehe das nicht. Was hat das wohl ausgelöst?

Gefühlte Tage vergehen, ich befürchte es sind in der Realität nur Stunden.

Ich vermisse meine Arbeit, vermisse es eine Freundin zu haben, diese dumme Kuh, er hat sie einfach umgebracht. Ich habe es bis jetzt wohl verdrängt. Ekel und Übelkeit steigen wieder auf, ich möchte diese Bilder vergessen.

So schnell es geht.

Sie war sein Lockvogel, da bin ich mir sicher. Niemand hätte ihm die Tür geöffnet, aber ihr. Sie mussten wissen das Miguel nicht zuhause war. Irgendwer muss auch das ihm gesagt haben. Und nein, Pavlo, er war so nett zu mir. Er meinte sogar, dass Miguel ein gutes Herz hätte. Er ihm schon viel geholfen hat und sie sich blind vertrauen. Er nimmt die Eiseskälte gerne für meinen Schutz in Kauf. Toll jetzt ist er wegen mir gestorben. Noch jemand. Das darf einfach nicht wahr sein. Tessa, was wird mit ihr geschehen sein?

Langsam wird es wieder dunkel. Keine Ahnung wie viel Zeit vergangen ist, meine Kehle ist trocken, ich habe so einen Durst, mein Magen, auch er knurrt.

Immer wieder döse ich etwas weg, auch wenn ich versuche wach zu sein. Auf der Hut zu sein, aber der Schlaf, er überkommt mich weiter.

Vor Angst, achte ich auf jedes Geräusch. Es war, als würde jemand kommen, doch jetzt klingt es so, als würde wirklich jemand kommen. Sofort spannt sich mein Körper an, die Muskeln sie brennen regelrecht, zusammen mit meinen Handgelenken.

Ja ich bin mir sicher, er kommt. Das Türschloss wird aufgesperrt. Er pfeift ein Lied, als er hereintritt. Ein Lächeln zeigt sich in seiner dreckigen Visage. Umgezogen ist er auch nicht, wer weiß ob überhaupt so viel Zeit vergangen ist, wie ich dachte.

„Lynn, ich habe dir Essen gebracht. Steak, Kartoffeln, So wie du es magst, fast durch." Er hat Essen dabei, und er denkt verdammt nochmal immer noch das ich sie bin. Was ich davon halten soll, das weiß ich immer noch nicht, aber meine Überlebenschancen werden größer, wenn ich sie bin oder?

Er kommt auf mich zu, klappert mit dem Tablett und dem Glas. Stellt es am Bett neben mir ab. Sein Blick ist starr auf mich gerichtet. „Na hast du schon Hunger?", er lächelt, er ist so verrückt. Sein Ton so nett, alles an ihm sieht aus, als wäre er verliebt. Ich drehe bald durch. Es ist nicht auszuhalten.

Langsam sitzt er sich auf das Bett, promt wackelt das Glas und ich mit. Sein Gewicht, es würde mich nicht wundern, wenn alles umkippt.

„Scheiße, kein Besteck, ich bin gleich wieder da, Liebes!", schwört er mir, und ich, ich hoffe er kommt nicht mehr. Der Duft des Essens ist so verlockend, auch wenn es womöglich vergiftet ist. Der Hunger, er übernimmt die Kontrolle.

Ich höre ihn wieder kommen, die Treppenstufen sind bei geöffneter Tür nicht zu überhören. Sobald er kommt, lächle ich ihm zurück, ich versuche das Beste aus der Situation zu machen.

Bedächtig schneidet er es her. Gibt mir einen Löffel Kartoffel, ich kaue langsam, denn mir ist so übel, dass ich befürchte es könnte bereits schon zu viel sein. Die angehende Dunkelheit legt sich langsam über den Raum. Tessa sie schreit, ich kann es hören, versuche aber so zu tun, als würde ich nichts hören. Wer weiß, was er sonst mit ihr machen wird.

Der nächste Löffel kommt „Komm iss, damit du dann stark genug bist, dass wir uns wieder vereinen können. Dein Genick ist so weit wieder in Ordnung, dass es dir gut geht und wir auf nichts achten müssen. Ich muss in dir sein. Meinen Schwanz in deiner Muschi versenken. Mein Sperma in dir ausbreiten bis wir etwas größeres erschaffen". Schlimmere Worte hätte er nicht benutzen können. So, jetzt ist mir noch übler, was soll ich tun? Er will Sex, es war eine Frage der Zeit oder nicht. Er ist geisteskrank. Das ist klar. Er ist manisch, würde ich sagen und depressiv. Oder zwei Personen in einem. Wer weiß, egal, denn ich muss einen Weg finden abzuhauen. Er hat nur einen Löffel dabei und ein stumpfes Messer, nichts, was mir helfen könnte.

Sein ekelhafter Blick gleitet über mich, seine Finger sie kommen näher. Scheiße, scheiße, er fährt mit seinen schweißigen Fingern unter den Ausschnitt des Kleides. Sie fühlen sich an wie die Finger eines Teufels. Dick, ekelig und stinkend. Am liebsten würde ich zubeißen, schlagen, schreien, alles. Nur nicht das, was ich mache. Überlebensinstinkt verbreitet sich glaube ich, denn ich liege und bin ruhig. Was könnte ich sonst tun, es wäre alles zwecklos.

Seine schwieligen Finger streichen über meine Brustwarzen. Igitt, bitte geh weg. Bitte. Ich öffne den Mund, versuche ihm zu signalisieren, dass ich Hunger habe. Da lächelt er wieder ekelig. Mit seinen unechten Zähnen und dem grauen Bart, auch sein Gestank macht das alles nicht besser. Wie viele Bissen bekomme ich, bis er weiter macht?

Werde ich diesen Tag überleben, wird er mich danach umbringen und wie schlimm wird es werden? Darf ich sterben, bevor er mich nimmt? Wird er jemanden verraten, dass ich noch Jungfrau war und wird es Miguel schaden. Der welcher mich so sein lässt wie ich bin, mir nichts einredet, dass nicht greifbar wäre. Mich behandelt, als wäre ich eine Frau und kein Kind. Jemand der mir beim Schlafen zusieht, auch wenn ich so tat, als wüsste ich es nicht, jemand der mich schützte, vor mir, vor sich!

Kapitel 12

Miguel

Fuck, ich traue meinen Augen nicht. Ich war so abgelenkt.
Wenn er jetzt nichts gesagt hätte, hätte ich nicht auf den
Bildschirm geachtet.

Nichts zu sehen. Nichts. „Schau doch nicht ständig, Miguel, das
gibt es doch nicht, du kannst dich keine Sekunde trennen." Vinc.
Er belächelt das. Doch ich weiß jetzt schon in dieser Sekunde:
Da stimmt etwas nicht.

Ein schneller Blick auf mein Handy: Hunderte Nachrichten. Die
meisten davon uninteressant. Meine Schwester, meine Mutter,
Spam. Nichts. Doch da, gerade in diesem Moment, als ich es
weglegen möchte, erscheint ein Bild.

Fleur.

Meine Fleur.

Im verdammten Kofferraum eines Wagens. Blut im ganzen Gesicht. Die Hände zusammengebunden und die Augen geschlossen. Ihr Haar breit über ihr ausgefächert – fuck. Fuck. Fuck. Ich schlage die Whiskeyflasche in die Ecke, den Stuhl hinterher. Mein Verstand trennt sich zum ersten Mal so richtig von meinem Geiste. Fähigkeiten eines Dons, ich scheiß drauf.

Vincenzo springt auf und sieht sich wortlos das Bild an. Seine Gesichtsfarbe scheint zu weichen. Er ist wütend, ich sehe es, denn auch sein Kiefer mahlt wie der meine. Die Wut, die mich überkommt, ich kann sie nicht beschreiben. Ich kenne es so nicht. Es ist etwas anderes als Wut, Angst würde ich fast sagen. Ich fluche und fluche, weiß, es wird nichts bringen.

Eigentlich dachte ich nicht, dass ich diese fühlen kann. Ich habe keine Angst, nicht zu überleben, nein, ich habe Angst, dass euch etwas geschieht, mehr wie das. Wir wissen alle, die Frauen in unserer Welt, in seiner Welt, sie werden total kaputt und zerfetzt zurückgelassen. Nichts ist mehr von ihnen übrig, wenn man mit ihnen fertig ist.
Schicksal wohl, oder? Denn jetzt habe ich jemanden, für den es sich zu kämpfen lohnt, den ich vielleicht sogar liebe, und dann ergibt sich die Gelegenheit fast nicht mehr! Das kann nur Schicksal sein! Eine geisteskranke, narzisstische Bitch, die noch auf dir herumtrampelt, wenn du am Boden bist. Der Versuch, uns kennenzulernen, wann soll ich diesen überhaupt noch starten? Sie sieht bereits fast wie tot aus. Und wenn sie das noch nicht ist, wird sie sich sicherlich wünschen, es zu sein. Denn das kann niemand aushalten. Welcher von den ganzen, die in Frage kommen, hat sie? Ich kenne niemanden, der zimperlich wäre, niemanden, der Ehre hat. Sie wird es nicht überleben.

Merda. Es braut sich immer mehr in mir zusammen. Wut, die nach außen muss.

Ich kenne mich vor lauter Wut kaum, schlage gegen die Wand, doch Vincenzo packt meine Schulter, hält meinen Arm fest.

„Mig. Du hilfst so niemandem. Reiß dich zusammen! Du richtest nichts aus, wenn du dich wie ein Trottel benimmst. Sei stärker als deine Gefühle, lass dich nicht schwach werden, nutze sie, um stärker zu werden, durch deine Wut, deinen Frust, deine Angst! Dreh nicht durch. Such sie. Hole sie dir zurück. Sofort. Komm, wir suchen sie." Er nickt mir zu. Hält meinen Arm noch. Atmet selbst wie ein Verrückter. Ich nicke langsam. Er fährt fort: „Zuerst müssen wir in dein Haus. Jetzt! Waffen? Hast du, wir brauchen alles, was du hast?", er zählt geistig auf, was wir benötigen, ich sehe es.

Ich blinzle, versuche, klarzukommen. Meine Angst, sie soll mich stärker machen? Ich habe jetzt etwas zu verlieren. Anders als sonst. Der Titel ist mir egal. Ich will sie, meinen Phoenix. Er hat recht! Ich hole sie mir, sie ist mein. Ich will sie, ich will sie kennenlernen. Will ihr ein guter Mann sein, möchte ihr alle Wünsche von den Augen ablesen. Und verdammt, seit ich sie das erste Mal sah, hat sie mich in ihren Bann gezogen. Und der Wichser, der sie hat, glaube mir, ich werde dich in tausend Stücke zerreißen und dich lebendig häuten. Und dann wieder das Gleiche von vorne!

„Waffen, ja ja, habe letztens schon einige geholt. Fuck. Nimm die Notfalltelefone mit. Und du kommst auch mit. Lass irgendjemanden den Laden heute schmeißen und morgen schließen. Ist sowieso alles unwichtig." Ich checke bereits meine Schubladen. Reiße sie auf, schlage sie zu. Die Zeit drängt.

Ich packe schnell ein paar Unterlagen ein, den Schalldämpfer, aus dem Hinterzimmer ein paar Rauchgranaten. Fernrohr und die Nachtsichtbrillen. Alles in meine Tasche aus dem Schrank und dann nichts wie weg hier. Das verdammte Bild war zur einmaligen Ansicht, wie ich mir dachte, verflucht. Kein Absender. Scheiße! Die Nachricht, selbst gelöscht. Fuck.

Auf der Fahrt nach Hause, in der mich der verdammte Vincenzo nicht selbst fahren lässt, sehe ich mir die Überwachungsvideos meines Hauses an, Richard!

Und als wäre das nicht schon genug, ist auch noch Tessa hergekommen. Ich wusste, es ist keine gute Idee, wenn sie weiß, wo ich wohne. Sie ist zu jung, zu unvorsichtig.

Und die blonde Fotze, die Richard vorgeschickt hatte – klar, dass Fleur da nicht nein sagt. Sie ist einfach zu gut, sie hat ein reines Herz. Gutmütigkeit und die Tugend des Verzeihens. Anders als ich oder sonst jemand, den ich kenne. Fuck.

Wir sind noch nicht einmal richtig vor der Haustür, springe ich auf und trample ins Haus hinein. Pavlo müsste noch irgendwo hier sein. Am Video war er hinter dem Sofa, wie ich dachte. Hier ist er nicht. Ich halte meine Waffe in Schussbereitschaft, wer weiß, wer noch hier ist.

Akribisch gehe ich jeden Raum durch, Vincenzo prüft draußen jeden Winkel. Und hier im Bad, hier ist Pavlo. Liegt am Boden und drückt sich mit dem Handtuch die Schulter ab.

„Schutzweste?", stelle ich erleichtert fest. „Check, Mig. –
Boss.", ich nicke, er hatte Glück. Der Posten draußen verlangt,
dass er diese trägt. Gut, dass er sich ihr nicht entledigt hatte.

Gut, weiter geht's, er kommt klar. „Ich besorg dir nen Arzt!",
nicke ich ihm zu und checke weiter die Lage. Mein Puls und
meine Wut über alles und jeden, ebenso oder gerade die auf
mich, versuche ich vergeblich zu verdrängen.

„Vinc, wir brauchen einen Arzt, ziemlich flott!", rufe ich ihm
aus dem Fenster zu. Er nickt mir zurück. Gut, wieder etwas
erledigt. Genervt schlage ich das Fenster zu und suche weiter
nach Anhaltspunkten. Meinen Vater, den muss ich noch anrufen.
Er wird explodieren. In seinen Augen wird das von meiner
Dummheit zeugen.

Die blonde Fotze liegt immer noch blutüberströmt am Boden.
Ich bete zu allem, was ich einmal gehört habe, dass es Fleur gut
geht. Er sie nicht verwundet hat und das nicht ihr Blut gewesen
war.

Nach weiteren Blicken um mich herum weiß ich auch nicht
mehr. Nur dass diese Bitch hier ein Lockvogel gewesen sein
muss. Was sollte sie sonst hier und woher wüsste sie von dem
Ganzen hier? Ich checke meine Mails, dann kann ich sagen, es
ist nichts Auffälliges mehr zu sehen. Kälte dringt zur Tür herein,
denn Vincenzo stampft schon herein: „Nichts
Außergewöhnliches. Ein Mann von uns ist noch unterwegs. Er
patrouilliert weiter. Sonst nichts." Er sieht auch nicht mehr gut
aus. Ihm geht das nahe. Ich sehe so etwas sofort.

Auch wenn ich mich zusammenreißen muss und nicht an den Fast-Fick denken darf, den wir hier auf diesem Sofa hatten. Ihr Blick, ihr vertrauter Geruch und ihre Chance für mich. Und ich Idiot lege ihr eine Waffe neben das Gesicht. Trotz allem nicke ich ihm zu, habe bereits mein Telefon in der Hand. Ich setze mich auf das Sofa, neben mir liegt die blonde Bitch in ihrem Hirnwasser. Selbst schuld, du Miststück!

Es klingelt, einmal, zweimal. „Ja, was willst du? ", meint mein Vater. „Ich habe keine Zeit für deine Botschaften, hör zu, bist du alleine?", möchte ich von ihm wissen. Es muss keiner sehen, dass etwas bei uns nicht stimmt. „Jetzt schon, also ich höre", ich hole Luft, „Tessa ist zusammen mit Fleur gekidnappt. Ich hatte ein Bild zur Einmalansicht. Mein Haus, alles voller Blut, eine Leiche, einen halben Soldaten, keine Frauen mehr hier. Hast du eine Ahnung, wo genau Richards Haus ist? Ich bin gleich auf dem Weg zum Flughafen, so viel Vorsprung können sie nicht haben, höchstens drei, vier Stunden!"

„Was, das ist nicht dein Scheißernst, oder? Was wollte sie bei dir? Ich hatte ihr gesagt, sie soll packen, ihr Verlobter holt sie nächste Woche!", brüllt mein Vater wutentbrannt in den Hörer.

„Verlobter?" Ich weiß gerade nicht, von was er spricht.

„Ich habe etwas arrangiert, bevor ich abdanke. Das sollte noch in trockenen Tüchern liegen.", jammert er. Oh, er ist echt sauer.

„Das heißt also jetzt auch noch, dass ich das alleine regeln werde, oder? Toll, denn schließlich liegt sie noch unter unserem Schutz und der Neue, scheiß drauf, wie er heißt, wird verlangen, dass wir den Deal einhalten. Abgesehen davon, dass es um meine Schwester geht und um meine verdammte Frau, haben wir dann noch die Männer des Verlobten als Feind. Willst du mir das sagen? "

Ich drehe gleich vollkommen durch, packe weitere Waffen und all das in den Wagen, ich muss gleich los. Das heißt auch, dass uns einer weniger helfen wird. Wir noch blanker dastehen als vorher und wir beobachtet werden.

Mein Vater, er kann die Klappe nicht halten. Statt dass er etwas Sinnvolles von sich gibt, kommt nur: „Du wirst sie holen, ich kenne dich. Koste es, was es wolle. Denn der Deal ist wichtig", stellt er fest, ruft es ins Telefon, angetrunken wie immer. „Scheiß Deal, ich scheiß drauf, ich hole mir meine Frau und meine Schwester, der Rest interessiert mich nicht. Deal hin oder her."

„Sohn, ich warne dich, wir müssen trotz allem an das Geschäft denken. Ich habe extra dich ausgewählt, weil du der beste Mann dafür gewesen bist. Jetzt sag mir nicht, dir liegt was an dem Mädel." Sein italienischer Akzent wird wieder stärker, er ist sauer. *Gut so – ich auch!*

„Hat Tessa noch die Kette um, die ich ihr schenkte? " frage ich, während Vinc. bereits in den Wagen steigt und den Motor startet. Wir haben keine Zeit für Diskussionen. Er wird sie beide zerfetzen, wenn er die Gelegenheit dafür hat. Ich werfe die Taschen in den Wagen und höre, was er noch zu sagen hat. Die Kette wäre wichtig.

Mein Vater ist außer sich, ich höre es. Ich könnte lachen, wenn ich die verdammte Zeit dafür hätte. „Spinnst du? Wen interessiert die Kette? Der Verlobungsring muss passen!", brüllt er nun zurück.

„Es ist eine GPS-Tracker-Kette, ich könnte sie orten. Aber egal, ich sehe mir die Videos nochmal an, hat keinen Sinn, zu diskutieren. Ich lande in fünf Stunden, sobald wir hier wegen des fucking Schnees wegkommen. Ich brauche ein paar Männer." Dann lege ich auf, also wollte sie mir das sagen und ist zum Haus gekommen.

Verdammt.

Vincenzo sieht mich an, ich sehe seine Anspannung, auch wenn er versucht, gelassen zu sein. Ich kenne seinen Blick, seine Fahrweise verändert sich zudem auch. Junge, du brauchst nicht so zu tun, als würde dich das nicht auch bis aufs Messer ankotzen.

Was mich betrifft: Ich bekomme gleich einen Wutanfall, der seinesgleichen sucht. Mein verdammter Vater, er wollte sich damit einen Feind vom Hals schaffen.

Ronaldo Grenado, fuck, der ist fast so alt wie mein Vater und verwitwet. Scheiße. Er hat auch einen Ruf, dass einem graust.

Fleur, meine Gedanken wandern pausenlos zu ihr, ich vergesse fast, die scheiß Kette zu orten. Es kann ewig dauern, ich hoffe, meine Maschine ist dann schon bereit zum Abflug. Und das mit Piloten, denn ich habe heute keinen Nerv, auch das noch zu übernehmen.

In meinem kranken Verstand brauen sich die wildesten Fantasien zusammen, was Richard mit den beiden anstellen wird. Das Schlimme: Sie sind ganz und gar nicht weit hergeholt. Mein Puls bringt fast meinen Kiefer zum Explodieren und ich schlage gleich Vincenzo, wenn er nicht endlich schneller fährt. Scheiß auf die Straßenverhältnisse. Fuck, fuck, fuck. Ich schlage auf das Armaturenbrett, als könnte es etwas dafür.

„Ich mach ja schon … Scheiße, Mann, denkst du nicht, ich möchte auch, dass wir sie finden, lebend? Unversehrt. Du weißt so gut wie ich, dass das fast unmöglich sein wird. Der Diebstahl, der Mord, das Aufsehen, sein fucking Geld, das ihm durch die Lappen gegangen ist. Und sein scheiß Deal, er wird sich rächen wollen." Vincenzo nimmt kein Blatt vor den Mund, er sagt, was er denkt. Er sagt mir, ich bin schuld. Fuck, und ich weiß, ich bin es.

Mein Vater schickt mir ein Bild von der Ratte im Bunker. Vielleicht kann uns dieser etwas weiterhelfen. Sicherlich hat er Glück, dass ich schon eher komme, er sieht mehr tot als lebendig aus. Auf jeden Fall blutlastig!

„Ich habe mir damals, als das mit Lynn war, geschworen, dass ich älter werde und ihn zu Fall bringe. Jetzt ist der Tag gekommen, ich schwöre es dir. Nur heute ist es so, dass er mir die Chance auf eine Familie nehmen will. Auf eine echte, auf meine. Meine Wahlfamilie – Fleur. Fuck, es fickt mein Gehirn so dermaßen. Er kennt das nicht, er war von Lynn besessen, aber ich, ich will für Fleur kämpfen, für uns, und die Chance auf ein Leben. Vinc, was habe ich mein ganzes Leben lang getan? Tägliche Ficks, tägliche Pläne – für meine Vendetta gegen ihn. Ständig die Befehle meines Vaters ausgeführt, Richard oft genug aus den Augen verloren. ", ich überlege für mich, mehr als ich überhaupt mit ihm spreche. Aber er hört es sich brav an.

Ich kann mich nicht stoppen. „Damit ist jetzt Schluss, ich bring den Wichser um und dann wird aufgeräumt. Jeder, der nicht passt, geht. „Alle, die die neue Führung von mir nicht ertragen, gehen oder werden gegangen – Tod!", meine Stimme klingt wie die eines Killers, der ich auch bin. Wie die eines Bruders, der Rache will, und wie die eines Mannes, der die Hoffnung auf Liebe nicht aufgeben möchte. Vincenzo, er hört sich alles ruhig an. Ich weiß, er möchte mir sagen, was für ein Trottel ich geworden bin. Belehrt sich aber eines Besseren.

„Mig. Eins nach dem anderen, wir werden sie holen, ihn killen, aufräumen, alles nach dem anderen. Ich helfe dir so gut ich kann. Du kannst auf meinen Schwur zählen. Ich komme hier auch nur tot heraus, und dann bin ich stolz, dein Mann gewesen zu sein. Fleur muss frei sein. Tessa soll frei sein!", er fährt den Wagen konzentriert weiter, seine Worte, sie sind keine leeren Versprechen, das weiß ich. *Darauf zähle ich, das macht uns aus.*

„Du wirst auch ab sofort mein Consigliere. Du hast es verdient, du bist mein Mann und du hast das Zeug dazu!", meine Ehrlichkeit, darauf kann er bauen, genauso wie ich auf seine. Ich sehe, dass er nickt, während ich auf meinem Handy weiter alles orte, was geht. Und verdammt nochmal bete, dass kein weiteres Bild kommt. Solange er nichts zum Fotografieren hat, wird's nichts Neues geben – hoffe ich.

„Als du mit Fleur im Desire warst, konnte ich sehen, dass du sie schützt. Dass sie etwas an dir ändert. Ich kann es noch nicht genau sagen, was es ist, aber es scheint dir gut zu tun!", er winkt ab. Das Gespräch ist beendet, ich stimme ihm zu. Wir biegen sowieso schon am Flughafen ein, wenn man diese eine Spur so nennen kann. Mein Jet müsste schon startklar sein. Im Allgemeinen geht das bei so wenig Trubel und diesem aktuellen Wetter schneller als gedacht.

Die Hälfte des Fluges ist um. Die Kette hatte ich zuletzt nicht weit von der Villa meines Vaters geortet. Wenn das stimmt, was die Ratte im Keller sagte, dann haben wir die Adresse. Gut so! Ich werde ihm trotzdem noch einen Besuch abstatten, ich habe mittlerweile gelernt, dass ich die ganze Geschichte kennen sollte. Fleur hat es mir gelernt: keine voreiligen Schlüsse. Und verdammt, sie hat mich das spüren lassen. Erkenntnis gewinnen lassen. Über mich, meine Gedanken, über die Gedanken eines normalen Menschen und nicht eines Killers, eines Wichsers und seelenlosen Typs wie mich. Jeder von den Männern, sie sollten sich allesamt eine Scheibe ihrer Stärke, ihres Mutes und ihrer Ausdauer abschneiden. Denn diese, verdammt, die hat sie bei mir bewiesen.

Wer mich berühren kann, der soll gottverdammt einen Orden gewinnen, ich hätte das nie für möglich gehalten. Niemals. Und Fleur, ich werde dich holen, das bin ich dir schuldig! Schulden lässt ein Don nie zurück – nie!

Wir checken unsere Waffen, überprüfen die Munition, Messer, Granaten, teilen sie auf und verstauen sie so, dass jeder das hat, was er benötigt.

Wenn ich ankomme und eine verdammte Übersicht vor mir habe, kann ich die Männer einteilen.

Weniger ist leider mehr, ich kann niemandem wirklich trauen, ich muss mich auf meinen Instinkt verlassen. Hat bis jetzt immer gut funktioniert, doch mit ihr im Schlepptau, mit ihr in meinen Gedanken, sollte ich da vorsichtiger sein. Und mittlerweile bin ich nüchtern. Das muss sich auch ändern, sonst werde ich zu vorsichtig.

Keine zwei Stunden später sind wir bereits in der Auffahrt meiner Familie. Die Statuen stehen da wie immer, die Fensterläden weiß wie eh und je. Sogar die Farbe der Kieselsteine, seit fast 40 Jahren täglich gleich. Kaum auszuhalten. Lange war ich nicht mehr hier, SoHo, in New York. Keiner kümmert sich groß um den anderen, Hauptsache, das Geld stimmt.

Wären meine Eltern nicht schon so alt, würde ich sagen „Scheiß drauf", aber sie sind beide so fit, dass das, so wie sie das Haus, ihr Leben und die Mafia führen, schon an Perversion grenzt.

Vincenzo hat den Wagen noch nicht richtig zum Stehen gebracht, steige ich aus, meine Stiefel suchen sich augenblicklich den Platz auf den Steinen, fest und bereit, alles niederzutrampeln.

Aus dem Kofferraum hole ich meine Ausrüstung. Schlaf wäre notwendig gewesen – Pech, gibt's nicht, also setze ich die Sonnenbrille auf und stampfe zum Spielzimmer.

Fuck, wie viele Leichen wir da schon hatten, wie viele dort schon zu Tode gefoltert wurden und wie viele dort ihre Geheimnisse ausplauderten oder mit in die Hölle nahmen. Unzählige!

Angepisst bis obenhin laufe ich die dunkle Treppe hinunter. Hier unten bist du nur für dich, egal auf welcher Seite du stehst. Ob als Killer oder Schwachkopf. Ich sperre mit meinem Schlüssel die erste Tür auf. Der gewohnte Geruch der Bleiche, von Blut und Kot kommt mir entgegen. Nein, kein angenehmer Geruch, aber die Stimmung, dafür bin ich aufgelegt. Und du Wichser, du wirst einstecken.

Man kann ihn auch stöhnen hören, als ich auch die nächste Tür öffne. Etwas Licht scheint herein. Er, blutend und so gut wie im Arsch, sitzt in der Mitte des Raumes.

Über ihm die Wassersprinkler, die Seile, die Neonröhre. Grelles Licht, auch eine Foltermethode, wir sind hier auf alles vorbereitet.

Schnellen Schrittes gehe ich auf diesen Pisser zu, werfe seinen Stuhl um, sodass er samt ihm in sitzender Position umfällt. Neues Blut läuft an der Seite heraus, fast auf meinen Schuh. Oh Freundchen, dafür hätte es extra Strafe gegeben. Mein Kiefer formt sich weiter zu einem stählernen Haufen. Meine Muskeln sind auf Abwehr und meine Hände bereit, alles zu tun, was nötig ist.

„Du hast jetzt genau eine Möglichkeit: Du kooperierst. Sieh mich an, ich sehe nicht aus wie ein Mann, der Zeit hat, der diskutiert oder dem Wort Gnade mächtig ist. Ja? Also, wer bist du, wo ist dein Don, was hast du hier zu suchen, und wo sind unsere Waffen? Entscheide dich, du hast ab jetzt genau zehn Sekunden. Du entscheidest: Leben oder langsam krepieren. Und damit meine ich, dass dein Zustand, so wie er gerade ist, Leben bedeutet.! Ich spucke noch neben seinen Kopf. Fuck, ich habe jede Wut, die es gibt, in meinen Fingern. Schiele schon pausenlos zum Werkzeug. Zange, Hammer, Klemmen, Elektroschock, alles, ja verdammt alles hier ist einfach nur einladend.

„Fick dich, so wie er sie ficken wird", stottert er mir entgegen. Ich glaub's nicht. Wenn ich jetzt meine menschliche Hülle verlieren könnte, würde ich es auf der Stelle tun. Ich packe ihn an den Haaren und ziehe ihn mit einem Ruck wieder in Position. Packe seine verdammte Visage und gehe ganz nahe an sein Gesicht.

„Wie bitte, siehst du den Abzieher da in der Ecke? Wenn du willst, dass ich ihn dir in deinen Arsch stecke, bis er aus deinem stinkenden Maul gerade wieder herauskommt, dann lock mich nicht weiter an. Danach werde ich dir deine Haut in lauter kleinen Quadraten abziehen und dich damit füttern. Ich habe dich etwas gefragt und ich will Antworten." brülle ich ihn an. Schnappe mir mein Messer von meiner linken Seite und halte es ihm direkt vor die Augen. Es gibt keine Zeit für Zimperlichkeiten, Moral oder Anstand. Ich brauche die Antworten jetzt.

Vincenzo ist jedenfalls schon hinter mir, ich höre seinen Atem. Weiß auch genau, was er denkt. Doch das hält mich nicht ab, ich beginne, an der Flanke zu schneiden. So viel Blut wie erhofft kommt leider nicht mehr. Dafür ist er bereits zu kaputt. Schmerzen wird's trotzdem. So wie es soll.

Fleur, ich muss zu ihr, muss mich entschuldigen, ich brauche diese Chance noch. Und meine Schwester, fuck, zum ersten Mal in meinem Leben weiß ich, was es heißt, jemanden verlieren zu können. Ich muss ihr sagen, dass sie meine Schwester ist und ich sie liebe. Diese Chance brauche ich noch, und dann ist da noch Fleur, ihr muss ich noch so Einiges sagen. Fuck.

Die Haut löst sich wunderbar, ich öffne mit der anderen Hand seinen Kiefer, während der Wichser schreit.

Mann, mich ekelt es selbst an, aber anders haben wir bei der Sorte Wichser keine Chance. Er hat den Stern hinter dem Ohr. Drei Punkte am Nacken. Er ist anders als erwartet ein hohes Tier bei Richards Konstrukt. Er wird so leicht nicht sprechen.

Gemächlich wedle ich mit seiner Haut vor ihm herum und stopfe sie ihm in sein Maul. Er würgt. Er röchelt, während ich seinen Mund zupresse. Musik in meinen Ohren.

„Na, du Pussy, schluck brav, komm schon. „Vorspiel und so, ich weiß, die Ladys stehen darauf, also zeige dich von deiner besten Seite!", lache ich ihm entgegen, während er schlucken muss.

„Na, möchtest du mehr?", frage ich ihn lächelnd und langsam. Er soll mich ja auch zwischen seinem Gejammer, Geheule und den Würgegeräuschen hören. Sein Bewusstsein, das schwankt bereits, deshalb muss es schnell gehen. In der Regel knicken sie spätestens jetzt ein.

Vinc bietet mir Whiskey an und eine Zigarre. Braver Soldat, das muss ich sagen, er beherrscht es, die Stimmung zu verbessern wie kein anderer. Ich greife nach rechts und habe wie durch Zauberhand Whisky in der Hand. Muss nicht einmal hinsehen. Schlucke mehr als genug. Definitiv.

Halb tot, stotternd und heulend fängt der Penner zu sprechen an: „Er wollte sie holen kommen. Lakehaven. 115th, zwei Wachen am Tor, zwei im Haus." Lachend stehe ich vor ihm, nehme das Messer und beginne, auf der anderen Seite zu schneiden. „Stopp, stopp, was soll das?", heult er weiter.

„Das reicht mir noch nicht!", stelle ich gelangweilt fest. Meine Tonlage verrät ihm, dass ich nicht spaße. Mein Blick ebenso, trotz des grellen Lichtes und dem fucking Gestank, als er sich vollscheißt. Er hat richtig Angst.

„Sollte man nicht ein Loch unter seinem Scheißarsch haben, wenn man scheißt?", frage ich Vincenz gelangweilt. Ich weiß, er ist bereits so kaputt, dass er es nicht kontrollieren kann. Er ist schon am Abnippeln, doch wir brauchen noch Antworten. „Der hier, wohl eher nicht. Ekelhafter Schwächling, wenn du willst, Boss, lasse ich den Stecker da drüben seines Amtes walten und ihn weiter ausräumen, wäre 'ne Option!", lacht er uns entgegen, während er hinter mir an der Wand lehnt und fast gelangweilt so tut, als würde er noch seine Fingernägel feilen. Nach einem kurzen Blick zu ihm hinter sehe ich es an seinem Kiefer, dass auch er Angst hat, dass dieser Wichser stirbt, bevor wir alles wissen.

Aber ich sehe auch: Der Wichser vor mir, er kann noch etwas. Und er kann noch etwas sagen, er weiß wesentlich mehr, als er vorgibt. Safe! Merda.

„Gut, die PIN habe ich." Röchelnd und noch würgend spuckt er uns den Satz, der Sätze entgegen. „Für die Überwachungskameras ist er, der Name der Straße, rückwärtsgeschrieben, in abwechselnd Groß und Klein. Deine

Alte ist die Erbin des Josef-Baker-Flamming-Erbes. Und sieht aus wie deine Lynn. Das sollte Grund genug sein.", spuckt er uns mit rauer Stimme entgegen. Er kann sowieso kaum noch sprechen. Fuck. Schlimmer als gedacht, aber absolut sinnig. Klar, Baker! sinniere ich, sie hieß Baker. Den alten Baker Flemming kenne ich, er ist vor ein paar Jahren gestorben. Die Leute haben ihn geschätzt. Er war keine kleine Nummer in unserer Welt. Der Rest seiner Truppe, sie werden nicht mehr aktiv sein.

Verdammte Hurenscheiße. Er wird es einigen unserer Männer gesteckt haben, deshalb hat mein Vater das Gefühl, dass sich einige abwenden. Sie gehen zu Richard. Er wird ihnen mehr als genug versprochen haben, er denkt, er gewinnt alles – wenn er Fleur besitzt.

Wenn er das mit Tessa herausbekommt, kann er sich die Macht von Dreien aneignen, denn der alte Ronaldo wird sie sich ebenfalls holen kommen oder mich umbringen. Tessa steht, solange sie nicht verheiratet ist, unter meinem Schutz. Ich trage die Verantwortung, bis sie ihr Mann übernimmt.

„Gute Nacht", flüstere ich ihm zuckersüß zu und steche ihm das Messer in die Brust. Ein fester Stich, durch die Rippen, mitten ins Herz. Wenn man ganz still wäre, würde man das Pochen spüren, solange bis jegliches Leben ausgehaucht ist. Diese Zeit habe ich aber nicht. Ich muss schneller sein. Wenn es nicht schon zu spät ist.

Vinc. wirft die Whiskyflasche gegen die Wand, wirft den Stuhl um und brüllt. Fuck, er ist auch am Ausrasten. Wenn er sein Naturell durchlässt, muss ich lachen. Ich muss mich sammeln.

Durchatmen. Ihn ignorieren und das verarbeiten, was der Wichser hier sagte. Heiße, glühende Lava der Wut, zusammen mit dem fucking Zeitdruck, schießt durch mich.

Mein Plan formt sich wie von selbst, als ich mich umdrehe und einen Schritt aus dem stinkenden Blut, gemischt mit frischer Scheiße, mache.

„Geht's wieder?" Mehr kann auch ich nicht sagen, er ist normal nie so. „Was geht, Mann? Wir brechen gleich auf. Wir brauchen einen Lieferwagen. Blaumänner. Besorg irgendetwas, das aussieht wie eine Firma. Mir egal, von wo. Und zwar schnell." Ich nicke ihm noch zu, kann in seinen Augen lesen, dass er überlegt. Er wird machen, was ich ihm sage, er ist der Beste. „Abfahrt in 30 Minuten." Wir müssen es so machen, wir können es uns nicht leisten, aufzufallen. Meine Gedanken formen sich weiter aus, während ich schon auf dem Weg nach draußen bin. Ich muss zu meinem Vater, schnell.

Ich laufe nach oben, in Richtung Eingang. Sein Butler lässt mich ins Haus, auch er wundert sich nicht über meinen Aufzug, das Blut und den Scheißgeruch. Er ist das alles gewohnt. Wie wir alle!

Meine Mutter kommt mir im Eingangsbereich entgegen, die Augen weit aufgerissen. Sie kennt meinen Blick. Meinen Zustand. Mich, so wie ich jetzt bin. Nickt mit ihrem bis zur Unkenntlichkeit geschminkten Gesicht und dreht um. Hinterlässt eine Duftwolke aus teurem Parfum und einer Eleganz, die es sonst kaum zu sehen gibt. Klack, klack, sogar ihr Gang hinterlässt manchmal Grauen.

Das Büro meines Vaters ist nicht weit weg. Vorzufinden ist er wie immer, mit seinem Grog in der Hand, der Zigarre in der anderen und halb liegend im Stuhl. Als ich hineinstürme und nicht einmal wahrnehme, dass ich die Tür aufgebrochen habe. Wieso versperrt er? Das machen nur angstbesetzte Männer. Nicht wir!

„Die Männer, sie wussten, wer Fleur ist. Wusstest du es auch? ", meine Wut, ich kann sie kaum unterdrücken und überfällt mich schlagartig. Meine Stimme, kenne ich so selbst kaum. Vor allem ihm gegenüber nicht.

„Selbstverständlich, Sohn." Er lacht und wirkt total uninteressiert. Arrogant und älter als sonst.

„Deshalb sie! Deshalb Richard. Ich traue dir zu, dass du ihren Vater und Richard überhaupt zu dem Deal gebracht hast. Damit du zwei Feinde gegeneinander ausspielen kannst und den dritten zu deinem eigenen machen kannst. Den Baker Flemming für dich gewinnen wolltest. Ist meine Annahme richtig?" Wutentbrannt schlage ich auf den verfickten alten Tisch. Egal welches Schmuckstück der Deals, der Intrigen und der Machtgeschäfte er erlebt hat.

„Sohn, ich tue das, was meine Mafia stark macht", traut er sich zu sagen. Ja, meine, er meint jetzt die meine. Seine Goldknöpfe glitzern, und auch das macht mich noch wütender. Die Bilder an der Wand. Die nackten Frauen und das alles hier kotzen mich heute an.

Fuck, er nervt. Seine Wortwahl nervt.

„Antworte!", schreie ich. Meine Mutter, ich kann sie weggehen hören, sie war tatsächlich hinter der Tür, ihre Schuhe sind heute wohl nicht lautlos.

„Ich dachte, die Zwei schalten sich gegenseitig aus. Ich konnte nicht wissen, dass Richard von ihr besessen ist. Ich dachte, ich könnte etwas Profit herausschlagen, für das Lynn nichts bekommen hat. Er hat sie einfach umgebracht, ohne ein Erbe zu hinterlassen." Er hebt fast entschuldigend die Hände, lächerlicher alter Mann. Ich fasse nicht, was er da spricht. Wir haben darüber nie Klartext gesprochen, ich nahm einfach an, dass er sie liebte, als Tochter, das war wohl falsch.

„Also war Lynn selbst egal? Nur das Geld wichtig? "

„Ja, Lynn ist genau wie Tessa Währung. Wann verstehst du das endlich? Ich dachte, ich hätte dich eines Besseren belehrt. Dir Macht, Stärke und Willen eingeprügelt. Wir sollten es wahrscheinlich mal wieder wiederholen!", seine Stimme klingt wie früher, nur dass ich heute keine Angst habe. Die Zeiten sind vorbei. Ich ignoriere ihn stattdessen. Ich sehe, es wirkt: Sein Kopf wird rot, nicht viel, aber so, dass ich, der Meister, es sehe.

„Ich dachte, wenn Dan sie heiratet, wird Richard sie ebenso von der Bildfläche verschwinden lassen und wir kämen nie an das ganze Erbe. Nachdem du sie als Witwe geheiratet hättest! Doch du hast sie geheiratet und sie konnte nichts erben, weil du die verdammten Papiere zuvor schon verändert hast. „Junge!", er steht auf und wirft alles vom Schreibtisch. Zittrig und wutentbrannt steht er vor mir. So, seine Kontrolle ist dahin – schön, dann kommen wir der Wahrheit näher.

„Du sagst also, dich haben nur das Geld, die Männer und die dadurch entstehende neue Zusammenführung interessiert. Und machst mich jetzt zum Don, damit du aus der Scheiße, die schiefgelaufen ist, fein raus bist? Ja?", brülle ich ihn an, schnappe mir seinen Hals, blitzschnell. Ich hasse ihn gerade wirklich. Bin bereit, ihn umzunieten. Egal wie. Der Wichser. Hat mir eine Falle gestellt. Hat Lynn als Währung bezeichnet und mich zum Killer trainiert, um Vergeltung für eine scheiß Währung zu bekommen. Geht's noch?

„Du bist verdammte Familie, ich bin nicht du. Am liebsten wäre dir noch gewesen, ich wäre draufgegangen. Ja! Damit du das Geld und alles andere bekommen würdest. Du brauchst nicht zu antworten. Ich weiß es auch so!", mein Gesicht ist so nahe an seinem bereits röchelnden Gesicht, dass ich seine Augen kaum mehr sehe. Sein Kopf ist rot und seine Lippen dunkelblau. Ja, ich weiß, ich sollte loslassen. Meine Finger wollen nur nicht. Aber meine Kontrolle und mein Verstand, sie funktionieren noch.

Ich lasse los, Fleur meinte einmal, Menschen sind immer jemandes Kind, jemandes Hoffnung. Ja, und wenn er wenigstens der meiner Mutter ist, denn sie geht ohne ihn unter.

„Sag mir eins: Hast du dich ihnen zu erkennen gegeben? Oder hast du dich typisch für dich versteckt, als du ihnen den Deal untereinander vermittelt hattest? Hattest du so viel Arsch in der Hose, um dich zu zeigen? Sag es mir, du elender Drecksack. Und jetzt, wo dir deine Mafia über den Kopf steigt und du Angst hast, dass sie dich umbringen, übergibst du dich an mich. Toll! Prima! „Deine Visage kotzt mich an!", spucke ich ihm entgegen. Hier in seinem Raum der Macht, in seinem Universum.

„Wenn du dich an den Plan gehalten hättest und wir die Unterschrift von Dan und ihr gehabt hätten, hätten wir Dans Anteile nach seinem Tod bekommen. Die Baker-Flemming mit dem blöden, schwächlichen Passus „aus Liebe", den der Alte extra ins Erbe einpflegte. Die Verlobung musste sogar extra noch per Notar festgelegt werden. Fotos der Liebenden geschickt werden, Kannst du dir die Arbeit vorstellen? Und dann hast du mit deinem Alleingang alles auf einmal vernichtet. Du hättest sie nur mitnehmen sollen. Sonst nichts! Denn Ehe aus Besitz hat da nichts geholfen. Mir sind Millionen Flöten gegangen! Komm Junge, selbst du kannst doch nicht so dumm sein. Feinde sind im Passus zur Ehe ausgeschlossen gewesen! Wie sollte ich sonst an all das kommen? Sie ließen sich wunderbar lenken, gegeneinander ausspielen, alles lief, bis du alles versaut hast! " Brüllt er allen Ernstes, mit hochrotem Kopf und in spuckender Aussprache noch herum.

Ich versuche, mich zu sammeln, meine Wut unter Kontrolle zu bringen und durchzuatmen. Denn ich muss zu Fleur, sonst zählt nichts.

„Schutt und Asche, ja? Du hast doch keine Ahnung, du dummer alter Mann." Mit diesen Worten verschwinde ich.

Wir sind hier fertig. Jetzt kann ich mir auch Mutters Gesicht erklären. Diese verdammten gierigen Ärsche. Bin gespannt, ob Costa etwas davon weiß. Vincenz meinte, er sei so besoffen, dass er ihn einfach alleine im Desire ließ. Er kann, wenn er nüchtern ist, auf meine Dinge aufpassen. Hier erledige ich das alleine. Ohne Familie.

Definitiv.

Lorenzo sitzt bereits in dem weißen Wagen. Ich stampfe darauf zu und setze mich. Sieht aus wie ein Firmenwagen.

Wir müssen auf dem Weg zur Kette kurz halten und uns absprechen. Seine Stalking- und IT-Kenntnisse sind gefragt. Mein Plan, er muss funktionieren. Einfach reingehen, Richard abballern, ist nicht drin. Zu groß ist die Gefahr, dass wir dabei Fleur oder Tessa erwischen. Zu groß ist die Gefahr, dass wir jemanden übersehen und alle draufgehen.

Es ist anders als sonst, also erfordert es mehr Raffinesse – vielleicht auch durch die Einfachheit, die mein Plan hergibt.

Ich gehe ihn während der Fahrt nochmals geistig durch. Bin mir nicht hundertprozentig sicher, aber es ist die beste Chance.

„Fahr rechts rein", hier ist der Wanderweg Richtung East River, ein guter Halt.

„Also, es läuft so: Du hackst dich jetzt mit dem WLAN-Passwort in sein Haus. Kurz bevor wir ankommen, stellst du auf Störung." Ich sehe ihn an und achte darauf, ob er wirklich versteht, was wir machen …

„Wir informieren sie als Wachdienst, dass eine Störung vorliegt, und geben uns als Handwerker aus. Dafür auch die Blaumänner, Kappen, Brillen und die Leiter. Vorher nachsehen – ist nicht. Zu groß ist die Gefahr, dass er Sabotage vermutet. Klar? Also, ich hatte auf dem Bild eine Art Kirchenfenster hinter Fleur gesehen. Es war nur ein Schatten, aber genug, um zu wissen, welches Zimmer es sein dürfte.

Du lachst, ich sehe, dir gefällt der Plan, doch du kennst den wichtigsten Teil noch nicht.

Du bist der Techniker, dein Gesicht kennen sie nicht. Waffen – gibt's nicht! Zu groß die Gefahr, dass wir die Falschen abknallen. Die Mädels!", er nickt mir zu. Es gefällt ihm. Ich fahre aber gleich weiter fort.

„Ich steige vom Fenster ein, ich werde meine Aufbruchskünste spielen lassen und du derweil unten den Aufpasser abschirmen und abmurksen. Schnell, effektiv und mir scheißegal wie! Klar?", erkläre ich ihm. Ja, an seinen Augen sehe ich, er überlegt. Er ist nickend bei der Sache, doch ich sehe: Irgendetwas passt ihm nicht. Ja, er durchforstet meinen Plan nach Lücken, gut so, doch wir haben nicht die Zeit.

„Ohne Waffen. Das ist Selbstmord!", meint er tonlos, überlegend, und nickt aber. Dann da, ein Lächeln, es breitet sich auf seinem Gesicht aus. Er schlägt auf das Lenkrad. „Ich steh auf Hardcore!"

„Wusste ich es doch, also mach die Kette klar und das System down. Wie lange ist es noch? Fünf Minuten? Stell es ein, dass es in drei Minuten ausgeht. In fünf rufe ich an, sage ihnen, dass wir kommen. Und in 6 klingeln wir. Übrigens: Der Aufkleber am Wagen, nein, der ganze Wagen ist richtig gut. Sie werden lange keinen Verdacht schöpfen. Die Wichser an der Pforte werden wir mit dieser hier abknallen – schallgedämpft. Hab alles dabei. „Für den Notfall!", bestimme ich. Mein Blick sagt ihm: Es wird gemacht, wie ich es sage. Es ist der beste Plan, denn ich muss die beiden schützen. Er nickt. Ganz einverstanden ist er nicht, ich kann es sehen, ist mir aber egal.

Das Fenster, es muss an einer Hausseite sein, ich werde irgendwie da hochkommen müssen. Aber wir als Techniker haben ja eine Leiter. Das Fenster ist kein Problem, es ist mit gekonnter Raffinesse offen. Problem ist: Was erwartet mich?

Er zieht sich um, ich starre auf das Handy. „Nicht schlecht, du siehst ein bisschen zu grob aus für 'nen Techniker, aber es wird gehen." Hoffe ich. In höchster Konzentration auf die bevorstehende Mission fährt er los.

Der Ortungspunkt der Kette kommt immer näher, so auch das Haus des Wichsers.

Perfekt, zu meinem Glück, ist das Fenster auf der Stirnseite schon von der Straße aus zu erkennen. Vincenzo telefoniert zeitgleich mit dem Aufpasser drin. Ich kann nicht zuhören, ich muss meinen Puls regulieren. Fuck, hier zahlt sich das Training bei meinem Vater aus, die Schläge, die Nötigungen, ich kann mich sammeln. Wie auf Kommando.

Auch die Schwachköpfe am Eingang des Tores, sie lassen sich widerstandslos umlegen. Wow, besser könnte es nicht laufen, wobei ich weiß, wir beide sind ein klasse Team. Mörder durch und durch. Gefasst und geordnet laufen unsere Maßnahmen im Kopf ab. Jeder weiß, was zu tun ist.

Die Kieselsteine wie üblich hier hinterlassen ein leises Geräusch. Ich öffne die Tür und hüpfe hinaus, laufe hinter den Wagen, schnappe die Leiter und warte auf sein Go. Der Wagen hält. „Raus jetzt", brüllt Vinc und steigt selbst aus. Los geht's, ich öffne die Tür und sprinte im Schutz des Wagens zur Stirnseite. Diese zwei Meter, dank des Wagens kein Problem. Er wird sie gut ablenken. Wobei ich hoffe, dass er durchkommt. Bis zum Hauseingang ist es noch einige Zeit.

Vinc fährt gleich weiter und erledigt seinen Job. Er wird ihn gut machen, da bin ich mir sicher. Wenn ich richtig gepokert habe, dann sind zwei Leute drin. Und die Mädels. Fuck, ich hoffe, sie leben noch. Angst durchfährt mich. Ungewohnte Angst. Scheiße, nein, das darf nicht sein. Ich muss jetzt der sein, der ich bin, um der werden zu können, welchen ich erst noch kennenlernen muss. Scheiße, ist das kompliziert!

Die Tritte der Leiter, komme ich fast lautlos hinauf. Zwei noch und ich bin oben. Vorsichtshalber ducke ich mich. Fuck, ich muss schnell machen, denn ich bin in absoluter Sichtweite.

Mit dem Finger prüfe ich das Fenster, mein Blick, er geht geradeaus auf meinen Ehering. Er ist eine Schande. Ich bin eine Schande. Ich muss das wieder gutmachen.

– Nein, Miguel, reiß dich jetzt zusammen, befiehlt mir mein seelenloses Inneres. Jetzt nicht!

Verdammte Scheiße, fast lache ich, das Fenster ist offen. What the fuck. Vorsichtig dirigiere ich meinen Kopf so, dass ich hineinsehen kann. Musik dringt in meine Ohren. Alte Musik, Musik aus meinen Dreißigern.

Kurz schwanke ich mit der Leiter, atme tief durch. Jetzt oder nie!

Ich stupse das Fenster fast zeitgleich auf, während ich hineingleite. Leise, denn ich bin der Lurker. Ein Panther.

Drin angekommen bewege ich mich weiter fast lautlos. Die Abenddämmerung draußen war gut, doch hier ist es für meinen Verstand nicht gut. Richard. Er kniet auf Fleur, ich weiß, dass es sie ist. Es ist das Bett vom Bild.

In Schulterhöhe schleiche ich Richtung Bett. Fleur, sie bettelt, schreit und weint. Strampelt mit den Beinen. Scheiße. Seine Hose, keine an seinem fucking Arsch.

Unfassbare Wut strömt durch mich hindurch. Feuer und Lava breiten sich zeitgleich aus, während mein Rücken beginnt, wieder aufzuplatzen. Wut, sie übernimmt die Kontrolle. Fast vergesse ich den Plan, nämlich Vorsicht walten zu lassen.

Lautlos schliche ich mich weiter an, es sind nur ein paar wenige Schritte. Dann, darauf bedacht, keine Schatten zu zeigen, schnappe ich von hinten zu.

Linke Hand an seine Stirn rechts und rechte Hand an seinen Kiefer links. Ruck. Ein Ruck. Das Genick, es ist durch. Zack. Tod. Wenn ich jetzt könnte, würde ich es nochmals machen. Fuck.

Erleichterung tritt augenblicklich ein. Der schlaffe Körper – ich werfe ihn zu Boden, suche als Erstes ihre Mitte ab. Kein Blut. Gott sei Dank. Ein langes, erleichtertes Atmen tritt aus.

Scheiße. Ihr Gesicht. Voller Schrecken, Pein, Angst und etwas wie Erleichterung kann ich sehen.

„Fleur, Kleines. Ich bin da. Ich hole dich da raus. Du hast durchgehalten." stelle ich fest. Reiße an den Fesseln, solange bis sie frei ist. Fuck. Dieser Blick gefällt. Mir. Ganz. Und gar nicht! Nein, keine Zeit, also schnappe ich sie und presse sie an meinen Körper. Fest. Hoffentlich beruhigend, denn sie weint und wimmert. Ihre nackte Brust presst sich an meinen Oberkörper. Sodass promt neue Wut auf mich einströmt.

„Tessa? Tessa? Weißt du was?", versuche ich, aus ihr herauszubekommen. Ich vermute fast, sie kann nicht klar denken. Folter und diese kranken Spielchen, normale Menschen kommen damit nicht klar. Ich komme mit diesen klar, aber nicht mit der Angst um Fleur oder Tessa.

Bitte, Fleur, denk nach!

„Sie muss in Hörweite sein, ich habe sie immer gehört.", flüstert sie. Also nicke ich und presse sie weiter an mich, drücke uns durch diese kleine Tür. Wir sind am Speicher oben. Richard, du bist der Psycho in Person!

Vinc läuft mir auf den Stufen entgegen. Perfektes Timing. Er sieht aber nicht besonders gut aus. Sein Blick, als er Fleur sieht, zeigt Mitleid – Gottverdammt. Premiere auch für ihn.

Stöhnen ist zu hören, leise, aber es ist da. Links an der hinteren Tür. Vinc. Er hat es eher als ich gehört. Dreht sich um und ich laufe ihm mit Fleur im Arm hinterher. Ich kann sie nicht abstellen, sie muss mit. Mit einem Ruck ist die Tür offen, Vinc. Er überlässt nichts dem Zufall.

Als ich ankomme, liegt Tessa am Boden, in der Dunkelheit. Ein paar Scheiben Toast und etwas Wasser liegen neben ihr. Sie angekettet an der Heizung. Gerade so, dass sie liegen kann.

Fuck. Ich drehe gleich durch. Ich lege Fleur neben mich auf den Boden. Gebe ihr einen Kuss auf die Stirn.

„Los" sagen er und ich unisono. Jeder kennt seinen Griff, eine Bewegung an den Ketten und sie sind durch. Für sie niemals zu schaffen, für uns beide gerade noch so. Der Plan: keine Waffen, verdammt gewagt. Merda.

Ich schnappe Fleur, er Tessa. Sie ist wach und ansprechbar, anders als Fleur. Sie dämmert stetig weg. Gemeinsam laufen wir hinunter. Ich hoffe, es sind nicht noch mehr von den Wichsern hier. „Hab zwei umgelegt, falls du das wissen wolltest." Darauf nicke ich. Zügig kommen wir unten in diesem Schlachtfeld an. Schuhe, Kleidung, Vasen – alles kaputt und herumgeworfen. „Kein Stress, war ich", stellt Vinc. klar. Mann, will nicht wissen wie, aber ich bin beruhigt. Scheinbar kein anderer mehr hier.

„Tessa, kannst du sitzen?", möchte ich von meiner Schwester wissen. Sie ist kranke Scheiße gewohnt, allerdings braucht sie dringend einen Arzt. Wer weiß, was da alles los ist. Meine Atmung beschleunigt sich gefährlich bei diesem Gedanken. Und dann, als ich Fleur ansehe, erst recht. „Ja, danke.", kommt es aus Tessa. Vinc. drapiert sie vorne. Gurtet sie an, während ich Fleur hinten hinlege. Ich muss mich daneben setzen. „Krankenhaus. Das schnellste. Egal was kommt. Sie muss dahin.", Vinc. nickt.

Gottverdammte Scheiße. Wie soll ich damit klarkommen? - Wegen mir. Alles wegen mir. Sollte man bei dem Versuch auf Besserung und der Chance auf Liebe nicht glücklich sein dürfen, wieso dann das?

Es ruckelt gewaltig. Dunkelheit umgibt uns dahinten. Fleur zappelt, beginnt zu schreien. Weint, schlägt um sich, versucht aufzustehen, während Tessa dadurch auch noch weiter ausflippt. Sie weint vorne, Fleur hinten. Ich kenne das Verhalten von Fleur nur von gefolterten Soldaten. Wer weiß, was der Wichser getan hat. Auf den ersten Blick sieht sie nicht so schlimm aus, doch wer weiß, was in ihr los ist.

Scheiße, wäre sie einer meiner Männer, würde ich ihr eine verpassen, Whiskey einflößen bis zur Bewusstlosigkeit – doch ihr muss ich wohl die Kehle abdrücken! Zittrig nehme ich einen tiefen Atemzug. Sie wird sich hier noch umbringen, am Wagen anschlagen, ich kann sie nicht beruhigen, meine Finger umschließen ihre Kehle, ich weiß genau, was ich da mache. Ich weiß, genau wie ich es machen soll. Die Überwindung, bei ihr. Meiner Fleur ist das Problem.

„Mig. Los jetzt!", brüllt mich Vinc. an. Merda, ja, er hat recht. Ich drücke, fast zu vorsichtig. So bringe ich sie noch um. Gut, ich drücke besser und sie erschlafft. Zügig drehe ich sie zur Seite und überstrecke ihren Hals.

Tränen sammeln sich in meinen Augen, zum fucking ersten Mal, seit ich denken kann. Ich bin ein kranker Wichser. Durch und durch.

Tessa lacht hysterisch, auch ihre Augen sind weit aufgerissen. Das macht mich ganz verrückt. Ich kann keine hysterische Hyäne brauchen. „Schnauze, Tessa", brülle ich zu laut und wie bei meinen Männern. Nicht, weil ich nicht wüsste, dass sie nicht wegen Fleur lacht, nein, Tessa braucht grobe Anweisungen. Sie droht durchzudrehen. Sie fängt sich wie erhofft und konzentriert sich. Sie ist anders. Sie fügt sich so, leichter.

Endlich, das Krankenhaus kommt nach unzähligen Minuten in Sichtweite. Vinc, er wird vorlaufen und unseren einzigen Kontakt da drin mobilisieren, Doc Rubino. Zittrig lege ich Fleur die Malerdecke über, etwas anderes ist hier nicht zu finden. Fuck.

Dann geht alles ganz schnell. Ja, wie im Film. Sekundenbruchteile bleiben im Kopf. Tür auf, weißer Arzt. Weinen der Schwester. Der strenge Blick des Arztes, dem ich einigermaßen vertraue, aber den ich nicht mag. Dann mein fast Ausraster. Und Tessa.

Zu zweit alleine stehen Vinc. und ich jetzt vor den Zimmern der Notaufnahme. Vinc. schon am Telefonieren und Managen, während ich für absolut nichts zu gebrauchen bin.

Kapitel 13

Dunkelheit,

Kälte.

Stimmen.

Tessa.

Musik. Immer wieder kommen mir diese Gedanken in den Sinn.
Genau beschreiben kann ich diese nicht. Angst. Mein
allgegenwärtiger Begleiter leistet mir vertraute Gesellschaft.

Doch ebenso weht mir ein vertrauter Geruch in die Nase.
Miguel? Zedernholz und Moschus. Diese Atmung, dieses
genervte Atmen, das kann nur von ihm kommen. Angestrengt
versuche ich, meine Augen zu öffnen, dem Duft zu folgen.
Diese unheimlichen Gedanken zu verdrängen. Unheimliche
Erinnerungen vielleicht. Die Wärme und die Panik durchfluten
mich augenblicklich. Fast konnte ich die Augen öffnen.

Doch dann wird alles wieder ruhig, keine Stimmen, keine Angst,
nur noch der Duft nach Zedernholz und Minze bleibt.

Bilder von dem, was war, schießen wie Blitze vor meinem Gedächtnis in meine Augen. Nennt man das so? Ich weiß es nicht. Mein Hals, er schmerzt immer noch. Es fühlt sich an, als wäre er in Ketten gelegt.

Das, auf dem ich liege, fühlt sich gut an. Leises Piepsen ist zu vernehmen. Woher das kommt, auch das weiß ich nicht. Ich fühle mich irgendwie schwebend. Schwerelos und eingesperrt in einem.

„Fleur?", kann ich eine tiefe Baritonstimme wahrnehmen. Seine Stimme. Er ist hier. Miguel. Kaum zu glauben. Ich kann es nicht zuordnen, von wo es kommt, bin mir sicher, er ist es wirklich. Mein Mann, meine Person, meine letzte Person und der, der mich gestohlen hat.

Meine Augen fühlen sich so schwer an, mein Kopf schmerzt. Hitze dringt durch meinen Körper.

Und da ist auch noch dieses schwere Gefühl, das mich zu erdrücken scheint, während ich mich in der Woge seiner Stimme wiederfinde.

Piep, piep, kann ich es wieder hören. Was ist da los? Mit mir und allem?

Ich liege gerade so warm und bin bereit, zu tanzen, zu singen. Alles auf einmal.

„Fleur, hey. Öffne die Augen. Langsam. Du bist in Sicherheit. Alles ist gut, hörst du mich? Ich bin da. „Scheiße, Kleines!“, hauchzart spüre ich einen Kuss auf meinen Lippen. Zu leicht, um ihn wirklich zu spüren, aber feurig, um ihn zu fühlen, tief in

Sei die beste Version von dir selbst, du Entscheidest wie sie aussehen wird, du trägst die Stärke. Du hast die Macht, ich bin bin schon verloren....

mir. Miguel. Ja, er ist es. Er muss hier sein, meine Hand wird gedrückt. Das ist er.

Meine Augen, so schwer sie auch sind, ich versuche es nochmal. Leichtes Licht scheint hindurch. Ich fühle mich so ruhig, seinen Schatten erkenne ich. Gott, tut das gut. Das Piepsen, es nervt, denn es wird schneller. Es stört mich.

Etwas mehr noch und ich sehe ihn ganz, während etwas vertraut mein Haar nach hinten streicht.

„Hey, Süße. Du kannst die Augen öffnen. Durst?", durch einen Mini Spalt sehe ich seinen Kopf, seine Augen, sein Haar. Vorsichtig und kaum möglich nicke ich. Meine Augen zwinkern. „Schhh, du hast vorsichtshalber eine Halskrause. Richard. Ist erledigte Sache." Diese Worte, ich habe auf sie gewartet. Ein Schluck Wasser wird zwischen meinen Lippen eingeflößt. Dankbar nehme ich ein paar Schlücke. Richard ist weg. Bin ich erleichtert. Aber bin ich ein schlechter Mensch, weil ich froh bin, dass er tot ist?

Viel zum Nachdenken komme ich nicht, denn Miguel küsst mich. Und ja, es schmeckt vertraut. Warm. Gut.

Er nimmt mich in den Arm, flüstert mir zu:

„Gott, ich bin so froh, dass es dir gut geht. Dir ist nichts körperliches geschehen. Ich passe auf dich auf, das schwöre ich dir bei meinem Leben, bei meinem Blut!", diese Worte, sie berühren mich.

Sie versuchen auch, das Geschehene zu verdrängen, denn ich möchte mich im Moment in diesem Positiven verlieren. Also nicke ich und genieße die Zeit, in der ich mich sicher fühle. Genau jetzt.

Immer wenn ich die Augen öffne, ist er bei mir. Am Bettende. Auf dem Stuhl, neben dem Bett. Steht am Fenster und betrachtet den schwarzen Himmel. Seine Anwesenheit, sie kann nicht verdrängt werden. Dieses Gefühl, von ihm, es ist da, bevor ich die Augen nur öffne.

„Miguel. Bring mich morgen nach Hause. Ich muss hier raus. Ich brauche nur dich und Ruhe. Und das Wissen, dass es Tessa gut geht." Ich hoffe, er kann das verstehen. Ich kann keinen Tag länger hierbleiben. Ich brauche meine Sachen, meine Kisten und meine Malsachen. Ich muss mich ablenken. Frische Luft von draußen und Leben, unbedingt. Ich weiß, sie geben mir etwas zur Beruhigung. Ich hörte auch, wie sie sagten, dass mir Richard Drogen gegeben hat.

Ich weiß fast nichts mehr von dem, was war. Vielleicht auch zum Glück. Ich weiß es nicht, das wird die Zeit zeigen.

„Ich finde das zu früh. Aber sicherer wäre es allemal. Tessa geht's gut, er hat sie verpflegt, weil er sie verkaufen wollte. Sagt sie zumindest. Der Arzt hat auch nichts Geschädigtes an ihr gefunden. Sie ist schon zuhause. In meiner Villa. Wir sind in New York, Fleur!", blinzelnd schüttle ich behutsam meinen Kopf. New York? Ich höre wohl schlecht? Wie? „New York!", wiederhole ich ihn. „Sarkasmus steht dir nicht, kleiner Phoenix", mein Kopf schüttelt sich automatisch.

„Wirklich, wie viel Zeit ist denn vergangen? Ich kann das nicht fassen. New York", ein Kuss brennt sich auf meine Lippen. „Ja, unser Zuhause. Meine Villa, sicher und weg von all dem, was war. Ich verspreche, ich versuche, dass wir nach Hause können. Möchtest du mit deiner Mutter telefonieren?" Wow, wie kommt er darauf? Ich schmunzle. „Nein!", platze ich aber doch heraus. Ich möchte einfach schlafen, das, was war, vergessen und in einem eigenen Bett liegen. Naja, in etwas Gewohntem.

Wenigstens, Tessa sehen.

Den letzten Kuss spüre ich kaum mehr, denn meine Augen schließen sich und lassen mich schlafen.

Nachdem ich gefrühstückt habe und endlich etwas in den Mund bekomme, das mir schmeckt, fahren wir in das Zuhause. Seine Villa. In Queens, wie er mir sagte.

Also doch nichts Gewohntes. Aber alles besser als das.

Sicherheit kann von da aus wohl vollstens gewährt werden, sagte er mir auch.

Ich bin froh, dass er Tessa mitgenommen hat, sie bei uns ist. Es wird auch ihr gut tun. Sie sagte ja, ihre Eltern sind schrecklich.

Vielleicht könnte ich aus ihr auch noch etwas mehr über die Mafia erfahren. Über Miguel und über sie. Sie ist so nett und sie fühlt sich für mich schon wie eine echte Freundin an.

Diese Welt, ja Miguel, er erzählt mir darüber nicht so viel, wie ich gerne hätte. Allerdings muss ich zugeben, wir kennen uns kaum. Wieso sollte er dann auch?

Die Häuser und die Stadt ziehen an uns nur so vorbei. Dieser Wagen ist pure Eleganz. Sportlich und verdammt teuer. Auch er, er trägt einen Anzug, einen absolut heißen Anzug. Schwarze Hose, schwarzes Hemd. Schwarze Schuhe. Und dann diese Sonnenbrille, im Winter. Es steht ihm so gut. Ein kleines Lächeln zuckt auf meinen Lippen, weil ich genau weiß, was darunter zu finden ist. Und ich nicht wusste, dass er auch das ist. Ich kenne ihn als halben Holzfäller, verrückten, halbnackten Ehemann und bösen Mann, inmitten von Menschen aus einer anderen Welt. Schön, ihn auch so kennenzulernen.

Er wirkt fast so normal.

Schlagartig verschwindet dieses Lächeln wieder. Unser letzter Abend, er kommt mir wieder in den Sinn, und danach gleich alles, was darauf folgte.

Langsam versuche ich, durchzuatmen. Mich zu sammeln. Ich möchte das alles vergessen. Irgendwie, denn eigentlich möchte ich auch alles, was wir haben, und noch so viel mehr für und von uns, behalten.

„Wie alt war deine Schwester?", ohne dass ich darüber nachgedacht hatte, hat mein Mund diesen Satz formuliert.

Anders als gedacht antwortet er darauf. „Du wunderst dich, oder? Hast eins und eins zusammengezählt. Vor fast dreißig

279

Jahren war sie knapp 20. Meine Mutter hat sie noch mit sechsundvierzig bekommen. Ja, mein Vater wollte noch ein Mädchen. Heute weiß ich, dass er Ware brauchte. Sie war knapp zehn Jahre älter als ich." Seine Stimme verändert sich kaum. Soll ich noch weiter fragen? Seine Hand lenkt den Wagen so konzentriert, während sich plötzlich die andere auf meinem Oberschenkel ablegt. Wärme durchfährt mich. Direkt durch diese kuschelige Jogginghose. Im Gegensatz zu ihm sehe ich aus wie ein schwarzes Teddymonster, denn Tessa hat mir einen Teddyjogginganzug bringen lassen. Mit rosafarbenen Turnschuhen.

„Ich erzähle es dir ein anderes Mal. Mein Vater hat alle getäuscht. Nicht nur mich. Es ist einiges falschgelaufen. Daran, dass ihr beide jetzt weg wart, war er nicht ganz unschuldig. Ich muss dir das mal in Ruhe erklären!", gibt er sachlich zurück. Daraufhin beschließe ich, im Moment nichts zu sagen. Neugierig starre ich aus dem Fenster.

Das Bild hat sich langsam geändert. Mehr Einfamilienhäuser zeigen sich, sie verändert sich zu einer Straße aus Villen. Wir fahren durch eine Welt aus Glamour und der Kälte des Winters. Ich fühle mich immer mehr wieder wie zu Hause, was auch seltsam ist. Aber ich komme von dieser Gegend, nicht dem kleinen Ort mitten im Wald.

Upper East Side, ganz groß steht es hier.

Er fährt fast bis ans Ende. Soll Mafia so wohnen? Dieser Gedanke schleicht sich in meinem Kopf herum. Ein Wohnen so normal und inmitten von normalen Menschen?

Gab es ihn und das alles schon immer hier? Frage ich mich. Doch dann halten wir tatsächlich da. Die Tore öffnen sich fast automatisch. Zwei dunkle Männer starren in den Wagen, drehen sich um und sind weg.

Ein hellbraunes Haus, größer als groß, steht hier. Dunkle Fenster, dunkle Steine und ein dunkelgraues Dach schmücken es. Farbenfrohe Pflanzen gibt es keine. Nur grün. Überall.

Clean und schick, moderne Eleganz in einer so alten Stadt.

Er öffnet die Wagentür und hilft mir hinaus. Führt mich in Richtung Tür. Heute ruhig und beherrscht. Fürsorglich, könnte man sagen. Seine Arme stützen mich. Immer wenn ich schneller gehe, bremst er mich. Er sieht zu mir hinunter. Es fühlt sich richtig und seltsam zugleich an.

Ein paar Treppen später stehen wir in einem richtig großen Eingang. Die Treppe aus Holz, sicher zwei Meter breit, führt direkt nach oben. Holzboden und dunkelgraue Wände begrüßen einen.

Ein alter Mann kommt auf uns zu. „Roman, das ist Fleur", übernimmt Miguel gleich für mich und ich strecke dem Mann die Hand aus. Verblüfft sieht er mich an, doch dann beginnt auch sein Gesicht zu lächeln.

„Schön, Miss Fleur, schön, dass sie da sind. Ich bin immer verfügbar, sollten sie etwas benötigen", dann nickt er und geht.

Zittern beginnt sich wieder in meinen Beinen breit zu machen, ich muss mich hinlegen. Die Halskrause und die Kopfschmerzen sagen, dass es nötig ist. Miguel merkt es und führt mich die Eingangstreppe hoch, vorbei am Eingang, am Wohnzimmer in Richtung eines Zimmers. Hier sieht es aus wie draußen: clean, nett und modern. „Hier, setz dich, das ist unser Schlafzimmer."

Müde erlaube ich mir einen kurzen Rundumblick in diesem sauberen, wohnlichen und nett eingerichteten Zimmer. Trotz dem Schwarz und Dunkelblau sieht es edel und komfortabel aus.

Holztüren, große Fenster und Fußbodenheizung begrüßen mich freundlich. Auch das Bett … Es ist so verlockend. Weich und angenehm, als ich meine schweren Glieder darauf absetze. „Ich muss bitte duschen. Ich muss das alles abwaschen. Ja?", Verständnis zeigt sich in seinem Blick, und er nickt sofort. „Ja, natürlich. „Ja, natürlich. Hinter dir, das Bad." Ich hätte nicht gedacht, dass er bereit ist, mich das machen zu lassen. Ich fühle mich selbst kaum gut genug dafür.

Trotzdem lächle ich und nicke. Ich freue mich so auf eine warme Dusche. Den ganzen Ekel abwaschen, endlich.

„Herrlich", flüstere ich, mehr zu mir als zu allem anderen. Dieses Bad ist mal richtig groß. Die Badewanne, vor dem Fenster, tolle Waschbecken und die Farben, grau und beige. Wundervoll. Ich drehe wieder halb um: „Habe ich irgendwo etwas anzuziehen?"

Ein Lächeln liegt auf seinen Lippen, als er nickt und mich zum Schrank auf der anderen Seite des Zimmers führt. Ja, er hat Angst, dass ich umfalle. „Hier, alles deins, nimm, was du benötigst. Ich telefoniere dann kurz." Wieder nickt er mir zu. Wirkt aber etwas seltsam. Seine Wärme, sie umhüllte mich so angenehm, dies spüre ich erst jetzt, als er weggeht. Ich nehme ein Shirt, Leggings und Unterwäsche. Farben sind mir egal. Einfach das nächste Beste. Es ist nicht zu übersehen, dass auch hier alles, wirklich alles, akkurat sauber und auf den Millimeter gefaltet ist. Bis ich mich umdrehe, ist er wieder hier und führt mich zum Bad.

„Langsam. Bitte!", befiehlt er, nicht unfreundlich, aber bestimmend, ja, etwas fragend sogar. Lächelnd und sofort wieder ernst, nicke ich zurück. „Ich kann das schon, nur fünf Minuten, länger brauche ich nicht. Es muss alles weggespült werden. Meine Haare, ich brauche Reinigung. Meine Haut, ich brauche Luft. Verstehst du? " Verständnisvoll nickt er wieder. Ich denke, ihm wird es nicht anders gehen. Er war tagelang bei mir. Er schlief auf dem Stuhl. Hat das Essen des Krankenhauses gegessen. Essen bestellt und wir haben gegessen.

Ein Zuhause ersetzt das nicht.

Die Halskrause lege ich vorsichtig ab. Kurzer Test: Ja, es wird klappen. Angestrengt dusche ich schnell, lasse das Wasser auf meinen Körper prasseln und schäume mich ein. Versuche, mit der Hand meine Haut zu schrubben. Alles, alles weg. Wärmeres Wasser scheint mir eine Lösung, also drehe ich auf. Shampooniere mein Haar, wasche weiter alles ab, schrubbe weiter und weiter. „Fleur, es reicht", meint Miguel, während die Tränen unter dem Wasser untergehen und ich mich stoppen muss, mir nicht alles aufzuscheuern. Ich weiß, er hat recht, doch ich mache einfach weiter. Es hat sich so ein innerlicher Druck aufgebaut, dass ich nicht weiß, wie ich ihn sonst bewältigen könnte.

Seine Hand fasst in die Dusche. „Es reicht, bist du verrückt!", schimpft er. Ein Handtuch wird mir gereicht. „Bitte nimm es, ich kann sonst für nichts garantieren. „Bitte", fleht er fast, während seine Stimme einen noch dunkleren Bariton angenommen hat, seine Augen weiter aufleuchten und seine Lippen etwas geöffnet sind. Nickend schnappe ich es und wickle es um mich. Föhne mit dem Föhn am Waschbecken mein Haar. Es fühlt sich so, so gut an. Kaum zu beschreiben. Auch wenn ich sehe, dass mein Hals grün und blau ist, meine Haut rot von der Hitze des Wassers und meine Augen geschwollen von den Tränen. Egal, Hauptsache ich bin hier.

Bis ich mich umsehe, ist er weg. Zeit, wieder durchzuatmen. Mich anzuziehen und nicht mehr darüber nachzudenken. Wird vielleicht wieder fünf Minuten klappen.

Langsam drehe ich um und gehe zum Schlafzimmer, das große Fenster, es zieht meinen Blick wie von selbst an.

„Ist das der Corona-Park?", erstaunt blicke ich in Richtung des bodentiefen Fensters. Lasse das Grün und die Sonne des kalten Winters auf mich wirken, während ich meine Socken abstreife, die ich umsonst angezogen habe, und die Wärme des Bodens dankend aufnehme. Last fällt ab, sofort, als ich mich hinsetze.

Die Halskrause ignoriere ich brav.

Miguel, er läuft herum, um das Bett, in eine andere Tür, daneben. Nachdenklich kommt er mit einer Wolldecke zurück.

Legt diese über mich und holt aus der Schublade in der Kommode gegenüber die Fernbedienung.

„Serien?", ich lache, Serien, ja klar. Als würde er das ansehen. Ich bezweifle, dass er weiß, wo er das überhaupt findet. Also nicke ich. Eine Ablenkung wird es jedenfalls werden.

„Durst?", seine Stimme, sie klingt angenehm. Meine klingt traurig, erleichtert und müde. So wie ich mich fühle. Also nicke ich auch da wieder und werde ein paar Minuten später schon aufgesetzt zum Trinken, mit Strohhalm.

Diese blöde Halskrause.

In dem angenehmen Gefühl des weichen Bettes, seines Duftes und dem Wissen, dass er auf mich achtet, schlafe ich ein. Tief und fest. Wir haben uns lange immer wieder unterhalten. Er mag, so wie es aussieht, gerne Waffen, nicht zum Schießen, sondern sie gefallen ihm. Er liebt dunkle Schokolade und trinkt gerne Espresso. Das wusste ich zum Beispiel auch nicht. Wie lange habe ich geschlafen? Lange, denke ich, denn als ich die Augen wieder öffne, steht er halb nackt am Fenster und beobachtet die Nacht. Sein breiter Rücken und die Tattoos – sie tanzen im Mondschein, mit jedem Atemzug. Das ist seine übliche Handlung, wenn er überlegt. Er sieht aus dem Fenster, ähnlich wie in der ersten Nacht, als ich bei ihm war. Ich wusste, er beobachtete mich.

Und jetzt schläft er wieder nicht, denn er passt auf mich auf, ich weiß es. Ich hörte es, wie er mit dem anderen Mann vorhin darüber sprach. Er meinte, Miguel würde bald durchdrehen. Er soll sich mal locker machen. Am liebsten hätte ich laut gelacht.

Ich beobachte ihn lange, solange, bis ich wieder einschlafe. Sobald ich die Augen wieder öffne, weiß ich: Er ist hier. Sein Geruch, seine warme Hand, sie ruht auf meinem Oberschenkel und hat meinen Kopf unter sich im Griff. Geborgenheit, so wie ich sie nicht kenne. Noch nie erfahren habe.

Seine Atemzüge gehen gleichmäßig. Ich denke gefühlte Ewigkeiten über alles nach, bis ich wieder aufwache. Warm eingepackt, mit der Decke bis zum Kinn. Vorsichtig streiche ich diese wieder etwas herunter, sehe ihn im Augenwinkel sitzen. Auf einem Sessel, mit einer Flasche Whiskey in der Hand. Ruhig und beobachtend sitzt er da. „Geht's dir gut?", seine erste Frage, bevor er auf mich zukommt. „Ja, alles gut. Kannst du nicht schlafen?", will ich wissen. „Doch, aber ich habe noch einen Termin. Heute früh, bei Sonnenaufgang." Seine Augen, sie wirken sogar jetzt in der Dunkelheit wieder so kalt. Was ist mit ihm los?

Auch seine Stimme, sie klingt wie ganz am Anfang.

Die warme Hand streicht über meine Gesichtshälfte. Automatisch lehne ich mich etwas daran. „Fleur. Ich muss heute zur Initialisierung, das heißt, Ich übernehme die Geschäfte meines Vaters voll und ganz." Mittlerweile sitzt er bei mir am Bett. „Es führt kein Weg daran vorbei. Es muss sein. Zu unserer und der Sicherheit meiner Männer. Und deren Frauen. Ich werde der Godfather werden.

Anführer der fünf Familien hier in New York. Ein wichtiger Posten, wenn man etwas verändern möchte. So wie ich es möchte. Vertrau mir, ich weiß, es ist schwer. Aber denk an uns. Glaube bitte daran, dass es klappt." Sollte ich ihn fragen, was das überhaupt zu bedeuten hat? Würde mir die Antwort helfen? Nein, sie würde im Moment nichts ändern. Nichts.

„Wie lange noch?", ich frage einfach geradeheraus. Ich muss wissen, wie lange ich noch nicht alleine bin.

„Ein paar Stunden!", ruhig und gefasst nickt er mir zu. Streicht über meinen Arm. „Mach, dass die Albträume aufhören, bitte.", flüstere ich. „Lösche sie aus und ersetze sie durch etwas Stärkeres, bitte!"

Gott, ich weiß, wie verrückt sich das anhört. Und wie ich das weiß. Aber mein Gefühl sagt mir, ich sollte die schlimmen Erlebnisse ersetzen. Etwas Stärkeres fühlen als das, was war. Möglicherweise kann ich mich dann darauf konzentrieren?

„Spinnst du?", schnell schießt es aus ihm. Verblüffung und ein Funkeln in seinen Augen bekomme ich als seine Antwort. Toll. Er will mich nicht mehr haben. „Du hättest das auch netter sagen können, ein netter Satz mit: Fleur, ich will dich nicht. Hätte vollkommen gereicht!", flüstere ich beschämt zurück.

Er springt auf und läuft um das Bett herum. Schüttelt den Kopf. „Fuck, genau jetzt", meint er, was auch immer das zu bedeuten hat.

Er hält meine Schultern fest und sieht mich an. Eindringlich und konzentriert sieht er mir in die Augen.

„Fleur. Scheiße, du machst in mir aus dem Gefühl der Kälte heiß und andersherum. Egal welche Türen sich hinter mir geschlossen haben, du beginnst ein neues Kapitel. Trägst nicht nach und gibst, ohne zu nehmen. Bist schlau und ganz und gar nicht so naiv, wie du dich darstellst. Ich habe es mehrmals erlebt. Du lässt in mir den Wunsch aufkommen, anders zu sein. Menschlich, für was? – Für dich! Ich möchte dich nicht verletzen. Ich möchte mit dir so viel, dass ich nicht kenne. So viel, von dem ich nichts weiß. So viel, und doch wird dann nichts mehr da sein, weil ich dich verschlingen werde, ohne dass ich es beabsichtige. Verstehst du, Fleur? Ich werde dich auflösen!

Gib dich nicht mit mir zufrieden. Sei die beste Version von dir selbst, du hast verdammt nochmal diese Macht. Diese Stärke, ich, ich habe sie nicht. Ich – ich bin schon verloren, ein seelenloser Hurensohn, ohne das Privileg, dich lieben zu dürfen, denn so werden sie dich holen kommen. Dich zu Grunde richten. Wenn ich es durch mein Inneres nicht selbst tun werde. „Was zur Hölle ist das jetzt?" Wow. Was ist mit ihm passiert? Diese Offenheit. Diese Gefühle. Er klingt so seltsam. Traurig. Bestimmend und unbeherrscht. Lässt meine Schultern los, schüttelt seinen Kopf.

Er fasst sich wieder an seinen Bart und läuft weiter auf und ab und hinterlässt Schatten, sogar in diesem fast dunklen Raum.

Puh, ich schlucke. Was soll ich sagen? Nach einem richtig tiefen Atemzug reiße ich mich zusammen. Hoffe, dass meine Stimme fest klingt.

Langsam stehe ich auf, während ich einfach zu sprechen beginne, und gehe zu ihm ans Fenster.

„Alleine, dass du darüber nachdenkst, Miguel, es zeigt, du versuchst es. Du bist bereit, zu tun, was zu tun ist. Das ist doch alles, was man sich wünschen kann. Du willst es versuchen. Es ist dir ernst. Also bitte komm zu mir, zeig mir, wie ich mich fühlen könnte. Gib mir etwas Intensives, das alles der letzten Tage auslöscht. „Bitte, ich bitte dich, lass mich dich fühlen, ich bin bereit.", flüstere ich ihm in dem Schatten des beginnenden Abends entgegen. Während ich mich von hinten an seinen stehenden Körper presse und meine Stirn an seiner Schulter anlehne. Seine Arme mit meinen Fingern umschlinge.

Ja, es ist früh. Ja, es ist vielleicht unangebracht. Aber die letzten Tage waren alle nicht angebracht. Alles war scheiße, krank und nicht normal. Er denkt über sich nach, ist das nicht das, was man sich wünschen sollte?

Es ist mehr, als ich von ihm hätte erwarten können. Viel mehr. Verdammt, es ist mehr, als ich mein ganzes Leben von sonst wem bekommen habe!

Ich spüre eindeutig, wie sich die Luft zu verändern scheint. Seine Atmung wechselt von tief zu flach. Sein Duft, er hüllt mich ein in etwas, das vertraut ist.

Langsam dreht er sich um und sieht zu mir herunter, fasst vorsichtig an mein Kinn. „Sicher?" Bestärkend nicke ich. Während sich ein warmer Kuss von ihm auf meine Lippen senkt. Seine Stärke, sie scheint, als würde sie auf mich übergehen können. Seine Hand greift in mein Haar, dirigiert meinen Kopf. Drückt ihn an seinen Mund, während mich die berührendsten Küsse erreichen, die ich jemals bekommen habe.

Seine Zunge, sie tanzt mit meiner eigenen. Warm. Sinnlich und berauschend. Ich möchte mehr. Sauge an seiner Zunge, fasse mit meinen Händen in sein Gesicht. Seine Hand greift unter meinen Hintern, stark und zugleich behutsam, und doch voller Begierde hebt er mich hoch. Zieht mich ruckartig an sich. Küsst mich weiter, als würden wir im Anderen die Rettung von etwas erwarten. Jeder Zungenschlag knipst in meinem Inneren etwas an. Wohltuend, warm und angenehm.

Sein warmer, harter Körper reibt sich an dem meinen. An meinen Brüsten, während sich die Feuchtigkeit zwischen meinen Beinen über etwas Hartem sammelt. Seinem Penis, der an meinen Hintern drückt. Einzig die Hose und die Unterwäsche trennen ihn von meiner Haut.

Seine Augen fixieren meine eigenen. Ohne sich abzuwenden, legt er mich auf dem Bett ab. Die weiche Matratze lässt mich mit ihm über mir leicht einsinken. Geborgenheit breitet sich in mir aus.

Sein schönes Gesicht, seine starken Hände lassen mich mehr wollen. Kurz blickt er mich nochmals an, fast so, als würde er überlegen. Doch bevor er es sich anders überlegt, nicke ich und ziehe an seinem Hemd. Knöpfe die Knöpfe auf, einen nach dem anderen, während er mich weiter küsst. Eine Mischung aus leidenschaftlichen, hauchzarten Küssen und den rohsten, die ich jemals spürte.

Blitzschnell fliegt sein Hemd zu Boden, als er aufsteht und mir die Hand reicht. Er meine Arme nach oben hebt und mir das Oberteil auszieht. Ich brauche nicht darauf zu achten, ihn zu finden. Sein Blick trifft mich immer wieder, sucht weiter nach meinem. Er sieht aus wie ein ertrinkender, großer Mann, der selbst nach Hilfe sucht.

Sein Kopf senkt sich wieder auf meine Lippen. „Ich will dich so stark, dass es schmerzt. Ich muss in dir sein. „Dich fühlen.", höre ich ihn, rau und abgehackt leise flüstern. Während er mich immer wieder küsst, fast nach jedem Wort. Außer seinem Körper und seinen Händen, die seine Hose öffnen, sehe ich nichts anderes mehr. Hitze durchflutet mich und lässt mich schwerer atmen.

Sein Oberkörper drückt mich küssend wieder zurück auf die Matratze, seine Hände umfassen meine nackten Brüste. Himmlische Funken schießen augenblicklich bis in mein Inneres. Diese Küsse und seine Finger, die um meine Brustwarze kreisen, erregen mich, sodass ich keine Zeit mehr zum Nachdenken habe. Sein Mund schließt sich um meine Nippel. Saugend und stöhnend umschließt er sie, während meine Hände seinen nackten Oberkörper erkunden. Schneller atmend und nicht mehr zu stoppen, fühle ich ihn, fahre mit der Hand seinen Penis etwas auf und ab. In meinem Kopf sieht er so aus wie das letzte Mal unter der Dusche. Doch meine Hände spüren die volle Länge, diese Breite. Wie soll er ihn hineinbekommen? Ich umschließe ihn etwas mehr. Fahre bedächtig hinauf und ab, während er über meinen Brustwarzen mit seinem Mund vibriert und ihm ein tiefes Stöhnen entlockt.

Wie es aussieht, mache ich es richtig, denn Feuchtigkeit berührt meine Hand. Sein Penis fühlt sich noch etwas dicker an als vorher.

„Fleur, du machst mich wahnsinnig. „Du schmeckst so gut, heb deinen Hintern", raunt er mir entgegen, während seine Hand meinen unteren Rücken anhebt und er gleichzeitig mit der anderen meine Hose samt Unterhose hinunterzieht. „Brauchen wir ein Safeword?", bringe ich abgehackt heraus, leise. Ich weiß nicht, ob er mich gehört hat, doch das vom Desire, möglicherweise, denkt er, ich kenne es.

„Nein, ich entscheide, wann du nicht mehr kannst. Ich sehe dich, Fleur, ich achte auf dich, ich spüre dich, so wie ich mich selbst spüre." Sein tiefer Bariton – Gott, wie ich ihn liebe und wie er mich in Sicherheit wiegt.

Das sexy Lächeln, das er mir dabei zeigt, während seine Finger meinen Kitzler umkreisen und ihn hart werden lassen, ist unglaublich. Er verteilt die Feuchtigkeit und bringt mich weiter in eine Welt aus Nebel und Verlangen.

Meine Finger umschließen seinen Penis und reiben weiter, so wie vorhin. Sein Stöhnen wird lauter und seine Finger immer schneller. Lust, extreme Lust, braut sich in mir auf, als er mit seinem Mund zu meiner Scheide wechselt. Gott. Ah, das fühlt sich so gut an. Seine Zunge umkreist, sein Mund vibriert und seine Finger massieren genau an den richtigen Stellen. Fahren langsam etwas hinein, sodass ich gleich anspanne.

Ich werde es heute aber durchziehen. Sicher!

Er spürt, dass etwas anders ist, und reibt schneller weiter und stöhnt weiter in mich hinein. Dabei verlassen seine Augen meinen Kopf nicht. Er fixiert mich so starr, dass mir selbst nichts anderes übrigbleibt, als ihn anzusehen. Vielleicht eine stille Rückversicherung, glaube ich.

Ein druckartiges Gefühl baut sich in meiner unteren Hälfte auf, ich werde gleich kommen, ich spüre es. Alleine durch seine Zunge und seine Finger, die immer schneller werden und mir ein Stöhnen entlocken. Mein unterer Rücken, er biegt sich durch, in den weichen Laken. Plötzlich, mittendrin, stoppt er. Küsst mich mit den von meinem Saft benetzten Lippen. Wow, ist das heiß. Seine Augen, die mich ansehen, während ich noch weiter versuche, ruhig zu atmen. Das Gefühl genieße und mich schon irgendwie schwebend fühle. Halb auf mir nimmt er seinen Penis in die Hand. Sieht mich nochmals genau an, dann führt er ihn zu meinem Eingang. Drückt ihn dagegen und reibt meine Klit weiter, schneller und mit mehr Druck.

Gott. Ist das gut. Ah, Wärme durchschießt meinen Körper. Mein Eingang fühlt sich zum Zerreißen gespannt an, Druck auf Druck. Luft suchend und mich fast gegen seine Finger pressend, schiebt er ihn hinein. Stück für Stück, sodass ich seine ganze Nähe spüre, als würde ich von etwas aufgespießt. Gekonnt und selbst so, als wäre er angespannt, lässt er dabei meinen Kitzler, keine Chance, nicht zu kommen.

Trotz allem, oder genau wegen dem, bevor er an die wichtige Stelle kommt, komme ich, sein Mund saugt mir den Orgasmus regelrecht heraus, bis ich den vollen Schmerz spüre. Mehr als gedacht und wie inmitten eines Nebels. Er hat ihn weiter hineingeschoben, ich drücke mich lustverzehrt dagegen, ohne nachzudenken, als ich komme. „Lass locker, mach's nicht schlimmer", glaube ich zu hören. Mit einem Schrei aus Stöhnen und Schmerz liege ich unter ihm. Keuchend, Tränen laufen, während er wie angewurzelt über mir verharrt. Schweiß auf seiner Stirn klebt und sein warmer Atem mich berührt. Gefühlt bin ich bis zum Platzen ausgefüllt, angespannt und halb erlöst.

Es fühlt sich an, als würde er in meine Eingeweide stechen. Hart, dick und sexy, obwohl es so schmerzt. Zittrig liege ich hier, meine Augen sehen ihn durch den Schleier aus Lust und Tränen. „Geht's?", fragt er. Er ist sich unsicher, ich höre es an seiner Stimme. „Ja, weiter", gebe ich keuchend zurück. Es muss jetzt weitergehen, zu weit habe ich mich getraut. Das, was unausweichlich ist, denn ich will das. Ich brauche das und möchte mich mit ihm vereinen. Gott, das haben doch schon mehr geschafft, schimpfe ich gedanklich mit mir.

Ruckartig drücke ich mich nochmals auf seinen Penis. Mit einem Ruck. Werde aber eines Besseren belehrt: Es wird nicht wirklich leichter. Ein lautes Stöhnen dringt in mein Ohr. Dieser harte, sexy Ton aus seinem Mund, während zeitgleich seine Hand mit leichtem Druck parallel zu seinem Penis meinen Kitzler massiert. Er verrenkt sich so, hilft, wo es geht.

Sekundenschnell überkommt mich ein weiterer Druck. Wärmend baut es sich in mir auf, ich weiß nicht, wie mir geschieht. Schweiß überzieht seinen Rücken, das Pflaster ist immer noch auf ihm, scheint ihm aber egal zu sein, denn sein Penis bewegt sich weiter in mir. Meine Hände fahren über seinen harten Körper, jeden Muskel, krallen sich in seinen Rücken. Er massiert von innen, fast elektrisierend. Ich ziehe ihn noch fester an mich.

Er bewegt sich weiter, er ist so dick. So groß. Unglaublich, sein Mund küsst mich weiter, während er stöhnt. Tonlos flüstert er etwas, während er mich küsst und ich nichts verstehe. Sein Penis wird immer fester und härter. Als sein Körper auf einmal erstarrt. Warme Flüssigkeit entleert sich in mir, ja, fast pochend. Während er fest auf meinen Kitzler drückt, ein kleiner Ruck seines Daumens, und ich komme nochmal. Ah, ich schnappe nach Luft, zittere am kompletten Körper, auf jeder einzelnen Stelle. Lautes Stöhnen von seinem Mund senkt sich auf den Meinen. Wow. War das schmerzend? Geil. Sinnlich, verstörend und zugleich wunderschön.

Seine Küsse, sie beruhigen mich, während seine Finger durch mein Haar gleiten. Sanft und zärtlich.

So liegen wir quer über dem Bett. Ich weiß, dass ab jetzt alles anders zwischen uns sein wird. Bewusster wird mir jetzt, dass er das so gut kann und jede Menge Übung darin haben muss. Wird er mich als Einzige nehmen? Gibt es andere? Ich frage heute lieber nicht. Das scharfe Brennen zwischen meinen Beinen wird nicht weniger schmerzlich, sodass ich das alles erst einmal auf mich wirken lassen muss.

„Fleur, ich hoffe, ich habe dich nicht verletzt. Alles gut?", sein Gesichtsausdruck, sieht so aus, als würde er etwas Angst haben. Kann das sein? Er wirkt hilflos, um genau zu sein.

„Nein, ja, nein, es würde nicht anders gehen. Es war perfekt. Danke. Danke für deine Beherrschung. War es für dich auch gut?", ich frage einfach wieder, ohne zu denken.
„Ob es für mich gut war? Fuck, ich habe mich so zusammengerissen, um nicht gleich zu explodieren. Du bist so

heiß. Warm. Sexy. Mein. Das habe ich so noch nie erlebt!", er klingt ehrlich. Weich und rau nach dem Sex. Seine Stimme und sein Körper nehmen zu jeder Zeit den kompletten Raum ein.

Dann küsst er mich. Und nickt. „Ich muss dir was zum Saubermachen holen. Wir müssen die Laken wechseln!"

Er zieht ihn aus mir heraus, hinterlässt augenblicklich Leere und Kälte. Ich fühle mich anders. Unglaublich. Er sieht so nackt, so heiß aus. Diese Tattoos, diese Muskeln, dieser Körper und diese kleinen Falten um die Augen, sie lassen ihn ganz und gar nicht alt aussehen. Im Gegenteil.

Was auf jeden Fall beeindruckend aussieht, ist dieser riesige Penis. Diese Adern. Dieser Glanz und das immer noch.

Bis ich mich umsehe, wäscht er mir mit einem warmen Lappen meine Blutrückstände ab. Sein Kiefer, dabei total angespannt. Etwas hat sich in ein paar Sekunden verändert. Anspannung ist in seinem Gesicht zu vernehmen. Die Töne seiner Atmung haben sich auch verändert. Was bedeutet das? Meine Augen, ich muss sie schließen, er soll nicht sehen, wie ich mich schäme.

Seine Schritte sind zu hören. Was macht er nur? Als er wiederkommt, hält er mir das Shirt hin, küsst mich und hilft mir hinein. Greift nach der Halskrause. „Anziehen!" Lächelnd nehme ich sie entgegen. Es wundert mich sowieso, dass er sie erst jetzt bemerkt.

„Bleib stehen, ich ziehe das Laken ab." Ich mache, was er sagt. Zu kaputt bin ich. Müde und ausgelaugt, aber es geht mir gut. Dieses intensive Gefühl, es hat fürs Erste geholfen. „Gib es mir, ich nehme es mit, ich befürchte, es wird heute mehr zu verbrennen geben!", schimpft er. Was meint er?

Ich beobachte ihn, bis er fertig ist. Bei ihm sieht das alles so aus, als würde es keine Anstrengung erfordern, und dabei ist dieses Bett nicht klein. Erschöpft und trotzdem guten Gefühls lege ich mich hin. Lasse mich wieder küssen. „Ich muss jetzt weg. Vor der Tür ist eine Wache. Im Haus auch eine. Tessa ist im Stockwerk über uns. Ihr geht es gut. Sie wird schlafen. Schlafe du bitte auch. Ja? Ich werde bald wieder hier sein. Versprochen!" Tessa hatte ich ganz vergessen. Doch ich bin zu müde. Nicke einfach. Und werde warten, bis er wiederkommt. Ich hoffe, da passiert nichts Schlimmes, bei dem, was er tut.

Mit einem Brennen zwischen meinen Beinen, einer leeren Bettseite und doch dem paradoxen Gefühl der Sicherheit schlafe ich ein, nachdem ich ihn die Haustüre versperren höre. Leise, aber es ist da. Den Rest der kurzen Nacht träume ich traumlos.

Kapitel 14

Miguel

Fuck, heilige Scheiße. Teufel und Satan. Was habe ich getan? Ich bin zu dem Wichser hinein, ohne irgendetwas. Ohne Waffe, ohne Schutz. Ohne einen Funken an Verstand.

Und dann, konnte ich den perversen Drecksack, gerade noch so von ihr herunterziehen.

Mit einem Ruck, war sein Genick in zwei. Sein Leben, erloschen. Jedes Stück, seines Daseins weg. Und es war mir ein verdammtes Vergnügen.

Und Fleurs Dasein? Ich weiß es noch nicht, weiß nicht wie sie das alles verkraften wird. Als mir der Arzt bestätigte, dass sie keine Verletzungen hat, egal wo, war ich beruhigt. So wahnsinnig beruhigt, dass ich es nicht in Worte fassen kann. Er gab ihr die ganze Palette an medikamentöser Behandlung die möglich war, um alles auszurotten, was er ihr verpasst haben könnte. Wenn er sie gefickt hätte, hätte ich ihm seinen Schwanz fressen lassen. Mehrmals. Auch tot, mir egal.

Tessa, Gott ihr geht es auch gut. Das war ein reines Selbstmordkommando. Und warum, weil ich meinem Vater nicht trauen kann. Ihm nicht und auch den Männern nicht. Zumindest nicht allen, so wie es sein sollte. Solange er Don ist, werden seine Aufträge erledigt. Nicht hinterfragt. So ist es bei uns Gesetz. Ich werde aktuell nur akzeptiert. Reiner Selbstschutz in unserer Welt. Die Welt der fünf Familien. Der Gesetze der Gesetzlosen, die der Morallosen und Söhnen der Anführer.

Fuck.

Und jetzt. Habe ich sie gefickt. Einfach so. Das, obwohl ich sie gerade erst aus dem Höllenloch geholt habe. Das kann doch nicht wahr sein. Ich habe sie genommen, als sie am kaputtesten war. Zerbrechlich. Und ja, verdammt. Es war heiß. Geil. Wenn nicht mein bester Sex, ich habe sie für mich beansprucht. Sie, zu der Meinen gemacht. Sie markiert und unseren Schwur besiegelt.

Die Hochzeitsnacht vollzogen.

Merda.

Ich krankes Arschloch. Ich hoffe sie kommt klar, bis ich wieder komme. Fühlt sich in meiner Villa wohl. Wir werden nach und nach es auch zu ihrem Zuhause machen. Meine Mundwinkel zucken, meine Fäuste sind geballt. Die Frage, die ich mir selbst immer wieder stelle, ist, ob sie wirklich bleiben wird? Sie hatte vor Dan ein Leben, eines vor mir und dabei war sie überhaupt nicht so schüchtern oder zurückhaltend. Sie war sogar eine kleine Partymaus. Mein Lebensstil, nennen wir ihn teuflisch gemischt mit einem Schuss aus Macht, Tod und Sex. Diese drei Pfeiler, die mich ausmachen, die welche ständig in meinem Verstand herumkreisen. Macht, die sucht man sich nicht, man hat sie. Ebenso der Tod, ich suche ihn nicht, er ist jederzeit anwesend, egal wo ich hinkomme. Und der Sex, ja ich habe den Club, ich stehe auf kranke Scheiße, ich habe Verträge mit unzähligen Bitches, wie ich sie ficke. Wie sie sich unterwerfen. Nein, ich bin kein sogenannter Dom, ich zähle mich zu der Stufe über ihn. Ich bin so wie ich bin, dafür brauche ich keinen Namen. Ich benutze mein Werkzeug, so wie ich es für die Sub für richtig halte. Ich entscheide was geschieht. Und mit ihr? Was mache ich mit ihr, dieser Sex, er war der Beste, den ich jemals hatte, darauf muss ich selbst erst einmal klarkommen.

Der Intensivste, welchen ich jemals hatte.

Und der den ich sonst nicht habe. Hat es mir gereicht? Nein verdammt, ich will mehr davon. Mehr von ihr, mehr von allem. Nein, ihr Körper unterwirft sich mir so und so, ihr Verstand, nein er soll es nicht. Mit ihr, wäre mir das zu langweilig. Definitiv.

Es ist seltsam, ich gehe meiner Arbeit nach, aber ich fühle mich, als hätte ich in Claudwood, einen Haufen aus Scherben, Stücken und Asche zurückgelassen. Alles läuft dort wie immer, nur ich, ich habe die Hülle meines Körpers abgeworfen. Fuck, das kann ich nicht erklären. Ich fühle mich anders. Neu irgendwie.

Nachdem ich mich angezogen habe und in der Garage meine Waffen zusammengepackt habe, muss ich auch schon los. Keine Zeit zum Reden, sie zu beobachten oder darauf zu achten, wie es ihr geht. Das Handy muss jetzt ausbleiben, ich brauche volle Konzentration. Manchmal erfordern gewisse Dinge es, dass man sich selbst hintenanstellt.

Zu ihrem Schutz, stelle ich uns jetzt hinten an. Verdammt, ich weiß es selbst, eine fucking Aussprache ist jetzt ebenso wichtig.

Meine Handycam sagt, dass Tessa schläft, das Bild wirkt so. Das Zimmer ist so, wie ich es vorher verlassen habe. Mein Hauskeeper, er kümmert sich um sie und achtet auf sie. Sie hat außerdem Schlafmittel. Und sie selbst ist noch ein Problem, eine Baustelle, die ich jetzt habe. Fuck, Ronaldo wird irgendwann mitbekommen, wo sie ist. Denn der Krieg ist so und so schon da, er ist unausweichlich. Es gilt jetzt nur die zu mobilisieren, welche Loyal sind, kämpfen und auf der Spur bleiben. *Für mich. Für uns.*

Tessa, sie selbst wird klarkommen wie immer. Anders als üblich ist nur, dass sie jetzt in meinem Gästezimmer ist. Nachhause, kann sie bei meinem Vater wohl schlecht. Wieder das Thema Loyalität das hier der Gegenspieler ist. Solange bis die Männer auf meiner Seite sein werden, wird es nötig sein, dass ich sie beobachte. Und das ist in meiner Villa hier, der Hochsicherheitsfestung überhaupt, am einfachsten. Cams, Bewegungsmelder, Stromzäune und mehr Waffen als Lebensmittel, bestücken dieses Haus.

Den ganzen Weg über, habe ich diese Mindfucks, ich kanns kaum aushalten. Ich musste jetzt weg, sofort. Ich musste aus ihr heraus. Ich spürte die Sperre in ihr und habe durchgedrückt. Sie hat sich gottverdammt selbst auf meinen Schwanz gedrückt. Den Beweis ihrer Jungfräulichkeit -Ein für alle Mal zerstört. Ihr Stöhnen. Ihre Titten, diese festen großen geilen Titten. Echte riesige Titten, die sich in meinen Mund pressten. Fuck, ich könnte gleich nochmal kommen. Unfassbar. Unfassbar ist auch, dass ich diese verdammten Blut- und Spermabefleckten Laken spazieren fahre. In einem Müllsack. Mitten in New York. Nachts. Und an nichts anderes Denken kann, wie dieses rote Haar ihr sinnliches Gesicht einhüllt. Ihre Titten wippen und ihre Säfte auf meiner Zunge schmecken. Und das, bevor ich meinen Job erledige!

Schnell brettere ich die dunkle menschenleere Straße entlang. Diese Mail von Vinc. hatte ich erst nach dem Sex gelesen. Sie wäre wichtig gewesen. Er wird nachkommen. Ein paar Minuten später nur. Er muss den Gefangenen im Keller noch sauber versperren. Ich wusste nicht einmal, dass wir einen haben. Er hat mir, bevor ich Fleur nahm, die Nachricht zukommen lassen. Er hat einen Mann meines Vaters, er wollte ihm gegen Geld,

Wissen anvertrauen. Pf. Gegen Geld, gibt's bei mir gar nichts. Wenn er Glück hat, kann er danach seine Familie wieder sehen. Kommt ganz auf die Infos an. Ich hätte das, eigentlich schon eher gebraucht, bevor dem was jetzt kommt. Nur möchte ich jetzt alleiniger Eindringling ihn ihrem gewohnten Metier sein. Die neue Führung zieht neue Regeln mit sich, wir werden sicherlich aussondern müssen. Für den Wichser im Bunker, benötige ich später mehr Zeit.

Ja, der Sex mit Fleur war mir wichtiger. Also habe ich die Nachricht ignoriert. Zum Vorteil meines Vaters, das weiß ich jetzt schon. Das hatte ich zuvor noch nie in Erwägung gezogen. Jetzt heißt es, auf das Bauchgefühl verlassen. *Scheiße*, ich lache fast Psycho- like, während die Musik in meinen Ohren dröhnt und der Fahrtwind der offenen Fenster in mein Gesicht peitscht.

Außerdem können er und ich als Ziele nicht mehr zusammen in einem Wagen fahren. Zu gefährlich! Wenn es einen trifft, muss sich der andere um Fleur kümmern.

Ich brettere weiter, lasse die roten Lichter hinter mir. Ampeln, Laternen, die weiße Line auf der Straße, ich scheiß drauf. Wütend und total angepisst fahre ich für mich alleine, kann meine Gedanken sammeln. Meinen Whiskey in der rechten Hand, immer parat. Wenn nicht heute, wann sollte ich sonst trinken?

Wenn sie mich aufhalten, knall ich sie ab. Ich habe heute schon beansprucht und genommen, was nicht genommen werden sollte. Da kommts auf ein paar Kollateralschäden mehr, auch nicht drauf an. Sie hätte Ruhe gebraucht und doch habe ich ihr meinen Schwanz in ihre Fotze gestopft. Er sah aus wie nach einem Opferfest, was es auch war!

Und das Schlimme, ich würde es wieder tun. Merda!

Ich komme zu dieser Adresse, die mir geschickt wurde. Mein Vater hält nicht viel davon, Nachrichten persönlich zu übermitteln. Er macht auf Geheimnisvoll.

Aber der Ort hier, ist anders Krass. Es ist irgendwo am Rande von Queens, Richtung der ärmeren Viertel. Durch schmale Gassen voll Fixern, Huren und Freiern. Sie starren meine Karre an, als wäre sie von einem anderen Planeten. Die Straße scheint nicht zu enden. Einige stehen in kompletter Starre auf der Straße, halb nackt, vollgeschissen und stehen einfach. Die Straßenlaternen, erleuchten ihr Haupt, während der Rest von ihnen der Dunkelheit verfallen ist. Vater, dein Hang zur Theatralik ist grandios.

Ich muss direkt aufpassen, dass ich keinen umfahre, wer weiß wie sie dann abgehen. Und das hält mich wiederrum auf.

Langsam, neigt sich die Straße dem Ende zu. Es wechselt zu Feldwegen. Bäume, vollkommene Dunkelheit und Einsamkeit kommt zum Vorschein, ich denke ich bin bald da. Nach kurzer Zeit komme ich zu einem kleinen Waldstück. Die Adresse auf meinem Handy, habe ich geprüft. Mein Blick, auf eine Kirche gerichtet. Alt, bröckeliges Gemäuer, dunkel und voller parkenden Wagen. Echt jetzt? Seine Theatralik und Gloria sucht seines Gleichen. Ständig drehen sich auch die Gedanken um den Wichser bei mir zuhause. Unter der Garage. Alles da, die Vorfreude auf das, was ich mit ihm Vorhaben werde, machen die Fahrt erträglicher. Nadeln. Heißes Wasser. Schläger, Messer, alles unten und griffbereit. Ich habe diesen Ort vermisst. Gefühlt macht es die ganze Situation erträglicher.

Mein Wagen hält. Ich mit ihm, ich bin angespannt. Wer weiß, was gleich abgeht. Ich stopfe meine Beretta in die eine Hosenseite. Meinen Colt in die andere. Das Messer, immer Griffbereit dabei. Niemand darf mein Ich unterschätzen, dafür benötige ich die Scheiße nicht.

So jetzt geht's los, kurzer Check, in die Umgebung. Nichts besonders Auffälliges zu sehen. Langsam steige ich aus, die Ruhe ist angenehm, auch wenn sie womöglich nichts Gutes heißt. Die Kälte weht in mein Gesicht, etwas Abkühlung, die nicht schadet.

Einzelne Feuertonnen und Fackeln weisen den Weg hinauf zur Kirche. Von innen dringen Stimmen in die Dunkelheit hinaus. Meine Atmung und meine Schuhe, sind das Einzige zwischen dem Knistern des Feuers was zu hören ist. Vinc steht oben, nickt mir zu. Wieso war der Wichser jetzt auch noch eher hier als ich? Er sieht ebenso fertig aus, wie ich mich fühle. Und das auf diese Entfernung. Hinten links, steht ein Späher. Ein paar Meter weiter weg, am Beginn des Waldes, liegt ebenfalls einer. Als wenn ich das nicht sehen würde. Vater, du bist einfach nur noch Wahnsinnig. Prost!

„Vinc.", angespannt stampfe ich die Treppe hinauf, Stufe für Stufe, nicke ihm zu. Handschlag obligatorisch. „Mig.", grüßt er zurück. Für heute sind wir over and out. Wissen es beide aber besser, denn die Mafia, die Geier und das Geschäft schläft nie. Egal an welchem letzten Loch der Gesellschaft du dich aufhältst.

Doch der wichtigste Teil, er kommt genau jetzt. Aufgrund der Umstände hat mein Vater die Initialisierung vorgezogen, ich schätze ihm geht der Arsch auf Grundeis, darum darf ich jetzt den Platz mit einem Drittel meines Körpers, bereits im Grab einnehmen.

Die Schaufel dafür, inklusive.

Ich atme nochmals tief durch. Lege die Maske des Todes auf, angespannt. Ruhig. Ausdruckslos und angepisst stampfe ich den Gang entlang. Die Fackeln an den Wänden, lassen es wunderbar seelenlos erscheinen. Die Männer werden leise, die Gespräche erlöschen. Mein Vater, er steht bereits aufrecht hier. Im Anzug, wie immer. Gebotoxt wie meine Mutter. Er kann sein Alter nicht akzeptieren, auch wenn er aussieht, und in einem Zustand, von einem Sechzigjährigen ist.

Zunickend steht er auf der Kanzel. Der Schatten des Lichtes spiegelt sich in seinem hasserfüllten Gesicht. Mein ebenso hasserfülltes Gesicht nähert sich ihm. Meine Stiefel hallen am Boden nach, als ich oben ankomme.

„Don", begrüße ich ihn wie gewohnt, „Schönen Abend", meine Stimme klingt den Umständen entsprechend. Langsam drehe ich mich zu den Männern. Mein Vater ergreift das Wort.
„Meine Herren, Soldaten, Familie, wie ihr euch schon denken konntet, habe ich euch zu meinem Abschied eingeladen.

Mein Sohn, Miguel Morano, der beste Killer, der Lurker, der Strategisch beste Mann, wird meine Nachfolge antreten. Schhh", befiehlt er, als die Menge zu tuscheln beginnt. Alle mehr als fünfhundert Männer, die sich hier befinden werden unruhig.

Aber auf sein Wort hin, ist es fast wieder still. Sie stehen hier zusammengepfercht und warten, wie ihr weiteres Dasein angepriesen werden wird. Von einem alten Mann und dessen Sohn ohne Gewissen, ohne lebendes Herz, so wie das ihre. „Miguel hat vor ein paar Wochen geheiratet. Ja, wir wissen alle, wer sie ist. Doch er, er hat euch ein Geschenk mitgebracht. Einen weiteren Sieg im Kampf gegen die Bakers, die Mc Millen und die Baker Flemmings. Jawohl ihr habt richtig gehört. Seine Braut ist niemand geringeres als die Baker Flemming Enkelin. Jawohl, des Weiteren hat er uns einen Sieg über die Mc Millans zukommen lassen. Den Tod seiner Schwester Lynn gerecht und die Schulden des Jungen getilgt, indem er ihm das Leben nahm." Die Menge pfeift und klatscht. Anerkennend. Doch wieso weiß er von Richard? Das ist nicht einmal zwei Tage her. *Dieser Wichser.* Fuck. Er soll schnell machen, mir reicht es schon bevor ich hier wirklich fertig bin.

„Somit erfüllt er alle Kriterien für unsere fünf Familien, die Kriterien eines Dons der Costa Nostra. Meine Herren, ich stelle ihnen den neuen Don, Miguel Morano vor. Durch Blut eingetreten, wird er mit Blut austreten, wie wir alle. Er wird die Geschäfte nach bestem Wissen regeln und euch ein wahrhaftiger Don sein."

Ich nicke ihnen zu, verstehe nicht ganz, warum niemand von Costa spricht. Wo dieser überhaupt ist, ist eine ganz andere Frage.

Wieso mein Vater seinen Deal mit dem alten Ronaldo und Tessa nicht erwähnt, bleibt abzuwarten.

Er kommt bereits mit einem Messer auf mich zu, nickt mir entgegen. Sodass ich ihm meine Hand entgegenstrecke. Blut wird durch seinen Stich in seinen Finger, in einem Glas gefangen. Sein Blut, welches durch meinen Stich, in das Glas rinnt, vereint sich. Genervt sehe ich die Männer an, alles samt gute Soldaten. Sie stehen hier, beobachten das Gesamtbild.

„Mit diesem Blut, trete ich die Nachfolge als Don an, werde mich um meine Männer kümmern, ihnen den Rücken stärken, ihnen Vertrauen und ihnen beratend zur Seite stehen. Männer, ich werde euren Familien Essen geben, eure Frauen mit verteidigen. Was ich aber nicht werde, ist das Unterstützen des Frauenhandels. Das Vergewaltigen der Frauen, egal ob im Bordell, der Ehe oder auf der Straße, niemals. Auch werde ich die Verteilung der Drogen auf der Straße nicht dulden."

Ich blicke streng in die Menge, richte mich weiter auf und präge mir ihre Gesichter ein. Sie wirken alle Stimmig. Wenige die ich im vorherein aussortieren würde. Die Zeit wird es regeln. Laut spreche ich weiter.

„Es wird neue Regelungen geben. Wer damit nicht klar kommt, kann gehen. Wird gegangen oder in Luft aufgelöst! Ich entscheide ab jetzt und ich führe uns in die Moderne!", sage ich ihnen und zeige ihnen eine ausladende Geste. Bestimmend. Ruhig und gelassen. Sie müssen wissen, auf was sie sich einlassen.

Ich habe nachgeforscht. Den ganzen Flug über habe ich alle Leute befragt, die darüber etwas wissen konnten. Von seinen Soldaten Antworten eingefordert. Und alle haben es bestätigt. Sicherlich ist es dem geschuldet, dass ich so weit weg war, deshalb habe ich kaum etwas davon mitbekommen. Aber jetzt ist Schluss. Schnappatmung macht sich bei meinem Vater breit. Ein roter Kopf und unermessliche Wut, treten zum Vorschein.

„Du hast die Frau des Feindes gefickt. Sie ist auch unser Feind". Brüllt ein Schwachköpfiger Pimmel mir entgegen.- *Feind. So…?*

„Feind, nennst du deine Königin? Echt jetzt?", frage ich laut und deutlich in eine der mittleren Reihen, stampfe langsam auf ihn zu. Die anderen machen automatisch Platz für mich.

„Ja habe ich und nenne ich", sagt er eiskalt. Die Blicke der anderen- Göttlich. „Der sogenannte Feind, hat einen Schwur geleistet. Hast du dir nicht die Bilder im TV angesehen, die Hochzeit war überall zu sehen. Denkst du nicht sie ist kein Feind, wenn ich mit ihr verheiratet bin? Oder willst du mir sagen, ich sei ein Verräter, weil ich den Feind in meine Familie geholt habe. Sag, was willst du mir damit sagen?", er lacht. „So wie ich es sagte!", Gibt er frech zurück, ein schneller Griff, in meine Hose, die geladene und entsicherte Waffe, ich habe sie mit einem Griff direkt zwischen seinen dummen Augen. Ohne Vorwarnung, kommt der Abdruck.

Einer weniger, wen kümmerts!

Allesamt stehen sie hier, studieren mein Gesicht. Manche lächeln zustimmend, andere verstummen. Dieses Statement hat es gebraucht. Sie müssen die Ernsthaftigkeit erfassen.

Mein Vater übernimmt gleich wieder, noch bevor ich wieder zurück auf der Kanzel bin. „Männer, ich bin mir sicher, er wird sich darum kümmern. Ich habe euch einen neuen Verbündeten besorgt. Den Ronaldo Grenado. Ich, habe ihm meine Tochter verkauft. Damit sind wir wieder Quitt." Ich drehe mich zu den Männern „Hat sonst noch jemand etwas gegen meine Frau zu sagen? Nur zu, ich bin da!"

Ich denke ich höre nicht richtig. Mein Vater, ein Schwachkopf seines Gleichen. Wieder Quitt?

Niemand rührt sich. Also nicke ich ihnen zurück. Die Fackeln spiegeln sich in ihren Gesichtern, das Sprechen klingt in den alten Mauern nach. Auch die Kälte macht hier drin keinen Halt. Und doch, sehen einige nach starkem Schwitzen aus. Vor Angst, möglicherweise.

„Miguel, er wird ein neues Bündnis mit dem Ronaldo Grenado eingehen. Und keine Sorge meine Herren, seine Frau, wird niemanden in die Quere kommen. Wer jedoch möchte, sie ist ja nicht nur auf einen Schwanz geeicht. Etwas Aufwandsentschädigung wird's sicherlich für den einen oder anderen geben! Ihre Wiedergutmachung beruht auf, geben. Sie wird sicherlich für eure Bedürfnisse zur Seite stehen. Miguel war noch nie einer der bei Einer blieb! Ja und ihr Vermögen werden wir aufteilen. Macht für uns alle. Durch meinen Einfallsreichtum, Männer", *hey Alter, jetzt treibst du es zu bunt.* Was ich da höre, macht mich platt. Er stellt alles so da, als würde er der King sein. Spricht von Fleur, macht sich hier als Macher. Verlogener noch dazu. Ich sage nichts, starre einfach nur weiter. Er nimmt sich auch noch das Recht heraus, über mich zu sprechen, über sie, während ich ihn nicht einmal ansehe.

Wut entfacht sich in meinem Körper. Breitet sich wie ein Lauffeuer in mir aus. Erst meine Schwester, dann deine Lügen, jetzt der ganze Scheiß hier, was geht mit dir? Es bestärkt nur noch weiter meine Vermutung. Ich hätte Zeit für den Wichser im Bunker gebraucht. Verdammt.

Er dreht sich um und nickt mir zu, sieht mich an, als wäre ich ein dummer Junge. Du Freund, müsstest diesen Blick ernten. Nicht ich. Die Menge ist still. Sogar sie haben es kapiert.

Ich zücke meine Waffe. Schnell und ohne langes Bla, Bla, schieße ich in seinen Kopf. Er wollte meine Frau, verkaufen, ausleihen, und wenn er das sagt, dann gibt's da kein: Das wird doch nicht eintreten! Nie.

Er möchte meine Schwester als Handelswerkzeug nutzen. *Kranker Bastard!*

Dieser Wichser ist meines Wissens auch noch in der Omerta. Wie Richard es werden sollte, wie der Baker Flemming es werden würde. Wie ich es bald bin und mein Vater? *Fuck.*

Sein Körper fällt zu Boden. Schon wieder in einer Kirche. Doch dieser Schlag ist lauter. Er fällt zu Boden, man kann seinen Schädel zerbrechen hören.

Promt herrscht Unruhe, sein Consigliere springt auf mich zu, ich winke Vincenzo ab. Das ist mein Kampf!

Schnell präzise und skrupellos zücke ich mein Messer und gehe auf den Wichser zu, schlage im von rechts krachend in die Fresse. Ausweichend ducke ich mich, weiche aus. Er holt aus und trifft meine Flanke. Mit Schwung verpasse ich ihm noch eine, direkt in seinen Torso. Er schnappt nach Luft. Die Stimmen um uns herum werden lauter. Er hustet, im Schein der Fackeln. Spuckt Blut. Dunkles Blut.

Nochmals gehe ich auf ihn zu, werfe ihn zu Boden. Seine Faust trifft meine Schulter, meine seine Flanke. Er dreht sich, bevor ich unter ihm lande, stehe ich irgendwie auf, versuche zu Atem zu kommen. Weiche dem nächsten Schlag aus.

Zücke mein Messer, augenblicklich kommt die Retoure, denn er zielt mit dem Seinen auf mich. Mit einem Griff nehme ich die Hand, in der er das Messer hat, schlage ihm mit dem Knie in seine Eier. Fuck. Er ist gut. Ich habe kaum noch Luft, schweiß tropft an mir herunter, doch letztendlich, drücke ich sein Messer mit seiner Hand, geführt durch die Meine in seinen Brustkorb. Fester und fester.

Mein Arm brennt, denn er hat mich zuvor getroffen, fucking Glück, das es nur ein kleiner Schlitz ist. Er hustet weiter, während ich nochmals nachsteche, mit genau dem gleichen Messer. Seinem eigenen. Seine Augen werden groß, dann fällt er zu Boden, neben seinen Don.

Die Masse ist still. Keuchend drehe ich mich um.

„Wenn noch jemand etwas zu sagen hat, gerne! Ich höre! Ich bin der neue Don, entweder ihr werdet meine Formalitäten akzeptieren, meiner Führung folgen, meine Regeln achten oder ihr verpisst euch. Heute. Sofort! Ein späteres gehen gibt es nicht, dann werdet ihr gegangen. Ohne danach noch einen einzigen Atemzug zu tun. Ist das Klar? Wer jetzt nichts sagt, der akzeptiert!", mein verschwommener Blick schweift durch die Masse, Vincenz sieht verdammt angespannt aus. Aber es kommt nichts mehr. Sie applaudieren und akzeptieren. Perfekt. Ich muss los. Es reicht für heute.

„Gut, dann wünsche ich einen angenehmen Abend, erstes Meeting in drei Wochen, Sonnabend. Im Versammlungshaus. Nicht hier.

Ihr bekommt alle Informationen der letzten Wochen auf eure Handys zur Einmalansicht. Also im Kopf abspeichern, weiteres wird dann besprochen.

Prost, Männer. Buon Pasto- Mahlzeit!", ein letztes Mal nicke ich noch, dann geht's los. Ich bin der Erste, der das Gebäude verlässt. Vinc. hinter mir.

„Ich muss jetzt zu meiner Mutter, nur kurz und dann heim, es war jetzt, naja. Wir sehen uns heute Abend!", nicke ich ihm zu, besiegle es per Handschlag und stampfe die Treppen wieder herunter. Es ist scheiß kalt heute, sogar kälter als bei meiner Hütte *Fuck*.

Im Wagen, nehme ich mir einen verdammt großen Schluck Whiskey, die Sachen meines Vaters, werde ich mir die Tage ansehen. Nur den Besuch bei meiner Mutter, aus Anstand und als Don, kann ich mir nicht leisten, ihr es nicht zu erzählen. Spätestens bei Sonnenuntergang wird sie es von allen hören.

Er wird soweit hergerichtet werden, dass meine Mutter ihn unter die Erde bringen kann. Die Männer sorgen dafür, ich muss mich nicht kümmern. Ich muss mich nur um seinen verdammten

Konvult an Feinden kümmern. Seine Scheiße ausbaden. Er wollte Tessa und Fleur, verkaufen. Wer weiß was in dem Vertrag für Tessa noch steht. Fuck. Ich habe ihn, verdammt. Nochmal. Umgebracht. Fuck, Fuck. Ich schlage während der Fahrt auf das Lenkrad ein. Adrenalin durchflutet mich.

Hart prasselt es auf mich ein. Die Sonne des Vormittags geht mir auf den Sack. Meine Gedanken kreisen. Der Ton seines Kopfes, wie er zerschellte, klingt weiter in mir nach. Fuck.

Als ich bei ihr ankomme, sitzt sie in der Küche, mit Wein. Wie immer. „Ich habe deinen Vater erwartet. Das Frühstück ist fertig", Himmel Frau, du hast null Ahnung. Willst du absichtlich klein gehalten werden oder bist du so dumm, diese Frage stelle ich mir allen Ernstes. Es ist eine wirkliche Frage.

„Ich bin nicht zum Essen gekommen", langsam setze ich mich, nehme die Flasche und trinke einen Schluck. Der Arm, er brennt weiter. Mein Kopf fühlt sich zerbrochen und voll an. Diese Geschäfte, diese Gespräche, ich werde sie noch oft mit den Frauen meiner Männer führen müssen. Sie werden alle samt keine Ahnung davon haben und nur das hören, was sie hören wollen. Alles andere können sie nicht verkraften. Also werde ich es bei meiner Mutter auch so halten. Es ist einfacher so. Für sie und mich.

„Vater, er ist tot. Costa habe ich nicht gesehen. Die Beerdigung kann stattfinden, wann es für dich passt. Sein Büro räume ich die Tage, den Schlüssel habe ich selbst an mir", sie knallt das Glas auf den Tisch. Fast befürchte ich das es auf dem teuren Esstisch zerbricht. Aber es hält.

Ihre dicken Lippen, wollen sprechen, immer wieder beginnt sie. Und immer wieder ist sie still. Mit wenigen Worten erkläre ich ihr was geschehen ist. Nickend sitzt sie vor mir. Sie bewahrt immer, wirklich immer die Kontenance. Ob sie es überhaupt scherrt, kann ich tatsächlich auch nicht sagen, ihr Gesicht ist Spiegel eines Jahrelangen Spieles um Perfektionismus.

Sprachlos und selbstbeherrscht sitzt sie vor mir.

„Du kannst jetzt gehen", befiehlt sie nun mir, emotionslos. Ja, perfekt was soll ich noch mehr wollen. Außer zu Fleur. Der nächste Schluck Whiskey wartet bereits im Wagen.

Ich brauche eine verfickte Dusche, und Alkohol. Viel davon.

Ich trete durch meinen Flur in das Wohnzimmer hinein. Auf der Suche nach Alkohol. Doch fast unerwartet. Nein definitiv unerwartet, sitzt Fleur hier, im Dunklen. Sie hat die Rollos geschlossen. Sieht TV. Im Riesensessel und wirkt wie eine Puppe. Mitten in meinem Wohnzimmer. Ja, ihrem Wohnzimmer. Ihre Augen aufgerissen, wie die einer Puppe. Ihr engelsgleiches Haar, betont ihren Körper. Ich kann nicht sagen, dass ich schon einmal nach Hause kam und jemand auf mich gewartet hat. Ohne zuvor sich hinzuknien und auf ihren Meister wartete.

Dieser Abend heute, ein einziges Chaos, Gehirnfick und Akt der Enttäuschung. Der Kopf meines Vaters klingt weiter in meinem Kopf nach, mein Schnitt -brennt. Es fühlt sich an, als würde ich jeden Moment platzen, umso weiter ich hineingehe, umso dunkler wird es um mich herum. Ein Sog aus Dunkelheit überkommt mich.

„Miguel, Gott sei Dank, du bist gekommen. Ich hatte solche Angst, dass du nicht mehr kommen würdest. Was ist mit dir passiert? Was ist mit deinem Arm und was ist mit deinen Augen? Wie siehst du aus?", sie dreht fast durch, während sie mit den Händen herumfuchtelt. Aufspringt und fast über ihre Wolldecke stolpert.

„So viele Fragen am späten Vormittag? Warum bist du nicht im Bett, wir waren so lange wach und wo ist deine Halskrause?", frage ich sie. „Nein ich war nicht müde und mache ich später um!", kommt nur aus ihrem sexy Mund. Ok, fürs Erste ist mir das jetzt egal. Ich brauche Whiskey und einen Verband. Früher hätte ich mir noch ne Line gezogen, doch jetzt mit ihr hier, ist mir das zu gefährlich. Ich bin dann zu gefährlich.

„Im Bad, ist ein Verbandskasten, kannst du diesen holen. Ich setze mich kurz. Bring ihn bitte her", befehle ich, während ich in das Bild des TVs starre. Sie flitzt los. Der Nebel der Dunkelheit breitet sich in meinem Augenwinkel aus. Während das Blut auf den Boden tropft. Das schummrige Licht macht es angenehmer. Zumindest für sie. Wann ist das alles passiert? Das mich das schert. Dass ich mich um sie sorge? Das Bad kennt sie ja bereits und so wie es aussieht, das Wohnzimmer und ihre Unterwäsche auch, denn sie trägt nur ein dünnes Shirt, durchsichtig und darüber den Bademantel. Ihre Arschbacken sind leicht zu sehen. Traumhaftes Bild. Auch wenn es ständig durch den Klang des brechenden Schädels gestört wird.

Sie macht sich zittrig daran, die Verbandstasche zu öffnen. Schüttelt immer wieder den Kopf.

In meinem Kopf, die gleiche Leier, wie die letzten Wochen.

Seit wann läuft eine Frau in meinem Haus herum. Wieso ist es warm, wenn sie bei mir ist. Wieso gefriert mir das Blut, wenn sie hier ist und wieso bringt sie es zeitgleich in Wallung.

Fuck. Mein Schwanz meldet sich bereits wieder. Wenn ihm nur auch Alkohol helfen würde.

Ich ziehe mein Shirt aus, werfe es in den Kamin. Scheiß drauf. Das benötige ich nicht mehr.

Das Licht des TVs lässt etwas Licht zu, ich ertrage jetzt nicht mehr Helligkeit und stelle mich neben den Sessel. Sie kann es da verbinden. Ich habe bereits keine Ruhe mehr in mir, um zu sitzen. Die Ereignisse des Abends übernehmen meine Gedanken.

„Kannst du das?", frage ich, als sie mit dem Verband auch zum Sessel wechselt, presse mit der Flasche derweil den Schnitt ab. Sie nickt und hebt die Schultern, also eventuell!

„Ja besser als nichts. Komm her, nimm die Desinfektionsflasche, sprüh drauf, nimm den Tupfer und wisch es ab! Danach die Stripes zum zusammenkleben, quer und zum Schluss ein Langes darüber. Nähen hilft hier auch nicht, das muss ich machen, wenn ich Ruhe habe" Ich atme durch. Das Prozedere, Routine für mich, meine Hübsche aber, ist nervös. Mein Kopf dreht jedoch bald durch. Ich höre ständig den scheiß Schädel brechen. Fasse mich wieder, und gebe kurz und knappe Befehle. Ja sie ist meine Frau, ich selbst bin aber gerade echt scheiße drauf. Keine Zeit für Geplänkel.

„Dann hier, dieses Gitter drüber, die großen Tupfer und dann das riesige Pflaster- wohl eher zwei davon. Der Wichser wollte mich abstechen.", augenblicklich zieht sie die Luft scharf ein. Sexy Geräusch. Sie macht das normalerweise nicht, das sehe ich. „Keine kleinen Kätzchen drauf, was?", ich nehme einen weiteren Schluck um meine Gedanken zu schlucken. Sie schüttelt den Kopf, wieder höre ich seinen Kopf aufschlagen. Sehe meine Mutter wie sie mich ansieht. Sehe den Wichser mit dem Messer auf mich zukommen. Die anderen, wie sie sich am liebsten gegenseitig an die Gurgel gegangen wären. Mein Gehirn bekommt einen Fick, der seines Gleichen sucht.

Mein Hals wird trocken. Meine Stimme rau, als ich sage:

„Hier setz dich, es ist mit deinem Hals wohl besser, ich stehe und du machst. Mein Arm wird auf Augenhöhe sein!", und denke gleichzeitig, mein Schwanz auch. Sie macht, was ich ihr sage, ohne zu meckern. Sie erledigt den Job gut. Meine Augen und mein Schwanz sehen nur ihre Titten durch den Stoff. Mein Schwanz, der bereits hervorquillt und ihre Atmung beschleunigt.

Fuck!

Gleich als das Pflaster drauf ist, schiebe ich alles zur Seite. Sie spricht etwas, aber das kann ich schon nicht mehr hören. Drehe den Sessel mit einem Ruck so, dass sie perfekt vor mir sitzt. Das Geräusch der Holzfüße am Boden, übernimmt. Der Nebel und die Dunkelheit ergreifen Besitz.

Ich ziehe schroff an ihrem Bademantel. Ziehe sie an dessen Kragen hoch. Bis sie steht. Reiße ihn herunter und küsse sie. Fest. Schnell und voller Begierde, dirigiere sie mit meiner Hand an ihrem unteren Rücken. Fest sauge ich an ihren Lippen. Umfasse ihre schmale Taille. Sie keucht. Während ich ihren Unterkörper an meinen Schwanz drücke und mit meiner Hand, ihren Kopf auf meinem Mund fixiere. Sie dirigiere, so wie ich sie haben möchte. Wie in Wellen meinen Schwanz an ihrem Bauchnabel reibe. Er wird bald explodieren, ich weiß es. Ich explodiere bald. Sie fühlt sich an wie eine Puppe. Leicht. Sexy. Mit einem starren Blick auf sie, nehme ich nichts mehr wahr. Meine Lippen sind geöffnet. Ich ziehe die wenige Luft, die ich bekomme, ein, verliere mich in meinem Delirium. Meine linke Hand, reibt an ihrer Pussy. Feuchtigkeit benetzt diese sofort, berauschend und Verstand einnehmend. Ihre Atmung, der beste Ton, den ich gerade höre. Ich packe ihr Haar, reisse den Kopf nach hinten, lecke über ihren Hals, und wieder hinab zu ihren Titten. Sie zittert, sie ist so erregt, dass ich trotz des wenigen Lichtes, ihre Röte sehe. Ich beiße etwas in ihre Nippel, sofort überkommt eine weitere Welle der Feuchtigkeit, meine Finger. Fest mit einem Ruck, drücke ich zwei in sie hinein. Ihr Aufschrei kommt sofort, ah, meine Eier platzen gleich. Fuck. Ein weiterer Ruck, um ihrem Stöhnen zu lauschen. Noch ein weiterer, während ich an ihren Titten sauge und ihrem leichten wimmern lausche. Es berauscht mich, katapultiert mich in ein schwarzes Etwas. Ich reibe ihre Feuchtigkeit über ihre Lippen. Schiebe die Finger in ihre Kehle, bis sie würgt. Fuck, das ist so geil. Meine Hand, dirigiert ihren Kopf und die Andere fingert ihren Mund. Schwer atmend nehme ich aus meiner Hosentasche das unbenutzte Messer.

Setze sie wieder hin, drücke sie fest mit einem Ruck, auf den großen Sessel. Sie sitzt augenblicklich. Atmet schwer, wischt sich Feuchtigkeit aus den Augen. Starrt mich weiter an, und streicht ihr Haar hinter ihre Ohren. Langsam, gierig und so, dass ich ihre Augen genau sehe, knie ich mich vor sie, rücke ihren Unterkörper weiter nach vorne. Ruckartig. Schroff, und doch mit einer ungewohnten Leichtigkeit. „Fleur, wenn du mich so ansiehst, garantiere ich für nichts", schwöre ich ihr, spüre dass meine Stimme dunkel ist, rau und am Rande des fucking Wahnsinns. Damit meine ich, wenn ich sie jetzt nehme so wie ich bin, dann bleibt sie Mein, dann kennt sie mich, dann gehört sie nur mir alleine, für immer.

Mein Blick, gleicht dem eines nebligen Tunnels. Schweiß bildet sich kühlend auf meiner Stirn. Erregung durchflutet mich. Während ich den Schädel weiter brechen höre.

Sie sieht mich an, erschrocken. Ängstlich. „Schhh ich habe ihn damit nicht umgebracht. Alles sauber!", sage ich, während ich mit der Spitze des Klappmessers ihren Hals herunterfahre, sie küsse und langsam zwischen ihren Brüsten herunterfahre. Mit einem Ruck, das halb heruntergezogene dünne Oberteil aufschneide, herausfallen ihre saftigen dicken Titten. Meine Belohnung. Einladend. Zum Saugen geschaffen. Mein Schwanz presst sich weiter hervor, schmerzt und benötigt dringend Erlösung. Während ich die saftigen Titten im Mund habe, an der Warze sauge und mit der anderen die kalte Klinge auf die linke hellrosa Warze drücke. Schnell entfacht ein Feuer in mir, ihr scharfes einziehen der wenigen Luft, die hier herrscht, klingt wie Musik.

Auch die Dunkelheit hier, lässt mich nur sie erkennen, dieser filigrane Körper vor mir. Ich öffne mit der freien Hand meine Hose. Hole meinen Schwanz heraus. Starrend sehe ich mir die Titten an, fuck sie sind so geil. Mein Kopf geht auf sie zu.

Schiebe ihr meine Zunge fast in den Hals. „Lehn dich an", befehle ich.

Sie lehnt nach hinten am Sessel. Keucht vor Aufregung. Sagt keinen Ton, und wenn doch, würde ich ihn nicht hören. Denn mein Körper übernimmt in diesem Moment.

Meine Klinge fährt jede Titte sauber nach, leicht nach unten zum Bauchnabel, während mein Schwanz von meiner anderen Hand gemolken wird. Sie beobachtet ganz genau, leckt sich die Lippen und starrt mein Monster da unten an.

Starr beobachte ich den Druck der Klinge an ihrer Haut. Heiß, geil. Nichts anderes nehme ich mehr wahr. Meine Atmung, ihr leichtes keuchen. Und ihre Mörder Titten über der nassen Fotze.

Ich stöhne, klappe das Messer zusammen, klack. Ihre Atmung wird schneller, das durchflutet mich ebenso mit Erregung. Ich sauge an ihrem Kitzler. Spucke auf die feuchte Spalte und reibe mit der Hand, die gerade an meinem Schwanz war, so schnell es geht, so fest sie es braucht, bis sie fast kommt. Augenblicklich wird es wieder feuchter. Fuck. Ihr Stöhnen klingt in meinen Ohren. Ich sehe nur noch ihre Fotze. Ich spucke weiter darauf und verteile alles. Und noch einmal. Gott das sieht nur noch geil aus. „Knie anheben!" „Migue", flüstert sie atemlos, heißer und sexy während sie hochroten Kopfes vor mir sitzt. Die Beine auf dem Sessel abstellt und sich vor Erregung windet.

Ich nehme mein Messer in die rechte Hand, lege es direkt in meine Hand auf den Zeigefinger und den Mittelfinger, es liegt perfekt darauf, sodass es nicht aufspringt. Ich spucke darauf und fahre ihre begierige Fotze entlang. Schön von oben nach unten, langsam und fester. Das kalte Material lässt sich leicht auf ihrer Spalte führen. Hm geil, wie es, an ihrem rosafarben Fleisch entlangfährt.

„Ja fuck", raune ich heiser, mit einer Stimme, die nicht die meine ist. Fokussiert schiebe die Hand mit dem Messer leicht hinein. Es ist bei weiten nicht meine Schwanzbreite, aber es ist hart und kalt.

„Wie geil kann man sein Fleur?", fuck, „Ja das magst du!", sie zittert und wimmert. „Du bist mein, gehörst mir, gehörst zu mir", schwöre ich ihr mit abgehackter Stimme, rau und stöhnend entgegen.

Ich schiebe alles immer weiter hinein. Ruckartig. Sie keucht, mit der anderen reibe ich ihren Kitzler. Fest, genau richtig. Die Nässe unter meinen Fingern klingt perfekt für meinen Schwanz. Sie kann kaum sitzen, bebt vor Erregung, wimmert, jammert und stöhnt. Sie kommt gleich. Mein Stöhnen wird auch immer lauter, als ich das Messer mit der Hand mit einem Ruck halb versenke. Ein Grunzen entfährt mir, als ich dann meinen Schwanz weiterbearbeite. Drücke ihn fast ganz ab. Fester und fester während ich sie ebenfalls ruckartig bearbeite. Sie schreit. Keucht, flucht und stöhnt. AHHH fuck.

Ich komme und spritze alles auf ihre Titten. Es tropft von den Brustwarzen. Ihr Blick, ein Schleier aus Lust und Angst. Sie sieht mich erschrocken an, aber ich lasse nicht locker. Ein letzter fester Ruck, ein letzter Rest dann verharre ich ihn ihr, versenkt bis zum Anschlag. Pumpe weiter, denn es reicht nicht, fast ganz raus und bis zum Anschlag wieder in diese warme Höhle hinein. „Meine Fleur. Fuck, Härter, Verloren, Du, ich, Mein. Tod.

Lebendig fühle." Ich kann keine Sätze formulieren, verstehe auch selbst nicht, was ich da flüstere. Es kommt von selbst, nachdenken kann ich schon seit ich meinen Vater heute abgemurkst habe nicht mehr. Ich pumpe ihren Körper nach oben. Ruckartig schiebe ich ihn hinein. Fest, hart. Ekstase durchflutet mich. Ich kniee am Boden vor ihr, vor dem Sessel und küsse sie, während ich sie ficke, bis sie Tränen in den Augen hat und ihr kompletter Körper zittert, ja sie kommt gleich nochmal.

Keine Zeit, ich drehe sie mit einem Ruck, um. Schnell. Hart. ziehe meine nasse Hand heraus, drehe sie um. „Lehn deinen Oberkörper und deinen Kopf am Sessel an. Los an die Lehne. Schieb deinen Arsch nach hinter. Los!" Mein Mund ist staubtrocken. Der schwarze Nebel überschattet alles. Ein Druck liegt in mir der gleich überkocht, während meine Worte abgehackt herausbrechen. Dunkel. Emotionslos.

Sie macht, wie ich sage. Ich packe sie und spieße sie auf. Mitten in ihre nasse Fotze. Mein Schwanz spießt sie auf. Sie schreit weiter, krallt sich in meine Hand, genau die welche ihre Hände an ihrem Rücken fixiert. Ich fixiere ihre Hände mit nur einem Griff. Sie kann sich nicht bewegen, biegt ihren Rücken durch. Ihr Haar, berührt fast ihren Arsch. Fuck, dieser Anblick. ich pumpe und stoße mich in sie. Mit der anderen schlage ich auf ihren geilen Hintern, das Geräusch, das mich ausmacht und weiter anspornt sie zu ficken. Irgendetwas übernimmt und lässt meinen Verstand außenvor. Fester und fester, ficke ich sie, pumpe und stoße. Packe ihr Haar und drücke ihren Kopf in die Lehne. Um mich herum, sehe ich absolut nichts mehr. Ein Nebel aus Ekstase umgibt mich. Fühle nur noch sie. Mein Körper scheint sich von mir zu trennen. Ich schiebe, pumpe, und stöhne weiter als ich ihr meine Hand in den Mund stecke. Vollkommen, soweit es geht. Ich spritze gleich ab.

Licht ist plötzlich an, ich verharre kurz. Es ist, als würde mich jemand stoppen. Es ist, als würde ich mehrmals meinen Namen hören. „Miguel, ich dachte du bringst jemanden um. Scheiße Mann. Was ist los. Was zum Teufel machst du? Hörst du mich?", flucht nun ein aufgebrachter Consigliere. Mein Freund. Mein Vertrauter. Nur er erlaubt sich diesen Ton. In meinen Ohren herrscht ein Dauerton, dazwischen seine Stimme.

Fuck Vinc. Jetzt erst realisiere ich, er steht hier. Hinter mir. Fasst meine Schulter.

Während ich sie anstarre, frage ich ihn, leise, wütend, sextrunken „Was. Machst. Du, hier? Ich dachte, ich sagte du sollst schlafen!"

Er zischt. „Ja das hilft mir aber nicht, wenn meine Fotze drüben Angst hat, dass ich sie zu Tode ficke, so wie der Nachbar von nebenan. Und ich dachte ebenfalls du erschlägst sie, man hört es bis ins Poolhaus! Scheiße was geht mir dir? Hörst du das nicht?", seine Stimme, langsam höre ich seine Worte, er klingt beunruhigt. Ist dennoch bemüht gefasst zu sein.

Wie durch einen Tunnel, sehe ich Fleur an. Ihre Lippen sind geschwollen, Tränen tropfen an ihren Wangen herunter, ihr Haar zerzaust und ihr Kopf fast so rot wie dieses Haar selbst.

Ich ziehe mich aus ihr „Dreh dich um du Wichser!" Vincenzo muss nicht sehen, wie sie aussieht.

Dann erst, drehe ich auch sie um. Er kanns nicht lassen und meint „Habt ihr denn kein Safeword oder so?"

-*Mann ich kill ihn gleich. Verdammter Trottel.*

Ich ziehe mir ruckartig die Hose an, werfe ihr den Bademantel vom Boden über. Nicke ihr zu und gehe. Ich muss hier raus, fuck, was habe ich getan? Wie habe ich sie gefickt? Wieso hat mein Kopf abgeschaltet, und was wäre passiert, wenn ich nicht gestoppt worden wäre?

Ich gehe an Vincenzo vorbei, ramme seine Schulter und höre, ob er nachkommt. *Ich weiß er kommt.*

Vorbei an seinem scheiß Flügel, den er hier untergestellt hat, hoffe das Ding ist bald weg. Alles nervt gerade tierisch. Ich, das Haus, die Menschen.

Das grelle Licht der Mittagssonne blendet mich.

Mein Plan steht, so überkommt mich Ruhe, und lässt mich endlich wach werden. Wie konnte ich so die Kontrolle verlieren? Wütend schlage ich die Tür zu. Den verfickten Blumentopf vor der Haustür auch gleich noch.

Vincenzo, gut, dass du gekommen bist. Denke ich mir. Ich habe nicht vor darüber zu sprechen. Er weiß es so wie ich. Wir werden uns, wenn dann später darüber unterhalten.

Ich gehe vor, er wird wissen, wohin ich gehe. Wo wir uns treffen. Der Weg führt zu der Ratte im Keller. In meinem Keller, unter der Garage. Mein Spielzimmer. Meine Folterkammer, mein Ort des Entspannens. Wir werden jetzt herausfinden, was er uns sagen wollte. Die Zeit ihn zu verhören, war vor der Initialisierung nicht. Es ist ein Mann meines Vaters und deshalb auch mein Feind. Er ist schwer zu knacken. Das weiß ich jetzt schon.

So wie ich drauf bin, muss ich darauf achten ihn nicht zu schnell umzulegen. Egal ob er jetzt, zu meiner Mafia gehört. Er weiß etwas, das ich wissen muss. *Heute gibt's keine Gnade, sein Posten ist sein Fehler, er wird bezahlen!*

Kapitel 15

Fleur

Vor ein paar Stunden.

Kurz nachdem er gegangen war, fühlte ich mich leer. Ich weiß nicht, wie er das macht. Was überhaupt alles mit mir geschieht, was ich aber weiß ist, dass ich nicht alleine sein möchte.

Er weiß nicht, wie das ist, wenn man sich in seiner Welt nicht auskennt. Diese Welt, die mittlerweile auch zu meiner geworden ist.

Es ist klar, ich möchte nicht mehr von ihm weg. Mein Plan, ist verworfen. Ich möchte die Seine sein, bei Miguel bleiben und will, dass er Mein ist.

Warum, weil ich vielleicht verrückt bin. Weil ich möglicherweise dumm bin. Was ich aber weiß ist, dass er sich um mich kümmert, zusieht dass es mir gut geht. Das ich, in seiner Nähe sein möchte, wenn er nicht da ist. Dass er bei mir sein möchte, denn das hat er gesagt. So wie es Tessa gesagt hatte.

Als uns Richard dort eingesperrt hatte, sagte sie, dass sie Miguel so nicht kennt. Dass er noch nie eine Frau dabei hatte. Sie zumindest keine bei ihm je gesehen hat. Er auch sie gefragt hatte, was ich gerne haben wollen würde. Tessa gehört hätte, dass er sagte er würde alles für mich tun. Von wem, dass wollte sie mir nicht sagen! Sie lachte auch als sie erzählte, dass er normalerweise nicht lacht. Nicht so dümmlich verliebt aussehen würde. Er eine Wendung vollzogen hat.

Ich glaube ihr, was hätte sie davon mich zu belügen.

Ihre Eltern müssen ganz schöne unausstehliche Leute sein, so wie sie sie beschreibt. Ich meine das eine Mal, als ich sie sah, war mir keiner von ihnen sympathisch.

Miguel, er hat damals schon im Wald etwas bei mir berührt. Wenn ich darüber nachdenke, dass ich zu dem Verrückten aus dem Wagen gestiegen bin. Das ich trotz seiner Warnung nicht gelaufen bin. Wird es mir richtig heiß.

Und wenn ich darüber nachdenke, wie er mich geholt hat, wird mir ganz schlecht. Himmel, er ist eingebrochen, hat mich da herausgeholt, ohne Waffe. Er hatte nichts dabei. Zu meinem Schutz. Er ist entweder größenwahnsinnig oder total durchgeknallt. Ja, vermutlich beides. Wer würde das für jemanden anderes tun, und warum, doch nicht nur um zu beweisen das ich Eigentum bin. Nein, wie Eigentum fühle ich mich nicht, ich fühle mich wie jemand der geliebt wird. Das vielleicht auch zum ersten Mal.

Wenn ich schlafe, streicht er mein Haar, beobachtet mich. Fragt wie es mir geht. Als er damals sagte, dass es ihm leidtut, wie ich hier angekommen bin, das habe ich gehört. Dass er sagte, er weiß nicht, was ich mit ihm mache, weil ich ihn irgendwo in sich berühre, hätte ich mich fast umgedreht. Das war in der ersten Nacht. Gott hatte ich Angst und doch hatte ich etwas wie vertrauen. Woher kommt das. Das muss doch Schicksal sein. Ich fühle mich an ihn gebunden, als wäre er mir schon immer vertraut.

Das kalte Bett, es ist einfach zu viel. Immer wenn ich die Augen etwas schließe habe ich Angst, dass ihm was geschieht. Er ist mit der Maske eines Henkers gegangen. Dieser Blick, genau dieser als er mit einem Ruck, Richard umgebracht hat. Bin ich ein schlechter Mensch, weil ich froh bin, dass er nicht mehr da ist? Pausenlos kommen mir die Bilder des Raumes in den Kopf, das Duschen, das Füttern, sein Tanzen. Grauenhaft. Ich hoffe nur, ich kann das vergessen, irgendwann.

Unruhig stehe ich auf, laufe durch dieses Haus. Der Wachmann oder Buttler, was auch immer er hat mir Kaffee gemacht und hat sich dann verabschiedet. Es war sowieso mitten in der Nacht. Essen hat er im Kühlschrank portioniert verpackt abgestellt. Ich sollte mir etwas nehmen, vielleicht beruhigt es meinen Magen und meinen Kopf? Überall ist leichtes Licht in diesem wunderschönen Haus. Wäre nicht Miguels Duft in der Luft, hätte ich richtig Angst. Ich muss auf sein Wort vertrauen, dass ich hier sicher bin. Ich muss einfach.

Meine nackten Füße tapsen auf dem warmen Boden Richtung Wohnzimmer, vorbei am Flügel, vorbei an dem wundervollen Ausblick. Mir ist langweilig, ich kann nicht schlafen und möchte warten, bis er kommt.

Keine Ahnung wie lange ich in diesem Sessel sitze als ich ein Geräusch höre. Scheiße, meine Beine zittern fast zeitgleich als das Licht angehet. „Fleur ich bin´s!", nein, das ist Tessa. Ein Grinsen macht sich fast zeitgleich auf meinem Gesicht breit, als sie mir entgegenkommt. Mich anlächelt und mich drückt. „Hey ich wusste nicht das du wach bist. Ich dachte ich wäre so gut wie alleine hier. Naja, ich wusste aber eigentlich auch gar nicht, wer überhaupt hier ist. Wie geht's dir?", diese Frage ist keine Floskel, ich möchte es wirklich wissen, als ich ihre Hand halte. Tränen in ihren Augen, sie sind so schnell weg, wie sie gekommen sind.

„Ich dachte ich sehe nach dir. Frage dich wie es dir geht. Mir geht's gut Fleur, mir ist nichts passiert. Ich muss nur unbedingt mit Miguel sprechen, wenn er wieder kommt. Mein Vater, ich kann diesen Ronaldo nicht heiraten, ich kann einfach nicht. Ich zähle auf Miguel, er muss es ihm ausreden. Costa, ihm ist das egal. Er ist Mafia, durch und durch!", erzählt sie mir, während sie sich zu mir in den großen Sessel sitzt. Legt sich meine Decke mit über und wartet bis ich weiterspreche.

„Dein Bruder Costa, ist schlimmer als Miguel?", sie nickt, „Ohja", flüstert sie. Sie malt kreise mit den Fingernägeln auf die Decke. „Weißt du Fleur, ich sagte es ja schon, aber Miguel, er ist anders, seit du da bist. Im Krankenhaus, hat er niemanden an dich herangelassen. Er hat den Arzt zusammengeschissen, dass sie sich besser um dich kümmern. Saß an deinem Bett und hat dir tatsächlich die Hand gehalten und wenn ich es nicht selbst gesehen hätte, würde ich sagen er hat geweint. Er. Miguel. Mein Bruder!", sie hört sich so verwirrt an wie ich mich fühle.

„Erkläre mir das mit der Mafia bitte, ich habe keine Ahnung davon" Bitte ich sie. Während ich mich an ihre Schulter lehne. Wir quatschen bestimmt zwei drei Stunden, bis sie sich dann auch hinlegen muss. Sie sagt das, was Miguel heute macht, ist gefährlich. Es schlägt und festigt den Weg, der ab heute gelten wird. Die Männer müssen ihre Loyalität zeigen, es wird entschieden, ob das weitere bestehen der Soldaten, des Dons und des Konstruktes gewährleistet werden kann.

Vertrauen die Männer ihm. Jetzt wo sein Bruder doch nicht der wird, wie alle dachten. Werden sie damit einverstanden sein? Das ihr Vater sie einfach so, einem anderen Mann geben kann. Das werde ich nie verstehen, ebenso werde ich meine Blutsfamilie nie verstehen. Sie sind nicht meine Familie. Aktuell ist mir Tessa eine Schwester, die ich nie hatte, ja es ist an Gefühle geknüpft, aber das ist mit egal. Wir haben etwas durchgemacht, was andere nur aus Filmen kennen.

Miguel, er hat mich beschützt. Fühlt mit mir und kämpft gerade auch für mich, denn so wie es aussieht bin ich der Feind, eine Frau aus der befeindeten Familie. Und anders als es je jemand für möglich gehalten hätte, ignoriert Miguel das. Er der seit dem Tessa denken kann, sich an Regeln hält. Das Vorgehen der Mafia, zelebriert. Er hat sich für mich stark gemacht. Mich gerettet. Alle belogen damit es mir gut geht. Das werde ich ihm nie vergessen. Ich habe es nicht einmal Tessa gesagt. Der Stuhl er fühlt sich ohne sie einsam an. So kommt es, dass ich jetzt ängstlich auf Miguel warte. Mein Blick, geht immer wieder zu diesem Flügel, ich stelle mir Tessa vor, wie sie spielt. Sie schwärmt so davon, dass man die Klänge fast hört, ohne dass sie wirklich hier sind. Seltsam, aber ich fühle mich dadurch weniger einsam. Wenn es wirklich so schlimm ist, wie sie sagte, dann kann es sein, dass er nicht mehr kommt. *Das darf nicht passieren.*

Ich möchte ihn kennenlernen, die Chance haben zu lieben, so richtig. Vielleicht aber tue ich das schon, denn ich fühle mich lebendig, wenn er da ist, möchte ihm nahe sein, wenn er nicht da ist, fühle mich Sicher, geliebt und gut, wenn er bei mir ist. Das ist alles das, was ich noch nie erlebt habe. Noch nie!

Und der Sex, er war so, anders. Anders als ich es mir vorgestellt habe. Das damals mit Dan, als es nicht klappte, es beschreibt nicht einmal ansatzweise das, was ich da gefühlt habe, die ersten Sekunden, sie fühlten sich bereits mehr an als alles, was ich mit Dan zusammen je hatte.

Miguels Körper er umhüllte mich, wie ein Kokon, Sicherheit trotz der Angst, machten sich in mir breit. Sein Blick, er zeigte mir die Wahrheit, er war aufrecht. Jede Sekunde schien er sich zu beherrschen. Ich meine ich habe seinen Club gesehen, die Frau an dem Klavier, die Perversen mit der Leine, die Frau mit dem Dreier. Gott, das war alles so wahnsinnig krass. Und das mit ihm war so wahnsinnig gut. Viel. Zu wenig für ein Leben aber so intensiv wie zwei Leben. Gott, das kann ich nicht beschreiben. Er hat sich so viel Mühe gegeben. Das es schmerzen wird, dass wusste ich vorher, da führt kein Weg drum herum. Viel wichtiger ist für mich, was ich dabei fühlte. Und das war unbeschreiblich. Ich wusste nicht, dass es so etwas gibt. Es war, als würden unsere Körper sich endlich vereinen, wie ein Ankommen.

Gedanklich schweife ich dabei immer wieder an dieses Mal zurück, denn es hilft mir seltsamerweise, oder krankerweise über die letzten Tage hinweg, wieso weil er es zu etwas Wichtigen gemacht hat. Zu etwas stärkeres, mein ganzer Körper schien zu brennen und alles Schlechte einzudämmen, transparenter zu machen. Vielleicht wird es mit der Zeit unsichtbar und ich kann es so gut es geht wegschieben. Vielleicht.

Tessa hat mir auch anvertraut, dass sie jemanden hat, den sie mag. Das Problem bei der Mafia, wenn das jemand erfährt, wird der wohl umgebracht. Schlimm, traurig und es macht mich wütend. Sie sollte das Gleiche erleben dürfen, so wie ich es jetzt erlebe. Wie es zustande gekommen ist, das ist im Nachhinein, nicht mehr so wichtig. Seltsam oder. Nicht richtig? Vielleicht! Aber es tut gut und sie sollte das auch haben dürfen. Sie ist so verknallt in diesen mysteriösen Mann, dass ich schon beim Zuhören ein Lächeln auf den Lippen hatte.

Ja, ich fasse mir in Gedanken versunken an die Lippen, sie lächeln wieder, als ich von Miguels Küssen träume. Seine warmen Lippen. Seine warme Haut und seine Fürsorge, auch wenn er es gut versteckt. Er sagte ja, er kennt das alles nicht. Er muss lernen, was es heißt, genauso wie ich das erst herausfinden muss.

Es ist totenstill hier, also schalte ich mir den TV an, und zappe durch das Programm. Alle Rollladen sind unten, Tessa sagte, es ist besser ich lasse das so.

Immer wieder nicke ich ein, und wache in der Hoffnung, dass er hier ist, wieder auf. Bilder von den letzten Tagen, machen sich in mir breit. Der Geruch bei Richard. Diese Angst und diese Psychoscheiße.

Ich muss ihm unbedingt von der Nachricht meiner Mutter erzählen, unbedingt und ich muss ihm sagen, dass ich glaube, dass es da um mehr geht als das, was ich verstehe. Ich glaube auch nicht, dass es gut ist, wenn jemand anderes diese findet. Ich hoffe einfach, dass er bald kommt. Wie lange soll er noch weg sein. Es ist bald wieder Mittag.

Ich kann es nicht mehr aushalten, ich laufe auf und ab. Küche, Wohnzimmer, Schlafzimmer und zurück. In der Küche mache ich für uns Sandwiches. Er wird doch irgendwann essen müssen? Hier ist alles so wunderschön, dunkle Arbeitsfläche, schwarze Küche, heller Holzboden. Was war das für eine grandiose Beratung. Wie ich aber bemerke, kann ich nicht alle Schubladen öffnen. Sie sind verdammt nochmal versperrt. Das kann nicht wahr sein. Auch die Glastür vor der Treppe nach oben ist verschlossen. Da muss doch Tessa sein, hatte sie einen Schlüssel? Fragen über Fragen, genauso wie ich mich frage, als ich das Brötchen schneide, wo sind meine Sachen, werde ich sie wieder sehen. Die Kisten aus meinem Zimmer, die ihre Reise mit seinem Wagen zu seinem Häuschen, ohne mein Wissen machten. Wo sind sie?

Hinter mir am Tresen, ist die Terrasse, wundervoller Ausblick. Wie in einem italienischen Toskana Garten. Eiben, oder wie man das nennt, ein schwarzer Pool, weiße Sonnenliegen und Schirme. Der komplette Gegensatz zu dem, was er ausstrahlt. Ich weiß er ist nicht so. Ich weiß, er wäre heute nicht so gewesen, wenn er keine Gefühle hätte. Mein Pädagogik Studium, es ist noch nicht fertig, aber das weiß ich. *Definitiv.*

Genauso, wie es mir hilft. Es mag nicht richtig sein. Dass weiß ich auch, solche Ereignisse erfordern unkonventionelle

Hilfsmittel. Ich muss das tun, was mir guttut. Und wenn es dieser fantastische brutale und heiße Sex war, auch wenn es erst mein zweiter Sex war. Es hat die schlimmen Erinnerungen bei Richard, nach hinten gedrängt und das mit Miguel in den Vordergrund gestellt. Ich möchte alles von ihm, sehen wer er ist. Verstehen wer er ist, so wie er mir hilft. Auch mit seltsamen Methoden. Der Sex, er hat mir geholfen, so paradox es auch klingen mag. Ich fühle mich besser, vielleicht ist exzessiver Sex, so etwas wie ein Skill? Keine Ahnung.

Es gibt nie für jeden die richtige Methode, eine Linie, auf der wir nicht falsch abzweigen oder auf welcher wir nur richtig abzweigen. Wichtig ist, dass es für mich passt, für ihn und wenn wir etwas wie ein Zusammen sind, dann soll es für uns passen. Was andere sagen interessiert nicht. Nein!

Ich weiß selbst, dass ich gekidnappt wurde, meine Meinung nicht zählte. Ich weiß, dass er nicht ganz sauber ist, und doch, hat mich noch nie jemand so liebevoll, verzehrend und stark angesehen. Nie wurde ich so sanft, in den Schlaf gestreichelt, noch nie hat sich jemand um mich so gekümmert wie er, ohne Gegenleistung zu wollen. Alles, was ich gebe, habe ich selbst entschieden. Und das Besondere daran, ich gebe und fühle mich besser, so wie er eine Wandlung vollzogen hat, sonst hätte er heute nicht diesen Ausbruch gehabt. Tränen tropfen an mir herunter. Ich muss zu ihm. Sofort

Ich werfe das stumpfe Messer hin, laut fällt es auf die Granitplatte. Beflügelt mit pochendem Herzen, laufe ich zur Eingangstür. Über den kalten Boden, dem flauschigen Teppich zum Eingang. Meine Lippen tragen ein Lächeln. Meine Gedanken, hier sieht das, was ich vorhabe wundervoll aus.

Niemand außer mir ist hier, also fasse ich an die Tür, ich bin nervös. Er sagte nie, dass ich drin bleiben sollte. Nie, also drücke ich die schwere Klinge hinunter. Und siehe da, sie springt auf.

Kühle Luft weht mir entgegen. Ich muss zur Garage, sagte Tessa. Ich hoffe er ist auch da. Ich suche nach einem Drücker. Vorsichtig und schnell taste ich die kühle Tür ab. Ah, im Türrahmen ist er, ich schiebe ihn nach unten um wieder hineinzukommen. Perfekt er funktioniert.

Mein Haar weht, Schuhe trage ich wieder nicht, aber es ist mir egal. Ich muss es ihm sagen.

Draußen wirke ich, wenn mich jemand sehen könnte, wie verloren. Ich blicke in alle Winkel. Die Sonne des Nachmittags wärmt mein Gesicht, auch wenn es eiskalt ist. Das Haus, der Garten, die Einfahrt, ein einziger Wahnsinn und Kontrast zu Miguel. Dem Mann, der sagte, er sei niemand der fühlt, der bereit ist zu fühlen und jemanden an sich zu lassen.

Sein Garten, sieht sogar hier im Winter nicht trist aus. Kleine Lampen leuchten, der Pool erstrahlt. Es wirkt einladend.

Das muss das Poolhaus sein, von dem der andere sprach, er sagte er sei Vincenz, zumindest nannte Miguel ihn so. Er sieht mindestens genauso gestört aus, wie Miguel aussieht. Ich schüttle bei diesem Gedanken meinen Kopf, ich bin ja noch auf der Suche nach der Garage. Also wieder zurück und zur anderen Seite, sie muss doch von der Hofeinfahrt zu sehen sein?

Keuchend komme ich dort an. Niemand ist hier. Alles ist still. Die Wagen stehen darin. Links eine durchsichtige Tür zum Garten. Rechts eine weitere Tür, ich habe sie kaum gesehen, doch sie ist da. Es ist kein normaler Türgriff, sie geht von der Mitte aus mit einem länglichen Drücker auf. Ich zittere, fasse hin, so als würde mich ein Stromschlag überkommen. Meine Neugierde, und mein Vorhaben sind stärker. Überlege nicht mehr, ob ich drücken soll. Tessa sagte, er ist in der Garage. Definitiv.
Gespenstische Stille umgibt mich, keine Vögel sind mehr zu hören, nichts außer meinen eigener Herzschlag spüre und höre ich.

Gott, mein Herz pocht bis in meine Ohren, ich zittere, vergesse aber alles andere, denn ich muss ihm das sagen. Er wirkte so gekränkt, wie ich eigentlich sein hätte sollen. Was sollst, ich gebe zu ich bin selbst verrückt. Und verliebt.

Entschuldigt das nicht alle taten, ja denke ich und drücke langsam und leise nach unten.

Seltsamer Geruch, strömt augenblicklich in meine Nase, leichtes Licht, ist zu sehen. Musik ist an. Wie Techno Musik. Nicht meine Musik, aber was macht er damit? Jetzt bin ich neugierig, so richtig. Ich folge langsam und vorsichtig diesen Treppen, meine nackten Füße erfrieren sicherlich bald. Was ist nur da unten?

Ich tapse weiter nach unten, Gänsehaut überzieht meinen Körper, während diese Musik lauter wird. Ich bin schon bei der nächsten Tür, sie sieht schwer aus, noch bevor ich drücke, weiß ich, dass das Falsch ist.

Ohne nachzudenken, drücke ich nach unten und sie springt auf. Laute, richtig laute Musik dringt zu mir. Bum, Bum, laut und stechend dringt sie in mein Ohr.

Vor mir sehe ich ihn stehen, es ist er, denn nur er sieht so aus. Er steht hinter einer weiteren offenen Tür. Strahler erhellen ihn und seinen dunklen Körper.

Er trägt ein schwarzes Shirt, die Hose von vorhin und Stiefel.

Seine rechte Hand trägt etwas wie ein Messer, nicht dasselbe wie vorher, es ist etwas anderes. Ich weiß, ich sollte gehen. Kann ich aber nicht.

Vincenz hebt seine Hand, in meine Richtung. Ruft „Stopp!", sicherlich laut, aber ich sehe es nur an seinen Lippen, mein Körper er kann sich nicht bewegen.

Unter Miguel ist Blut, weitere Füße. Vielleicht ein Stuhl. Noch bevor ich mich umsehe, ist die Musik aus, irgendwer schreit. Laut richtig laut. „Nein, Wichser, Schwachkopf. Fick dich." Es ist nicht Miguel, denn er dreht sich zu mir um. Nimmt eine Waffe, so schnell kann ich gar nicht schauen und schießt.

Peng. Ich erschrecke. So richtig. Zittere und stehe weiter wie angewurzelt hier. Vincenz kommt von dem nichts auf mich zu, packt meinen Arm. „Bist du geisteskrank Kleines, oder was ist mit dir los?", schreit er, wobei ich das kaum richtig wahrnehme. Meine Augen gehen zu Miguel. Der richtig kaputt und zerzaust aussieht. Abgesehen davon, dass seine Augen aus dieser Entfernung mörderisch aussehen. Es sieht aus, als würde er vor

Wut gleich platzen. Ebenso Vincenz, welcher mich aber nicht interessiert. Er steht schwitzend und Kopfschüttelnd neben mir.

Was soll ich machen? Ich weiß es nicht. Lange Zeit zum Überlegen bleibt mir nicht. Miguel, er stampft auf mich zu. Seine Stiefel stampfen auf dem Fliesenboden. Seine Wut ist zu spüren. „Fleur, bist du des Wahnsinns, was zum Teufel machst du hier. Wie bist du überhaupt hier runtergekommen? Wieso hast du überhaupt das Haus verlassen? Und verdammt nochmal, sieh dich an. Shorts, ohne Schuhe, sag mir nicht, dass das echt ist!", brüllt er. Er ist außer sich, laut und nicht zu verstehen. So wie er es sagt, klingt es total schwachsinnig. So richtig. Ja, was mache ich hier? Ich stottere, bringe keinen Satz heraus. Das Zittern übernimmt. Tränen laufen mir wieder hinab. Der Gestank, welcher hier außerdem herrscht, er lässt einen fast erbrechen.

Er packt mich an den Schultern, schüttelt und schreit. Ich höre nichts. Es ist so unerwartet auf mich eingeströmt. Das Einzige, dass ich weiß ist, er hat überall Blut, überall. Seine Augen, dunkel sind, kein bisschen mehr von dem Grün ist zu sehen. Ebenso sein Atem, er ist so warm auf meiner Haut, dass ich nicht weiß wo hin mit mir. Meine Augen, sie sehen ihn an, von oben bis unten.

„Fleur, fuck", er schlägt neben mir auf die Wand ein. Wusch. Und ich, stehe da, habe den Schlag kommen sehen, mich aber kein bisschen gerührt. Meine Augen haben sein Gesicht fokussiert. Trotz allem weiß ich, er würde mich nicht treffen. Nein, dieser Mann, ist ein Bastard, aber er ist nicht mein Bastard, er ist mein Miguel.

Vincenz wirft irgendetwas über diesen Mann, der nackt unter dieser Lampe sitzt, sein Kopf nach hinten, unter ihm Blut.

Miguel, schüttelt den Kopf, geht auf und ab, wie ein Panther, welcher eingesperrt ist.

Nahe steht er vor mir. Ganz nahe, schiebt mich zur Seite, sodass Vincenz vorbei geht.

Seine Schuhe sind zu hören, als er die Stufen hinauf geht. Miguels Atem ist von vorne zu hören. Mein Puls, überschattet fast alles. So etwas habe ich noch niemals gesehen. Eine Folterkammer, oder?

„Fleur, wenn du das jetzt hier siehst, gehört alles an dir- nur mir!", flüstert Miguel mir einigermaßen gefasst entgegen. Er sieht mich eindringlich an. Wartet auf mein Verständnis. Ich habe die Worte gehört. Ich verstehe sie auch, ich nicke, langsam.

Sein Kopf kommt zu mir herunter. Sodass wir direkten Augenkontakt haben. „Fleur, ich stehe vor dir, wenn das Leben uns fickt, oder nenn es Schicksal, mir egal. Etwas das niemand von uns erklären kann, ich am allerwenigsten. Aber dieser Wichser, er war eine verdammte Schlüsselfigur, er hat Auflösung gebracht. Um uns, dich und mich und die anderen zu Schützen. Er musste er drauf gehen. Er wusste Dinge, die Gefährlich sind. Nicht nur für uns, für viele, viele andere auch. Scheiße!", er dreht wieder seine Runde, fasst sich an den Bart. Flucht auf Italienisch. „Merda, Segaiolo Stupido!", das kenne ich, *Scheiße* und *dummer Wichser*. Er spricht in Hieroglyphen.

Wie soll ich das alles verstehen? Ich hebe fragend die
Augenbrauen, als meine Füße vor Kälte stechen.

„Scheiße, mein Vater, der Wichser, hat alles eingefädelt. Er war
Größenwahnsinnig. Er wollte die Omerta an sich reißen. Es gibt
dort fünf Familien. Richard, dein Vater als Baker Flemming
dann, Mein Vater als Morano, ich als Morano und Tessas
verlobter. Fuck, er war so schlau, und dich hätte er bekommen,
indem er mich umbringt. So dass es wie ein Unfall aussieht,
danach hätte er die Heiratsurkunde einfach mit seinem
Vornamen ausgetauscht. Du wärst seine Frau geworden. Das ist
es. Die ganze Auflösung in der Scheiße. Das Gouverneursamt
von Dan oder Richard, alles nur Mittel zum Zweck.

Meine Mutter wusste es. Die ganze Zeit. Und Tessa, sie wurde
zur Währung geboren. Sonst nichts. Fuck.?

Und jetzt, stehst du hier unten, ein Ort, an dem noch nie eine
Frau war. Siehst das, was für deine Augen nicht bestimmt ist.
Fuck. Ich wünschte du hättest das nie gesehen. Mich so nicht
gesehen, ebenso wie vorhin. Los hoch. Ich muss hier weg, und
du erst recht!", spricht er, leise, konzentriert und fast tonlos.
Seine Mimik, schwer zu deuten. Seine Hand blutet frisch.
Immer wieder schiele ich zu dem Toten. Ich war Währung für
Dan, für seinen Vater, was soll das. Ich habe doch mit der
ganzen Scheiße verdammt nochmal nichts zu tun, ich lerne
Erzieherin, Alltagsbegleiterin, lebte in meinem Kinderzimmer!

Miguel, packt mich, als ich mich nicht rühre. Schüttelt mich,
aber ich kann nicht antworten, ich bin zu sehr mit mir selbst
beschäftigt. Jemand soll als Währung geboren sein? Ich schüttle
den Kopf, zittere weiter, meine Füße sie scheinen wie

angewachsen zu sein. Miguel schimpft weiter, trägt mich nach oben. Ich hingegen, klammere mich an seine starken Arme, wieso fühle ich mich dennoch bei ihm sicher. Wieso?

Als es wieder wärmer um mich herum wird, stehe ich in dem Wohnzimmer, das sich jetzt heimelig anfühlt. Herzerwärmend, direkt neben dem Sofa, er zeigt mir auf mich zu setzen. Was ich danken mache, schnappe die Wolldecke und drapiere sie schützend vor mich.

Es vergehen sicherlich ein paar Minuten. Ich weiß nicht, wo ich anfangen soll. Aber ich weiß, ich muss irgendwo. Das mit uns ist so ein Durcheinander, ich weiß so vieles nicht, was ich aber müsste. Ich atme tief durch, und versuche einiges zu klären.

„Warum hast du ihn umgebracht. Warum fühle ich mich bei dir so wie ich mich fühle. Manchmal fühle ich nichts, nicht mal mich. Vorhin, also heute fühle ich ein warmes Herz, fühle viel von allem. Kälte. Wärme, dich und mich. Kaputtes und richtiges. Scheiße Miguel, das ist zu viel für mich. Vielleicht verletzen wir uns absichtlich. Du mit deinen Worten, ich damit, dass ich mache, was ich tue, ich weiß es nicht!", durcheinander schüttle ich wieder meinen Kopf, kralle mich in die Wolldecke und sehe seinen Blick. Sehe ihn als Mensch.

Er hat sich wieder verändert, seit dem Keller. Er wirkt wieder wie fast ein Miguel. *Kein Killer, kein Don, kein Bastard.*

Ich schließe die Augen, „Du hast ihn umgebracht, damit er mich nicht nimmt, oder? Also, deinen Vater?" möchte ich wissen. Lasse ihn aber gar nicht antworten, es gibt zu viel, dass mir auf der Zunge brennt.

„Du kennst mich irgendwie besser als ich, denn du schützt mich, bevor ich etwas tue so wie heute. Tessa sagte meine ganzen Sachen, du hast sie mit hier hergenommen. Für mich. Du bist du und doch liebe ich dich, Miguel. Was sagt das über mich?", frage ich ihn ebenso wie mich, mit Tränen in den Augen aber einem warmen Herz, das sich nach seinen Händen, seiner Nähe und seiner Liebe sehnt. Auch wenn ich so gut wie weiß, dass es von ihm nur Freundschaft Plus gibt.

Er steht hier, seine Hände geballt. Schweiß auf seiner Stirn. Er ist sprachlos. Oder er möchte einfach nichts sagen. Seine Atmung ist so laut. Sein Blick so traurig.

„Ich habe ihn umgebracht, weil er dich sonst genommen hätte, er hätte dich zu Tode gefickt. Dich ausgeschlachtet wie eine Gebärmaschine. Dich den Biestern zum Fras vorgeworfen.", er hebt die Hände, zeigt ausladend auf alles hier im Raum. Als wären die Biester hier. „Bleib sitzen. Ich gehe duschen. Zieh dich an. Dem Wetter entsprechend. Verdammt. Und bleib im Haus, mit im Haus meine ich, dieses hier. Verstanden!", er klingt seltsam.

Genervt.

Traurig, erschöpft und auch wütend.

Ich fasse es nicht, es ist, wie zu erwarten. Er schaltet ab. Es ist ihm zu viel. Leute killen kann er, zuhören auch, Mensch sein nicht. Er geht einfach duschen. Einfach so und ich soll mich anziehen, wenn mir nicht wirklich scheißkalt und heiß wäre, würde ich es nicht machen.

Jeans, Pullover und Sneaker, das reicht. Vor allem sind wir hier, was sollte ich sonst anziehen.

Es dauert kaum länger als das ich mich angezogen habe.

Er stürmt auf mich zu, küsst mich. Und sagt: „Ich kann nicht sagen, was ich fühle. Ich habe die Worte nicht. Ich weiß nur, ich muss dich beschützen. Und wenn es vor mir ist. Das wie vorhin, darf nicht passieren. Niemals wieder. Fleur, du hast gesehen, was du sahst, du weißt das bindet dich an mich. Nicht, wegen der Mafia, sondern wenn du mich jetzt noch magst, dann gibt es kein Zurück für uns. Du sagtest, du willst das. Gott Fleur, du weißt nicht, was mir das bedeutet. Scheiße ich… Nein warte. Komm. Wir gehen, wo hin, ich zeig es dir, wenn wir da sind. Es ist die perfekte Zeit dafür.", ich verstehe nichts von dem, was er mir sagen möchte.

Wir fahren mit dem Wagen, ich sehe Queens, viele verschiedene Facetten davon, und alle in einem tollen Licht. Mitten in meinem Kopf, schweben die Ereignisse von vorhin.

Wann soll ich ihn nochmal darauf ansprechen?

Straßen, die ich noch nicht gesehen habe, oder nie dazu gekommen bin. Ein paar Sehenswürdigkeiten, an denen wir vorbeifahren, oft war ich hier nicht.

Also früher, ich hielt mich in meiner Gegend auf. Die tollen Häuser, die Straßen, die Menschen an einem solchen Vorweihnachtlichen Nachmittag. Die Sonne strahlt nur noch wenig, denn es wird bald Abend. Traumhaft spiegelt sich das alles von hier oben, auf der Brücke im Wasser unten.

Es fühlt sich so seltsam an, ich weiß nicht, was er vorhat. Seine Mimik, sie wirkt so gelassen, dass selbst das seltsam ist. Bis jetzt kam auch noch kein Anruf, nur Musik und wir.

Immer wieder schiele ich zu diesem Mann neben mir, er sieht immer noch dunkel aus, aber mittlerweile sehe ich, seinen Ring am Finger voller Tattoos. Schöne Tattoos. Ich sehe seine Augen, mal heller, mal dunkler. Sein Bart lässt ihn charismatisch wirken, so normal eben.

Auch die kleinen grauen Härchen, sie runden das Bild wundervoll ab.

Ja er ist nicht jung, mir egal, ich habe so viel durchgemacht, dass ich denke ich bin es mir selbst wert, das zu tun, was sich für mich richtig anfühlt. Also lehne ich mich zurück, genieße das hier und jetzt. Diese Ruhe und das Gefühl, dass es mir gut geht.

Die Stadt, sie wirkt geheimnisvoll, still und doch so als wenn man auflebt. Solche Tage kennt wohl jeder, die richtige Musik spielt und klingt aus dem Lautsprecher, niemand spricht im Wagen.

Die Bilder von heute sie gehen auch mir nicht aus dem Kopf. Ich muss sie auf die Seite schieben, zum weiteren mal wollte mich jemand umbringen. Und er, er hat seinen Vater umgebracht.

Wie kann man so etwas machen?

Vincenz er wird auch richtig sauer auf mich sein, so wie er mich ansah.

Der Wagen steht. Miguel kommt gleich auf die Beifahrer Seite. Öffnet mir die Tür, die kalte Luft weht wie eine Walze in mein Gesicht. Sein Gesicht, es sieht so gut gelaunt aus, sauber und nichts mehr von dem, von vorhin ist in ihm zu sehen. Er strahlt fast. Die Falten um die Augen verleihen ihm Charakter, sein Duft, als ich hier vor ihm stehe, umhüllt mich gewohnt und vertraut.

„Hier", er zeigt auf ein Kaffee am Rande des Flusses. Es ist geschlossen. Alles ist leer nur ein paar Lichter brennen, ich schüttle den Kopf, doch er geht einfach weiter, mit meiner Hand ins seiner.

Dieser Ausblick von hier oben, grandios. Ich wusste nicht, dass hier etwas wie ein Restaurant ist.

Ich ziehe diese ganze Luft ein, die es hier gibt. Rein, Freiheit und Zufriedenheit überkommt mich. Es zählt nichts, ich fühle mich sicher, frei hier oben und beschützt.

„Wir können uns nicht einfach da hinsetzten. Es ist geschlossen. Das darf man doch nicht"

Er lacht. „Es ist meins, also setz dich. Ich habe angerufen. Sie haben alle Reservierungen abgesagt. Hier nimm eine Decke." Er macht den Heizpilz an.

„Mach es dir gemütlich. Gleich kommt dein Pumpkin Latte. Pizza magst du oder. Luigi macht sie frisch, sie kommt gleich."

Er zeigt auf die Gegend. „Sieh dir das an, ein paar Minuten noch und du siehst den schönsten Sonnenuntergang, den du dir vorstellen kannst." Sogar sein Lächeln ist zurück.

Sprachlos sehe ich ihn an, während der frische Wind mir das Haar ins Gesicht weht.

Was ist das für ein Mensch? Wieso das jetzt, wenn er vorhin einfach gegangen ist. Wieso kommt das jetzt von ihm?

Er sitzt neben mir. Nahe nimmt mich in den Arm.

„Fleur entschuldige", er dreht mein Kinn zu sich. Es ist sexy, wenn er das mit mir mach. Aber diesen Blick, er ist roh ebenso sexy sowie er mir nicht vertraut ist. Seine Augen haben mehr grün als vorhin.

Kopfschüttelnd beginnt er wieder.

„Fleur, hör zu. Bei dir ist mir kalt und warm gleichermaßen. Ich führe mich auf wie ein Höhlenmensch. Ich weiß es, ich kann es nicht abstellen. Ich fühle mich wie jemand, den man an der Hand nehmen muss, was ich nicht kenne. Jemand muss mich führen, in dieser Reise mit uns. In der Kirche dachte ich mein Herz bleibt stehen, du bist schöner als in jeder meiner

Erinnerung. Du bist von außen sowie von innen schön und absolut krank, wenn du dich bei mir sicher fühlst. Ich fühle mich nicht sicher, nur bei dir. Lächerlich oder. Du gibst ohne etwas zu nehmen, denn du gibst Zuversicht, stärke, mehr als meine Männer. Sie dich an du stehst noch, obwohl das alles geschehen ist.

Du bist wie ein Phoenix auferstanden, hinterlässt Schutt und Asche dessen, was böse ist, gefährlich ist, und lässt mich auferstehen als Mensch mit Gefühlen. Ich meine Scheiße, wie kann es das geben. Ich möchte für dich ein besserer Mensch sein. Das Leben fickt mich nur immer, dass ich nicht aus kann. Jedes Mal, wenn ein Problem eliminiert ist, kommt das Nächste. Das wird sich nie ändern. Ich habe Verantwortung. Für die Männer, dich und mich. Ich suche Wege, die es uns erleichtern. Für mich ist das alles neu. Du bist meine Frau, ich meine, jemand wie ich, wie kann er so ein Geschenk bekommen? Ich bin jemand, der Tötet, Lauert und anders ist als die meisten. Ich bin Jemand der dich will. Fuck.", durcheinander schüttelt er seinen Kopf, Atmet so tief durch.

Er kniet sich hin. Gott der Verrückte. Ich schluchze eh schon so.

Er nimmt wieder das Messer, postwendend wird mir warm. Die Erinnerung daran, kommt sofort, sie ist sexy und angsteinflößend gleichzeitig. Ja zu keiner Zeit ging es mir nicht gut. Ich fühlte mich seltsamerweise gereinigt.

„Fleur, ich schwöre dir meine Treue, Liebe, du bist meine Königin, nicht wegen meiner Männer meines Titels, sondern wegen meines Herzens. Bitte gib mich nicht auf, wenn ich auf furchtbar anstrengend bin und das wird verdammt oft der Fall sein! Aber erinnere dich an meine Worte. Fleur ich liebe dich! Von innen von außen, gestern, morgen und jeden Tag der darauf folgen wird. Du kennst alles von mir. Und stärkst mich, gibst Kontra und bitte behalte das. Ja, nimm einen kleinen Jungen an die Hand und führe ihn durch ein Leben zusammen mit dir, bitte gib uns die Chance. Ich liebe dich mehr als ich dir zeigen kann."

Er drückt mir das Messer mit dem Griff entgegen, hier, er ritzt sich die Spitze, während ich halte.

„Blut von einem Bastard zum Blut eines Liebenden!", schwört er und wischt es auf meinen Finger, hält meinen Finger gegen das Messer und pickst leicht.

„Durch Blut vereint, mit Blut eins mit Blut etwas Stärkeres. Seite an Seite, zusammen die beste Version von uns beiden zu werden. Mein Phoenix, vielleicht können wir uns diesen Traum erlauben, ja?", seine Augen, ich sehe durch meine Tränen nur, Ehrlichkeit und Aufrichtigkeit.

Danach wirft er es zu Boden und küsst mich. Scheiße dieser Kuss, das Alles. Hier und jetzt. Ich kann es nicht in Worte fassen. Niemals. Was ist da gerade passiert?

Ich sitze sprachlos hier, während er vor dem wundervollen Sonnenuntergang sitzt, mich hilflos anstarrt und wirkt wie ein normaler Mann im Körper eines Mafiosis.

Seine warmen Lippen umschließen die Meinen.

„Ich liebe dich!", sage ich ihm, während wir uns küssen. Oh mein Gott, das tut so gut, es fühlt sich so richtig an und es klang so ehrlich, wie ich noch nie etwas gehört habe. Er liebt mich, mich alleine. *Ohne dass ich für den Schein kochen sollte, eine Arbeit haben soll, die ich nicht so gerne mache, wie etwas anderes, einfach weil ich -ich bin.*

Der Kellner räuspert sich und Miguel steht auf. Legt mir die Decke zurecht und schiebt den Tisch wieder an die richtige Stelle.

Sein Lachen, echt. Jungenhaft und glücklich würde ich sagen. Ich weiß nicht, ob er diesen Zustand schon einmal erlebt hat.

Wieder zurück, wirkt das Haus etwas anders. Heimeliger vielleicht und dass, obwohl ich weiß, was im Keller vor sich geht.

Wir steigen aus und ich beeile mich hineinzukommen.

Es ist für Dezember wirklich kalt.

Kaum sind wir drin, sieht er mich wieder seltsam an. „Was ist los?", verblüfft frage ich, ich weiß er möchte etwas sagen, nur wieso sagt er es nicht.

Ich lege die Jacke neben den Eingang. Stelle meine Schuhe daneben, die warme Fußbodenheizung ist himmlisch.

Sein Gesichtsausdruck, ist wieder einmal kaum zu deuten. Fragen über Fragen, sammeln sich in meinem Kopf, während ich diesem Mann in die Augen sehe.

Seine Lippen betrachte und mich ständig frage, wie diese Anziehung so eine Macht über uns haben kann.

Entgegen jeder Vernunft, und doch, so richtig, dass es nicht falsch sein kann oder?

„Feierst du Weihnachten?", fast lache ich, als er mich das fragt. Das Fest der Liebe. Weihnachten.

„Was? Wieso, feierst du? Das Fest der Liebe, feiert doch jeder, oder?", sage ich, ich weiß es klingt wie eine Frage und eine Feststellung, noch im gleichen Moment als ich es sage, weiß ich, dass ich es nicht weiß.

Feiere ich mein liebstes Fest noch? Ist es noch das Fest der Liebe für mich.

Ja. Definitiv Ja.

„Ja, wenn du möchtest dann feiern wir beide, oder? Ich weiß nicht was man da mach. Einen Baum, Schmuck, Essen oder. Meine Männer bekommen immer Alkohol und Essen in eines unserer Restaurants und Feiern dort so wie es ihnen passt. Zumindest die ohne Family. Du bist meine, also werde ich bei dir sein" Dieser letzte Satz hat so viel Gewicht für mich, ich denke nicht das er sich dessen bewusst ist. Sicher nicht.

Ich strahle. Ich freue mich, so sehr. Blicke mich nach links und rechts um, „was denkst du, den Baum links neben den Eingang? Wir brauchen bald einen, sonst ist es schon vorbei" mehr sage ich nicht. Ich möchte nicht, dass er sich wieder zurückzieht, jetzt wo er sich geöffnet hat. Ich denke auch Tessa wird dabei sein. Wen hat er noch, seinen Bruder Costa, naja, vielleicht kommt er kurz. „Kochen kann ich aber nicht wirklich solch ein Gericht. Ich kann eher die normalen Essen. Feiertagsessen, bin ich raus", lache ich ihn an während meine Füße mich zu ihm tragen und ihn küssen.

„Dann sollten wir morgen früh einen Baum holen", flüstert er, während er meine Lippen küsst. Meinen Mund einnimmt und mich zu sich hochhebt. Ich umschlinge seine Taille mit meinen Beinen. Er schmeckt so gut, doch ich weiß ich sollte das mit der Nachricht meiner Mutter noch erwähnen. Nachher ist dafür noch genug Zeit, hoffe ich.

Sein Mund, er umschlingt den meinen so sehr, dass ich kaum Luft bekomme. Seine Hand, dirigiert meinen Kopf, ich will mehr davon. So viel mehr. In meinem Unterleib brennt bereits das Verlangen. Die Feuchtigkeit kommt automatisch, auch das fühlt sich so verrückt für mich an, besonders, als ich spüre, dass ich auf seinem Penis drücke.

Er geht weiter, nimmt ich einfach so mit. Schnell und stürmisch. Legt mich auf der Kücheninselplatte ab. Der kalte Stein, sofort legt sich Gänsehaut über mich, während ich nach seinen Lippen giere. Er lehnt über mir, küsst mich weiter, küsst mein Dekolletee, weiter nach unten. Öffnet den Reisverschluss des Jäckchens, meine Lieblingskuscheljacke. Doch jetzt. Ist sie zu heiß.

„Tessa", bringe ich noch stotternd heraus, während mein Kopf seinem Kopf folgt, zusieht was er da mit mir macht. „Ist nicht da, Zu. Hau. Se", bringt er heraus, und reibt meine Vagina durch die Hose. Also lehne ich mich zurück. Ich brauche das, so wie er.

Bevor ich es merke, sitzt er mich auf, zieht mich aus. Die leichte Beleuchtung von dem Poollicht und das Bewegen des Wassers des Pools, spiegelt sich auf seinem Körper, während ich ihm zusehe, wie er sich die Kleider vom Leib reißt, natürlich, seine Augen sie fixieren mich. Weiter. Intensiv, sodass meine Vorfreude auf das, was kommt nur noch weiter steigt. Seine Lippen, wahnsinnig, als er mich wieder auf die Platte drückt. Ich zittere und kann mich nicht stillhalten, während er meine Vagina bereits bearbeitet. Meine Klitoris reizt und daran leckt. Gott. Er leckt, saugt drückt mit dem Mund darauf, fest. Sodass alles sich zu vergrößern scheint. Wahnsinnig wie er seine Finger dazu nimmt. Ich lehne mich auf die Unterarme, sehe ihm zu. Stöhne und winde mich, sein Lächeln, als er sich hinstellt. Die Feuchtigkeit um seine Lippen, sieht heiß aus, meine Brustwarzen brennen vor Verlangen, während ich sehe, wie er seinen Penis reibt. Wow. Er ist immer noch so groß, sein Blick, starr auf mich gerichtet und der perfekte druck des einen Fingers, der mir den Orgasmus des Lebens schenken wird. Er drückt und reibt an den genau richtigen Stellen. Wow. Ich atme immer schneller, stöhne, Hitze umgibt mich, während sich meine Unterseite aufzulösen scheint. *Nichts ist mehr wichtig, ich will ihn.*

Mutig, ja mutig setze ich mich auf, fasse mit meiner Hand zu seinem Penis. Sofort werde ich mit einem lauten Stöhnen, seiner Anspannung und einem Grunzen belohnt. „Ja, geil, mehr, fuck,

Ja", kommt aus seinem Mund, während er mich dabei küsst. Ich hoffe ich mache es richtig, hinauf und runter. „Fuck, du machst das so gut, gibs mir, ich komme gleich, mach langsam", ich grinse, es ist nicht zu glauben, welche Macht ich über seine Beherrschung gerade habe.

Ich hüpfe von der Platte, wenn wir gerade bei Mut sind, nehme ich seinen Penis langsam in den Mund, während ich mich hinknie, kaum dass ich ihn erreiche, doch ich sauge an ihm.

Meine Hand fährt hinauf und ab. Schneller, langsamer fester und eindringlicher. Mein Mund fährt die Konturen nach. Meine Zunge, sie leckt seinen langen Penis hinauf, spürt jede Unebenheit. Gott, ist das Wahnsinn! Seine Feuchtigkeit, ich sauge sie aus ihm heraus, seine Hand drückt meinen Mund auf seinen Penis. „Ah Fleur, du machst das so gut. Ah. Gott. Mach´s dir selbst. Los!" Was meint er? Ich nehme meine Hand und reibe an mir, während ich ihn weiter in meinem Mund habe. Es fühlt sich seltsam an, und gut.

Ich fühle mich so ausgeliefert und dennoch so mächtig. Ich kann es nicht beschreiben, doch es überkommt mich so heftig, dass ich befürchte zu explodieren.

Ich mache weiter, fester und schneller. Es ist heiß, kalt und wow. Es ist alles an was ich denken kann, als ich bereits lauter zu Stöhnen beginne. „Wow Fleur, dein Mund ist der Wahnsinn. Der pure Sex. Nimm ihn ganz. Hände hinter!", befiehlt er mit einer sextrunkenen Stimme, welche alleine schon wie Funken durch mich schießt. Ich schüttle verwirrt den Kopf, denn ich weiß nicht, was er meint. „Du bist doch nicht so unschuldig wie ich dachte. Nimm deine Hände auf deinen Rücken, lass sie dort.

Lass mich dir sagen, wo es hingeht." Ich mache, was er sagt. Lasse mich darauf ein, und versuche nicht umzufallen. Das ist etwas ganz anderes. Sein Penis drückt sich in meinen Mund. Ich lasse es geschehen, es fühlt sich so gut an. Ersticke mich fast und will trotzdem mehr. Mehr von alledem. Es ist so intensiv. Langsam kommt er zu mir am Boden. „Bleib so!", Ok, ich bleibe so. Lecke mir die Lippen. Bin gespannt was gleichkommen wird. Ich bin in gestreckter Hocke, meine Hände hinter meinem Rücken. Biege meinen Rücken vor Erregung durch. Stöhne und winde mich, als er meine Brustwarzen in den Mund nimmt.

Neugierig sehe ich ihm zu, wie er an meiner Brust saugt.

Perfekt meine Vagina dabei und meinen Kitzler reibt.

So schnell, ich höre das Nasse, als er mit den Fingern in mich eindringt.

Schneller und fester, drückt er innen dagegen, dort wo ich es noch nie spürte, sodass ich explodiere.

Tausend Funken ergießen sich vor meinen Augen.

Falle fast nach hinten und stöhne weiter. Ich kann es nicht stoppen, es zieht durch mich hindurch. Belohnt werde ich mit seinem Penis in meinem Mund.

Gott, ich sauge was das Zeug hält. Habe das Gefühl sein Penis lässt meinen Orgasmus weiter steigen. Was auch irgendwie geschieht. Denn es nimmt kein Ende.

Er packt mich, schiebt mich auf seinen Penis, lehnt sich rückwärts an der Kücheninsel an und dirigiert mich auf seinem Penis. Gott, wow, so fest. Hart. Dick. Ohhh, wow, ich glaube ich laufe aus. Es blitzt durch mich hindurch, spannt mich komplett an. Druck baut sich auf, welchen ich nicht stoppen kann. Schweiß tropft von seiner und meiner Stirn. Er presst mich so auf seinen Penis, es ist unbeschreiblich. Ein kleiner Funke mit seinem Finger und ich kenne mich nicht mehr. Ich höre ein Stöhnen, spüre Hitze, wie Lava durch mich hindurch schießen. Bis ich nichts mehr wahrnehme, es sind Sekunden des puren Wahnsinns.

Ein Schwall an Feuchtigkeit kommt aus mir, ich schreie, lauter und lauter, während er nur noch weiter zu stößt. Meine Brustwarzen in den Mund nimmt und hineinbeißt.

Eine Hand schellt auf meinen Hintern, so jetzt ist es vollkommen aus.

Ich habe das Gefühl neben mir zu stehen, nicht mehr zu können. Jegliches Gefühl für den Boden, das Hier und das Jetzt sind weg. Ich explodiere in tausend Teile. Hart. Unkontrolliert, zittere und schreie weiter. Es fühlt sich so gut an. Alles zittert in mir, meine Atmung fühlt sich abgehackt an. Seine Stimme rauer als rau, er stöhnt und presst mich ein letztes Mal auf sich dann explodiert auch er. Wow, er wiegt uns gleichmäßig, bis alles still ist. Ruhe über uns kommt.

Küsse die auf mich einprasseln. Wow, das war grandios, auch wenn ich wund sein werde.

So ein großer Penis. So ein dicker und harter, ich will mehr davon, immer und immer mehr. Auch wenn ich jetzt nicht mehr ganz bei Sinnen bin. Ich bin so kaputt, nass und matschig. Meine Muskeln gehören mir nicht mehr, meine Atmung muss sich normalisieren.

Wow. Ich blicke langsam hinunter, es ist alles nass als ich, anscheinend wieder zu Sinnen komme...was ist das?

Kapitel 16

Miguel

Ich flüstere ihr in ihr Ohr, während sie noch auf mir sitzt an mir lehnt. „Wie kann jemand wie du, mich lieben. Wie kann sich jemand wie du, sicher bei mir fühlen. Wie kann ich mich bei dir so fühlen und fuck, was war das für ein Squirt?", ich traue meinen Augen kaum. Das ist mir noch nicht passiert. Wahnsinn, ich dachte du fällst um.

Ihr Gesicht ist purer Sex. Ihre Augen glasig und müde. Ihre Haut, voller roter Flecken, während ihr Puls bis zum Anschlag rattert. Und ich Bestie sie am liebsten gleich nochmal ficken wollen würde, mich in ihrem rosaroten Arsch versenken möchte.

Fuck, was war das für ein Tag, überlege ich, als ich sie auf das Sofa lege, ihr die Decke überwerfe. Sie braucht Ruhe. Oh ja. Und ich, ich muss unbedingt heute noch arbeiten.

Ich bin mir sicher, sie schläft gleich. Dieser Ausbruch. Wow, das habe ich noch nie erlebt. Wie kann jemand so süß und so geil gleichzeitig sein. Wie kann sie mich lieben, wenn sie mich kennt. Und sie kennt jetzt alles an mir. Von A bis Z- durch die Bank alles! Und es dürfte klar sein, auch für sie, sie ist nicht so unschuldig wie ich dachte. Sie steht auf diese Scheiße. Sie steht auf dreckigen Sex, meine Kommandos und lässt sich führen. Ich habe mich bis jetzt nur mit Kleinigkeiten herangetastet. Zu wichtig ist Sie mir. Mein Instinkt sagt mir jedoch, sie möchte diese Ficks, sie braucht sie so wie ich. Keinen Kuschelsex unter ausgeschaltetem Licht, nein sie will alles, was ich biete.

Sie kennt auch mein verkrüppeltes Herz, sie belebt es. Sie ist der Schlüssel zur Auferstehung.

Und ich brauchte das. Fuck.

Was heute alles geschehen ist, wie soll man da klarkommen. Mein Vater, die Männer, der Wichser. Meine Mutter und Tessa, die es heute von meiner Mutter gehört hat. Sie wird sicher nicht mehr herkommen. Ich habe ihr, ihren Vater genommen.

Bald wird Ronaldo sie uns nehmen. So wie es vereinbart war. Es führt kein Weg drum herum.

Dieses Glück, welches Fleur und ich haben, wird sie nicht haben. Er ist ein verdammter Drecksack.

Während sie schläft, checke ich Mails. Aufnahmen, Bilder, alles, was ich so finden kann. Hier in meinem Büro war ich schon lange nicht mehr. Meinen Laptop, Festplatten, alles habe ich dabei.

Es muss irgendwo Anhaltspunkte darauf geben, was mein Vater noch alles vorhatte. Mit wem. Er kann das doch unmöglich alles alleine vollzogen haben. Oder war es der Plan, zum Schluss hinaus, noch die gesamte Macht zu haben. Eins ist klar, meine Schwester, Tessa, sie wurde nur als Mittel zum Zweck gezeugt. Ekelhaft. Und dieser Vertrag zwischen ihm und Grenado, er wurde an dem Tag unserer Hochzeitsfeier unterzeichnet.

Da lässt sich nichts mehr rütteln. Es ist einfach in unseren Kreisen so üblich. Wenn sie Glück hat, nippelt er noch bevor sie dreißig ist, ab.

Verdammt, ich muss unbedingt wieder Jagen gehen, mein Wald, er geht mir ab. Ich brauche das für mein geistiges Überleben. Die Ruhe. Nichts als Natur. Hier gehe ich selbst noch drauf.

Stundenlang sehe ich mir alles an. Bilder. Und auch wieder Bilder von Fleur. Wenn ich mich nicht täusche, sehe ich sogar meinen Vater von hinten. Ganz am Anfang noch als ich sie beobachtete, dieser verdammte Hurensohn.

Das Fleur das nicht aufgefallen ist. Unbedingt muss ich sie später dazu befragen. Für sie muss ich es herausfinden. Wer weiß was noch alles bevorsteht. Vielleicht sollte ich ihr Whiskey geben wie an dem Abend, als wir zur Feier gingen. Sie denkt ich habe nicht bemerkt, dass sie mein ganzes Glas ausgetrunken hatte.

Fuck, ich war so Stolz! Nicht wegen des Alkohols, sondern wegen ihrer klitzekleinen Rebellion.

Ja und mit Vinc. muss ich auch noch sprechen. Es gibt noch offene Fragen. Der Wichser im Keller, auch er wusste zu viel. Wir müssen uns noch sein Haus ansehen. Hoffentlich ist seine Frau dann weg. Wir werden sie vorher anrufen und anonym warnen. Ich habe keinen Bock, Frauen abzuknallen, nur weil sie zur falschen Zeit am falschen Ort sind. Ich würde nie eine Frau abknallen, auch wenn ich es Fleur sagte. Deshalb ist die ganze Scheiße auch so explodiert.

Der Whiskey brennt angenehm in meinem Hals. Ich spiele mich mit meinem Messer, ich habe es immer am Mann. Doch so wie ich es bei Fleur hatte, das darf nicht mehr geschehen.

Dieses Mal, hat Vinc. mich gestoppt. Nur wer macht es das nächste Mal. Safeword. Jawohl so eines muss her und sie braucht ein eigenes Messer. Unverzichtbar bei uns. Und er muss auch endlich seine Villa fertig bekommen, das Poolhaus hier, ist nichts weiter für ihn.

Der Wichser vom Keller meinte auch, nicht nur, dass mein Vater, das alles geplant hat. Er hat sich die Omerta langsam unter seinen Nagel gerissen, er hat sogar Costa, so verwirrt, dass er nicht merkte, dass er dabei nicht mehr vorkommen wird.

Als Vorstand, hätte Vater somit entschieden, wer drin ist und wer nicht. Auch wenn er als einziges Mitglied darin fungieren wollte. Er wollte der Capo, der Don, der Godfather aller sein. Sich ausruhen und die anderen Arbeiten lassen. In die Geschichte eingehen. Und fast hätte er es geschafft. Irgendwann nach dem Tod von Lynn, muss ihn der Wahnsinn überkommen haben.

Costa soll zu den Albanern gewechselt haben. Ich vermute, weil er nicht Don geworden ist. So wie es alle dachten. Er hat jetzt niemanden mehr, der sich für ihn einsetzt. Ich erst recht nicht. Ich hatte ihn sogar in Claudwood gelassen. Seine Drogen, sein Alkohol, mehr als ich trinke und seine Fickerei von viel zu Jungen Mädchen, ich kann da nicht mitspielen. Wir waren mal ein gutes Team, das ist Jahre her. Und mittlerweile, kurz vor der Hochzeit, überkam mich ein noch seltsameres Gefühl. Wie sich herausstellt, ein richtiges.

Er ist abgedriftet. Einzig bleiben Tessa und ich von unserer Blutsfamilie übrig. Mehr oder weniger nicht Geisteskrank. Dank Fleur, zusammen zu einer Loyalitätsfamilie gemacht. Ich komme immer noch nicht drauf klar, dass sie mich liebt. Dass ich das kann und ihr gesagt habe.

Wir sollten nochmals heiraten, dieses Mal, aus freien Stücken. Und sie sollte etwas machen, dass ihr Spaß macht. Zeichnen? Designen? Sie solls sich aussuchen.

Jetzt aber muss ich in das Haus des Wichsers und nach Unterlagen suchen.

Und danach ein Weihnachtsgeschenk und das Geburtstagsgeschenk für sie besorgen und diesen teuflischen Weihnachtsbaum mit ihr aussuchen. Volles Programm und es ist noch nicht einmal hell.

Jetzt, während ich vor dem Sofa stehe, kann ich das alles nicht fassen. Sie schläft nackt, ruhig und sexy auf meinem Sofa. Hier, wo noch nie eine andere Frau als meine Mutter oder Tessa saßen.

Leise nehme ich sie und trage sie ins Schlafzimmer, spüre ihren leichten Körper. Sie hat abgenommen, die letzte Zeit war zu viel für sie. Ja ich weiß das, ich bin schuld. Was aber, wenn ich nicht in ihr Leben gestoßen wäre, dann würde das alles ganz anders aussehen. Negativ.

Behutsam lege ich sie hin, ihre Augen schließen sich wieder. Ich streiche ihren weichen, sinnlichen Körper entlang. Präge mir wieder und wieder ihre Silhouette ein. Sinnlich ist gar kein Ausdruck dafür.

Wenn ich mich jetzt neben sie lege, werde ich sie wieder ficken, und wieder. Nein, ich muss mich beherrschen. So setze ich mich auf den Sessel neben dem Bett. Beobachte sie. So wie am Anfang. Ich denke fast, einige Stunden, denn es wird langsam wieder hell. Sämtliche Szenarien schießen mir durch den Kopf, was alles mit ihr geschehen kann. Was mit meiner Mafia los ist. Was, was, was wenn? Gott, der Gedankenfick, fickt mich richtig.

Vincenz, ich schreibe ihm, er wird schon wach sein. Er ist Frühaufsteher. Wir müssen uns beraten. Und das schnell. Er antwortet fast postwendend. *Bin gleich da!*

Perfekt. An Schlaf ist bei mir so und so nicht mehr zu denken. Zu viele Verpflichtungen die auf mich warten.

Eine halbe Stunde später steht er bereits bereit in meinem Büro, hat Kaffee dabei. Lustig!

Noch bevor ich Platz genommen habe, sitzt er. Sein Blick, wieder zum kotzen, man sieht ihm gleich an, dass er etwas sagen möchte. Ja es gibt genug Dinge, die er zu sagen hat, genügend Situationen, die es zu besprechen gilt. Doch ich weiß, worüber er sprechen möchte.

Genervt setze ich mich hinter meinen Schreibtisch. Fehlt nur noch, dass er diesen Platz genommen hätte, so wie er sich auf dem Stuhl gegenüber von mir verhält. Beine gespreizt. Entspannte Haltung.

„Was ist los Vinc? Sage was du zu sagen hast, damit wir endlich starten können!", beginne ich eben. Und schütte mir den Kaffee hinter. Ja es ist kein Whiskey, aber er hat recht. Etwas weniger davon wird nicht schaden.

Er lehnt sich nach vorne „Sicher?", seine Augenbrauen schellen nach oben.

Tief durchatmen, befehle ich mir. Wissend was er meint. Fuck, ja ich muss so und so mit jemanden darüber sprechen. Jemanden dem ich vertraue und der mir sagt, was er denkt. Es würde sich auch kein anderer trauen, die Wahrheit auszusprechen.

„Ja", nicke ich. Warte genervt auf das, was kommen wird.

„Bist du von allen guten Geistern verlassen?", fragt er mich. Perplex starre ich zurück.

„Guten Geistern, komm, mach dich nicht lächerlich, du weißt, dass alles, was mit gut zu tun hat, nichts in mir zu suchen hat. Wie sollten sie mich verlassen?", ist doch lächerlich.

Er geht überhaupt nicht darauf ein. Niente! „Du hast die Kontrolle verloren. Das ist noch nie passiert. Gut, ja dass du mal jemanden abgeknallt hast, voreilig. Ja, das kam vor. Aber noch nie hast du eine Frau so…", ich schreie dazwischen. „Überleg dir Freund, was du sagst!", wenn er jetzt ficken benutzt flippe ich aus.

„Noch nie hattest du beim Sex die Kontrolle so verloren.", beendet er den Satz. Sein Blick, er hat von mir gelernt, der Sitzt. Strafend und prüfend. Und er hat recht.

„Es waren auch noch nie diese Umstände! Ich weiß es, denkst du ich wollte das. Denkst du ich würde mir nicht überlegen, wie ich es stoppen kann. Safeword hin oder her, ich hätte es sicher, sicher nicht gehört. Es war, als wäre ich bei einer Folter, wie damals, mein Geist hat sich vom Körper getrennt. Und, ich glaube mein Unterbewusstsein, hat sich noch im Zaum gehalten!", wenn wir schon dabei sind, muss ich ihm die Wahrheit sagen, denn er hat schließlich geholfen. *Gott sei Dank.*

„Ich dachte echt, du machst es ihr zu Tode. Und dann unten, niemand weiß von dem Raum, dass weißt du. Niemand außer die Familie, wer da reinkommt, wird normalerweise Flüssig hinausbefördert."

„Ich weiß das alles. Was denkst du. Sie ist Familie. Vincenz, ich liebe sie. Gott verdammt, ich liebe sie mehr als ich dachte, dass es möglich wäre. Ich hätte nie damit gerechnet, das zu fühlen. Es ist etwas unbeschreibliches Großes, dass sich in mir Ausbreitet und überall kleine Lebendige Teile in meinem Inneren hinterlässt. Fuck, stell dir vor ich habe ihr ein Messer besorgt. Damit sie es gegen mich verwenden kann. Wenn ich wieder durchdrehe. Jemand muss sie schützen. Wenn ich es nicht kann."

„Ein Messer!", gibt er trocken zurück „Also fickt ihr nur noch, wenn sie ein Messer in der Hand hält, klar!", mein Kopf kommt nicht mehr klar. Ich springe auf, ziehe ihn an mich, blitzschnell. „Ich schlafe für dich mit ihr, und ficke sie nicht, ist das klar!"

Er nickt, und lacht. *Typisch für ihn!*

„So haben wir dann das alles geklärt. Sie macht keine Probleme, sie ist meine Frau, ich liebe sie. Und das ist das Problem, sie werden weiter sie nehmen wollen um an mich zu kommen, egal wer. Also, müssen wir schauen, dass es niemand merkt. Ich muss das Treffen in der Omerta wahrnehmen, auch wenn die Meisten Mitglieder durch mich gefallen sind. Das wird ein Spaß. Und wir müssen unsere Männer überprüfen, wer weiß was mein Vater für Gesindel hat. Das, sind die Wichtigen Punkte.", schimpfe ich, sehe aber das er nickt. Das ist aktuell das größte Problem. Ich, werde mich schon zusammenreißen.

„Liebe, wow!", lacht er. Ich reiße die Augen auf. „Ja, ja, ich wollte es ja nur nochmals wiederholen, kann ja sein, dass ich mich tatsächlich nicht verhört habe!"

Meine Mundwinkel zucken, er ist mein bester Freund, ja wenn nicht er, wer kanns mir sonst so geben.

„Ich habe einige schon geprüft. Die mit Familien zuerst, habe nichts gefunden. Die Neuen, also die der letzten fünf Jahre, das sind ungefähr fünfzehn, bei denen würde ich zuerst ansetzen. Sie wirken alle nicht ganz richtig".

Nickend stimme ich zu, das habe ich auch herausgefunden. Also werden wir diese zuerst loswerden. Es führt kein Weg drum herum, ich befürchte eher noch, dass sie gar nicht seine Männer sind. Vor lauter Größenwahn, hat er das nicht mehr gesehen. Erklärt auch, wieso Dinge oft so gelaufen sind, wie es kam.

„Tessa ist bei sich zuhause? Bei deiner Mutter?", *dass er auch alles wissen möchte.* „Ja, ist sie. Mutter wird ihr das mit Vater schon sagen. Und sie muss ja auch packen", sage ich ihm.

„Der alte Renaldo, oder?", er wirkt überlegend. Wie ich, aber ich muss erst eins nach dem anderen abarbeiten. „Ja, genau der."

„Fahren wir die Soldaten zusammen ab, oder?", gute Frage, aber ich denke ja, alleine ist es zu gefährlich.

„Ja, aber getrennte Wagen.", er nickt, wie ich.

„Liebe, steht dir, auch wenn du wie ein Liebeskranker Schuljunge grinst. Pausenlos. Aber hey, das stellt nur einer fest, der das nicht kennt. Einer der das nicht braucht", ich lache. Packe, Handy, Waffe und Schlüssel, denn es geht los. Lieber im Morgengrauen auftauchen, ohne dass jemand etwas ahnt, bevor es seine Kreise ziehen kann.

Zwei Wochen später.

Der normale Alltag, schleicht sich langsam ein. In meinem Geschäft, bei meinen Männern, bei Fleur und mir.
Wenn ich von der Überprüfung der seltsamen Soldaten komme, sieht sie TV. Telefoniert mit Tessa oder malt., ihre Bilder. Sie werden immer besser, langsam erkennt sie auch mehr Details.

Wichtig in meinem Job. Wichtig für ihr Überleben. Scheinbar hat sie das hier gelernt.

Der Sex, Grandios. Jedes einzelne Mal ist er besser und besser, so dass man nach mehr giert. Mehr benötigt. Meine ganze Villa ist bereits eingeweiht und mehr und mehr bestätigt sich, dass sie mehr als Erwachsen ist. Sie bringt gute Antworten auf ungefragtes. Ideen zu den Soldaten. Einen haben wir sogar weggeschickt. Er war zu Jung, er ist bei seinem Onkel im Outback. Er wird dort richtige Handarbeit bei den Pferden lernen. Sie hatte die Einfachste Lösung dafür, die Männer, verdammt sie haben nicht schlecht gestaunt. Ich habe mir zur Aufgabe gemacht, sie zu einigen Treffen mitzunehmen. Das Erste hat sie mit Bravour gemeistert und auch für die Männer ist es wichtig. Auch wenn sie skeptisch dem gegenüber Treten, sie hat sie beeindruckt. Ihre Ausstrahlung, ihre Lösung auf die für uns schwierige Situation und warum- *weil sie ohne Vorurteile auf die Sachen zugeht.* Wie bei ihren Kindern, vermute ich, diesen Erzieherblick, den hat sie nämlich verdammt oft. Und er ist, verdammt heiß.

Für den Jungen, ist alles besser, als hier drauf zu gehen. Was mit ihm nicht stimmte, war dass er dafür nicht geeignet ist. Wir haben ihn sozusagen verbannt, zu seinem Wohl. Wenn ich schon darüber nachdenke, dass ich das getan habe, kann ich es nicht glauben. Fühle aber, dass es mehr Stärke erforderte als das Umlegen. Sie hat mich verändert. Sie ist immer noch stärker als jeder Soldat, den ich habe, denn sie hat weiter gemacht. Ist auferstanden und zu etwas Großem geworden.

-Ja schwierig in Worte zu fassen.

Seit ein paar Tagen, überlegt sie wie sie Tessa helfen kann. Sie näht für sie ein grünes Verlobungskleid. Wir selbst sind eingeladen. Er lässt es aussehen, als wäre es die Hochzeit des Jahres, geplant ist der kommende Frühling. Genug Zeit, damit Fleur, sich damit austoben kann. Kaufen kommt für die Mädels nicht in Frage, ich muss das nicht verstehen.

Wenn sie es gerne macht, wieso nicht. Nachdem was ich gesehen habe, hat sie richtig Talent dafür. Eine Schneiderin hilft, aber das Design ist von ihr.

Meine Mutter, langsam blüht auch sie auf. So wie sie jetzt ist, kenne ich sie nicht. Costa, auch nicht, denn um ihn ist es ruhig. Möglicherweise hat er es kapiert.

Leider weiß ich auch, dass ich Fleur bald einen Wagen, eine feste Wache und etwas zu tun geben muss. Sie darf nicht hier drin Leben müssen, sie muss unbedingt richtig Leben, es steckt so viel Energie in ihr. Das darf nicht in einer typischen Trophäenfrau enden. Der Shoppingtrip in der Einkaufsmeile, war sogar für mich nicht schlecht. Ich hatte mir das schlimmer vorgestellt. Ich sah ihr beim Eisessen zu, am liebsten hätte ich sie irgendwo dort gefickt. So wie sie mit ihrer Zunge an dem Eis schleckte, mein Schwanz hätte sich fast nicht mehr unter Kontrolle gehabt, dafür habe ich sie dann zuhause sich bedienen lassen.

Kapitel 17

Fleur

Mach dir deine Größe zum Vorteil, sei schnell, und denke nicht darüber nach, Phoenix…. Miguels Worte.

Die Wochen sind so schnell vergangen, das Haus ist auch zu meinem Ort geworden. Ich weiß es ist seltsam, aber es fühlt sich nach einem Uns an. Auch unser Weihnachtsbaum er steht.

Wir haben einfach den genommen, welcher in der Ecke stand. Er stand fast einsam da, danach waren wir in der Shoppingmal. Erinnerungen über Erinnerungen überkamen mich. Miguel, er spürt so etwas, auch wenn er wie ein Außerirdischer in dem gesamten Gebäude wirkte.

Die Leute starrten uns an. Ihn mit den Taschen voller Weihnachtsschmuck, Tattooviert von oben bis unten. Sonnenbrille im Winter. Und ich, Eisessend, Leute beobachtend und strahlend bei diesem Anblick. Es war ein so ein toller Tag. Er meinte auch, langsam können wir mehr nach draußen gehen. Er hat seine Männer im groben zusammen. Fürs Erste sind die großen Gegenspieler eingedämmt. Es werden immer Neue kommen, immer jemand da sein, der uns nichts Gutes möchte.

Doch wozu leben, wenn wir es nicht auskosten. Mein Gesicht hätte wohl nicht mehr strahlen können.

Tessa habe ich nicht oft gesehen, aber ich habe oft an sie gedacht. Damals als wir gemeinsam in dem Sessel saßen, es fühlte sich an wie Schwestern, obwohl ich keine habe. Vielleicht ist sie jetzt auch so etwas wie eine Schwester, den wir telefonieren sehr oft. Und ich mit meinem neuen Handy. Miguels, Vincenz und Tessas Nummer war eingespeichert. Ich kann damit machen, was ich möchte.

Tessa schickt mir Audios von ihrem Klavierspiel. Es klingt himmlisch, auch haben wir das Design ihres Kleides fast fertig. Etwas Stoff den sie noch aussuchen muss. Dann kann es los gehen. Ich bin so aufgeregt, denn es macht so viel Spaß. Auch wenn ich die Kinder vermisse.

Nicht nur dass, sondern auch die Gedanken an meine Familie haben sich verändert. Ich wäre gerne nochmal mit meiner Mutter zusammengekommen. Ich habe sogar angerufen. Es hieß sie möchte nicht mit mir sprechen. Ich hoffe sehr, dass sie trotz allem irgendwann wieder mit mir spricht. Verstehe nicht, dass sie sich so von mir abwendet. War mein Leben eine ganze Lüge, keine Ahnung, es tut jeden Tag weh. Auch wenn ich nichts, dafürkann, ich wäre fast wieder in alte Verhaltensmuster zurückgefallen, hätte mich entschuldigt. Doch irgendetwas in mir, hat ihre Meinung angenommen und sich aber nicht schuldig gefühlt.

Miguel habe ich von dem Brief erzählt. Der Brief muss aus meinem Kleid gefallen sein, denn er ist nicht mehr drin gewesen. Für mich egal. Denn dieses Erbe, werde ich nie antreten, nein. Das möchte ich nicht auf meinen Schultern haben. Miguel meint, es löst sich auf, den Nachforschungen zu folge, gibt es kaum mehr Männer und wenn dann sind sie alt. Einzig Geld, Immobilien und Macht, wäre das, was ich bekomme. Vielleicht ist der Titel, dass für das es sich lohnen würde. Ich verzichte. Definitiv.

Morgen kann ich mit Tessa ins Spa gehen. Wie ich mich freue, ich war noch nie da. Natürlich hat Miguel es abgecheckt. Nichts Auffälliges gibt's anscheinend zu berichten, aber das hate Tessa schon gesagt. Er informiert sich, wenn er weiß, wo sie hingeht. Die Geschehnisse erfordern es. Sie kennt es nicht anders, ich werde mich daran gewöhnen. Wenn es der Weg ist, der für mich vorgesehen ist, und sich endlich in meinem Leben richtig anfühlt. Dann soll es so sein.

Er hat irgendwie recht, ich fühle mich wie jemand der Trümmer aus Schutt und Asche zurücklässt. Asche sie reinigt, so fühle ich mich. Als wäre der ganze Ballast eines Lebens, in dem nicht mit offenen Karten mit mir gespielt wurde, zurückgelassen.

Nachdem ich mich fertig gemacht habe und schon wieder zu lange gemalt habe, bin ich endlich soweit mich anzuziehen.

Ich ziehe mir meine Sneaker an, den Wintermantel, den Tessa für mich mitgebracht hat und schnappe mir meine Tasche. Tessa hat Vincenz, der auf mich aufgepasst hat, weil Miguel unterwegs ist, dazu überredet, dass sie fahren darf.

Wie sie das Geschafft hat, ich weiß es nicht. Wirklich nicht. Sie hat ihn so charmant bezirzt, und er hat ja gesagt. Miguel wird erst am Abend wieder kommen, bis dahin sollen wir zurück sein.

Es fühlt sich nicht falsch an, und auch nicht richtig. „Hab dich nicht so, Miguel erlaubt mir öfter seinen Wagen zu benutzen. Zumindest als er noch fest hier wohnte. Du sagtest doch, du kannst selbst auch fahren. Und ist ja nicht so, dass Gefahr hier wäre, Miguel er übertreibt nur wieder. Ich meine du hast einen Haustürschlüssel, du kannst hingehen, wo du möchtest, also, mach dir nicht ins Hemdchen", Tessa ist total euphorisch. Ich verlasse mich auf ihr Urteil.

„Gut, dass er sein Bike genommen hat, auch wenn der Schwachkopf im Winter damit fährt", lacht Tessa, als sie mit der Fernbedienung den Wagen öffnet. „Seine Laune war nicht besonders gut, als er ging!", stelle ich fest, er hatte nicht viel Zeit für einen Kuss. Das ist das Beunruhigende. Er meinte er kommt erst spät abends wieder und ich solle mir einen schönen Tag machen. Seine Geldkarte inklusive. Es fühlt sich seltsam an, nur seine Dinge zu benutzen, doch er meinte auch, dass ich mir mit meinem Design überlegen sollte, ob ich nicht die Schule dafür besuche. Klar, würde es, soweit es geht über Onlineunterricht laufen, aber wenn ich das möchte, sollte ich es tun. Die Frage ist, wie schnell kann ich das tun. Möglichkeiten eröffnen sich, von welchen ich nie geträumt hätte. Ich soll so sein, wie ich bin, wenn das nicht herzerwärmend ist?

Solche kleinen Aussagen, die ich einfach nicht glauben kann, weil ich sie so wertschätze, denn genau das hatte ich noch nie. Jemand der an mich glaubt, jemand der mich unterstützt, auch wenn ich langsam verstehe, wie gefährlich das in dieser Welt ist.

Die Straße zieht an uns vorbei, zumindest wirkt es so. Die Menschen die herumlaufen, einen Tag vor Weihnachten. Gut gelaunte Menschen vor den Wahrzeichen der Stadt. Tessa fährt gut und wir singen Lieder aus der Anlage mit.

Ich spüre ihre Anspannung deutlich, sie möchte die Hochzeit nicht. Hat sie auch mehrmals gesagt, ich schätze sie kann es noch nicht glauben. Bald ist ihre Verlobungsfeier. Wieso kann man das nicht stoppen.

„Halt an", sage ich ihr, es platzt einfach so aus mir heraus, während ich auf das Armaturenbrett schlage. Sie fährt bei der nächsten Gelegenheit zur Seite. „Was ist mit dir los, wieso flippst du so aus?"

„Wie kannst du so gelassen sein und dich auf diese Hochzeit einlassen. Was sagtest du er ist um die fünfzig? Du gibst einfach auf? Tessa, ich hatte ein wahnsinniges Glück mit Miguel, auch wenn er ein Verrückter ist. Du weißt, was er macht. Was macht das mit mir? Egal, wir sprechen nicht über mich!", ich schüttle den Kopf, zeige ihr weiter auf still zu sein, während sie mich mit ihren rehbraunen Augen anstarrt. Tränen zeichnen sich bereits ab. „Ich liebe ihn, er ist zu alt für mich, egal! Denn er ist mein Gegenstück. Ich bin ruhig, er ist lebendig. Ich bin weich, er ist hart. Was ich damit sagen will, wir ergänzen uns. Der Ronaldo den du da heiratets, er ist ein ekelhafter alter Sack, er wird dich doch nicht Leben lassen. Ich habe Miguel gehört, wie er mit Vincenz diskutierte. Der alte ist altmodisch, er würde dich aus dem Futternapf essen lassen, weil ihm das gefällt!" weine ich ihr mittlerweile schon entgegen.

Wir schweigen uns an. Die Fahrzeuge rauschen an uns vorbei und der Schnee legt sich auf die Frontscheibe.

„Was soll ich denn tun, Fleur, du weißt nicht, wie es bei uns ist. Man ist stark, akzeptiert die Regeln und das Schicksal. Ich werde tun, was verlangt wird." „Nein, dass wirst du nicht Tessa. Du bist Klug, wunderschön und du spielst Klavier, ich sehe dich in ein paar Jahren schon halb Tod und deiner Seele beraubt. Das kann und will ich nicht zulassen."

„Mach dich nicht lächerlich, ich habe keine Chance!", weint sie.

„Wir haben jetzt noch drei Stunden Zeit. Hör zu, ich weiß nicht, ob es ein guter Plan ist, aber ich habe im Moment keinen Anderen.", Gott ich weiß nicht, ob das klappt. Ich weiß nicht, was Miguel kontrolliert.

„Wir gehen ins Spa, kaufen unsere Tickets, und zahlen gleich. Danach gehen wir zur Bank und holen etwas Geld. Kaufen dir etwas Kleidung und du nimmst den nächsten Zug, und fährst los. Verschwindest so lange bis er jemanden anders gefunden hat und keiner mehr nach dir sucht!", ihre Augen sind riesengroß. Auch die Überraschung ist ihr ins Gesicht geschrieben, womöglich ebenso wie mir. Dieser Plan, formt sich im Moment erst noch in meinem Kopf, ob es klappt, ich weiß es nicht.

„Das funktioniert nie!" flüstert ihr zitternder Körper. „Eine bessere Möglichkeit hast du nicht." Gott, ich hoffe es. Miguel wird mich umbringen, aber ich habe Fotos von dem alten Schwein gesehen, was ich ihr nicht sagen werde, ich weiß nicht, ob sie ihn schon gesehen hat. Er sieht aus, als würde er Kinder zum Frühstück essen.

Weinend und nach Hilfe suchend, flüstert sie weiter. „Fleur, ich habe Angst, ich wäre gerne so stark wie du, sieh dich an. Du hast den Lurker gezähmt. Er benimmt sich bei dir so, wie es nicht einmal ich glauben kann. Ronaldo wird mich nur als Gebärmaschine benutzen!"

Das wars, ich kann mir das nicht anhören. *Sie muss weg. Sofort.*

Mein Handy läutet, scheiße „Miguel", stelle ich fest, sehe sie und abwechselnd das Handy an. Unsicher sitze ich da, sollte ich ran gehen, ablehnen. Mist!

„Los geh dran, er wird nicht aufhören, bis du dran gehst.", flüstert Tessa mir entgegen.

„Ja, Hallo?", frage ich dümmlich in den Lautsprecher. Halte es direkt vor meinen Kopf und weiß nicht, was ich jetzt machen sollte.

„Fleur, warum gehst du nicht dran. Es ist ganz einfach. Telefon läutet, du nimmst ab, verdammt!", brüllt er hinein. Was ist mit ihm los, wieso ist er so sauer?
„Entschuldige, denke ich, was ist los?", meine Stimme klingt viel zu unsicher, ich kann es selbst hören.

„Ihr müsst jetzt nach Hause kommen, wo bist du, kann es sein, dass ihr in Richtung Brücke steht?", oh mein Gott, er weiß, wo das Fahrzeug ist. Unsicher blicke ich wieder Tessa und dann das Telefon an. Ihre Augen sind genau so groß wie meine.

„Ja, ich sehe nach dem Weg." Etwas Besseres fällt mir nicht ein.

„Nach Hause, sofort. Ich war bei Renaldo, er ist sauer und hat Angst, nachdem was mit meinem Vater geschah, dass sein Deal platzen könnte. Mehr kann ich nicht sagen, nach Hause, alle beide!"

Ich starre das schwarze Ding an, was soll ich tun. Galle sammelt sich in meinem Hals. Mir ist übel. So richtig.

„Fleur, sofort! Verdammt was ist mit euch los?", er ist mittlerweile richtig sauer, ich denke er hört es an meiner Stimme. „Ja, wir" beginne ich, doch dann, steigt Tessa aus und weg ist sie. Mist, das kann doch nicht ihr Ernst sein, wenn der alte Mann schon nach ihr sucht. Miguel auch genau weiß, wo wir sind.

„Fleur!", zitternd starre ich weiter, während er weiter brüllt. Sein Akzent dringt so stark hindurch, dass ich kaum verstehe, was er sagt.

Zusammenreißen, befehle ich mir selbst. Das mit Tessa, war ein richtig dummer Plan, wir wissen doch alle, dass das nie funktioniert. Meine Tasche, sie liegt da, ich krame schnell darin herum. Die Karte, sie ist weg.

Sie zieht das jetzt wirklich durch.

„Miguel, ich, wir kommen schon, ich fahre sofort los!", schon lege ich auf, ich kann auf nichts mehr antworten. Es wäre alles gelogen. Schnell springe ich auf die Fahrerseite und ordne mich in den Verkehr ein. Den Weg, kenne ich auch nicht, was ist das alles wieder zum Teufel.

Ich fahre ewig umher. Die Schilder, sie kommen ständig wieder, immer die Gleichen. Mist. Mist.

Die Ortung im Handy, genau, ich merke schnell, dass ich nicht einmal die Adresse eingeben kann. Ich glaube es nicht, ich weiß nicht, wo ich wohne!

Es dauert ein paar Minuten und das Telefon läutet wieder. Miguel wieder. Er ruft immer wieder an. Wütend, frustriert und ängstlich stelle ich den Wagen ab. Nehme ihren Geldbeutel, etwas Geld wird schon dabei sein. Ohne Verstand steige ich aus und laufe die Straße entlang. Ich hoffe auf etwas, dass mir sagt, wo ich mich befinde. Vielleicht kann ich die Strecke so rekonstruieren, bildlich. Leute befragen. Miguel er wird richtig sauer, wenn ich nicht bald komme. Ich kann ihm unmöglich sagen, dass ich den Weg nicht weiß. Denn Tessa müsste ihn wissen.

Zu allem Übel, überkommt mich die Übelkeit, als ich einen Mülleimer sehe. Fingerzeigend gehen die Menschen an mir vorbei, während ich hineinbreche. Peinlich, doch ich habe jetzt weitaus größere Probleme.

Der teure Wagen, steht in einer nicht so teuren Gegend. Ich nicht so gekleidet, wie ich hier sein sollte und auffällig am Kotzen. Der Supermarkt sticht mir ins Auge. Essen, etwas zu trinken, wird hoffentlich das Richtige sein. Dieser Stress und die Aufregung sind gerade zu viel.

Meine Schritte werden auffällig schneller, mein Handy klingelt weiter in meiner Hand. Ich kann einfach nicht dran gehen.

Schwitzend versuche ich es krampfhaft zu ignorieren, wenigstens noch ein paar Minuten, muss ich für sie durchhalten.

Ein kurzer Blick in das Portemonnaie gut, genügend drin, also greife ich zu einer Flasche Wasser und hole mir noch etwas gegen Übelkeit.

Der Supermarkt ist riesig, die Produkte konfus geordnet. Unheimlich fühlt sich alles an, obwohl es nur ein normaler Supermarkt ist.

Gebärmaschine, immer wieder denke ich an ihre Worte. Gleichzeitig bin ich zu Tode froh, dass ich von Dan nicht schwanger geworden bin. Schon bei dem Gedanken treibt es mir die Übelkeit wieder in die Kehle.

Ich muss ein Mittel finden. Schnell. Übelkeit und Miguels Sorge, vertrage ich nicht.

Als ich es endlich gefunden habe, klingelt das Telefon wieder, einmal gönne ich mir noch die Ruhe, dann werde ich dran gehen.

Die Seite mit den Schwangerschaftstest, fällt mir ins Auge, Hitze, Übelkeit und Sicherheit überkommt mich. Drei Wochen ist es her, seitdem ich aus dem Krankenhaus zurück bin. „Sie haben dir alles gegeben, damit du keine Seuche bekommst, Antibiotika eben", erinnere ich mich an Miguels Worte. Nicht mehr so genau, aber sie sind da. Eins und Eins zusammengezählt, hilft das Verhütungsstäbchen wohl nicht.

Ich habe Probleme beim Stehen, meine Beine, sie fühlen sich an, als würde sie mir jemand unter meinem Körper wegziehen.

Das darf nicht wahr sein. Überlege, sage ich mir vor. Während ich schon den Auswähle der am frühesten zu Testen geht. Die Auswahl ist zu überfordernd. Mit einem Griff nehme ich drei und laufe zusammen mit der Wasserflasche zur Kasse. Bezahle und stehe nun genau vor dieser. Was soll ich jetzt tun. Drei Test, ein läutendes Telefon und Übelkeit.

WC, suchen. Genau, die nächste Priorität.

Meine Augen suchen dieses Haus ab, Apotheke, Getränkemarkt, Frisör, alles hier. Ah, hinten sehe ich ein Schild mit WC. Gut, ich drehe gleich durch. Die Menschen um mich herum, blende ich alle aus. Es ist hier so viel los, das nervt mich nur noch mehr.

Miguel ruft wieder an. Ohne zu überlegen, gehe ich ran. Es reicht mir gerade richtig. „Miguel, ich sagte ich komme, ich bin am Weg! Verdammt! Hab etwas Geduld!", schreie nun ich, wütend und so gereizt, wie ich es von mir nicht kenne. Ich meine ich bin selbst, verblüfft. Die Leute sie starren mich schon an, aber es ist mir jetzt egal. Ich muss jetzt herausfinden was los ist. *Sofort!*

Ich kann doch nicht schwanger sein. Miguel dreht durch, so wie ich. Wir sind seit ein paar Wochen zusammen. Und das nicht mal so wie es sein sollte. Ich bin Jung. Er ist alt. Er hört LPs, hat einen Plattenspieler. Ja er sieht wesentlich jünger aus, er ist heiß. Er verhält sich auch nicht alt. Ah, das ist jetzt egal. Ich muss wissen was los ist. Und er, er ist er. Scheiße. Und er ist noch dazu jetzt so richtig sauer, so wie ich gerade war, bin ich normal eben nicht.

Zielstrebig trample ich auf das WC zu, öffne die Tür und versperre hinter mir. Mist. Mist. Mist, sie fallen mir alle herunter, so aufgeregt bin ich. Das Wasser stelle ich neben die Toilette und packe alle Tests auf einmal aus. Zittrig halte ich alle gleichzeitig unter den Urinstrahl. Ich glaube, während ich pinkle, werde ich brechen. Es fühlt sich endlos lang an. Ebenso das warten. Miguel habe ich schon wieder weggedrückt, die drei Minuten, kann er jetzt auch noch warten.

Der Tag endet heute in einer totalen Katastrophe. Ich weiß es schon bevor ich die Test nach den drei Minuten ansehe.

Zwei Striche, Zwei Striche und am letzten ebenso zwei. Ruckartig drehe ich mich um und breche in das WC. Schweiß bildet sich auf meinem ganzen Körper. Das darf nicht real sein. Nein.

Ich bringe ihn um und er mich!

Das verdammte Klingeln kann auch nicht aufhören!

„Fleur", schreit er in den Lautsprecher. Ich lege es einfach neben mich auf den Boden. Soll er schimpfen. Was kann jetzt noch schlimmer werden. Ich muss nachdenken.

Genau vielleicht dieses Klopfen an der Tür? Brachial klopft es. Die Tür werde ich nicht öffnen müssen um zu wissen das er es ist. Die Tests, Hilflos sehe ich mich um, ich nehme alle und stopfe sie in den Mülleimer. Das ist doch alles Schwachsinn, ich weiß es, was soll ich sonst tun?

„Mach sofort auf, verdammt!", oh ja, seine Stimme klingt richtig wütend. Zum Durchdrehen, wenn ich ihn so schreien höre, im Telefon und vor dieser Tür. Langsam und auf alles gefasst, öffne ich das Schloss.

Blitzschnell geht sie laut auf und ich hüpfe gerade noch zur Seite, als er schon hier steht. Groß, wütend und dunkel. Seine Augen, sie sind zornig. Richtig.

Er ist alleine. Ist auch nicht besser, oder?

Sein Körper quetscht mich zwischen Waschtischablage und der Enge hier ein. Die Tür, wirft er zu und verschließt.

„Warum gehst du nicht ans Telefon, wieso zum Teufel steht mein Wagen hier und wieso zum Teufel bist du allein?", der Bariton seiner Dunkelheit hallt hier in diesem Raum laut nach. Zusammenzuckend vor Schreck starre ich ihn an. Ich habe einfach keine Antwort.

Schroff und viel zu wütend greift er zu seinem klingelnden Telefon. Blickt mich pausenlos an, während ich meine Übelkeit unterdrücke und zu ihm nach oben sehe.

Dann legt er auf, öffnet das Schloss. Ein Mann kommt auf uns zu, er begrüßt ihn mit Handschlag und „DON", sieht mich nicht einmal an. Übergibt Miguel einen Schlüssel und verschwindet. Sein Griff um meine Hand wird stärker. Eine Sekunde später, zieht er mich mit zur nächsten Tür, bis ich mich versehe, sperrt er uns von innen ein.

Ja, es ist ein Büro. Ohne Fenster, sauber, aber beängstigend. Meine Lippen zittern, ich habe vor ihm keine Angst, ich weiß er würde mir nichts tun, dennoch überkommt mich Unsicherheit.

„Du hast ihr geholfen." Stellt er einfach so fest. Ruhig und gefasst. Nickt mir dabei zu. Es wirkt, als würde er über alles Bescheid wissen. Sein Blick, verrät im Moment nichts, und ich, ich starre zurück.

„Fleur, wohin ist sie gegangen? Komm schon, das ist wichtig, du weißt es!", Mist er wirkt so verloren. Allerdings denke ich, dass jetzt erst der schwierige Teil an der Sache folgt. Ich darf es ihm nicht sagen und ich weiß es auch gar nicht. Sie war ja plötzlich einfach weg.

Sein Körper überrennt mich fast, drückt mich gegen diese Tischplatte. Fest. Stürmisch, während seine Hände meinen Körper umkreisen. „Wo ist sie" fragt er nochmals als er mich zu küssen beginn. Verdammt er weiß genau, wie gut das ist. Wie sehr ich das brauche, genau jetzt, diese Küsse. Anscheinend ist er auch ohne Antwort zufrieden. Besser für mich, denke ich. Denn seine Hand fährt bereits zwischen meine Beine, öffnet meinen Mantel und schiebt ihn meine Arme hinab.

Seine Küsse, sie werden fordernder, seine Hände schroffer. Ziehen an meinem Shirt und fahren zu meinen Brüsten, die jetzt himmlisch frei liegen. Ich fühle mich so durcheinander, dass ich das als Auszeit nutze, wir werden später sowieso irgendwann über die Tests sprechen müssen.

Die rechte Hand, drückt wieder gegen meine Vagina, versenkt sich in meiner Hose und reibt angenehm. Reizend und mich so feucht machend, wie ich es selten schnell bin. Ein leichtes Stöhnen entweicht mir, als er den Finger hineinsteckt, während er mich küsst, höre ich seine Hose und seinen Gürtel. Sein Lächeln, hat eine Nuance, die ich noch nicht gesehen habe. Schon fällt die Hose. „Fahren wir nicht Heim, was soll das hier?", möchte ich von ihm wissen, ich sollte schließlich einmal fragen bevor wir das hier machen. „Es ist mein Zuhause, die ganze Stadt gehört mir Fleur, so wie du!". Sein Blick, fixiert mich.

Auch meine Hose wird heruntergerissen. So schnell kann ich gar nicht schauen. So schnell wie er mich hochhebt und blitzschnell mit seinem Penis in mich eindringt. Ein Schrei, entweicht mir, den er fast gleichzeitig mit seiner Hand an meinem Mund abfängt. Dämpft und selbst stöhnt. Er hämmert ihn fest in mich hinein. Kopfschüttelnd lasse ich mich nehmen. Meine Hände drückt er zur Seite. Es ist so einfach, wenn ich mache, was er sagt. Ich muss nicht denken, kann mich auf das Gefühl einlassen. Er kennt keinen Halt. Mein Inneres brennt, kribbelt und entfacht zu einem Orgasmus, seine Hand, hält mein Haar, als ich die kühle Platte des Schreibtisches in meinem Rücken spüre.

Seine Stöße werden langsamer, sein Körper angespannter. Der Druck genau so, dass ich noch auf der Klippe zum Fallen stehe. Gott, ich komme gleich, mein Körper ist so bereit. Alles in und an mir, braucht das jetzt.

Sextrunken liege ich hier halb auf dem Tisch, starre in seine dunklen Augen, während er sich auf mir entleert. Die weiße cremige Flüssigkeit spritzt warm auf meinen Bauch, während ich schwitze und er stöhnt. Einen Blick in seine Augen und ich sehe, es stimmt was nicht.

„So, du willst mir nicht sagen, wo sie ist, was ihr vorhabt? Dann benutze ich dich auch!", schon ist seine Hose oben. „Anziehen", befiehlt er kalt. Noch im selben Augenblick, weiß ich, ich sollte nichts sagen. Sein Kiefer, angespannt. Seine Haltung, die eines Arschloches. Tränen schießen in meine Augen. Ich muss sie aufhalten. Er darf das nicht sehen. Auch wenn ich schon weiß, dass er diese sehen wird.

„Du willst mich zum Narren halten, Fleur, ich hatte dich am Anfang schon gewarnt. Du Belügst mich, auch das habe ich dir gesagt. Du machst nicht, was ich sage und gefährdest deine Sicherheit, auch darüber hatte ich dir etwas gesagt. Was wolltest du? Ein Wir? Wie kannst du es fordern, wenn du nur ein Du gibst?" Damit ist das Gespräch für ihn beendet. Ich schäme mich. Ich kann ihm auch nicht einmal etwas sagen, weil ich es einfach nicht weiß. Seine Hand, fixiert meine, sein Saft klebt unter meinem Shirt, während er mich zum Wagen zieht.

Alle die uns sehen, blicken ihn ehrfürchtig an. Grüßen ihn. War ja klar, dass ich diese Straße benutze, in der ihn jeder kennt. *Toll Fleur, toll!*

Schweigend kommen wir zuhause an. Ich laufe hinein, den Weg weiß ich immer noch nicht, was ich aber weiß ist, ich brauche ein Bett und die Decke. Ich flitze am Weihnachtsbaum vorbei und gehe ins Badezimmer. Wasche meinen Bauch und wechsle das Shirt.

Das muss reichen. Ich muss mich hinlegen. Sofort. Sonst kommt die Übelkeit wieder.

Trotz der Aufregung schlafe ich unter der Wärme der flauschigen Decke schnell ein. Nun weiß ich ja, wieso das so ist, wieso ich die letzten Tage nur geschlafen habe. Es ist noch so früh und doch zerrt es. Die Kolleginnen haben es oft genau so berichtet. Wieso bin ich nicht selbst darauf gekommen. Ich muss sehr lange geschlafen haben, Dunkelheit umgibt mich, als ich meine Augen wieder öffne.

Ruhig ist es nicht wirklich, ich höre seinen Atem und rieche seinen Geruch. Er ist hier. Ich sollte beleidigt sein, nur weiß ich, dass er recht hatte. Nicht wie er es mir zu vermitteln versuchte, nein im Kern der Aussage, hatte er recht.

„Na auch wieder wach?", oh, sein Bariton und die Rauheit seiner Stimme, treffen mich mit einem Schlag. Ich kann hören, wie er aufsteht und zum Bett kommt, jeden Schritt einzeln. Meine Augen, sie gewöhnen sich langsam an die Dunkelheit, sodass ich seine Umrisse sehe.

Er ist halb nackt. Gott, er ist so gut, er macht das absichtlich, das weiß ich.

Ich sehe seinen Körper direkt vor mir, als er mir das Haar aus dem Gesicht streicht. Liebevoll würde ich sagen, oder anschleichend, dass kommt darauf an, was er vorhat. Die gewohnte Whiskeyflasche wird auf die Ablage neben mich gestellt, die kleine Lampe, knipst er an. „Ich muss sehen, dass du mir zuhörst Fleur", ok ich muss mich aufsetzten, das klingt ernst.

Das Bett sackt etwas herunter, als er sich zu mir hinsetzt. Er berührt sanft meine Wange. „Fleur, ich hatte ne Scheiß Angst heute, ich dachte du bist abgehauen. Ich dachte du bist vor mir weggelaufen. Vinc. sagte etwas in der Art, dass ihr unbedingt wegwolltet. Das kannst du nicht mit mir machen. Mit uns. Ich versuche mich zu ändern, ich versuche hier alles auf die Reihe zu bekommen. Ich brauche Zeit. Ich brauche von allem mehr und vor allem von dir!", Worte, die ich brauche, ja, Worte, die ich eigentlich genau weiß. Ich wollte aber nicht gehen.

„Das ich gehe, oder einer von uns, war nie der Plan. Wirklich. Miguel, ich konnte Tessa einfach nicht zu dem alten gehen lassen. Was wenn sie nie das Glück hat, das wir haben. Was wenn er sie lebendig auffrisst. Du weißt besser als ich, was das für ein Mensch ist. Sie sollte die Chance zumindest haben, etwas von dem zu bekommen, das wir haben. Ich liebe dich. Ich Fleur, die die etwas von ihrem, früheren Ich, durch dich bekommen hat.", meine Hand, fasst an sein Kinn, über seine Lippen, da wo die kleine Narbe jetzt sitzt. Streicht über seinen Bartschatten und spürt seine Wärme.

„Fleur, ich liebe dich. Und ich danke dir verdammt nochmal das ihr das getan habt, ich wünschte jedoch ihr hättet es nicht getan. Der Krieg steht so bevor. Wenn der alte Sack nicht bekommt was vereinbart war. Das sind die Regeln in unserer Welt. Loyalität, Ehrlichkeit, Nichts hören was nicht gehört werden soll und nichts stehlen, was nicht gestohlen werden soll. So, wir beide haben alles über den Haufen geworfen!"

Mit diesen Worten legt er sich neben mich. Er hat recht. Ich würde es trotzdem wieder so machen. Ein paar Minuten vergehen und ich glaube, jeder von uns denkt nach.

„Bin ich dir genug, ich habe gesehen, was im Desire gemacht wird. Ich habe gesehen, wie du mich ansiehst und ich will dir alles geben, was ich habe. Die Frauen die von den Männern geführt werden. Das Andreaskreuz draußen auf dem Weg zu deinem Büro. Die Halsbänder der Frauen und das alles", etwas beschämt flüstere ich ihm die Worte entgegen. Ich weiß nicht, was seine Reaktion sein wird, ich weiß nur, ich möchte das fühlen von dem er sprach. Abschalten, mich führen lassen, nur fühlen und spüren.

„Nein Fleur, sieh was letztens geschehen ist, sie was ich heute abgezogen habe. Ich mache das nicht absichtlich, es ist, als würde ein Schalter umgelegt werden. Nicht aus Wut zu dir, sondern meine Gefühle, die ich nicht kenne, nicht benennen kann, drehen durch. Es ist wie ein Ventil, das plötzlich aufbricht. Ich will dich nicht benutzen", seine Worte könnten ehrlicher nicht sein, doch ich muss diese Seite an ihm sehen, bevor ich ihm von dem Baby erzählen kann. Ich muss alles, von ihm sehen, alles von dem ich mich nach ihm sehne, dass er voll und ganz mein sein kann.

„Bitte ich muss es wissen, zeig mir die leichte Variante bitte. Wenn es so etwas gibt, so eine Art Testversion. Ich kann auch mehr vertragen, denn ich weiß, du kümmerst dich um mich. Ich möchte sehen, wer du bist, und testen, was ich möchte."

„Fleur, weck keine schlafenden Hunde!", während er mich küsst, küsse ich ihn stärker zurück, fahre mit meinen Händen seinen Oberkörper hinauf. Langsam fahre ich mit den Fingernägeln seine Flanke hinab, langsam zu seinem Penis, ich weiß, so leid es mir tut, aber er wird nicht nein sagen. „Fleur", knurrt er mir entgegen.

„Bitte", flüstere ich.

Langsam und abgehackt, während er mich küsst, flüstert er
ebenso „Scheiße Fleur, du holst meine schlimmsten
Eigenschaften heraus!" Seine Finger verharren in meinem
Höschen, er zieht mir die Hose aus, küsst mich weiter, reibt an
meiner Klitoris, und verteilt die bereits vorhandene Nässe.

„Du bist immer bereit, nicht wahr?", lächelt er mich an, sein
Gesicht wirkt so schön, schöner als sonst, wenn er so lächelt,
abgesehen davon das der ganze Mann eine heiße Gestalt ist.
Jedes Tattoo den besten Platz hat. Das gesamte Paket so heiß
aussieht. Seine dunkle Haut auf meiner Hellen zu Leuchten
scheint.

Er hebt meinen Rücken etwas an und zieht mir den BH aus, mit
einem Griff. Schon kniet er über mir. Seine sexy Muskeln
tanzen im Licht. Seine Atmung, stärker und sein Blick, wie
durch einen Tunnel. Das ist so sexy. Die Erregung überkommt
mich bereits, vor allem, als er meine Hände nimmt, meine
Handgelenke überkreuzt und sie mit meinem BH verzurrt.
Seltsame Technik, doch ich lasse ihn machen. „Hände nach
hinter, fass das Bett an und lass nicht los. Safeword. Wir
brauchen eins, ich kann sonst für nichts garantieren. Wenn nicht
für dich Fleur, dann für mich." Mittlerweile ist seine Stimme so
rau, klingt nach Sex ebenso wie seine Gesichtszüge so wirken,
als hätte er sex. Meine Brustwarzen stellen sich auf, während ich
das Bett hinter mir greife.
Langsam steht er auf, nimmt einen Schluck und stellt die
Flasche wieder auf das Kästchen neben dem Bett, kommt zu
meinem Mund und lässt ein paar Tropfen hinein. Mist, gut das
wird schon nicht schaden, oder?

Seine Finger reiben an meinen Brustwarzen, während er seinen Penis bearbeitet. Fest, langsam sodass er noch dunkler wird, ich muss hinsehen, kann meinen Blick nicht abwenden. Beobachte wie er atmet, wie er mich ansieht als die Flüssigkeit sich auf der Spitze verteilt. Er sieht aus wie rohes Fleisch. Wow.

„Beine auseinander", heißer, dunkel und erotisch klingen seine Worte, sodass ich das mache, was er sagt. Seine Finger fahren in mich hinein, fest, schnell und bis zum Anschlag, dass ich das Bett hinaufgeschoben werde. Heiß, und so etwas von wahnsinnig gut, dass ich fast komme. Alleine da durch. Schon hört er wieder auf. Macht bei sich weiter. Die Minuten ziehen sich, ich möchte das er weiter macht. Doch da kommt nichts, „Umdrehen. Und weiter festhalten.", Gott, was wird das. Erregung durchzieht mich, er spielt mit mir, das sehe ich. Ich fühle es. Und ich kann es nicht mehr abwarten. Was hat er vor. Phoenix, denke ich mir, ich behalte es im Gedächtnis. „Aufstellen auf alle Viere.", wäre seine Stimme nicht so Sextrunken würden mich die Anweisungen stören. Ich halte weiter am Bettende fest, als wären meine Hände richtig fixiert. Seine Finger fahren über meinen Kopf, über meinen Rücken, federleicht, bis zu meiner Vagina. Gänsehaut breitet sich aus, während ich die Luft stark einziehe. Dann, ist seine Hand wieder in mir, seine Finger. Der Druck, baut sich wieder auf. Die Dunkelheit und die Ungewissheit, heizen alles weiter an. Er drückt an die untere Innenwand, verharrt dort. Gott, das ist so gut. Ich spüre ihn, mehr als ich etwas sehe. Auch das ist so erregend. Ich höre ihn. Sein Stöhnen, sein Fluchen. Die Feuchtigkeit aus mir, er verteilt sie über meinen Po, mein Po-Loch hinauf zu meinem Rücken, leckt an meiner Vagina, zu meinem Po.

Gott, das fühlt sich zu gut an um ihn zu stoppen. Himmel ich werde davon gleichkommen. Wie macht er das? Die Erregung wandert bis in meinen Kopf, schießt Funken durch mich hindurch, bis sein Finger sich in meinen Hintern bohrt. Langsam immer mehr. Ich spanne sofort an. Gott, er macht das nicht wirklich. Ich höre ihn stöhnen. „Locker lassen, Kleines", ich kann kaum anders als zu entspannen. Seine Stimme, sie ist es, die mich beruhigt. Ich atme tief ein, entspanne. Wow, ach das fühlt sich komisch an. Nur ich bin so erregt. dass es mir gefällt, während er den anderen noch in meine Scheide drückt. Er schiebt mich hinauf und ab. Ah, ich könnte durchdrehen. Stöhne lauter und lauter. „Leise sagte ich doch, meine Kleine", oh ja, ich höre an seiner Stimme das er auch am Rande des Wahnsinns, bis mich ein Schlag trifft. Ein richtig lauter, aber ich habe kaum etwas gespürt. Mein Aufschrei, er war mehr aus Schreck, blitzartig explodiert die Umgebung unten herum. Die Erregung nimmt weiter zu, auch als der nächste festere Schlag mich trifft. *Klatsch*, dieses Geräusch, berauschend. Durchzuckt mich in einer Art Welle, sogar von innen.

Gott ich könnte auf der Stelle kommen, kann nicht denken, kaum Atmen, das ist so gut, ich beherrsche mich, solange es geht. Ich will mehr davon. Ich wusste nicht, dass es mir gefällt. Es fühlt sich einfach nur gut an. „Umdrehen. Auf den Rücken, Beine auseinander, ich wusste das es dir gefällt. Du tropfst, auf mein Bett. Gott, dafür werde ich dich ficken.", seine Worte kommen abgehackt aus ihm heraus, während er sinnlich und lange stöhnt, während er spricht. Ich höre das so gerne, auch wenn ich dumm sein muss. Ich sehe sein Lächeln, als ich mich umdrehe. Er spielt mit mir, ihm gefällt es, so wie mir. Sobald ich liege, schiebt er sich in mich. Meine Arme sind durchgestreckt und halten die Sprossen am Bettende noch fest.

Sein Blick, befiehlt es mir still. Sein kompletter Penis, drückt in mich, seine Dicke, füllt alles an mir aus, alleine das Gefühl bringt mich gleich um. So scharf ziehe ich die dünne Luft ein, *weil ich komme!* Ich schreie, ich winde mich und sehe Sterne, zittere und schnappe nach Luft, brauche mehr davon. Himmel, meine Brustwarzen fühlen sich an, als würden sie explodieren, so fest komme ich. So erregt bin ich. „*Klick*"

Das Geräusch eines Schlittens einer Waffe, während sie an meine Schläfe drückt, höre ich. Sämtliches Blut, weicht aus meinem Kopf. Es beginnt zu dröhnen. Angst breitet sich über mir aus, in mir und lässt mich erstarren.

Miguel stoppt sofort. Meine Augen sehen etwas, das ich nicht glaube.

Costa steht hinter ihm. Drückt mir, die Waffe an den Kopf.

„Schönen guten Abend, na kann ich noch mitmachen? Du hast doch sicher noch Platz in deinem Arschloch, Kleines! Na, Mig., Sonst haben wir doch auch immer geteilt." Der kranke Typ lächelt. Pfeift und schüttelt den Kopf, spricht dann weiter: „Also hör mal zu, wenn du dich rührst -knall ich sie ab! Direkt durch den Schädel. Danach ficke ich sie.

Rührst du dich nicht, ficke ich sie und du darfst zusehen. Danach knall ich dich ab!

Rührt sie sich, knalle ich erst dich ab, dann sie.

Los, Handschellen um, hier! Mach schon! Dann zum Bettende, verhake dich in den Sprossen. Keine verdammten Tricks! Du siehst zu.", er ist so verrückt, wie ist er hier herein gekommen. Was passiert hier. Er befiehlt es uns, schreit richtig, während er ihm die Schellen in die Hand drückt.

Miguel, sein Blick, der des Todes. Nur weiß ich, wir haben keine Chance. Ich habe keine Chance, es wird immer auf mich hinauslaufen, und mein Baby.

„Ich zeige dir wie es ist, wenn jemand nimmt, was ihm nicht gehört. Ich zeige ihr, was es bedeutet alles genommen zu bekommen. Und dann kleine Fleur, sagst du mir, wo das Gegenstück des Zettels ist, den welchen du in deinem Kleid hattest. Wo ist die Nummer? Na, na na, tu nicht so unschuldig. Ach was, du weißt es nicht mehr? Auch das werden wir gleich haben, spätestens wenn ich dir deine Eingeweide herausficke, gehörst du mir! Denn dann, wird mein Name genauso auf der Ehe Urkunde stehen, wie die von Miguel. Morano! Und es wird niemanden interessieren, weil ich dann Don bin."

Das ist nicht gut. Miguel kann nur zusehen, er konnte sich nicht rühren, der Verrückte hätte sofort geschossen. Das weiß er, sonst hätte er nicht diesen Blick gehabt. Was soll er noch machen, außer das Bett zu zerlegen, bis dahin bin ich tot. Der Verrückte, sein Bruder. Ich kenne ihn von der Hochzeit, der macht Ernst. Miguel sagte mal, er nimmt Drogen. Keine Chance! Ich könnte weglaufen, meine Hände sind ja nicht wirklich am Bett fixiert.

Er drückt mich weiter auf das Bett, er ist so schwer. Stinkt, sein Atem, stinkt nach Bier. Mir wird wieder schlecht, ich muss mich zusammenreißen.

„Bitte, ich habe keinen Zettel", flehe ich, während er sich die Hose herunter zerrt. Die Waffe, weiter auf mich gerichtet. Ängstlich weiß ich, ich muss mich stillhalten, sie wird losgehen, wenn er eine falsche Bewegung macht. Meine Augen, ich kann sie nicht zupressen, ich muss sehen was geschieht, vor allem, was passiert danach? Sein Knie drückt meine Beine weiter auseinander.

Miguel zerrt weiter an dem Bett, er ist lebensmüde. „Miguel, lass ihn", schimpfe ich. Ich befürchte er bringt uns sonst beide um, das darf nicht geschehen.

Costa, drück meine Hals, richtet mein Gesicht zu sich, „Sieh mir in die Augen, während ich dich ficke", brüllt er lallend. Nein, nein, nein. Ich kann das so nicht enden lassen. Nicke. Meine Gedanken überschlagen sich, vor Angst werde ich mir gleich in die Hose machen. Durchdrehen werde ich gleich. Er ist so schwer, brutal, wie er an meinen Beinen zerrt. Ich öffne sie etwas, „Ja, so ist´s brav kleine Fleur", meint er, seine Stimme wird immer höher, wie, als wäre man bei einem Verrückten: Sein Kiefer, schnappt auf und zu, seine Augen, haben Mühe mich zu fixieren. Ohne nachzudenken, auf gut Glück, schreie ich, „Oh ja, zack, Bäm, Phoenix." Lächerlich, ich weiß, ich denke Miguel wird's nicht verstehen. Die Worte, die er mir am Boxsack beibrachte, meine Größe zu nutzen machen, meinen Status als Frau. Und unser Safeword. So nehme ich meine Hand, Gott sei Dank hat er nicht bemerkt, dass ich mich nur an den Sprossen festhalte und nicht festgebunden bin. Sein Penis drückt in meinen Eingang.

Blitzschnell schnappe ich Miguels Whiskeyflasche, und schlage mit aller Kraft, auf Costas Schädel, die Waffe geht los. Blitze,

Splitter, sein Kopf trifft mich als ich so schnell es geht ein zweites Mal zuschlage.

Wo ist die Kugel hin, ich habe den Schuss gehört. Mein Mund, ich kann ihn nicht schließen, ich schreie.

Etwas zerrt weiter an mir. Splitter, Whiskey, warmes Blut auf mir, auf meinen Lippen, meinen Augen. Mein Verstand hört mich schreien. Wie verrückt. Ein elektrisierendes Zittern überkommt mich, als sich alles in Nebel auflöst.

Kapitel 18

Miguel

Vor ein paar Minuten noch…

Ich hatte solchen Schiss, als sie nicht zu erreichen war. Mein Verstand drohte wieder einmal durchzudrehen. Sonst kenne ich das so von mir nicht. Ich bin ruhig. Effizient. *Mit ihr- nichts davon!*

Sie bringt mich zur Weißglut. Jede verdammte Sekunde.

Vincenz nervt mich ebenso. Er soll endlich in seine Villa ziehen können, scheiß drauf, ob alles eingerichtet ist. Ich brauche meine Ruhe, keinen Spanner im Poolhaus.

Keine Nervensäge, die jederzeit denkt, zu uns ins Haus zu kommen, ich meine wir haben jetzt einen Weihnachtsbaum.

Was wir nicht haben ist Tessa, immer noch nicht.

Stunden sitze ich vor Fleur, die schläft. Irgendetwas stimmt mit ihr nicht. Nicht dass ich ihr nicht vertraue, ich bin stolz, was sie heute getan haben. Auch wenn´s wie gesagt jetzt einfach nur Scheiße ist.

Etwas anderes muss es sein. Sie wirkt gelassener als sonst, stärker als sonst. Warum schläft sie also ständig.

Heute bereits den kompletten Tag, es muss von dem ganzen Stress sein, etwas anderes kommt nicht in Frage.

Stunden sitze ich hier und beobachte sie. Stelle mir vor wie sich ihr Körper unter meinem windet. Wie ihre Hände an den Sprossen des Bettes gebunden wären. Eine Spreizstange zwischen ihren Beinen ruht. Fuck. Ich muss mich zusammenreißen um sie nicht zu nehmen.
Auch muss sie erkennen, dass das Heute, eine harte Nummer war. Gut, dass mich alle in dieser Gegend kennen. Die meisten Männer entweder für mich arbeiten oder im Hintergrund bei uns beschäftigt sind. Lager für uns haben, oder Büros, in welchen ich mich in der Stadt zu Meetings treffen kann.

Ich glaube sogar, dass Tessa einfach abgehauen ist. Das wäre typisch für sie. Wenn Vincenz nicht so dermaßen angefressen wäre, hätte ich schon fast vermutet er hat sie absichtlich mit dem Wagen fahren lassen. Als wir das besprachen, klang es definitiv nicht so.

Jetzt hilft es niemanden. Es ist so wie es ist. Meine Kontokarte habe ich aufgefüllt. Sperren wäre die schlechteste Option, sonst erfahre ich nicht, wo sie eingelöst wird.

So einfach ist das. Wir verfolgen sie mit Hochdruck, gut Vincenz regelt das, er ist ein Hunter, er schafft das ohne mich.

An solchen Tagen wäre ich im Desire zu finden. Oder hier in irgendeinen meiner Clubs, würde Fotzen lecken, sie in den

Arsch ficken und mit meinen Jungs ne Line ziehen, von den Titten der Muschis.

Heute sitze ich aber hier und warte bis Fleur fit ist. Mein Phoenix. Irgendwie bin ich durch sie auch, von den Toten auferstanden. Ich habe es heute wieder gespürt. Ich kann mit den Gefühlen nicht umgehen, weiß sie nicht abzulegen oder sie einzusetzen. Fuck.

Der verdammte Ronaldo ist uns jetzt auf den Versen, das bedeutet wieder mehr Sicherheitspersonal. Auch für sie. Mehr Kontrollen, mehr Training und mehr Waffen. Meine Büros, öfter checken. Ich weiß, der alte hats in dieser Hinsicht faustdick hinter den Ohren.

Scheiße Fleur, wir haben einen Haufen aus Schutt und Asche hinter uns gelassen, so einfach, lasse ich dich nicht gehen, gebe uns nicht auf. Auch wenn die Mafia das letzte ist, was ich tue, du wirst immer an Erster Stelle stehen.

Mein Leben bist jetzt du. Mein Ansporn- deine Liebe, ich möchte mehr davon spüren. Mehr davon erleben. Wieso sollte ich sonst täglich hier überleben. Nichts ist wichtiger als du.

Und jetzt...

Spüre ich einen Luftzug, während sich Fleur vor Verlangen und Lust windet. Ich grunze und breche fast in purer Ektase aus, sobald ich zusehen kann, wie sie kommt. Ihr das Rot der Erregung in den Kopf schießt. Langsam über ihren Hals in das

Gesicht. Ihre Augen zu glitzern beginnen. Sich ihr kleiner Körper unter mir anspannt. Fuck, dafür lohnt es sich jeden Tag zu leben.

Das zuhören und ihr Lachen, ihren Verstand und ihre Person. Und jetzt, hätte ich den Luftzug, ernster nehmen sollen.

Jeden verdammten anderen Tag, hätte ich das auch. Heute, sie mit den notdürftigen Fesseln um ihre sinnlichen Handgelenke, habe ich es ignoriert.

Mein Schwanz hat es ignoriert.

Bis ich die Waffe an ihrem Kopf sehe.

Costa!

Der verdammte Wichser, er macht keine halben Sachen. Hat keine Skrupel. Er ist größenwahnsinnig. Auf Drogen, ich habe es schon von ein paar gehört. Er verhält sich wie ein gestörter. Er wollte meinen Scheiß Titel und ich kann ihm diesen nicht geben, er wird einen Massenmord damit anrichten.

Seine Worte, er wird sie ficken. Ihr die Eingeweide herausficken. Dieser beschissene Zettel. Wo hat sie diesen. Sie erwähnte ihn, aber wir haben damit abgeschlossen, wie will diese den Bach heruntergehende Mafia nicht. Für Costa, ja es kann nur bergauf gehen, wenn man nichts hat.

Und er, hat nichts mehr. Aber nicht unsere Schuld, sondern seine. Er war schon immer der Verrückte. Fickt gleichzeitig mehrere Frauen, behandelt sie wie Scheiße und manchmal fickt

er sie wirklich fast zu Tode.
Ein Relikt, aus der Erziehung unseres Vaters. Hämisch fühlt sich diese im Moment an.

Mein Hirn, es rattert. Was ist die beste Option. Mitspielen fürs erste. Mich ans Bett ketten, gut, während ich das mache, kann ich überlegen. Ich lasse mir solange Zeit wie es geht. Rundumblick im Zimmer inklusive. Die Waffe ist im Schrank. Messer, in meiner scheiß Hose. Nichts, dass ich erreiche.

Nicht schnell genug und nicht leise genug!

Fuck. Fuck. Fuck! Ich fühle mich, als würde ich durchdrehen. Was ich auch mache. Ich kann ihr nicht mehr Schaden anrichten, als sie haben wird.

Sein Biergestank, verheißt nichts Gutes, seine Tonlage, wechselnd zitternd und verrückt, ebenso nicht! Sein Haar schmierig. Seine Klamotten, stehen vor Dreck. Was ist mit ihm passiert. Er war wochenlang weg. Sein Gewicht, hat sich reduziert, doch für Fleur, reicht es. Verdammt.

Diese verfickte Waffe. Sie muss weg. Ich weiß, er wird erst sie umbringen, es wäre nicht die Erste. Vor einem Jahr, hat er eine Hure umgebracht, sie wollte seine Line Koks.

Ja, fuck. Miguel: Nachdenken! Befehle ich mir. Zerre an den Fesseln. Schimpfe und schreie. Höre kaum etwas, außer Fleur, sie spinnt total.

Zack und Bäm? Lächerlich, das habe ich ihr am Boxsack gesagt. Ihr geschworen, dass sie mich haben wollen wird. Mein Phoenix.

Moment. Phoenix, Zack und Bäm. Safewort und die Handlung. Nein, was. Hat. Sie. Vor?

Kopfschüttelnd versuche ich es ihr auszureden, während ihr Costa den Mund zu hält. Und sich bereits in sie drängt.

Nein, Ein dumpfer Knall, nochmals, Splitter und Blut, spritzen um uns herum. Rieseln auf sie ein.

Blitzschnell springe ich mit den Beinen in seinen Kopf. Halbe Drehung sozusagen. Schlage mit den Füssen auf ihn ein. Schlage mit dem Fuß gegen das Bettteil. Sodass die Sprossen herausbrechen.

Noch im gleichen Moment, hole ich die Schlüssel aus seiner Tasche. Schwierig, aber ich hätte nichts anders erwartet. Fuck. Ich muss mich um Fleur kümmern.

Zittrig und ihr Geschrei ausblendend versuche ich sie zu öffnen. Costa, bewegt sich nicht mehr. Nichts. Er ist kaputt. Fuck

Fleur, voller Blut. Splitter. Alles nass vom Whiskey. Urin läuft aus dem Wichser, er ist definitiv tot. Und sie liegt da als drehe sie gleich durch. Was sie auch definitiv darf.

Die zitternde Fleur, schreit weiter. Gerade als ich es schaffe die Schellen zu öffnen, kann ich sie packen, bevor sie noch in die Splitter steigt. Sie dreht gleich vollends durch. Was soll ich tun?

Sie hat ihn abgemurkst. Erschlagen. Fuck. Ich, ich...

„Fleur", brülle ich. Schüttle sie. Sie beruhigt sich kaum. So kenne ich sie nicht.

„Miguel. Baby, Scheiße, Scheiße", schreit sie, durcheinander, kaum verständlich. Ich nehme die Waffe und schieße Costa noch in den Kopf, sie muss sehen, dass ich ihn umgebracht habe. Sie darf das nie erfahren. Ihre Seele würde diesen Mord nicht verkraften. Warum, weil er etwas von ihr wollte, dass sie nicht freiwillig geben wollte. So darf sie das nicht sehen. Nie.

Sie erschrickt, bei dem Schuss, doch es folgen keine Anstalten ihrerseits, mich zu hören. Mich zu verstehen. Sie hat denke ich eine Panikattacke. So wie manche Männer, bevor ich sie abknalle.
Fuck. Ich habe keine Lösung. Wir brauchen einen Arzt. Unseren Arzt. Beruhigungsmittel.

Ich halte sie. Trage sie zum Sofa, raus hier, erscheint mir als die beste Lösung. *Raus.*

Sie schreit weiter, lässt sich absolut nicht stoppen. Ich drücke ihr die Luft an der Kehle ab. Wieder. Ich habe keine andere Idee. Sie wird total durchdrehen, sich noch selbst verletzen. Sie muss ruhig sein. wir müssen die Splitter entfernen.

Sanft lege ich sie auf das Sofa. Mein Telefon, erste Priorität. Vincenz anrufen.

Den Arzt anrufen.

Scheiße.

Vinc. Er wird alles hier erledigen. Aufräumen und das alles.
Doch was machen wir mit ihr. Ich hoffe als Medizinmann kennt
man sich mit so etwas aus. Vorsichtshalber lasse ich sie nicht
aus den Augen. Wer dachte, dass ihr, uns, einmal ein Safewort
das Leben retten würde.

Sie ist ein wahrhaftiger Phoenix. Ein Kämpfer. Mein Kämpfer.
Bis jemand von den Pennern kommt. Sitze ich neben ihr,
beobachte sie und lausche ihre Atmung. Sie hätte jetzt definitiv
drauf gehen können. Sie wäre es auch, ich hätte Costa sicher
nicht, ohne Unfall von ihr wegbekommen.

Ich kann nicht sagen wie viel Zeit vergeht, ich spüre nur, dass
ich selbst ruhiger werde. Versuche auch sie nicht aus den Augen
zu lassen, als ich mich anziehe. Lege ihr die Decke über.

Ihre Handgelenke rot. Ihre Beine beginnen an den
Oberschenkeln blau zu werden. Wenn ich jetzt könnte würde ich
ihn nochmal umbringen.

Ich tigere auf und ab. Bis endlich das erlösende Klopfen an der
Tür erklingt.
Der Arzt, Vinc. meldete vor ein paar Sekunden. Er ist verdammt
nochmal nicht in der Stadt. Das wird ein Nachspiel haben
Freund.

Eduard, sieht sie an, dann mich, sie. Schluckt seinen
Kommentar.

„Ed. Sei doch nicht so dumm, ich war das nicht. Naja. Scheiße, Costa hat uns überrascht. Sie halb vergewaltigt. Uns fast gekillt. Er ist im Schlafzimmer. -Tod!" er schielt etwas nach drüben, wirkt weiter gelassen. Ganz anders als ich, denn das darüber nachdenken, macht es nicht besser.

„Ich habe ihr die Luft abgedrückt, es musste sein, sie hätte sonst einen Volllausraster bekommen. Du musst sie ins Krankenhaus bringen oder sonst was mit ihr machen. Sie faselte irgendwas von Baby!", der Satz, war mir bis jetzt in Vergessenheit geraten.

Baby. Was zum Teufel. Auch Ed´s Blick, zeigt Verblüffung, Anspannung und Kompetenz. Ganz, ganz anders als meiner, denn ich setze mich. Lege meinen Kopf in meine Hände, versuche nachzudenken.

„Los, auf was wartest du, mach was!", befehle ich. Schroff und viel zu durcheinander. So wie ich eben bin. Mein tot gedachtes Herz es ist. Die Sorge um sie übertrumpft alles, klar kommen werde ich damit nie, das ist mir klar. Sterben werde ich an Herzversagen und einem Nervenzusammenbruch, keine Kugel kann mich so verletzen, wie der Zustand, wenn es ihr nicht gut geht.
Oder jetzt einem möglichen Baby, ich dachte sie hat das Stäbchen.

„Sie hat eigentlich ein Verhütungsstäbchen", spreche ich mehr zu mir selbst. Doch Ed. Er ist gut in dem, was er macht. Ruhig und effizient. „Vor drei, vier Wochen, die Antibiotika im Krankenhaus. Don, so entstehen diese Dinge.", nickt er mir zu, während er eine Infusion an ihren zierlichen Arm anhängt, und mir den Beutel zum Halten in die Hand drückt.

„Das Blut, nicht ihres oder, ich meine du siehst nicht besser aus!", seine ruhige und emotionslose Stimme, holt mich aus meinen Gedanken. „Nein, seins!", gebe ich bestimmt zurück.

Fuck, wie oft habe ich solch einen Beutel bereits gehalten. Alles hier ist mir vertraut, aber heute macht es mir Angst. „Was ist los mit ihr?" „Sie muss ins Krankenhaus, sie hatte einen Schock, auch wenn es dumm klingt, du hast alles richtig gemacht, wir müssen jetzt nur alle ihre Funktionen prüfen lassen. Brüche, eventuelle und das Kind ansehen". Seine ruhige Stimme beruhigt auch mich.

Er sieht mich an, sein kleiner Körper, seine Brille, alles strahlt bei ihm Autorität aus. „Wasch sie etwas, achte auf die Splitter, ich regle den Transport. Krankenhaus, ohne geht's nicht. Ich kenn einen, ich regle das. Du Don, hilfst heute hier nicht!", er sieht mich an, er befiehlt es mir, ich bin froh. Ich habe keinen Plan, was zu tun ist mit einer Frau. Einem Baby. Ihr. Merda

Während sie behandelt wird, regle ich das Geschäft. Es duldet keinen Aufschub. Wenn sie wissen was mit Costa, passiert ist, werden sie ein Auge mehr auf uns werfen. Viele werden sich bedanken, doch darauf zähle ich nichts.

Fleur, bekam Beruhigungsmittel. Sieht anscheinend alles gut aus. Ihr geht's gut. Dem Baby geht's gut. Es ist wirklich da. Ganz frisch, aber es ist auf dem Weg zu wachsen.

So viel wie heute geschah, das kann ich nicht alles unter einem Hut bringen. Wie sollte sie das auch schaffen. Die Schwester, die sie ins Zimmer fährt, sieht mich ängstlich an. Perfekt. Das spart Gespräche. Der Arzt hier, fragt erst gar nicht und erledigt seinen Job.

Nickt mir zu „Ein paar Stunden noch, dann sollte sie wieder aufwachen. Ruhiger und etwas benommen, aber das sollte wieder werden!", mit diesen leisen Worten, verschwindet er

Ein paar Emails später, lege ich mich zu ihr ins Bett. Ich muss sie halten. Spüren, dass sie da ist. In einer Hand halte ich ihre Hand, in der anderen, das Bild.

Ein Ultraschallbild unseres Kindes. Wie lange wusste sie das schon, vielleicht erst ein paar Tage, sie hatte erst seit heute einen anderen Blick. Keine Ahnung, ist jetzt auch unwichtig.

In dem Moment als ich mich beruhige und langsam am Einschlafen bin, warm um sie geschlungen, den Rest der Welt ausgeblendet, streicht etwas mein Gesicht.

Meine Fleur.

„Hey Liebling, geht's dir besser", flüstere ich ihr entgegen, während ich sie küsse. Noch in dieser Sekunde, wird mir wieder klar, dass es auch anders kommen hätte können.

Ihre wundervollen Augen, sehen meine angestrengt an. Eingerahmt durch ihr rotes feuriges Haar.

„Krankenhaus?", flüstert sie fragend zu mir zurück, jetzt bewegt sich ihre Hand an ihren Bauch.

Lächelnd, wirklich lächelnd und strahlend, sage ich zu ihr.
„Krankenhaus, du musstest dich durchchecken lassen. Dir ist so
nichts passiert. Du hattest einen Schock und zu wenig
getrunken. Unserem Baby, geht's gut", damit reiche ich ihr das
Bild. Ihre Augen, sind so angestrengt, während sie lächelnd mit
Tränen in den Augen, das Bild begutachtet.

„Du freust dich?", sie kann es nicht glauben, ebenso wie ich es
nicht glauben kann. Aber ja, ich freue mich. Sogar ich bin in
dieses Bild, dieses kleine Wesen so verliebt wie in sie. Doppelte
Liebe die ich bewältigen muss!

„Fleur, ich liebe dich. Ich gebe alles für dich, Bin da für dich.
Lebe für dich. Alles andere zählt nicht!", dann küsse ich sie, sie
muss es spüren. Ihre warmen Lippen, pressen sich auf die
meinen.

„Was ist mit ihm, was ist mit Tessa.?"

„Deine Romantik, Fleur. Ich liebe sie", lache ich, bevor ich
wieder ernst werde. „Er ist weg, von ihr habe ich nichts gehört,
Vinc. ist auf der Suche nach ihr. Immer noch!", mehr gibt es
darüber nicht zu sagen. Noch nicht.

Nickend, lehnt sie sich wieder weiter an mich.
„Phoenix, solls heißen. Ja?", keine Ahnung wo das aus mir
herkam. Doch es könnte passender nicht sein. Unser Kind.
Diesen Namen. Mit dieser Mutter. Der Frau, die alles hinter sich
gelassen hat, auferstanden ist als starke Frau und für sich
einstehen kann. Und mehr Arsch in der Hose hat, wie manch
einer von meinen Männern.

Sie lacht, es klingt so wundervoll. „Phoenix also? Egal ob Mädchen oder Junge? Miguel, ich liebe dich. Mehr als für uns gut ist. Das weißt du selbst. Es ist eine Stärke und eine Schwäche. Liebe macht uns angreifbar, doch ich würde diesen Kampf immer wieder führen. Liebe, ihr kommst du nicht aus, weißt du. Sie entscheidet, sie führt und sie hat die größte Macht von allen über uns." Ihre Stimme bricht, sie hat vollkommen recht. Während sich Tränen in ihren perfekten Augen und auf ihren langen Wimpern sammeln. Ich könnte stolzer nicht sein. Könnte nicht mehr Angst haben, wegen dem was auf uns zu kommt. Das ist mein neuer Alltagsbegleiter: Angst! Ich Küsse ihren Scheitel, lege meine Hand auf ihren Bauch.
Auf unseren Phoenix. Und unsere Liebe, der stärksten Macht die über uns herrschen kann. Auch wenn ich ein kranker Wichser bin, das wird sich nicht ändern, aber ich werde für die die ich liebe, Miguel sein. Sie von alle dem, dass nichts für sie ist, abschotten. Koste es, was es wolle.

Ich bin bereit alles dafür zu tun. Egal wie weit das gehen mag. Und Tessa, die Tante des Babys, wird dazu gehören. Wir haben nur noch uns, unsere kleine Familie, und dabei zählt jeder von uns.

„Fleur, ich gehöre dir, vollkommen. Meine Liebe, alles, was ich davon besitze oder besitzen kann, ist ausnahmslos für euch. Phoenix und dich!"

Ende

Schön dass ihr die beiden bis zum Schluss begleitet habt. Mit ihnen gefühlt und gelebt habt.

Ein herzliches Dankeschön an euch!

Danke auch an Lektorat Büchersinne für die Korrektur und die Freundschaft in allen Lebenslagen.

LEKTORAT_BUECHERSINNE_

Danke auch an Siri der Bücherhexe für die Liebe zu meinem Schreibstil, auch wenn`s manchmal verrückt sein mag. Und den Mädels der Crew der schwarzen Herzen, die fleißig beim Testlesen am Start waren.

Danke liebe Autorin, Kerstin Rothenbächer, dass Fleur deinen Glitzerseewald auch hier lesen darf.

Danke auch an meine Familie, schön dass es euch gibt.

Wer wissen möchte wie es weiter geht, den lade ich ein, demnächst in die Welt von Tessa zu stoßen.

Eure J.B. Blossum